A Cidade dos Cisnes

Frances Mayes

A Cidade dos Cisnes

Tradução de
Waldéa Barcellos

Título original
SWAN

Copyright © 2002 *by* Frances Mayes

Este livro é uma obra de ficção. Nomes, personagens, negócios, organizações, localidades, acontecimentos e incidentes são produtos da imaginação do autor ou foram usados de forma ficcional. Qualquer semelhança com pessoas reais, vivas ou não, acontecimentos e locais, é mera coincidência.

Direitos para a língua portuguesa reservados
com exclusividade para o Brasil à
EDITORA ROCCO LTDA.
Rua Rodrigo Silva, 26 – 4º andar
20011-040 – Rio de Janeiro – RJ
Tel.: (21) 2507-2000 – Fax: (21) 2507-2244
rocco@rocco.com.br
www.rocco.com.br

Printed in Brazil/Impresso no Brasil

preparação de originais
EBRÉIA DE CASTRO ALVES

CIP-Brasil. Catalogação-na-fonte.
Sindicato Nacional dos Editores de Livros, RJ.

M421c Mayes, Frances
    A cidade dos cisnes
    / Frances Mayes; tradução de Waldéa Barcellos.
    – Rio de Janeiro: Rocco, 2004.

    Tradução de: Swan
    ISBN: 85-325-1706-4

    1. Romance americano.
    I. Barcellos, Waldéa, 1951–. II. Título.

04-0447
CDD – 813
CDU – 821.111(73)-3

Para Ashley

Mas em ti, desde
sempre,
borbulhava a outra fonte,
pelo raio negro
da lembrança
subiste até o dia.

    PAUL CELAN
    Breathturn [Mudança de ar]
    [Tradução para o inglês de Pierre Joris]

Pêssegos e fogos de artifício e formigas quentes.
Agora você sabe onde está.

    C. D. WRIGHT
    Deepstep Come Shining

Daqueles tão próximos de mim, qual é você?

    THEODORE ROETHKE
    O despertar

Swan, 7.000 habitantes, sede do município de J. E. B. Stuart. Cidade pequena e bonita, com largas avenidas e arquitetura do final do século XIX bem preservada, Swan situa-se numa elevação arborizada entre os rios Altamaha e Ocmulgee. Não há registro de suas origens, mas no passado a área pertenceu a índios das tribos *creek* e *seminole*, sendo mais tarde ocupada por colonos ingleses e de origem escocês-irlandesa, que se dedicavam à agricultura e à exploração da madeira para empresas do norte. Durante os primeiros anos antes de se tornar município, o lugarejo era conhecido como Garbert, mas em 1875 foi registrado como Swan pela câmara de vereadores e pelo prefeito John Repton Mason. A mudança de nome homenageava os cisnes sibilantes migratórios outrora comuns nos pântanos das proximidades. A primeira indústria foi um cotonifício fundado por Mason, que contratou o arquiteto Ransom Gray, de Washington, para criar o projeto de uma cidade em elipse inspirado em Bath, Inglaterra, a cidade natal do sr. Mason. A principal lavoura continua a ser o algodão, mas os agricultores da região começaram a diversificar e agora cultivam pimentões, fumo, milho e cana-de-açúcar. Outras indústrias incluem granjas avícolas, uma fábrica de calças, fábricas de fertilizantes e de terebintina. A população baixou do número máximo de 11.000 para 7.000 em decorrência do fechamento do cotonifício J. R. Mason. Uma Câmara de Comércio atuante dedica-se a atrair novas indústrias leves para a área. A Festa da Cobra d'Água é um interessante festival realizado todos os anos no mês de julho. O Museu Jeff Davis exibe objetos memoráveis de combatentes da região na Guerra de Secessão. O Hotel Ogelthorpe é um extraordinário exemplo de arquitetura rural colonial tardia no vernáculo da Geórgia. Entre outras atrações incluem-se as Fontes Sassahoochie, com carvalhos antiqüíssimos em torno de uma grande nascente supostamente sem fundo.

De UM GUIA DE LUGARES DA GEÓRGIA
DE ADAM LUMPKIN ADAIR

7 de julho de 1975

J.J. ESTAVA PARADO NO FINAL DO ATRACADOURO, COM A IMpressão de que os quatro pilares poderiam ser arrancados pela correnteza e levá-lo como numa jangada. Mas o atracadouro continuou firme. Ele adorava o cheiro dos rios. No calor de julho, com o ar ondulante, a vibração das cigarras, a primeira luz sobre o rio, ele se sentia o que chamaria de feliz. O luar passava oblíquo entre os pinheiros, lançando uma corda de prata em espirais até o outro lado da curva da água. Ele observava a luz, procurando encontrar palavras para descrevê-la. *Luminosa, faiscante. Corriqueiras.* A luz parecia líquida, viva, impregnada na água, cambiante demais para qualquer palavra. O rio estava cheio depois de duas tempestades. Uma nuvem de borrachudos cercou seu pé e depois, em conjunto, foi sobrevoar um remoinho na correnteza. Tirou o calção de banho de um vermelho desbotado – era automático vestir esse calção todos os dias de manhã ao acordar – e desceu pela escada para dentro d'água. Suas libações matinais, era como chamava essa rotina. Em todos os meses de temperatura agradável, e às vezes também nos frios, só por pura obstinação, ele se banhava no rio bem cedo de manhã. Perto do atracadouro, podia ficar parado em pé, sentindo a velocidade ou a languidez da correnteza, às vezes dando um pulo quando um peixe lhe mordiscava os pêlos das pernas e do peito. Boiou por um minuto, escutando o rodopio da água em torno da cabeça, deixando-se ser levado e depois virou o corpo com decisão e nadou até a meia-lua de praia de areia lavada que seus pais tinham aberto anos antes. Dali, podia sair do rio e seguir por uma trilha batida coberta de agulhas de pinheiro, para voltar ao atracadouro. Percebeu uma arvoreta nova caída, toda enredada com sarmentos de muscadina, e se inclinou para retirá-la da água. Quando conseguiu soltar as raízes, um torrão de terra destacou-se da margem, sujando-lhe as pernas molhadas. A seus pés, viu uma coisa branca – um osso, um pedaço de pau descorado pelo sol? Entrou de novo no rio para se lavar.

Talvez fosse uma ponta de flecha o que tinha visto de relance. J.J. tinha encontrado centenas delas. Remexeu a terra com o pé. Ali estava – ele o apanhou, soprou a terra e o lavou. Nunca tinha encontrado um daquele tipo. Tinha nas mãos um perfeito arpão de osso para pescar, com uns dez centímetros de comprimento, com farpelas primorosamente entalhadas como garras de gato, de cada lado. Admirou a qualidade do trabalho – a delicada extremidade em gancho de cada farpela penetraria na carne enquanto o pescador estivesse puxando o peixe. Numa das extremidades, viu os leves sulcos onde a linha foi passada diversas vezes pelo índio da tribo *creek* que um dia pescou naquelas águas. Ginger, pensou, Ginger precisava ver isso. Mas os olhos verdes da irmã estavam a anos-luz dali. Revirou a terra com as mãos e puxou outras raízes da margem, mas só encontrou uma lata amassada. Que beleza, esse pequeno arpão na palma da mão! Respirou o ar dos pinheiros o mais fundo que pôde, com o ar lhe expulsando da cabeça o assomo do que lhe parecia semelhante a fome e sede. Ginger não estava por perto. Então a quem poderia mostrar seu tesouro? Examinou-o sozinho, com cuidado. Não tinha nenhuma habilidade para precisar de outra pessoa. Sacudiu o cabelo e bateu no lado da cabeça para fazer sair a água da orelha. *Rainy night in Georgia*, riu de si mesmo. *Last train to Clarksville*.

Vestiu uma bermuda cáqui, sem usar nada por baixo. Seis e meia, e já estava quente, um calor pesado, úmido, o melhor dos climas. Nada para comer na geladeira além de um pouco de

arroz e um pedaço de carne de veado, sobra de uma semana antes, quando trouxera ali Julianne, a nova professora de Osceola. Julianne disse achar superinteressante que ele morasse sozinho no meio do mato. Por mais prática que ela parecesse ser, acabou revelando que tinha medo de tocar o fundo do rio com os pés. Ficou agarrada às suas costas, com o riso quase beirando um grito histérico, e ele sentiu as coxas macias coladas às suas. Ela estava quente, mesmo dentro d' água. Mas depois não conseguiu comer carne de veado porque se lembrava de Bâmbi. Preparou o arroz, que, ao que ele se lembrava, tinha um núcleo duro no centro do grão. E ainda olhou para a salada rústica como se fosse um monte de bosta. J.J. costumava passar dias comendo só verduras que colhia e peixes que apanhava. Ele mastigava devagar, a observá-la. Se era linda, como Liman MacCrea tinha lhe garantido, por que ele achava que sua pele parecia tão esticada de um lado a outro do rosto que dava a impressão de que iria rachar como uma bexiga de porco que explode? E os olhos assim tão juntos faziam com que parecesse decididamente mesquinha.
 Ele esfregou os olhos e olhou de novo. O rosto da moça era agradável, gentil, em expectativa. Simpático. Enquanto ela sorria, ele se perguntava o que ela estaria querendo. E então percebeu seus dentes, que eram desgastados, como os de um velho cervo.
 – Caruru-bravo e caperiçoba? Já ouvi falar de salada de dente-de-leão. Dá para comer esses também? Que interessante... – Ela empurrou a verdura fresca e picante de um lado para o outro com o garfo. Com o único bocado que comeu, sentiu terra ranger entre os dentes. Alguma coisa que ela via nos seus olhos a atraía, alguma qualidade à espera. Não simplesmente um namorador ou o tipo bonachão e convencional que às vezes ele parecia ser. J.J. era alguém a decifrar, disse ela a si mesma enquanto vestia o maiô no quarto dele. Observou com cuidado seus pertences, comparando o cubículo de seu próprio quarto

com o dele, sua colcha rosa de *chenille* e as reproduções das bailarinas de Degas na parede, as cortinas de renda e a vista para uma rua vazia lá fora em comparação com as estantes abarrotadas, as vinte ou mais canetas de nanquim, as cabeças de cervo e os peixes montados em quadros, o áspero cobertor indígena sobre a cama. Não tenho como alcançá-lo, pensou, e será que eu ia querer? Sentiu-se de repente cansada, mas ensaiou largo sorriso no espelho, afastando do pescoço a densa cabeleira castanha. Seus dentes reluziam brancos e uniformes. O novo maiô vermelho sem dúvida realçava sua cintura de Scarlett O'Hara. "Violão", murmurou ela. Violão era seu apelido do tempo de escola em Sparta High, quando foi eleita a Rainha do Baile. Mas isso tinha sido doze anos antes. Queria ter lavado aquela salada adorável porque não estava interessada em comer terra.

J.J. pensou que, se ela dissesse "que interessante" mais uma vez, ele lhe fincaria o garfo nos olhos. Serviu doses de *bourbon*.

– Um brinde à sua turma de sétima série, que tem a sorte de passar muitas horas com você.

Ela baixou os olhos, satisfeita, o que o deixou envergonhado. Será que se estava transformando num maldito ermitão? Perguntou-se como se sentiria com as pernas dela em volta do seu corpo. Perdido no espaço sideral? Ele sabia que encontraria defeitos até em Jesus Cristo. Ela tocava flauta, era formada em educação musical. E daí que ficasse em pânico no meio do mato? Ainda assim, ele sentiu uma gigantesca onda de tédio atravessá-lo, uma vontade de ficar sozinho tão forte que estremeceu. Embora tivesse imaginado que a levaria de carro para casa à uma ou duas da manhã, com a capota arriada, uma musiquinha noturna, às nove e meia já estava seguindo a toda a velocidade pela estrada.

Fez café e esquentou com um pouco de manteiga a massa de arroz malfeito de Julianne. A mesa da cozinha estava tomada com sílex córneo, sílex, uma pedra achatada e dois chifres de veado. Ultimamente J.J. vinha tentando aprender sozinho a esculpir em sílex, usando apenas ferramentas que os índios tivessem usado. Havia encomendado um *Guia para o trabalho com sílex* e tinha ido até uma loja de pedras em Dannon para comprar pedaços de tamanho suficiente para o trabalho. Queria fazer uma faca de pedra para limpar peixe, mas até o momento só tinha partido um monte de pedras e criado uma pilha de lascas e aparas que não serviam para nada. Por acaso, uma das tentativas chegava a lembrar um raspador.

Segurou o arpão ao sol da janela, admirando a perfeita simetria. Equilibrando o café, a tigela e o caderno, e segurando o arpão com delicadeza entre os dentes, ele abriu a porta da cozinha com um empurrão do cotovelo. Vespas malhadas de amarelo estavam se dedicando às uvas moscatel na parreira, e abelhas se enfurnavam na roseira que se espalhava entre as videiras, a roseira amarela de sua mãe, ainda florindo, e ela desaparecida havia milênios, suicídio. Não queria pensar naquilo. Ela adorava a cabana tanto quanto ele. Sua roseira havia muito ultrapassara o caramanchão e subira pelas árvores. Ele colocou o arpão num pedaço de papel em branco e abriu o caderno para registrar a descoberta. 7 de julho, escreveu. O sol do início da manhã filtrado pelo caramanchão sarapintava a mesa com sua luz. Talvez na cabana ele adorasse a luz ainda mais do que a água, mas não; elas eram inseparáveis. Os pinheiros de longas agulhas cor de esmeralda tingiam a luz a qualquer hora, lançando uma aura azul no início da manhã e no final da tarde e, com o sol forte, suavizavam os duros contornos dos objetos. Passou o papel para uma área de sol. O osso parecia marfim. Mediu primeiro o comprimento, depois, com um lápis claro começou a desenhar com cuidado. Perguntou-se que tipo de osso, talvez porco-do-mato, talvez castor. Quanto tempo o índio teria levado para esculpi-lo?

Cobriu rapidamente suas linhas em preto com a caneta nanquim. O desenho, pensou, jamais capta a coisa em si. Pelo menos, o meu não capta. Quem sabe Leonardo da Vinci poderia acertar isso aqui. Mas Leonardo nunca ouviu falar na tribo dos *creeks*, nem nesses cafundós do sul da Geórgia. Fácil reproduzir a *semelhança*. A dessemelhança é que é difícil. Ali onde o objeto termina e tudo o mais começa, essa é a parte impossível de dominar. Segurou o arpão no alto e o girou. Decidiu examiná-lo com o microscópio do pai. Talvez encontrasse um pontinho de sangue do peixe que saiu nadando com o arpão fincado no flanco. Pena Ginger não estar aqui, pensou. Ela devia ver isso.

GINGER ESTAVA AGACHADA NA PEQUENA BANHEIRA, PASSANdo o chuveirinho pelo corpo empoeirado. Das calças e camisa de trabalho no campo jogadas úmidas no chão parecia vir mais poeira. O banho foi rápido. Àquela altura do verão na Toscana, o poço bem poderia se esgotar, fazendo com que ela fosse forçada a cozinhar e a se lavar com esponja molhada com água mineral até que caísse uma chuva, e o lençol freático voltasse a subir. Enfiou o vestido de alças cor de cereja que tinha comprado na feira de sábado em Monte Sant'Egidio, pensando, estou magra de novo. Marco vai gostar desse vestido. Permitiu-se pensar no prazer da mão dele nas suas costas, conduzindo-a pela praça. A mão de um italiano. Adorava o fato de Marco ser estrangeiro. Encolheu a barriga. Esbelta, pensou. Incríveis os efeitos milagrosos de alguns meses passados escavando e carregando peso. Mudou os lençóis, afofou os travesseiros, empilhou direito os livros na mesinha-de-cabeceira. Ao guardar a camisola e o roupão numa gaveta, ela parou no meio do gesto. Ocorreu-lhe uma lembrança de Mitchell, com quem se casara aos vinte e quatro anos de idade. Mitchell na cama, lendo *Time*, de banho tomado e na expectativa, de cueca de tecido passada a ferro. Durante a maior parte dos seus três anos juntos, ele ficava esperando à noite enquanto Ginger permanecia no andar de baixo, esperando mais que ele, lendo ou ouvindo música até ele cair no sono e ela poder ir dormir, pé ante pé, tirando com cuidado a revista do seu peito e desligando seu abajur. Perguntou-se o que era aquilo. Não era ele. Quando namoravam, ela achava que se apaixonaria do jeito *dele,* com a certeza *dele.* Que começaria a sentir alguma coisa. Que aprenderia a sentar, engatinhar, andar. Seria como todas as outras, com um modelo de faqueiro, lua-de-mel em Nassau, cartela de anticoncepcionais, cortinas a escolher, receitas. Mitchell era tão perfeito, pensava ela, tão paciente! A qualquer instante em que ele entrasse por uma porta, ela ficava feliz por vê-lo. Que desastre!

Em sua cidade natal, Swan, durante anos a fio, e ainda agora, o fato de Ginger não ter descido do quarto no dia do casamento seria tema de conversa. De início, ela só estava atrasada. Depois Jeannie Boardman se sentou ao órgão que tinham trazido de caminhão para aquele dia e começou a tocar *Clair de Lune* e *Sonata ao luar*. Finalmente, tia Lily, depois de ter um ataque diante da porta trancada do quarto de Ginger, mandou servir o champanha, volovãs recheados com salada de siri, palitos de queijo, bandejas de *macaroons* e pequenos pães-de-ló. Os convidados tinham comido com o apetite aguçado pelo choque de ouvir Lily anunciar que Ginger não estava se sentindo bem e que nós todos devíamos nos divertir.

Às escondidas, Ginger tinha olhado lá de cima para o jardim através das cortinas transparentes, e viu que todos murmuravam e riam. O centro de mesa, um cisne de gelo com pétalas de rosas congeladas dentro, uma tradição local, começou a derreter e se inclinou, encostando no lado da poncheira. Sentiu vontade de tocar no bico gelado da ave com a língua. Queria estar radiante, uma noiva risonha saindo da casa do avô para um futuro luminoso. Queria subir no telhado e voar até eles lá embaixo. Queria que aquilo não estivesse acontecendo. Queria que a mãe não tivesse morrido e o pai, que estivesse recuperado. Queria que Mitchell não sentisse aquela desgraça e humilhação. Ela não podia descer. Não *poderia* ter descido. Não era uma decisão, mas um estado do ser.

Mais tarde, J.J. tinha contado que a cozinheira Tessie, enquanto lavava os copos na cozinha, cantarolava baixinho *I Come to the Garden Alone* como uma forma de manter a calma, mas de quando em quando resmungava, "Essas crianças, essas crianças". Tessie tinha trabalhado para Catherine e Wills Mason desde que Ginger era uma criança de colo, e depois para Lily desde que as crianças se mudaram para a Casa. Quando J.J. fez uma incursão à cozinha para apanhar uma dose de *bourbon,* ele a ouviu cantando baixinho – *e ele anda comigo e conversa comigo e me diz que eu sou só sua* – enquanto erguia cada copo diante da janela, para verificar se estava com marcas de lábios. O sol poente refletia arco-íris em círculos no uniforme preto e no rosto escuro.

– Salve, Tessie – disse J.J., fazendo-lhe um brinde. – Mais uma tarde memorável no território da família Mason. – J.J. havia deixado o paletó do *smoking* em algum canto e tinha aberto o colarinho da camisa. Ela o observou derramar a dose de *bourbon* direto goela abaixo, igualzinho ao que o pai costumava fazer quando a mãe das crianças morreu. Abaixou os cantos da boca e abriu a água quente com toda a força.

Mitchell e os pais tinham se isolado na sala de estar, onde a mãe do noivo amaldiçoava baixinho o dia em que ele levara Ginger até sua casa. Será que ele não sabia que Pattie Martin, que sempre tinha sido louca por ele, nunca teria aprontado uma daquelas nem em um milhão de anos?

Caroline Culpepper, a dama de honra de Ginger, tinha vindo à porta do quarto para falar com carinho.

– Desculpe, Caroline – foi só o que Ginger disse – mas o melhor é você ir para casa.

Nem mesmo J.J. conseguiu que Ginger destrancasse a porta enquanto os últimos convidados não foram embora. E, quando ela abriu, o vestido estava amontoado no assoalho e os sapatos de cetim, caídos de qualquer jeito em cantos diferentes do quarto, tinham obviamente sido atirados na parede. Ela estava manchada e feia, sentada no chão com os joelhos recolhidos. Tinha conseguido vestir só a roupa de baixo e a liga que deveria ter sido jogada para os amigos do noivo. Esticou a perna e arrancou a tira de elástico azul franzido. J.J. ficou simplesmente parado à porta, abanando a cabeça.

— Bem, agora já acabou — disse ele. E mal conseguiu ouvir a voz dela.

— Hoje de manhã, quando acordei, eu tinha tido um sonho. Mamãe vinha até a porta. Eu estava me preparando para sair, passando perfume no cabelo. E ela olhou para mim com um sorriso e disse que eu *era de dar pena*. Minha vontade não pára de se encolher, J.J. — Ginger então chorou, e não quis mais falar até o dia seguinte. Ele lhe trouxe um roupão e sentou com ela, e nem precisou perguntar mais nada.

Três dias depois, ela e Mitchell se casaram no jardim, onde as cestas de vime cheias de flores estavam abatidas. Os pais do noivo se recusaram a vir. Depois, passaram sete meses sem falar com ela, e a mãe disse a Mitchell que ele se arrependeria amargamente desse casamento. E não é que ela estava com a razão? Ginger usou um costume claro, e J.J., em pé de braços cruzados, fixou o olhar no fio corrido na meia da irmã, alerta para a possibilidade de ela fugir correndo. Ela, porém, estava tão pálida quanto o linho marfim que estava usando e vacilava como se tivesse acabado de sair de uma crise de malária. J.J. disse-lhe mais tarde que ela parecia um cachorro olhando num espelho sem ver o cachorro refletido.

Lily e Tessie tinham aquecido os flácidos palitos de queijo para deixá-los crocantes, e os poucos convidados que foram chamados de novo não teriam perdido a cerimônia por nada neste mundo. J.J., que a entregou ao noivo, teve a impressão de que ela no fundo não ia a lugar nenhum.

– Meu amor, você só entrou em pânico. Todo mundo sente isso. Só que o seu foi mais *forte* – repetiam os convidados enquanto o bolo era cortado. Se Mitchell fosse outra pessoa, teria ficado furioso. Como não era, não saiu do seu lado, com um braço sempre protetor em torno dela.

Ginger ouviu a porta do carro de Marco bater. Fazia semanas que não pensava em Mitchell. Desejava agora ter sido capaz, pelo menos uma vez, de fazer a cama do casal com o prazer da expectativa. Mesmo agora, quatro anos desde que o vira pela última vez, a idéia do corpo de Mitchell, aquele corpo perfeito, ainda fazia com que seus ombros ficassem tensos e se encolhessem.

Da janela do andar de cima, viu Marco fechar a porta do carro com um chute porque suas mãos estavam ocupadas. Nunca chegava de mãos vazias. Seguindo pelo caminho até a casa – havia nele algo de fauno ou sátiro – ele sorria. Ginger também sorriu ao imaginá-lo de ancas peludas e patas de bode. Adorava seus cachos pretos, bem pretos, e a pele bronzeada. ("Ele tem a pele morena?" perguntou-lhe tia Lily, tentando ser delicada.) Ginger nunca tinha conhecido ninguém cuja expressão facial natural fosse um sorriso. Ele devia ter nascido rindo.

A vela que pôs na mesinha-de-cabeceira, feita para ser acesa diante de um santo, acabaria rápido. Alisou a cama e sobre os travesseiros espalhou hortelã silvestre e pétalas de girassol amarelo da cesta que tinha enchido mais cedo. Um tremor de alegria percorreu-lhe o corpo. Como um prisioneiro, explicou ela a si mesma, que cava um túnel com uma colher e acaba escapando para um bosque – estou livre, vou ser feliz. Enquanto a maioria das mulheres encara a realização sexual como um profundo prazer, em Ginger a primeira emoção era orgulho, como se tivesse quebrado o recorde dos cem metros rasos ou do salto de vara. As solas descalças dos pés nos ladrilhos frios davam-lhe vontade de dançar.

Ao descer pela escada de madeira até a cozinha, ela viu as portas do terraço abertas para o ar do início da noite e a encosta morro abaixo até o rio Nesse. O que na Itália chamavam de rio dificilmente teria sido classificado como córrego na sua terra natal, a Geórgia, mas Ginger adorava o barulhinho da água durante a noite. Tinha alugado a fazenda por causa da proximidade do Nesse. Dormira o inverno inteiro com a janela um pouquinho aberta só para ouvir o deslizar sibilante das cascatas se derramando por cima das rochas, o delicado gorgolejo onde a água transbordava de uma represa construída por crianças no verão. Agora a corrente estava reduzida a um fio d'água.

Marco entregou-lhe rosas amarelas e cor de abricó do jardim de sua mãe, e deu-lhe ao mesmo tempo um abraço.

– Você está outra! Sumiram os colares de sujeira do pescoço! – As sobrancelhas de Ginger subiram: eram dois acentos circunflexos, duas asas envergadas. Ele lhe tocou o rosto com a palma da mão: a pele era lisa como uma pia de água-benta. Pensou que às vezes ela se escondia por trás do rosto perfeito de camafeu; mas hoje não, hoje ela estava presente, vibrante. A cunhada de Marco criticava o nariz de Ginger – ossudo, dizia ela – mas Marco achava que devia ser parecido com o nariz de uma rainha da Inglaterra. Roçou os lábios na sua orelha, no cabelo rebelde – uma chama com a qual ele poderia se aquecer a qualquer momento.

Ela sentiu seu corpo compacto e musculoso como um tranco (o prisioneiro agora correndo solto pelo bosque), respirou fundo para sentir os perfumes de sabonete de seus produtos para barba. Ele sempre tinha um cheiro bom. Mesmo depois de horas de trabalho ao sol, seu cheiro era como o de cavalos, terra molhada e aveia. Depois de fazer amor, suas axilas exalavam um odor ácido, de toca de algum bicho. Que belo animal, pensou ela, entregando-se ao abraço. Que bom, pensou! Eu não me retraí.

Ele segurou uma caixa bem no alto, quase fora do alcance.

— Não abra! É para depois.

Ela agarrou a caixa e a sacudiu.

— Não! Me devolva! Você é impossível! — Ele levou a caixa para dentro. Ginger cortou raminhos de alecrim.

— Vamos comer frango assado com batatas. Surpresa! — O interesse de Ginger pela culinária era limitado, embora ela adorasse comer. Frango assado com ervas era sua idéia de uma grande realização na cozinha.

— Senti o cheirinho de lá do carro.

Na mesa com mó assentada sobre grossa coluna de pedra, ela entrecruzou dois ramos de videira e dispôs os pratos e copos. Com os pés para cima, na mureta baixa do terraço, Marco bebericava o Campari que ela lhe trouxera, enquanto observava as andorinhas que mergulhavam e planavam, a devorar, isso ele sabia, milhares de insetos.

— *Rondini* — disse ele — isto é, andorinhas. Esperamos por elas porque são graciosas. Voam alto quando está seco; baixo, depois da chuva. — Parecia que ele só lhe ensinava nomes.

Olhou para Ginger com a silhueta delineada no céu cor de cobalto que ia escurecendo, onde uma lua suave como um velho relógio de ouro pairava acima das montanhas. Enquanto ela se movimentava de um lado para o outro, da cozinha para a mesa, ele percebeu que ela possuía estranha característica de ter acabado de pousar, algo semelhante a um anjo da Anunciação, com túnicas cor de coral que mal se haviam acomodado enquanto apontava seu lírio branco para a Virgem Maria. Outras americanas que ele conhecera eram sólidas e exigentes. Sabiam o que queriam. Ginger era escorregadia. Ela aparentava uma vivacidade normal às vezes, como agora, assoviando *There's No Business Like Show Business*. Ele adorava suas pernas, que considerava totalmente americanas. (O único traço de Marco que irritava Ginger era seu hábito de rotular certas coisas, generalizando-as como americanas.) Quando passou dois anos estudando na

Virgínia, Marco havia considerado exóticos os sulistas. Ginger tinha se unido ao seu grupo de pesquisa dos etruscos como estagiária depois de seu primeiro ano e meio de pós-graduação na Geórgia, enquanto decidia se deveria continuar ou não. Algum medo que ele não compreendia a dominava quando ela cogitava escrever uma dissertação. Para Marco, ela era uma arqueóloga nata. Percebia num relance o que outros pesquisadores mal conseguiam discernir mesmo depois que alguém lhes mostrasse.

Enquanto trabalhavam nas escavações lado a lado o dia inteiro, ele estava sempre com os olhos nela – agachada no meio da poeira ao espanar uma peça, saltando por cima dos riachinhos que brotavam de fontes subterrâneas e destruíam seu trabalho. Americana, pensou ele. Porque ela é estrangeira, é conhecida e desconhecida – às vezes distante dele, mordendo o lábio inferior e com o queixo em ângulo para cima, como se o estivesse observando por um telescópio. Ele a amava, sim, mas pensar em construir uma vida juntos o deixava confuso. Talvez ela fosse muito diferente de suas antigas namoradas, de Lucia e Cinzia, mulheres de seus irmãos, que foram morar em Bella Bella, a casa de seus pais, sem dizer palavra, e se adaptaram à família como se sempre tivessem estado ali. Ele não conseguia visualizar Ginger mudando-se para o outro lado do andar superior – não que ele mesmo fosse querer isso – entrando no ritmo que todos na casa pareciam descobrir. Se Lucia fazia compras, Cinzia debulhava ervilhas e lavava roupa, enquanto sua mãe comandava a cozinha. Todos davam ordens às duas crianças, ordens geralmente contraditórias. Com isso as crianças aprendiam a escolher entre as instruções, fazendo essencialmente o que bem entendessem.

Como único filho solteiro, ele era dispensado de todas as atividades operacionais da casa, se bem que ajudasse o pai na horta mais que os irmãos. A casa, repleta de cheiros de roupa sendo passada, ensopados em cozimento, o cabelo suarento dos meninos, a fileira de botas na *cantina,* diversas colônias e produtos de limpeza – o odor coletivo da família – será que Ginger aceitaria a postura estóica, a Miss América, desconfiada e distante? Invocou uma imagem da moça em pé num portal, precisando perguntar em que poderia ajudar. Não, isso jamais aconteceria. Eles teriam sua própria casa, como esta, no campo, e uma vez por ano viajariam para os Estados Unidos, onde a família dela funcionava como os romances de Faulkner, labirínticos e sem enredo e onde árvores cresciam em pântanos úmidos. Quando Cinzia via televisão no divã, às vezes sua cabeça caía pesada no ombro da sogra. Marco tinha visto Ginger recuar para evitar o contato, mas quando os dois *baci* na bochecha eram inevitáveis, ela sorria, tocando o rosto com a ponta dos dedos.

Depois do frango, Ginger serviu a salada. Ele esticou os braços e socou o peito com os punhos fechados.

– *Luna, luna* – gritou. – Lua, lua. – Sem pressa, lembrou-se ele. Deixe tocar. Deixe girar, rebobinar e tocar de novo.

Nessa noite estavam celebrando uma descoberta de sua equipe – uma escada etrusca, intacta, de pedra de seis degraus, com uma cabeça mitológica esculpida na base. Gaetano, colega de turma de Marco e palinologista, tinha vindo de seu sítio arqueológico em Pompéia naquela tarde para juntos examinarem as leves marcas de plantas que também tinham descoberto. Ele trouxe para Marco frascos com fragrâncias que recriara a partir de resíduos encontrados numa botica desenterrada recentemente.

Ginger e Marco demoraram-se à mesa. Ela trouxe uma tigela com as últimas cerejas da estação e uma colcha de lã fina, para poderem deitar-se e contemplar as estrelas quanto tempo quisessem.

– Está vendo aquela constelação? – Ela apontou. – É um dos elefantes de Aníbal, transpondo os Alpes.

– Aquela, *amore*, é Órion. – Ele segurou uma cereja acima dos lábios de Ginger, e ela a abocanhou.

— E aquela outra, está vendo à esquerda, o Ford-bigode? E lá o chapéu mexicano.
— Chapéu mexicano?
— É um brinquedo de parque de diversões. Ele gira sem parar e, com a velocidade, levanta as cadeiras.

Ele nem sabe o que é um chapéu mexicano, pensou ela, e fico muito feliz por tudo o que não sabe. Ocorreu-lhe um relance dos olhos sem expressão do pai. Naqueles olhos, ela conseguia enxergar o horizonte.

— Você é boa assim em alguma outra coisa, além da astronomia? — Marco rolou para o lado e beijou-lhe o braço. Ela o enlaçou com o outro braço e se aconchegou mais. — Ah, espere um pouquinho. — Ele entrou correndo na casa e voltou com a caixa.
— Gaetano trouxe isso quando veio de Pompéia hoje à tarde. Você tinha acabado de sair... que pena...

Tirou o papel de seda que envolvia o frasco, que ela reconheceu pelo azul-piscina leitoso do vidro antigo. Ginger sabia que Gaetano tinha encontrado todo um tesouro de ungüentos secos, óleos e perfumes no ano anterior. Passou meses a analisá-los e reproduzi-los. Marco desembalou mais dois.

— Vamos subir.

Subindo atrás de Ginger pela escada de madeira, ele lhe passou a mão pela perna até roçar os dedos na beira da calcinha. Ela acendeu a vela e tirou o vestido com um único movimento. Marco não tinha como saber o que esse ato significava para ela, mas captou um vislumbre de seu prazer. Enquanto Marco desabotoava sem pressa a camisa, ela enfiou os braços por baixo dos dele, com a cabeça encostada no seu peito.

— Deixe-me ouvir seu coração.
— Deixe-me lhe *mostrar* meu coração.

Deitaram-se atravessados na cama, que afundava no meio onde a luz do luar se acumulava. Marco estendeu a mão para apanhar um dos frascos e torceu a tampa para quebrar o lacre de

cera. Levou a boca do frasco ao nariz de Ginger. Ela inalou a fragrância fresca do limão com um vestígio de queimado, de fumaça. Ele derramou o óleo dourado na palma da mão.
– Espere aí – disse ele. Deslizou para baixo e esfregou as mãos para aquecê-las. Ginger fechou os olhos, com os braços dobrados atrás da cabeça, e sentiu as mãos em torno de seu pé, esfregando o óleo morno até a pele o absorver. Marco massageou cada dedo, apertou a planta e o calcanhar e com delicadeza trabalhou o arco com a palma da mão. Depois, o outro. Seus pés formigavam de prazer. Ela olhou para ele ao lado da cama, atento, como às vezes o havia visto concentrado no trabalho, mas seu corpo tinha um contorno de prata da luz da vela, e sua boca estava entreaberta como a de um menino que dorme. *Mitchell, nós nunca,* o pensamento passou veloz por sua cabeça.
Ele abriu o segundo lacre de cera e agitou o frasco abaixo do nariz de Ginger. Ela levou um dedo à boca do frasco, e ele o inclinou.
– Capim e cravo.
Estavam se beijando com paixão, mas ele se afastou, escanchou-se sobre as pernas dela e começou a espalhar levemente o perfume antiqüíssimo nos seus seios, com a mão descrevendo círculos em torno dos mamilos e depois em movimentos maiores, concêntricos. O óleo transmitiu ao sangue de Ginger uma carga elétrica. Aos poucos, até mesmo aquela parte sua que ela sempre mantinha reservada também se incendiou. *Quer dizer que é disso que fala!* No último instante de não-entrega, ocorreu-lhe um pensamento fugidio, *deve existir vida após a morte.* Ela umedeceu as mãos nos seios e as abaixou para acariciá-lo.
– Não vou poder agüentar muito mais – disse ele.
Ginger empurrou-o para que ficasse deitado de costas, abriu o terceiro frasco, o menor, e derramou-lhe o líquido no tórax, espalhando o óleo rapidamente. O núcleo fecundo e frutado da íris silvestre impregnou-lhe as mãos, escorrendo pelos lados e

por baixo do corpo dele. *Água caindo sobre pedras*. Ele ouviu os pequenos gritos que provinham de sua garganta. Espantado com esse som novo, riu.

– Bendito Gaetano! – exclamou, subindo os braços pelas costas de Ginger e enfiando as mãos no seu cabelo.

8 de julho

Cass Deal entrou com sua picape pelos portões do cemitério Magnolia. Parou no seu barracão de encarregado para tomar uma xícara de café instantâneo. Ia ser um dia abrasador, pensou. As magnólias lá no Canto dos Confederados estavam muito floridas, exalando fedor adocicado. Detestava o cheiro. Eram tantos os caixões que saíam da Casa Funerária Ireland com uma única magnólia sobre o mogno encerado... Diziam-lhe que era elegante, mas para ele era pura mesquinhez. Sem dúvida, facilitava a limpeza. Derramou água quente sobre os grânulos acres. Também não havia mais tantos funerais imponentes. Basta enterrá-los e pronto. As pessoas atualmente estão vivendo demais; continuam por aqui, mesmo depois de não serem mais bem-vindas. Cass, aos setenta anos, não se incluía nessa categoria.

Jogou o ancinho e o balde na caçamba da picape e seguiu na direção da parte nova do cemitério. Enterro na sexta-feira, às duas. Tinha uma cova para cavar e preparar antes que o pessoal da funerária chegasse para instalar sua tenda e as fileiras de cadeiras, que costumavam afundar na terra macia debaixo dos acompanhantes do enterro de maior peso. Passava devagar com seu veículo pelas alamedas gramadas, quase sem olhar para o anjo de granito no jazigo dos Williams, o jarro de palmas-de-santa-rita no túmulo do velho Conrad e a cascavel esticada sobre o túmulo do filho dos Adams que morreu de paralisia infantil. Insuficiência pulmonar, não foi? A parte nova do cemitério descia suave na direção de um charco. Cobras costumavam vir se aquecer numa lápide conveniente. Passou pelo jazigo da família Mason, o único com cerca. O portão de ferro havia muito se enferrujara e não fechava mais, e a trepadeira de rosas que Wills Mason plantou para sua mulher indigna sempre perdia o viço no calor, uma bagunça, e Cass não recebia nada por fora para fazer a limpeza, muito embora aquilo ali exigisse mais trabalho. É verdade que a família às vezes mandava alguém contratado por eles mesmos para fazer a poda. Logo depois do jazigo da família Mason, avistou lixo no chão e parou para recolhê-lo. Uma lata amassada de refrigerante e um lenço branco. Sujo, ainda por cima. Jogou-os no balde e acelerou a picape. Viu o brilho tremeluzente das fitas de quatro coroas em posição vertical. Um torrão de terra vermelha e nua, e Merrilee Gooding ali embaixo. Quem haveria de imaginar que uma moça tão bonitinha pudesse simplesmente morrer de repente? Dizem que o dr. Strickman tirou dela um tumor do tamanho de uma bola de futebol. Sua cobertura de rosas vermelhas dava a impressão de sangue seco. Só para demonstrar que num minuto se está vivo, no outro, quem sabe?

O sol da manhã batia forte entre os pinheiros da Flórida nos limites de seus domínios. Chovera, dois dias antes. A terra cederia com facilidade. Havia muito tempo que perdera a conta do número de covas que tinha aberto, mas sabia com exatidão quanto tempo levava para abrir cada uma antes de comprar o tratorzinho alguns anos antes: cinco horas e dez minutos, direto, a menos que encontrasse alguma camada de pedra calcária. Isso dava trabalho. O tratorzinho poupava suas costas. Agora era mais rápido. Era só passar o ancinho, nivelar, levar a retroescavadeira até o local e certificar-se de que a terra formasse um monte certinho. Depois, chamava Aldo para despejar o revestimento de cimento. Com quarenta anos ali, ele conhecia tudo a respeito da função.

Era disso que gostava nos mortos, costumava dizer: sempre se sabe o que esperar deles. Uma vez encontrou dois esqueletos e algumas contas e potes quebrados a pouco mais de um metro de profundidade. Um professor da faculdade em Douglas levou-os embora, e ninguém nunca mais ouviu falar deles. Índios da tribo *creek*, dissera o professor a Cass. De vez em quando ele atingia água. O pessoal da Ireland só torcia para que os parentes e amigos do falecido não vissem o caixão flutuar um segundo antes que o ente querido se acomodasse no chão.

Lily Mason mirava mais do que dirigia seu Lincoln pela rua Lemon na direção do cemitério Magnolia por volta das nove da manhã. Depois que Tessie ligou para avisar que ia chegar atrasada por causa da doença de um vizinho, Lily tomou banho, vestiu-se e preparou o próprio café da manhã de chá preto e dois biscoitos de chocolate, vício que ela se permitia, assim como o de um licor à tarde antes da sesta e um forte martíni de gim antes do jantar. A seu ver, o gim tinha um sabor puro e limpo, como o sabor da água deveria ser, mas não era. Às quinze para as nove, ela já tinha alimentado seu papagaio verde CoCo, e perambulado pelo jardim em meio aos pés de esporinha, açucenas, a agressiva verbena e camélias ressecadas. Precisava cuidar das íris na encosta que descia até o laguinho. As flores passadas tinham secado até um azul acinzentado em suas hastes vigorosas. De sua gaiola de vime, CoCo deu um grito estridente para ela. Tinha passado sua infância de pássaro numa oficina. Por isso, ao invés de palavras, fazia ruídos de automóveis, tinidos e guinchos metálicos que agradavam a Lily e a mais ninguém. Sem nenhuma intenção de remediar a situação, ela registrou que o jasmim se estava emaranhando nos arcos pesados de flores brancas da espiréia. Neste verão, tudo está querendo escapar dos limites, pensou. Buquê de noiva, era como chamavam a espiréia, mas nenhuma noiva jamais o levava ao altar – era muito batido. Se um dia tivesse se casado, teria levado delfínios azuis, rosas brancas e hera. O buquê de Ginger – mas desse ela não se lembrava.

Devia já estar meio morto na hora em que ela estava em pé bem aqui no jardim, segurando-o com as mãos crispadas.

Lily arrancou duas flores para levar para o túmulo dos pais, imaginando que poderia mostrá-las à mãe, como costumava fazer.

"Veja a estrela branca dentro dessa ipoméia. Não é linda?" poderia dizer, ou então "Aquele hemerocale parece que acabou de ser mergulhado em tinta amarela". Só não era tola o suficiente para lhes falar em voz alta. Enfiou a tesoura de poda no porta-luvas e estendeu um jornal no banco traseiro. Sua melhor amiga, Eleanor, ia encontrar-se com ela no cemitério Magnolia para colher rosas. Depois, iriam ao Three Sisters Café para tomar café e bater papo.

Eleanor pôs um ramo de dedaleiras roxas atravessado sobre o nome do marido – Holt Ames Whitefield – gravado no granito do norte da Geórgia. Quatro anos antes, após sua morte, ela havia adquirido o hábito de visitar o túmulo todos os dias de manhã, à exceção de quinta-feira, seu dia de ir ao salão de beleza. Mandou construir um banco de mármore e ficava ali sentada alguns minutos, às vezes lendo para si mesma uma meditação diária sobre a vida eterna, às vezes só se lembrando das viagens que tinham feito ao Haiti, Jamaica, Califórnia e Alasca. Aquelas águas azuis esverdeadas congeladas, e o navio quebrando o gelo para avançar, os icebergs que de repente avultavam diante de um céu de um azul puríssimo – ela não podia deixar de pensar que a morte devia ser daquele jeito. Ainda era impossível acreditar que Holt – Holt! – não voltaria mais. Às vezes, quando apanhava a correspondência, passava os olhos pelas malas-diretas, meio na expectativa de uma carta dele. Bastou uma súbita hemorragia de uma artéria na garganta depois da cirurgia, e ele se foi. "Seu tempo tinha se esgotado", dissera o padre Tyson, comentário que fez com que Eleanor reduzisse à metade o conteúdo de seu envelope de doação à igreja. Ela e Lily concordavam no que dizia respeito ao padre Tyson. Eleanor sorriu ao se lembrar de como a amiga o descartou por não ser "nem útil nem decorativo". Mas coitado do Holt! Quem tinha o direito de dizer que seu tempo estava esgotado? Viúva recente, ela costumava se encolher na posição fetal todos os dias de manhã quando acordava e se dava conta de que ele não estava lá. Finalmente, depois de quatro anos, a forte ferroada da dor tinha cedido um pouco. Agora, ela acordava tranqüila e gostava de contemplar lá embaixo os ciprestes que se erguiam da água negra e os jacintos brancos flutuantes.

Irritou-se ao ouvir o motor de Cass Deal e ver sua máquina vermelha investindo contra o local de uma cova ao longe, levantando e depositando pazadas de terra. Perguntou-se onde Lily estaria. Disse em voz alta alguns versos de um poema que Holt apreciava – ele tinha sido o professor de inglês do ensino médio e ela, a de matemática – lembrando-se, enquanto dizia os versos, de que costumava ficar contrariada quando o marido passava para sua voz de orador e citava poesia.

Uns dizem que o mundo vai acabar em fogo,
Outros, em gelo.
Pelo que provei do desejo
Fico com esses...

Não conseguia se lembrar do resto. Será que o desejo levaria uma pessoa a preferir o fogo ou o gelo? Ela não sabia. Holt teria de terminar o poema sozinho. Não que nem por um instante ela imaginasse que estava em comunicação com ele. Quem morreu morreu. Padre Tyson pode pregar o dia inteiro, e ainda assim quem morreu morreu. Ela só gostava de ver o nome dele e suas datas tão solidamente presentes. 1906-1971. C.Q.D.: A existência comprovada por quanto tempo o granito durasse.

Protegeu os olhos do sol e avistou o carro de Lily que fazia veloz a curva diante do portão do cemitério. Ótimo. Temos bastante tempo. O grupo de *bridge* de Eleanor vinha hoje almoçar em sua casa. Hattie naquele instante devia estar ensopando o frango para a salada de frango, pensou, e tirando do armário o jogo americano de linho cor-de-rosa engomado que ela trouxera da viagem à Jamaica. O clube de *bridge* reunia-se às terças para almoçar e jogar algumas partidas. Com o passar dos anos, duas mesas tinham se reduzido a uma e, francamente, Eleanor não sabia ao certo quanto tempo mais estaria disposta a ficar ouvindo as amigas discorrer sobre suas fobias e achaques. Lily tinha perdido a paciência e saído três anos antes. Agora as outras estavam se deliciando com a possibilidade de ganhar. Lily sempre se lembrava de todos os lances, todas as cartas e ainda era propensa a trunfar com brilho. Quando em parceria com Eleanor, ninguém mais tinha nenhuma possibilidade.

Eleanor pretendia encher a casa com buquês das lindas rosas Lady Godiva que simplesmente eram desperdiçadas encobrindo toda a cerca do jazigo dos Masons, na realidade um duplo desperdício, aquelas nuvens perfumadas – amora-preta, melão, tília – ali pairando sobre os mortos. Elas floriam quase todos os meses de maio e junho e mesmo agora, já em julho, havia uma profusão de rosas dobradas, cor-de-rosa, espalhadas a esmo, com as hastes torcidas entre as varas de ferro da cerca. É claro que em agosto todas já estariam fenecidas e murchas. Ela e Lily já tinham colhido dessas rosas antes, se bem que Lily jamais quisesse levar nenhuma para casa. Eleanor já as visualizava sobre o aparador, na ânfora de prata. Deveria ter deixado um lembrete para Hattie lustrá-la.

Abriu com força a porta do carro e certificou-se de que estava fixa, para que não batesse de volta em seu tornozelo. Sentia-se tão forte quanto quando estava com sessenta e cinco anos, embora menos ágil desde a cirurgia no lado esquerdo da bacia em Tipton dois anos antes. Tinham instalado uma prótese de metal para substituir o osso que se tinha desintegrado quando ela pulou por cima de uma vala para apanhar margaridas amarelas. Precisou ficar sentada na vala até que um plantador de fumo que passava por ali a içasse do lugar e a levasse até o hospital, a uma boa distância. Era um homem bom. Depois de sua recuperação, ela mandou Holt Junior ir até a casa do homem com alguns potes de conserva de pêssego e *chutney* de ameixa.

Eleanor dirigiu até o jazigo da família Mason chegando lá no instante em que Lily entrava pelo portão, com a "raridade", como o sobrinho J.J. chamava seu carro. Eleanor ficou olhando enquanto ela passava por cima da beira da cova de Annie Ruth Steepleheart. Lily desviou e voltou abruptamente para o caminho na direção do jazigo dos Masons. Eleanor fechou os olhos. Lily era simplesmente uma figuraça.

Com os dois pés no chão, Eleanor levantou-se para sair do carro e enfiou a mão na bolsa à procura da tesoura.

— Estou atrasada? — Lily bateu com força a porta. Deu um beijinho no ar perto da bochecha de Eleanor. As duas se conheciam a vida inteira. Eleanor, alguns anos mais velha, tinha acolhido Lily quando ela começou como professora na escola da fábrica, mas todos os seus bons conselhos de nada valeram. Lily detestava ensinar. Depois que morreu o pai de Lily, Big Jim, ela pediu demissão e passou a se dedicar à jardinagem. Ela e Eleanor eram as sócias fundadoras do Clube de Jardinagem Robert E. Lee e tinham se falado por telefone e trocado mudas, receitas ou artigos de revistas quase todos os dias desde aquela época. Quando Lily viu Eleanor abrindo a tesoura de poda e arregaçando as mangas, lembrou-se de relance dela, radiante e competente, à cabeceira de uma longa mesa no almoço do dia de Natal quando Holt Junior era ainda bebê, no início de sua longa amizade.

– Não mais do que de costume. E você, querida, como está?
– Viu que Lily tinha passado henna no cabelo de novo. O tom alaranjado da tintura brilhava como mobília barata de mogno. Se não fosse isso, o coque de Lily preso bem no alto da cabeça tinha exatamente a mesma aparência do que usava aos quinze anos, quando as duas costumavam se ver por acaso em bailes em Carrie's Island e os rapazes se apinhavam em torno de Eleanor. Eleanor tinha visto Big Jim arengando a uma mesa, onde Lily mordia o lábio inferior e bebericava limonada, enquanto a mãe, Florence, parecia estar tomada por um tédio sem limites. Lily teria sido uma boa mulher para alguém, pensou Eleanor com lealdade, se não tivesse sido dominada pelos pais quando jovem. Continuara sendo uma filha ao invés de fazer a transição necessária para ser uma mulher por seus próprios méritos. Mais tarde, ocupou-se criando Ginger e J.J., motivo pelo qual sem dúvida mereceria muitos louvores.

As duas ficaram contemplando as rosas voluptuosas, juntas em ramos como buquês já prontos.

– Gostei da blusa. É nova? – Lily era dada a usar roupas velhas, de modo que sempre que aparecia com alguma peça razoável, Eleanor a elogiava. – O amarelo lhe cai bem.

– Foi Ginger que me mandou de presente de aniversário no ano passado. – Lily enfiou o nariz numa flor aberta. – Se Paris conseguisse capturar este perfume num frasco, as mulheres pagariam qualquer preço. – Ela não, naturalmente. Para ela, um pouquinho de talco bastava. Cortou hastes e entregou uma braçada de rosas a Eleanor, que as levou para o carro. Enquanto continuava a cortar, alguma coisa chamou sua atenção, um lampejo rápido – uma asa azul de gaio? Ela se encurvou para a frente e forçou os olhos. Por trás das cascatas de flores, avistou um monte de barro do outro lado da cerca perto das covas. O que podia ser aquilo? Ela empurrou o portão e estancou.

De imediato, recuou cambaleante, sem conseguir enxergar. Olhou para o céu lá em cima e procurou acertar o foco. O perfeito azul do início da manhã estava adquirindo aquela palidez desbotada do meio-dia, que permaneceria ali até o crepúsculo, quando a poeira da agricultura conferia à parte baixa do horizonte faixas matizadas em rosa e laranja. Harmon Dunn, o farmacêutico, disse que tinha visto confetes azuis e dourados quando sua retina descolou. Talvez a dela tivesse se soltado. Lily piscou algumas vezes, abriu então os olhos devagar e se voltou para o quadro que ela sempre veria gravado nos seus olhos. Uma crise de repulsa perpassou-lhe o corpo.

– Eleanor – conseguiu dizer, mas Eleanor estava arrumando rosas no banco de trás do carro. Vestido azul, cabelo preto. – Não – disse baixinho. Um rasgo na terra, a laje destruída, o caixão de bronze emborcado. Catherine. Conservada, mais escura, mas conservada; jazendo ao lado da própria cova.

E então Eleanor estava ao seu lado.

– Meu Deus do céu! – Eleanor ouviu a própria voz engrolada como se a garganta estivesse cheia d'água. Procurou então recuperar o controle para ter certeza de que não tinha simplesmente surtado, como tinha acontecido com sua irmã mais velha, Rebecca, quando saiu do dentista e não fazia a menor idéia de onde estava. Rebecca acabou numa cama num asilo em Crossaway, enrodilhada como um feto. Eleanor precisava desmaiar ou gritar, mas só conseguiu ficar ali firme, absorvendo a visão inconcebível de Catherine Mason, morta e enterrada havia anos, caída ali fora da cova.

Lily estava agarrada ao portão. Nenhum som saía dela, a não ser um gemido preso, como se tivesse ficado sem fôlego. Uma lembrança ocorreu-lhe veloz. *Você quer subir no balanço, bem alto no céu tão azul? Vou subindo pela copa da nogueira-pecã, com as mãos segurando firme as cordas, os pés esticados para a frente, mas minha mãe empurra meu balanço alto demais. Estou cain-*

do até o chão. Caindo, caindo. Ela agarrou o braço de Eleanor. Do pântano, subiu uma brisa, apenas com força suficiente para espalhar pétalas de rosa pelas covas dos outros Masons. Uma quantidade delas tinha se acumulado sob os pés de Catherine. O cérebro de Eleanor começou a funcionar. Ela precisava ajudar Lily. Ai, Senhor, os pés de Catherine, seus pés descalços, em ângulo aberto, com o esmalte vermelho ainda nas unhas. Eleanor lembrou-se de Alan Ireland devolvendo-lhe os sapatos clássicos engraxados de Holt, quando ela lhe entregou o terno com que seria enterrado.

– Não vamos precisar de sapatos – disse ele, secamente.

Catherine jazia, com a aparência perfeita, como no caixão, com as mãos cruzadas sobre o estômago. Rígida como pedra, imaginou Eleanor. A luz bateu no cabelo de Catherine e ele ainda brilhava. Mas sua pele estava coriácea, quase dourada, como a velha jaqueta de camurça no fundo de seu armário. Holt. Ele também ainda estaria reconhecível, graças aos produtos químicos que o rapaz da Ireland bombeou para dentro do corpo. Eleanor não ia querer ser vista naquele estado.

– Ai, não, Eleanor, olhe a do papai... – Lily apontou para o outro lado do jazigo. Num relance, Eleanor notou o túmulo de Big Jim Mason borrado com tinta preta. Enlaçou Lily com um braço e a guiou com firmeza para o carro.

Cass admirou a precisão do buraco que tinha cavado. Sentou-se para fumar um cigarro antes de voltar ao barracão. Viu as duas senhoras cortando rosas na área da família Mason e então, alguns segundos depois, viu as duas entrando no carro de Eleanor, deixando o Lincoln de Lily bloqueando um cruzamento. Eleanor era praticamente a única que visitava o cemitério regularmente pelas manhãs. A maioria dos moradores vinha aos domingos, quando vinha. Aquela solteirona, Lily Mason, não deveria deixar o carro onde bem entendesse. Mas é assim que os Masons são, pensou. Viu Eleanor disparar pelo caminho, tendo apertado o acelerador rápido demais e levantado cascalho atrás de si. Essas duas... pensou Cass. Uma, um demônio ao volante; a outra velhota vai arrancar do lugar um poste de telefone qualquer dia desses – o filho deveria fazer com que parasse de dirigir. Questão de tempo. Mas aquele Holt Junior usava as calças puxadas bem para cima na cintura. Maricas, diziam alguns. Era mais fácil o céu desabar que ele conseguir impedir a mãe de fazer o que bem entendesse.

Lily estava com medo de ter um ataque do coração, que batia forte no peito. Jogou-se para a frente, com o rosto entre as mãos. Eleanor freou de chofre, jogando no piso as rosas que ainda estava segurando.
– Pare, Eleanor, vou vomitar. – Lily abriu a porta e se inclinou para fora enquanto seu estômago se contorcia. Quando puxou a porta, fechou-a na ponta do dedo mindinho. Eleanor debruçou-se, abaixou com força a maçaneta e puxou o braço de Lily para dentro. A ponta do dedo esmagado com a unha entranhada ficou roxa. Lily começou a gemer. Eleanor dirigiu os quase dois quilômetros até o centro da cidade, desviando-se uma vez para evitar um gato e quase atingindo uma criança numa bicicleta, antes de pensar no que deveria fazer.
Tessie saiu correndo da Casa quando viu Eleanor ajudando Lily a saltar do carro. A bela blusa amarela estava salpicada de sangue.
– Daqui a pouco eu lhe conto, Tessie. Primeiro vamos levá-la para o quarto.
Eleanor afastou a colcha da cama. Tessie trouxe uma bolsa de gelo para pôr no dedo de Lily.

— Trate de ficar deitada — disse Eleanor. — Vou ao gabinete do xerife. Não se levante agora. Fique aí onde está. Vou pedir a Tessie para lhe fazer um chá calmante. J.J. está onde?

— J.J. está fora, pescando. Eleanor, como podemos suportar isso?

— Vão apanhar o animal que fez isso e pô-lo na cadeia. Vou ligar para Deanie Robart e pedir que ele venha dar uma olhada nesse dedo. E vou descobrir onde J.J. está. Você, fique descansando. — Eleanor apanhou o telefone ao lado da cama de Lily e discou o número do médico. O próprio Deanie atendeu e prometeu dar uma passada na casa de Lily antes do meio-dia.

— Desculpe, Eleanor, mas foi bom você estar lá comigo. Você sabe que meus sentimentos por Catherine sempre foram conflitantes. Não tenho como me livrar deles mas, mesmo assim, ela não merecia isso. — Lily sentiu que estava de novo prestes a vomitar.

— Não. Ninguém merece uma coisa dessas.

Eleanor sabia muito bem que Lily sempre tivera um ciúme não admitido, de proporções monumentais, da cunhada. O irmão mais novo de Lily, Wills, parecia ter transferido toda a sua devoção para Catherine quando se casou com ela. E depois, ao voltar para casa esgotado da guerra, ele tratava Lily com carinho mas de modo distraído. Como Lily nunca se casou, o abandono do irmão deixou-a magoada. Depois da guerra, parecia que ele nunca chegava a ouvir mesmo o que ela dizia.

Assim que acompanhou Eleanor até o carro, o xerife Ralph Hunnicutt subiu a escada de volta ao gabinete de três em três degraus, rolou seu Rolodex e deu um telefonema. Uma secretária atendeu.

— Casa Funerária Ireland.

— Por gentileza, posso falar com Alan?

– Neste momento, ele está num atendimento – respondeu ela. – Posso pedir que ele lhe ligue de volta?

Atendimento, uma ova, pensou Ralph. Ele está mostrando a algum panaca infeliz aquele salão lúgubre cheio de caixões, e aconselhando a pessoa a comprar o que tem forro de cetim costurado à mão.

– Diga-lhe que se trata de uma emergência. Aqui é o xerife Hunnicutt, e ele vai ter de ir se encontrar comigo imediatamente no cemitério. Ele vai ver meu carro junto ao jazigo da família Mason, no setor velho. Estou indo para lá neste momento. – Com o fone espremido entre a orelha e o ombro, afivelou a arma enquanto falava. Só era xerife do condado havia três meses e ainda não tinha enfrentado nada que não fosse desastre de automóvel e brigas de socos.

– Bem, xerife, qual é o assunto, por favor? Ele está muito ocupado com um cliente neste momento.

– Basta dizer para ele ir. Lá eu falo com ele. – E apanhou seu caderno.

Na entrada do Magnolia, parou onde Cass Deal estava juntando folhas de pinheiro com o ancinho. Parecia uma figura de pauzinhos feita por uma criança.

– Como vai, Cass? Recebi uma visita bem estranha de Eleanor Whitefield. Você percebeu alguma coisa esquisita hoje de manhã?

– Não, do que ela se queixou?

– Entre aqui. – Ele repetiu o que Eleanor lhe dissera.

– Isso é loucura. Ela está ficando louca. Precisava ver como saiu daqui. E olhe só, as duas deixaram o carro de Lily parado de qualquer jeito.

– Ela sempre dirigiu feito louca. Você sabe que ela é mais afiada que nós dois juntos.

Ralph estacionou atrás do carro de Lily. Tudo estava exatamente como Eleanor tinha descrito.

Os dois ficaram ali, em silêncio, com o olhar fixo. Os ouvidos de Ralph zuniam. Ele achou que estava tendo algum problema com a audição. Enxugou o pescoço com o lenço.
— Puta merda! – disse Cass, afinal. – Meu Deus, não é que essa é a maior maldição... – Ele perdeu o equilíbrio e se agarrou à manga de Ralph enquanto o plano da terra vinha se inclinando para cima e depois se firmava no lugar.
— Filhos-da-puta! Aquelas donas foram dar com isso...
Os dois homens continuaram imóveis até Ralph se forçar a avançar. Deu-se conta de que *teria* de se encarregar daquilo. Algumas abelhas se ocupavam das rosas, e uma zumbia em torno do rosto de Catherine Mason. Ralph não estava perto o suficiente para espantá-la mas mesmo assim abanou a mão.
— Cass, você viu alguma coisa, quer dizer, alguma outra coisa? – Ele fez um gesto para o corpo no chão. Tocou na tinta preta já seca no túmulo de Big Jim. – Carros parados, algum tipo de gente por aqui? – Algum vampiro, teve vontade de perguntar mas não se conseguiu forçar a fazer a brincadeira. Cass fez que não com a cabeça. – Esta terra apanhou chuva – prosseguiu Ralph – e olhe só aqui, o lado do vestido está enlameado. Ela está jogada aqui pelo menos desde o temporal de dois dias atrás.
— Bem, eu não posso verificar cova por cova todos os dias.
Estava evidente que a sra. Wills Mason tinha sido exposta à chuva. Ralph olhou para as mãos e para o pescoço à procura de jóias, mas não havia nenhuma.
— O único motivo que posso imaginar é roubo. As pessoas costumam ser enterradas com anéis?
Cass achava que não, embora, pensando bem, ele não tivesse visto um defunto de verdade havia anos, só os caixões lacrados.
A boca de Catherine estava fechada com firmeza; havia leve sorriso nos lábios. Estranho, considerando-se a forma pela qual morreu. Ralph calculou que os ladrões de sepultura não tinham

procurado ouro na boca bem fechada. A língua... será que ainda estava formando suas últimas palavras, quaisquer que tivessem sido? Ele se aproximou mais. Minha nossa! Seu estômago deu um salto quando ele percebeu os cílios nas órbitas afundadas. Tinha visto coisa pior no Vietnã, mas aquilo ali era diferente. Tinha ouvido dizer que as unhas não param de crescer depois da morte, mas as delas ainda eram ovais perfeitos nos dedos desidratados.

Os homens viram a limusine da Ireland aproximar-se e saíram de onde estavam para avisar Alan do que ele estava prestes a ver.

Mesmo ele, que lidava com cadáveres o tempo todo, quase tombou para trás, depois para a frente, com os braços esticados como se estivesse se equilibrando num tronco no rio. Enlouquecido, começou a rir. Ralph percebeu que seus olhos eram mais estranhos que os de Catherine, como os de um hipopótamo parcialmente submerso espiando de dentro do lamaçal. O terno preto dava a impressão de estar pendurado num cabide. Por que será que agentes funerários têm a aparência adequada ao papel? O próprio Ralph, ou era isso o que imaginava, poderia ser um advogado ou um administrador. Tinha planejado estudar farmacologia na universidade estadual da Geórgia, mas ao invés disso tinha entrado para o exército aos dezenove anos, depois de um ano de más notas resultantes de um excesso de festas. Seu avô foi xerife por trinta anos e, quando morreu, a tocha passou para Ralph, em casa depois de dez anos no exército e já cansado de trabalhar como balconista na Walgreen's. Tinha vencido fácil a eleição no ano anterior, tendo como adversário um petulante candidato negro.

— Você já notificou o Departamento de Investigações, ou está planejando investigar isso aqui sozinho? – perguntou Alan.

Não tinha ocorrido a Ralph chamar o Departamento Estadual de Investigações, mas ele se recuperou rapidamente.

– Cass, você fique aqui até eu voltar com um guarda. Vou à cidade providenciar isso agora. Alan, você poderia ver se é possível trazer uma lona para cobri-la por esta noite? Acho melhor não tocarmos em nada até eu entrar em contato com o pessoal do DEI. – Arrependeu-se de ter dito "acho". Deveria ter usado um termo mais decidido. – Vou ligar para o jornal também. Podem mandar um fotógrafo para isso ficar registrado.

Cass encostou-se numa cabeceira alta no jazigo em frente ao dos Masons. O que se esperava que ele fizesse se o louco voltasse para apreciar seu trabalhinho? A pedra não lançava nenhuma sombra mas parecia fresca às suas costas. Estava tentando pensar. Em que dia foi mesmo? Na sexta, a chuva veio no sábado. Ele chegou de manhã e achou que o tratorzinho não estava estacionado exatamente no lugar de costume, um pouco mais perto da parede do barracão. Lembrou-se de ter de passar de lado, mas supôs que só o tivesse estacionado errado. A chave estava na ignição, onde ele sempre a deixava. Deveria ter contado a Ralph, mas não queria nenhuma culpa nessa história. Vou me lembrar mais tarde, pensou, se for preciso.

Hattie ouviu Eleanor chegar pela entrada de carros e depois o baque surdo na parede dos fundos da garagem. Ela entrou em casa com o olhar desvairado, o cabelo despenteado.

– O que aconteceu, dona Eleanor? A senhora sofreu um acidente? – Que isso ainda não tivesse acontecido, Hattie considerava um milagre. Tanto ela como Miss Lily dirigiam como ensandecidas. Eleanor atravessou direto a cozinha e aumentou a graduação dos aparelhos de ar-condicionado na sala de estar e na de jantar. Hattie já tinha arrumado a mesa de jogo. Eleanor achava que nunca mais se acalmaria nem conseguiria tirar da cabeça a imagem de Catherine. Pior, sentia um horror renovado em relação à morte de Holt. Todos morriam, a morte faz parte da vida, é claro; ela, porém, sentia uma raiva incontrolável com a idéia de como somos esmagados como insetos mesmo depois – ela sabia que estava sendo irracional – de todas as vezes em que lavamos o cabelo, cuidamos do seguro, limpamos a gordura dos armários da cozinha, trazemos o jornal para dentro de casa. A vida do dia a dia era o que ela amava apaixonadamente. É muito fácil tê-la por líquida e certa enquanto a estamos vivendo – correndo até a cidade quando chegam camarões do litoral, subindo a bainha de uma roupa, sonhando que estamos boiando num açude de águas mornas. Viu o sangue brilhante saindo da boca de Holt, jorrando vermelho no ladrilho branco. Estava ficando louca. Passou o dedo pelo lábio superior, gesto que a acalmava.

– Hattie, sirva um café para nós duas, por favor, e sente-se. Tenho uma coisa para lhe contar.

O filho de Hattie, Scott, era o companheiro de caçadas de J.J., o filho de Catherine. Como Scott era negro, ninguém jamais diria simplesmente que ele e J.J. Mason eram amigos. J.J. era uma pessoa estranha, todos sabiam. Tinha poucos amigos, da cor que fosse, e, quando era visto com uma mulher, ela costumava ser de condição social inferior à sua. Como se sabia que era difícil encontrar J.J., Eleanor tinha dito ao xerife que Hattie poderia informar se os dois estariam pescando. Na semana anterior, Hattie lhe mostrara uma Polaroid de J.J. exibindo uma perca que ele havia apanhado – um monstro de mais de quinze quilos, de aparência pré-histórica, com cracas em torno da boca. J.J. estava com um pé em cima de um toco de árvore. Seu tórax reluzente parecia, aos olhos de Eleanor, o de um bárbaro ao sol e, embora ele não estivesse realmente sorrindo, tinha um ar de satisfação. Estava usando o cabelo penteado para trás, preto como um fósforo queimado, igualzinho ao de Catherine. Igualzinho a como ainda estava o cabelo de Catherine. Eleanor gostaria de saber como ele poderia estar assim tão satisfeito quando não tinha chegado a ser grande coisa na vida. Com todas as suas bênçãos de uma inteligência superior e do dinheiro, tudo o que fazia era perambular pelas matas, um pária. E o charme – ele sabia ligar e desligar. Muitas vezes, ela o vira com ar tempestuoso. Lily tinha muito o que tolerar.

A mesa da cozinha ficava abaixo de uma fileira de janelas de pequenos caixilhos, sem cortinas. O ar-condicionado moderava o sol que se derramava pelos galhos finos da mimosa. Eleanor sentou-se e se concentrou nas hortênsias azuis do tamanho de rostos que se apinhavam contra as vidraças. Eram tratadas todos os anos com enxofre para conseguir que suas flores fossem exatamente do mesmo tom que as da mãe de Eleanor. Sem o tratamento, elas revertiam para o cor-de-rosa comum. Enquanto ela se concentrava em Catherine, sua visão foi toldada por lágrimas. Parecia que rostos infantis, privados de oxigênio, vinham à deriva e batiam no vidro. Ela se perguntou se deveria ligar para ver como Lily estava. Não, mais tarde, quando Lily se acalmar – e eu também. Lily vai ter de contar ao irmão Wills, imaginou. Só Deus sabe o que ela irá dizer.

Hattie olhava para ela com expectativa. Eleanor narrou-lhe a manhã que tinha passado com Lily.

– Uma vergonha e uma desgraça – concluiu Eleanor. – Catherine Mason descoberta na chuva.

– Meu Deus, meu Deus! – disse Hattie, abanando a cabeça. Não falava com Scott desde o jantar de domingo. Ao que lhe fosse dado saber, ele estava na mercearia da qual tomava conta para J.J.

Quando acabou de lhe contar tudo, Eleanor de repente se lembrou das rosas.

– Hattie, você poderia apanhar as rosas? Acho que escorregaram para o piso do carro. Estou exausta.

— A senhora vai mesmo querer que suas amigas venham almoçar, depois de tudo o que aconteceu?

— Quero, tanto faz. Talvez eu precise de companhia. — Nunca ocorreu a Eleanor que ela poderia cancelar a reunião do clube de *bridge*, e que se poderia esticar na cama de casal com uma toalha tapando os olhos, até se sentir mais calma.

— Cada vez que a senhora olhar para essas rosas, toda a história vai voltar correndo para sua cabeça.

— Bem, é uma pena que elas sejam desperdiçadas. A vida continua, ou deveria continuar — concluiu, sem segurança. De repente, ela não tinha idéia do que fazer de si mesma. Entrou no banheiro para mudar as toalhas de visitas e substituir o sabonete comum por um com o formato de uma concha de vieira.

Encheu então a ânfora, levou as rosas até o aparador e começou a arrumá-las com cuidado. Sua respiração ainda vinha rasa, ofegante. Respire normalmente, dizia a si mesma, inspire a fragrância, acalme-se, aja com naturalidade, vá devagar. Mas imagens de Catherine passavam como slides velozes. Lily nunca a mencionava, e Eleanor não pensava nela havia meses, anos. Agora via Catherine descendo a escada da igreja num casaco de peles que arrastava no chão; com a sobrancelha direita erguida enquanto fazia pé-de-moleque para o bazar de Natal, sua foto no jornal quando pescou um espadarte lá em Apalachicola, com Wills exibindo os dedos em V acima da cabeça dela, com um ar de bobalhão sobre seu ombro. Eleanor roçou o rosto nas pétalas cor-de-rosa, procurando absorver sua tranqüilidade. Ai, Catherine no caixão na funerária. Eleanor tinha passado pelo caixão durante o velório, como todos os moradores da cidade. Ficou surpresa com o fato de exporem o corpo, tendo em vista as circunstâncias. A sala estava apinhada de coroas. A pequena Ginger, um pouco afastada, parecia Annie, a órfã. Wills estava sentado numa cadeira de armar com as mãos no cabelo, sem levantar os olhos para ninguém. Lily estava sempre a seu lado, trêmula e solícita, não que ele percebesse. Não só o corpo de Catherine estava exposto – sem nenhum sinal de ferimento – mas também estava meio escorado. Eleanor tirou folhas das rosas carnudas. Parou, de olhos fechados, e a imagem se destravou. Viu Catherine no caixão na funerária Ireland, sem dar nem um pouco a impressão de estar dormindo, mas parecendo desconfortável e gravemente morta num vestido azul forte.

Irritada com as flores bambas, Eleanor largou as "Lady Godivas" de qualquer jeito na ânfora reluzente, e elas formaram um arranjo perfeito.

– Deus me livre, que manhã! – murmurou.

Quando Ralph chegou do cemitério, Carol, sua secretária de duas-manhãs-por-semana, estava batendo cópias com papel-carbono das duas detenções da briga de sábado à noite no posto da Gulf. O cabelo louro, eriçado ao máximo naquele dia, parecia mais um cogumelo atômico que uma colméia.

– Já estou sabendo – anunciou ela. – Alan Ireland ligou para lhe avisar que já prendeu uma lona e me contou tudo. Grotesco é pouco! Isso vai abalar a cidade até as raízes! – Ela bateu com os punhos na máquina de escrever e riu. – É como um filme de horror que se vê às três da manhã: senhora de família importante agredida por violadores de sepultura após exumação.

Ralph não sabia o que "exumação" significava, mas supôs que quisesse dizer que ela havia sido desenterrada. Carol estava estudando para ser escrevente, e para isso viajava três manhãs por semana até Macon. Seu riso descontrolado o espantou. Ele estava revoltado com o que tinha visto, mas seu próprio impulso tinha sido o de fazer piada a respeito de vampiros. Ainda podia ouvir o riso estrangulado de Alan. Para quem não fosse da cidade, toda aquela história seria de um humor macabro.

– Vamos ser o objeto de riso de todo o sul da Geórgia. Não faz seis meses que todos os jornais se divertiram com o caso daquele doido lá na fábrica que foi encontrado morto na garagem com oitenta gaiolas de passarinho cheias de esquilos. E sem dúvida haverá alguns da velha-guarda que se lembrarão de tempos remotos e dirão que os Masons fizeram por onde.
– E o que isso quer dizer? – Ela era de Savannah e não sabia absolutamente nada dos Masons.
– O velho Mason, Big Jim, era uma tremenda figura. Ele organizava a votação de quem já tinha morrido, agia como se tivesse inventado este mundo. Não sei de nada, mas a gente costumava ouvir histórias. As pessoas por aqui dançavam conforme a música que ele determinava. E antes, o mesmo acontecia com o pai dele. E tem também quem pense que foi Big Jim quem pendurou a lua e as estrelas no céu. – O próprio avô de Ralph, por exemplo. Big Jim tinha dado ao avô de Ralph o dinheiro para comprar a casa grande, onde Ralph cresceu com os pais, uma tia, os avós e um primo. Ralph nunca soube por que Big Jim adiantou o dinheiro. Outros parentes chegaram e foram embora com o passar do tempo. Agora Ralph morava lá sozinho.
– Parece encantador, esse Big Jim.
Ralph sentou-se à mesa por alguns instantes, procurando fazer anotações antes de ligar para o Departamento de Investigações. Será que esse assunto sequer estava na jurisdição deles? Torcia feito louco para que estivesse. Estava morrendo de medo dos telefonemas que precisaria dar. Passaria para Carol o maior número possível dessas ligações. Teria de ligar para J.J. Mason imediatamente e imaginava que depois deveria ir conversar com Lily. Preferia de longe que Lily fosse até a Casa de Repouso Columns para contar a história a Wills Mason.
Ralph ensaiava o que iria dizer. "Trago más notícias..." "Aconteceu alguma coisa que você precisa saber..." "Sua mãe foi en-

contrada..." Para algumas situações, simplesmente não existem palavras. Nessas ocasiões, é preciso improvisar na hora.

— Meu Deus, Carol, ela está lá esticada na lama. O que pode estar acontecendo? Está morta há séculos. Suicídio.

— Feio, horrível. Sei, não. Você é que tem de se encarregar disso, soldado.

— Ei, me poupe! — Vá se foder, era o que ele queria dizer. Sempre enrubescia quando ela o chamava de "soldado", numa referência a suas medalhas do Vietnã e talvez num tom não elogioso. Teria de examinar os arquivos mortos mais tarde. Girou a cadeira para a direita, depois para a esquerda.

Quando Catherine Mason acabou com a vida, sua filha Ginger estava na turma de sétima série de Ralph. J.J. estava na primeira do ensino médio, dois anos adiante. Quando Ginger finalmente voltou para a escola, todos a olhavam com assombro. Tinham sabido que ela encontrara a mãe morta no piso da cozinha com um fuzil de caça ao lado. Ralph tinha ouvido inúmeras histórias sussurradas: de como a sra. Mason puxou o gatilho com o dedo do pé para dar um tiro no próprio coração; como Ginger entrou com sua pasta de tecido escocês, esperando sentir o aroma de *brownies*, e encontrou o sangue da própria mãe espalhado pelo chão; como J.J. passou dias desaparecido na mata depois que soube; e então, uns dois anos mais tarde, o dr. Wills Mason teve um derrame que o deixou incapaz para sempre. Daquele momento em diante, Ralph não conseguia achar que a própria família fosse assim tão maluca, com a normalidade de suas bebedeiras e gritos no meio da noite, com sua mãe que acreditava na iminência do fim do mundo. Ele ainda tinha toalhas de prato na casa nas quais ela havia bordado em vermelho "arrependei-vos".

Ao voltar para a escola, Ginger não tinha mais a mesma animação de antes. Antes, ela era a espertinha. Agora, não saía na hora do recreio e ficava lendo sentada à sua carteira. Todos agiam com timidez em torno dela. Uma vez ele e alguns outros tinham tentado arrastá-la lá para fora para jogar *softball* – entre as meninas, até então, ela era a melhor – e ela se livrou deles com ferocidade, dizendo: "Deixem-me em paz!", enfatizando cada palavra entre dentes. Depois disso, a lembrança que Ralph tinha de Ginger era vaga. Quando o dr. Mason mais tarde afundou de vez, ela e J.J. foram morar com a irmã do pai, Lily, na estrada Palmetto na antiga casa da família. No ensino médio, Ginger tornou-se uma das garotas bonitas e simpáticas, o tipo da aluna-modelo. Mas nada de correr para o meio do campo de futebol para abraçar algum herói; nada de "diversão" no banco traseiro do carro. Naquela época, Ralph estava totalmente absorto no beisebol e trabalhava no Sacred Pig. A festa de formatura foi no gramado da casa do velho Mason. A lembrança era só um borrão. Apesar de todas as meninas lindas, o que ficou gravado em Ralph foi a visão da tia Lily de Ginger, servindo o ponche num vestido verde. Ele olhou para baixo e percebeu que ela estava usando tênis brancos com nódoas de grama. Lembrava-se de ter ficado num "amasso" louco com Connie Sims, magricela e excitante, apesar de sua convidada para a festa ter sido Judith Ann Krasner, conhecida secretamente como "Prato Cheio" pela equipe de futebol do colégio.

Ela olhou na direção do alto do morro, para a muralha etrusca feita de pedras do tamanho de Fiats. À sombra de uma tília, Ginger espalhou seu trabalho. Tábuas dispostas sobre os cavaletes, chamados de modo tão encantador de *capretti* (cabritos) proporcionavam boa superfície para suas duas caixas de pedras do sítio Melone III, numeradas de acordo com o local onde tinham sido encontradas. Essas ela selecionara para examinar durante o lazer do fim de semana. Levou também ali para fora o café, com fatias do pão toscano sem sal ao qual finalmente se acostumara, coberto com tomates e manjericão picado. Para ela, nunca havia tomates em quantidade suficiente, e por isso todos os dias comprava uma cascata deles ainda presos ao caule. Sentou-se à mesa. Ali havia uma leve brisa mesmo em dias de calor infernal como aquele.

Essas pedras de um dourado pálido apresentavam alguma prova nítida de entalhe, talvez somente uma aresta ou curva que demonstrasse o uso de uma ferramenta contra sua superfície. Elas haviam aparecido ao lado de uma longa placa de pedra marcada com uma espiral. Poderiam significar alguma coisa ou nada. Algumas pedras menores pareciam ter floreios semelhantes.

Essas ela separou. Depois começou a examinar várias peças, virando-as de um lado para outro. Os quebra-cabeças de mil peças da Casa Branca e das pirâmides que ela e J.J. costumavam montar na cabana sempre acabavam com a falta de alguma peça com o formato da Flórida ou de Montana – o crucial cume da pirâmide ou a beirada do telhado – nunca um mero pedaço de céu ou de grama. Montar os quebra-cabeças demorava dias. Eles sentiam a obsessão de terminar e, quando ela adormecia na cama de lona ao lado da de J.J., via peças do jogo a noite inteira. De algum modo, os incidentes e as pessoas em seus sonhos também seriam peças de quebra-cabeças. Acordava na manhã do dia seguinte e seguia de camisolinha até a mesa de jogos, onde encontrava J.J. já experimentando uma peça, comendo distraído seu cereal.

Ela esfregou as bordas do tufo calcário, expulsando conscientemente da cabeça qualquer pensamento sobre J.J. O Ermitão Namorador, era assim que ela começara a chamá-lo. Apesar de compreender os motivos pelos quais ele não parava de marcar passo na vida, ela desejava que o irmão mudasse. Também havia o instinto amorfo de que, se ele não mudasse, ela também não conseguiria mudar. Juntos, eles tinham sido Rômulo e Remo, expostos na encosta do monte. Mas Lily não era nenhuma loba. Lily era uma presença calma e benevolente, que permitiu que eles criassem um ao outro.

Depois do derrame de Wills, a casa deles em Swan tinha sido vendida. Um dentista instalara seu consultório no solário e morava com a mulher e os três filhos dentuços no resto da casa. J.J. e Ginger não sabiam o que aconteceu com a mobília de vime da varanda da frente, com os velhos brinquedos, o rádio branco e bojudo que a mãe costumava ouvir enquanto fazia biscoitinhos de chocolate no tampo de mármore da mesa da cozinha, nem mesmo o que houve com a mesa da cozinha. Quando Wills foi internado no hospital, Lily os levara de carro a Atlanta para ver o Carnaval no Gelo. Ficaram hospedados num hotel e pediram refrigerantes e hambúrgueres enviados para o quarto pelo serviço de copa; viram a Batalha de Atlanta no Ciclorama. Lily deixou que eles pedissem sorvete à meia-noite. Lily disse que Wills ia precisar de um longo repouso na Columns e eles deveriam ficar com ela. Afinal, a Casa era a casa de seu papai e deles também, e sempre seria.

Ginger e J.J. tentavam não olhar quando passavam de bicicleta pela casa anterior, sem querer ver o balanço ainda pendurado na nogueira-pecã, o roseiral da mãe todo esquelético. Os dois tinham sobrevivido, e cada um começou a desenvolver as astutas barricadas contra as lembranças que haviam de compor sua personalidade e seu caráter. Não sabiam se Lily os amava. Mudos, eles só tinham o conhecimento da solidez um do outro. Também não falavam a esse respeito.

As formas da letra C nas pedras etruscas poderiam ser cachos de cabelos. Uma cabeça, ou talvez o corpo inteiro, formada na tampa de um sarcófago. Não era isso o que ela esperava, se bem que adorasse a imagem esculpida do falecido nas tampas de ataúdes etruscos. Os museus estavam cheios delas, todas um atestado da vida da pessoa morta havia tanto tempo. Sua imagem preferida era a de uma estátua dupla, de um homem e uma mulher recostados, olhando para alguma coisa ao longe. Ginger achava impossível vê-los sem quase ouvir sem querer sua conversa. *Olhe*, ele está dizendo, *você está vendo aquilo...* Os dois tinham aqueles sorrisos arcaicos, doces, antigos, cheios de mistério e intimidade, com sua ligação física evidente pelas dobras harmoniosas de suas vestes, sua descontração um com o outro – nada fácil de encontrar seja nesta vida, seja na outra. Ela os imaginava não num sarcófago, mas num barco, flutuando na direção de grande felicidade. Algum sussurro, um segredo entre os dois, durante todos esses séculos. Seu próprio casamento nunca sugeriu uma viagem juntos pela eternidade afora.

No sítio em que ela estava trabalhando, a equipe de arqueólogos italianos de Marco encontrou o primeiro túmulo no verão anterior, talvez do século VII a.C. e da característica forma de meio cantalupo que eles chamavam de *melone*. Nas duas últimas décadas, diversos desses tinham sido descobertos do lado de fora da muralha da cidade. Ela olhou para as fotos – a escadaria que tinham encontrado e uma pequena esfinge. Também tinham localizado outra seção quebrada da escadaria, depois de cavar através de algumas camadas de esterco de carneiro carbonizado, restos de uma muralha de pedra, cacos e cinza dura como lava. Um dos velhos trabalhadores italianos estava revoltado.

– A cidade inteira virou um museu. Esta é a melhor terra para oliveiras.

Ela bebericou o café, erguendo o olhar até o que considerava ser seu fragmento de muralha. Durante quatro meses registrara a hora em que o amanhecer e o sol do meio-dia atingiam as pedras. Era bastante fácil acordar porque a casa, a seis ou sete curvas de nível de oliveiras abaixo da muralha, tinha exatamente a mesma orientação para o sul, e o sol entrava fulgurante no quarto assim que transpunha os sopés baixos e ondulantes dos Apeninos do outro lado do vale. Às seis da tarde, o sol já tinha passado por cima do monte atrás de sua casa. Ginger tinha uma teoria. Os textos diziam que a muralha fazia parte da muralha original da cidadezinha de Monte Sant'Egidio. No entanto, o ângulo parecia estar fora de esquadro, mesmo depois que ela estudou todos os mapas antigos. O estranho era que pouco trabalho de sítio arqueológico tivesse sido realizado ali de 1885 até aquela data.

Desde a faculdade, desde o divórcio, desde uma passagem por São Francisco, onde considerou revoltante o movimento *hippie*, e ainda um ano terrível em Nova York em que trabalhou para uma empresa de seguros, não tinha encontrado nada a que se pudesse apegar por muito tempo. Todas as suas tentativas de se mudar acabavam com o retorno a Casa para alguns meses de desesperança, enquanto Lily sugeria vários homens impossíveis da região de Swan. Durante o último cerco, ela encomendara um catálogo de cursos da Universidade da Geórgia. Em parte porque era o primeiro da lista, Ginger leu os cursos oferecidos na área de arqueologia. De imediato, decidiu ir. Típico de Ginger. Para espanto geral, e dela também, adorou os cursos. Embora todos em Swan imaginassem que ela fosse se entediar e abandonar esse trabalho, vinha mantendo o interesse por ele já fazia agora mais de três anos. Se conseguisse uma bolsa Steimleicher, poderia começar a solidificar suas especulações quanto à possibilidade de que a muralha fizesse parte de um templo do sol. Antes, porém, teria de voltar para a pós-graduação. Quase conseguia imaginar-se comandando sua própria equipe.

No íntimo, já estava farta de como os etruscos seguiam para a morte. Suas duas escavações anteriores como estagiária foram em túmulos subterrâneos cheios de umidade, explorados em túneis que penetravam nas encostas, com um chefe que peidava quando andava depressa e deixava o trabalho insignificante para os estagiários. O projeto de Marco era todo ao ar livre.

Ela entrou correndo para atender o telefone.

– Por favor, posso falar com Ginger Mason? É você, Ginger? – disse uma voz sulista inconfundível.

– Sou eu. – O "*Gin-jah*" prolongado de repente lhe pareceu exótico. Estava acostumada ao esforço de falar e entender uma língua estrangeira. Ninguém de Swan ligaria sem motivo – como está a Itália, como vai a pesquisa, você tem viajado, como vai o fulano, chama, Marco, não é? De modo algum. Ela afastou bem o fone da cabeça quando a estática veio estridente pela linha.

– Alô, Ginger – uma voz estranha, mas conhecida também.

– Desculpe-me por perturbá-la em suas férias... – Longa pausa. Quando ia chegar o dia em que eles aceitariam que ela não estava de férias, que estava morando aqui, trabalhando? – Aqui é Ralph Hunnicutt... você se lembra de mim?

– Lembro sim, Ralph. Como vai? Algum problema?

– Infelizmente, sim, Sou o novo xerife de Swan, acho que você já deve ter sabido. – Ele fez uma pausa. Ginger podia imaginá-

lo olhando pelo gramado nu do fórum para o Sister Sissy's Barbecue Shack lá embaixo.
— Ginger — ele parou e depois mergulhou de vez no assunto.
— Lamento muito...

Ginger foi até a porta da frente e olhou para fora. As pesadas chuvas da primavera tinham feito brotar todas as possíveis flores silvestres de verão. Seu olhar acompanhou manchas de papoulas vermelhas tardias ao longo da borda dos terraços e moitas de íris já há muito naturalizadas, movendo-se em bandos pelo capim alto. As maçãs estavam engordando, as peras duras e nodosas ainda pareciam desagradavelmente amargas, e uma fileira de ameixeiras ao longo do primeiro terraço estava se abrindo no que parecia prometer uma safra abundante. De onde vem o termo "abundante" em "safra abundante"? perguntou-se ela e se voltou para ir procurar no dicionário. Ao invés disso, correu de volta para o telefone e discou o número de J.J.

Tentou imaginar a série de toques estridentes que começava no seu dedo e terminava naquela cabana à margem do rio a mais de seis mil quilômetros de distância dali, com as ondas sonoras atingindo a coleção de pontas de flecha ao lado da lareira, o sofá azul exilado para lá desde que sua mãe tinha comprado o curvilíneo Duncan Phyfe com guirlandas napoleônicas na cor de marfim entretecidas no cetim amarelo. Ninguém atendeu. Ela encostou o telefone frio na têmpora.

— Onde é que você está, J.J.? — disse em voz alta.

Pensou em ligar para tia Lily ou para a casa de repouso e pedir para falar com papai, mas para que jogar fora trinta dólares? Ele não ajudaria em nada. Lily poderia estar dormindo, e naquele exato momento Ginger não tinha como consolá-la. Que horrível que ela tivesse esmagado o dedo!

— Duas horas — disse ela, em voz alta. O que é aquela película branca nas ameixas? Sete, oito, nove, devem ser quinze árvores. Tentilhões amarelos passavam velozes entre os galhos. Ela fixou o olhar até lacrimejar, e as árvores ficarem borradas e mudarem de aparência. Ginger se sentia abalada, incapaz de absorver o que Ralph lhe contara. É essa a sensação do choque? perguntou-se ela. Como se a gente estivesse olhando por um caleidoscópio que não parasse de girar? Ela adorava as ameixas roxas ovais, conhecidas na região como coxas de freira. Que vou fazer com tantas ameixas? Pássaros já estavam mergulhando para atacar as verdes. Mas pode ser que eu não esteja aqui para as maduras. Agora, preciso fazer duzentas coisas e apanhar um trem até Roma, um avião até Atlanta e um carro até Swan.

Por semanas inteiras ela se esquecia da existência de Swan. Estava longe o suficiente, afinal, longe em quilômetros, melhor, ainda mais longe naqueles espaços latitudinais que se arqueiam em mistério e eliminam as lembranças de outros lugares e pessoas, como se elas tivessem caído da borda do horizonte plano do mundo.

Abundante: que abunda, que possui em abundância, repleto até a borda; algo grande, excessivo. Não chega a explicar o uso, pensou ela, fechando o dicionário com força. Deu a volta no pátio e afinal sua cabeça voltou a se concentrar, vindo pousar no fato verdadeiro e brutal que ouviu de Ralph Hunnicutt, em cujo corte escovinha louro quase branco ela mantinha os olhos fixos durante as aulas de matemática de Eleanor Whitefield.

A mãe, exposta. Mãe, Mãe, Mãe. A lápide partida ao meio. *Mãe, Mãe, estou me sentindo mal.* Os versos de pular corda passaram zunindo por seus ouvidos, velozes. *Chame o médico, rapidinho.* Ginger lembrou-se dos sapatos vermelhos batendo ritmados no cascalho do pátio na quinta série, a onda de medo de que a mãe morresse e só lhe restasse contar os carros no enterro. Mas os versos diziam: *Mãe, Mãe, será que vou morrer?* E ela se concentrara ao máximo para não tropeçar na terrível volta da corda. *Vai, minha filha, mas não chore mais* – com cada sílaba assinalada por um pulo.

Exumada, ele dissera, dando realce ao "x". Exposta à morte. Não: exposta *na* morte. E o que mais ele disse? Lily e Eleanor a encontraram. E o corpo? Manchado de lama. Lily deve estar arrasada. Ele disse que sua mãe jazia na chuva. Alguma coisa sobre ladrões de sepultura, e será que ela estava com alguma jóia quando foi enterrada? Como uma coisa dessas podia acontecer?

– Não – respondeu Ginger, olhando para o anel de pérola e lápis-lazúli na sua própria mão direita –, não, e a aliança está na caixa de abotoaduras de papai, na gaveta de cima da cômoda.

Não, não, não, as palavras tinham se separado da sua boca, subido como anéis de fumaça e desaparecido no espaço. De repente, viu como sua mãe era jovem, e então visualizou os olhos abertos, aquela cozinha amarela, ofuscante.

– Não – repetiu.

Ela sabia que o resto das jóias da mãe estava guardado num cofre de banco. Três ou quatro broches, um pingente de coral, uma esmeralda quadrada que papai lhe deu no aniversário de dez anos de casamento. Ginger ficou com o colar de pérolas de boa qualidade da mãe de sua mãe e alguns pares de brincos. Sentiu a conhecida faca afiadíssima penetrar cortante em sua mente. Mãe. Mãe na chuva. *Mãe, Mãe, rapidinho*. E onde é que J.J. se enfiou? Ela discou de novo; nenhuma resposta. Desejou que ele estivesse subindo pela trilha que vinha da estrada naquele instante. Gostaria de se deitar no mato rasteiro e só chorar, mas fazia anos não chorava. Ralph Hunnicutt tinha sido delicado. Ela sabia que essa notícia ia dar o que falar em Swan. Ele estaria no olho do furacão.

– Uma investigação está em andamento – dissera ele, como uma personagem numa peça.

Ginger tomaria o trem das seis até Roma, passaria a noite, sairia de lá no vôo da manhã. Ele disse que avisaria a Lily que ela estava a caminho. Ralph Hunnicutt, nas camisas de flanela da Sears, com o corte de cabelo sempre raspado até o alto da cabeça. Washington, Atlanta, um carro alugado, viagem horrenda. Inferno!

Conseguir atravessar a noite. Ela precisava. Ser içada no ar e lançada pelos céus dentro de uma bala de prata para aterrissar em outro mundo. Encontrar o pai incapaz de compreender, sentado com sua camisa branca passada como se estivesse prestes a ir atender pacientes de novo. Encontrar Lily chorando, a maquiagem mal aplicada e o roupão salpicado com marcas de queimado dos cigarros. A mãe desenterrada, que revoltante! Por quê? Ela nunca desfilou por Swan coberta de jóias – por que alguém iria pensar em desenterrá-la depois de dezenove anos? Não fazia nenhum sentido. Nada nunca fez sentido. *A vida estava só começando a fazer sentido.* Uma caixa de pedras douradas. Marco, bronzeado na bermuda de jeans cortados, separando contas de vidro do século VI a.C. de uma pilha de entulho.

– Ginger, essas iam ficar lindas em você.

Acordar com ele naquela manhã, seu corpo ainda tão sério, adormecido. Tocar o arco negro de suas sobrancelhas. Os olhos da cor das ameixas azuis cobertas de poeira que se limpam com o polegar. Acompanhar a passagem do sol pelos montes. As pedras dos etruscos, havia muito tempo frias, aguardavam nos campos, a jarra intacta ainda com um resíduo de vinho, os animais votivos de bronze, uma volta de corda na areia. Merda, pensou ela. Nem lavei a roupa.

Quase não pôs nada na mala, além dos cosméticos, alguma roupa de baixo e fotos do sítio arqueológico para mostrar a J.J. Usaria o linho azul-marinho que acabava de voltar da lavanderia. Depois, em casa, entraria no antigo armário e usaria o que estivesse lá. Sabia que havia bermudas, boas calças e blusas lá, penduradas no armário, entra ano, sai ano. Em casa, pensou. Será que haveria de sempre ser sua casa? Aquele lugar que, se você for lá, blablablá, eles têm de lhe dar acolhida, como seu pai costumava dizer. Swan. Não conseguia imaginar Marco naquele lugar. Seu passado era para ele uma extensão vazia, pontuada por eventuais quadros que ela criava nas tardes de sesta depois de fazerem amor. "Antes a terra era um mar, e os rios ainda têm bancos de areia branca que surgem quando a água está baixa", ela lhe dizia. "No verão, o calor faz com que a gente se sinta como se estivesse andando debaixo d'água, o calor engole a gente e, da mesma forma que acontece na água, dá para sentir as correntes de calor mais pesado e mais leve quando se caminha, movimentando córregos e riachos de frescor no ar. Bem no meio do mato, nós conhecemos, J.J. e eu, nascentes profundas que jorram por minuto milhares de litros de água puríssima. Pode-se mergulhar bem fundo e sentir a água gelada empurrar a gente para cima".

Ginger falara a Marco do imenso roseiral de sua mãe, de como visitavam parentes no interior que lhes davam mudas de rosas que eram herança de família. Falou da sebe de camélias abaixo de sua janela quando era criança; do colchão de agulhas de pinheiro que havia feito para si mesma num canto dos fundos do pátio, para onde levava sua caixa de lápis de cor e papel para desenhar. Não lhe falara muito de J.J., e só lhe transmitira a informação mais sucinta sobre o suicídio da mãe e a estranha história do pai dali em diante. "América, América", dizia ele. E Ginger pensava, não, ele não entendeu nada, mas não me importo. Ele prestava atenção como se ela estivesse lhe contando coisas sobre outra pessoa. Ela o tinha visto apanhar a fotografia de J.J. que ficava na sua cômoda, levá-la até a janela e virá-la para a luz. E só tinha dito, "Ele parece com Montgomery Clift naquele filme antigo em que a garotona morre afogada para ele poder ficar com Elizabeth Taylor". O que era importante para

Marco era o presente. Agora, hoje, e os mundos especializados da arqueometalurgia e da paleobotânica – o trabalho que estavam fazendo – e associada a ele a alegria descontraída entre eles dois, que parecia estar se expandindo. Ele nem mesmo conseguia fingir um pouco de ciúme quando ela lhe falava dos romances da época da faculdade, seu casamento com Mitchell. Às vezes, Ginger tinha a impressão de que sua vida era um leque que ela havia aberto para Marco somente em parte, mas estava disposta a se desapegar do passado. E daí que ele considerasse tudo na sua família como típico dos Estados Unidos? Ela não queria pensar nos parentes. Solte essa pele – não há mais nada a descobrir em casa, pensou, e absolutamente nada a *fazer* a respeito. Adorava morar num país estrangeiro onde tudo era *diferente*.

Melhor desnudar o frasco de vidro antigo, as fundações erodidas de um templo, um brinco que pendia delicado de uma orelha oito mil anos atrás. Muito melhor ir no domingo à casa dos pais de Marco, onde dez, catorze, às vezes vinte pessoas se reuniam em torno daquela mesa interminável e até mesmo ela se sentia carinhosamente acolhida nos ritmos da família. Davam-lhe beijos e a chamavam de "bella"; faziam com que se sentasse no meio e insistiam para que comesse, comesse. Quaisquer que fossem os segredos sujos que tivessem, nada transparecia. Eles riam. E o riso se espalhava em torno da mesa acompanhando as travessas de coelho assado e batatas. Como seria crescer assim? Daí, Marco, pensou. Daí, Marco.

Escreveu-lhe um bilhete e o deixou na mesa da cozinha. Marco e um arqueólogo da equipe da Universidade da Geórgia tinham levado os estagiários a Bolonha, uma viagem que ela queria fazer porque os restos etruscos fora da cidade indicavam um templo do sol com a mesma orientação daquele que ela suspeitava ter no passado coroado o Monte Sant'Egidio. Se tivesse ido, ao invés de ficar se matando ali, essa notícia ridícula não teria chegado a ela. Ralph Hunnicutt, no forno que era seu escritório em cima da cadeia, podia ter gasto a ponta do dedo de tanto discar seu número, e ela, feliz, teria continuado a fazer esboços de fundações, a comer massas numa *trattoria*, a falar com Marco sem parar.

Marco, querido, tenho de ir para a Geórgia imediatamente – uma emergência de família. Não sei os detalhes, mas ligo amanhã. Volto assim que for possível! Não se esqueça de mim. Sopa fria de tomate na geladeira. Rasgou-o em pedacinhos e o reescreveu sem o infeliz "Não se esqueça de mim" e a parte da sopa, típico de uma esposa. Ele encontraria a sopa ou, o que era mais provável, iria à pizzaria no centro com amigos.

Como italiano, refletiu Ginger, ele talvez não ficasse tão abalado pela notícia quanto ela. Eles não estavam o tempo todo desenterrando santos, cujos corpos indecompostos enchiam as cidadezinhas com uma fragrância misteriosa? Ralph Hunnicutt dissera em tom enigmático que sua mãe não estava tão diferente assim. Talvez fosse uma santa. Mas os santos não se matam com um tiro. Suicídio – ela algum dia tinha procurado essa palavra no dicionário? Não havia necessidade. *Sui* – de si mesmo – e o antigo sufixo *-cide*, presente em tantas palavras desagradáveis. Mais que uma palavra, para ela, tratava-se de um ato poderoso, oculto, primitivo, sempre em formação na vida de sua mãe desde o instante do nascimento. O termo em si era totalmente inadequado para o dedo no gatilho.

Ginger encontrou o passaporte e o envelope de dólares que guardava no fundo de sua gaveta de roupas de baixo. Sete ou oito meses antes, precisara fazer a mesma viagem porque seu pai tinha sido levado para o hospital com pneumonia, e o médico em tom grave avisou da probabilidade de que não sobrevivesse. Quando ela conseguiu chegar, vinte horas depois, o pai já estava tentando a difícil manobra de fumar um cigarro debaixo da tenda de oxigênio. J.J. só foi encontrado na manhã do dia seguinte.

Estava enfurnado alguns quilômetros nas pradarias lá para os lados de Retter, caçando codornizes com Scott. Ginger tinha atravessado o oceano e dirigido mais de trezentos quilômetros, enquanto os dois enfiavam codornizes num espeto de pinheiro e as grelhavam, de papo para o ar no capim seco, bebendo uísque caseiro de péssima qualidade em jarros da família Mason. Ficou furiosa. Não dirigiu a palavra a J.J. durante o resto da semana que passou por lá.

Embora não tivesse perdido todas as esperanças nele, Ginger tinha dificuldade para imaginar J.J. levando uma vida normal, não importa o que isso significasse, fora do mato. Ela se apegava a uma antiga lembrança dele de um fim de semana em que tinha ido visitá-lo em Emory, no tempo em que ela estava no segundo ano da faculdade e ele, no último. Ele de fato a convidara para vir da Virgínia para o Baile da Primavera. Providenciou uma companhia para ela, seu colega de quarto, Mitchell Sloane, e ele mesmo levou ao baile Lisa Bowen, de Augusta. Ginger lembrava-se do jeito rígido, antiquado, com que ele segurava Lisa, e da ligeira inclinação para cima de seu perfil. J.J. tinha comprado o smoking, ao invés de alugá-lo, o que parecia a Ginger um bom sinal. Parecia estar perfeitamente à vontade, como se tivesse nascido com ele. O cabelo encaracolava por cima do colarinho; e, quando ele passou dançando por ela, seus olhos verdes a avaliaram como se ela fosse uma desconhecida, fazendo com que ela pensasse em como seria maravilhoso conhecê-lo se fosse esse o caso. Tinham aprendido a dançar juntos na cabana, contando os passos desajeitados em voz alta e treinando coreografias na cozinha. Nenhum dos dois parecia ter nenhuma ligação inata com a música. Naquela noite, porém, ela via suas voltas controladas, expressivas. A segurança de seus movimentos não deixava espaço para nenhuma falta de habilidade por parte da parceira. Lisa fundia-se com ele, e os dois dançavam abaixo do imenso lustre do salão de baile, rodopiando, aos olhos de Ginger, até os milhares de lâmpadas terem se unido numa só. Ela nunca se esqueceria de ter observado J.J. naquela noite. Ficou sentada à mesa com Mitchell, bebericando seu cuba-libre, talvez a terceira bebida de sua vida, e ouvindo pouquíssimo do que ele lhe estava contando sobre sua aula de contratos. Aquele J.J. era uma novidade para ela. Ele estudaria medicina, casaria com Lisa, teria quatro filhos, moraria em Swan. Talvez Ginger se casasse com Mitchell. Eles teriam uma menina num vestido de casinha de abelha, e um menino que gostasse de cavalos. Ela fez retinir a borda do copo, inclinou-se na direção de Mitchell e lhe deu seu olhar mais expressivo. A poderosa trajetória de seus futuros – de todos os quatro juntos – a levava para mais perto. Eles teriam grandes festas de família na cabana, cortariam uma árvore de Natal, fariam churrasco de costela e sairiam pelo rio em balsas.

Agora, J.J. desaparecia rio abaixo dias a fio, como sempre tinha feito desde o suicídio da mãe, ou deixava Lily avisada de que ia até a região do Okefenokee, ou mesmo até os Everglades. Na cabana, onde passava quatro ou cinco dias por semana, ele desperdiçava uma quantidade excessiva de tempo limpando armas e acessórios de pesca, escrevendo em cadernos, lendo ou só percorrendo os bosques à procura de pontas de flecha e fragmentos de cerâmica.

Quando crianças, certa manhã, depois de uma pancada de chuva, ele e Ginger tinham encontrado o que provavelmente fora uma área de treinamento de alvo da tribo *creek* numa encosta íngreme com pés novos de pinheiro da Flórida. Sulcos que corriam morro abaixo deixavam dezenas de pontas de flecha fincadas em picos aluviais de barro vermelho em dissolução. Ela apanhara dois triângulos grandes, de corte grosseiro, que deviam ter sido usados para cervos ou ursos, e depois eles encontraram num local um depósito de pontas perfeitas de flecha de sílex para pássaros, menores que a unha de seu dedo mindinho. Encheram os bolsos e J.J. tirou a camisa para recolherem mais e poderem amarrar numa trouxa. Adoravam as pontas de flecha e passavam horas a enfileirá-las na mesa de centro, admirando os veios cor-de-rosa e marfim do sílex e imaginando índios seminus em torno de uma fogueira, lascando-as com perícia com uma pedra afiada. Pegavam todos os livros sobre índios da biblioteca de Swan e passavam as noites de inverno com as pernas cruzadas em cima do sofá, folheando os livros e lendo em voz alta um para o outro. Agora a coleção de J.J. cobria toda a parede em torno da lareira.

Ginger, porém, tinha transferido sua dedicação para os etruscos, para longe de Swan.

Lily arejou o quarto de Ginger e tirou o pó do alto da moldura dos quadros, que Tessie sempre esquecia de fazer. Deanie Robart tinha feito um curativo em seu dedo. Ela poderia perder a unha, mas com duas aspirinas a dor tinha cedido. Aquele rapaz Hunnicutt tinha se saído muito bem, pensou ela, apesar daquela mãe horrorosa que vivia vociferando a respeito do Juízo Final. Educado como ele só, e com um assunto tão terrível para tratar. Um dos olhos dele não era um pouco de esguelha? Ferimento de guerra, mas ele era jovem demais para a guerra. Lembrou-se então de que o Vietnã também era uma guerra, mais recente e mais distante. Quanta consideração dele chamar Ginger! Lily disse-lhe que informaria Wills, da forma que fosse possível. Tessie tinha tentado mantê-la na cama; mas, assim que Ralph ligou de volta e disse que Ginger estava vindo para casa, ela se levantou de um salto. Com CoCo empoleirado no ombro, ela se movimentava pelo quarto de Ginger.

A maioria dos mortos fica morta, pensou. É, sua própria mãe permanecia morta. Aquela época do ano em que iam até White Springs chegava e passava todos os anos e, ainda assim, a mãe continuava morta. Lily se lembrava de quando as duas se sentavam no avarandado de pilastras construído em torno da fonte e bebericavam água sulfurosa em copos descartáveis. "É bom para o que estiver incomodando a gente", sua mãe sempre dizia. Usavam sapatos brancos, engraxados todas as manhãs, e vestidos estampados de *voile*. À noite, sentavam-se em cadeiras de balanço na varanda do White Springs Hotel, depois de jantar frango frito e travessas de tomates em fatias.

A cabeça de Lily fervilhava. Como se estivesse distanciada de si mesma, ela se via deslizando solta pelo passado. Ajoelhou-se e deu uma esfregada nos pés da cama com um pano de pó. Os velhos tempos eram maravilhosos. Até os tomates não são mais tão gostosos, pensou. Tudo tinha mais sabor quando a casa era de mamãe, e a criada passava a ferro os babados nas combinações de algodão. Ela se lembrava do cheiro de alfazema da mãe, sua colônia, seus chapéus enfeitados com flores de seda, o Packard azul de mamãe, o passeio ao longo do Swanee. E o estouro do pneu, quando aquele negro teve a gentileza de trocar o pneu para nós. A visita a Charleston também tinha sido muito agradável, e uma vez as Bermudas, com bangalôs das cores do nascer do sol e flamboaiãs floridos, quando Lily escreveu cartões-postais para suas amigas Agnes e Eleanor na sacada, e mamãe estava velha e mergulhava sua ponte num copo d'água à noite à cabeceira da cama – com o luar entrando em faixas pela veneziana e atingindo os três dentes brancos e a base de gengiva cor-de-rosa. Nenhuma indicação de acontecimentos horríveis.

Lily entrou na cozinha arrastando os pés e se serviu um copo de água gelada. Catherine, encontrada de novo. Deu-se conta de que o cigarro que estava fumando quando o xerife chegou se tinha consumido e queimado um pouco da beirada da mesa. Soprou as cinzas para o chão. Talvez Catherine não tivesse morrido quando eles pensavam. Talvez estivesse viva o tempo todo – sim, ensinando numa escola lá para os lados de Willacoochee. Uma vez Lily achou que tinha visto o rosto de Catherine na janela de um trem. A mulher acenou e de repente não era Catherine. Ou quem sabe não tinha fugido com um soldado anos atrás, nos idos de 1945, uma época de loucura com os japoneses, os alemães e, é isso mesmo, com os italianos, se bem que Ginger se recusasse a ouvir uma palavra que fosse sobre o assunto. Por que

Ginger quis morar num país estrangeiro, onde ela não tem nenhum parente, Lily não sabia. Divorciada, de caso com algum italiano papa-hóstias, Marco Polo ou coisa que o valha. Ela percebeu que as mãos tremiam. Trate de se controlar, disse a si mesma.

Tirou do armário a farinha e a gordura, imaginando o grande sorriso de Ginger no dia seguinte quando abrisse o pote de biscoitos no balcão da cozinha e apanhasse um. Estaria cansada depois da longa viagem. Biscoitos e molho. Tessie traria uma galinha recém-abatida amanhã. Lily resolveu encomendar as compras por telefone. Deu uma olhada na geladeira. Uma bolacha torrada viria a calhar. O que ela devia fazer agora? Havia um restinho de salada de batatas. Catherine não tinha nada de valioso, os ladrões não conseguiram nada a não ser o choque de ver uma pessoa morta. E foi mesmo um choque. O que é isso nessa tigela mofada? Ela afastou o filme plástico. Assado de abobrinha. Bem feito para aqueles selvagens, pensou, mas por que eles não podiam simplesmente tê-la coberto, pelo menos, poupando-nos essa última humilhação?

Destampou um prato de ervilhas frias, seu legume de verão preferido, e comeu um pouco junto à pia. Tinha debulhado uma tonelada dessas ervilhas no seu tempo. Deu-se conta, então, de que seu tempo já havia passado, e qual era o significado *deste* tempo, se um dia, todos os dias, qualquer dia, podia descambar para esse horror? Como se a morte imperdoável não tivesse sido a conta, como se abandonar essas crianças não tivesse bastado, como se fazer com que Wills tivesse um derrame trágico tão jovem não tivesse sido suficiente. Lily enveredou pelo hábito de culpar Catherine por tudo. Como se minha vida fosse dela para eu dedicar a criar Ginger e J.J., pensou. Como se eu não tivesse escolha – e não tive. Não tive escolha. Agora isso, Catherine, como você pôde? Lily espichou o lábio inferior, expressão sua desde a infância quando mamãe costumava dizer "Dava para pendurar um guarda-chuva nesse beiço". Felizmente, mamãe não viveu para ver nada disso. Como mamãe foi discreta ao deixar este mundo, ao contrário de Catherine. Mamãe concordaria comigo: Catherine ainda era a encrenqueira.

Big Jim, o pai, avultou de repente em seu pensamento, como se estivesse no portal da cozinha, querendo seu arroz-doce. Calças largas mantidas no lugar por suspensórios pretos de elástico e cabelos como pêlos de javali saindo pelas orelhas. Ele cantava de galo em muitos galinheiros, em galinheiros demais, pelo menos um era demais – aquela casa nos limites da vila operária onde aquela zinha Aileen Boyd ficava parada escandalosamente na varanda, com o quadril provocante, e mamãe não olhava nem para a direita nem para a esquerda quando passava dirigindo o Packard pela estrada Mason até o escritório do cotonifício para levar um vaso de plantas ou um bolo para alguém que estivesse doente. Lily lembrou-se de uma vez ter entrado no quarto dos pais para dar boa-noite. Big Jim não estava lá. Da porta, viu a mãe se debruçar por cima do travesseiro e apanhar um longo fio de cabelo louro. Em silêncio, Lily deu meia-volta e voltou para seu quarto. No dia seguinte, ela e a mãe foram de carro para a Carolina do Sul visitar parentes da mãe. Lily sentiu uma onda de raiva por sua mãe ter morrido tão cedo. Ela foi simplesmente corroída, e ninguém sabia que vinha sofrendo com aquelas dores anos a fio. Ela e mamãe deveriam ter tido anos de liberdade. Mamãe gostava de viajar, e Lily podia ir também, pois nunca se casara, se bem que tivesse tido alguns namorados que se sentavam na varanda da frente no seu tempo. Meu tempo, pensou ela de novo. Imaginou que seu tempo tinha sido criar aquelas crianças depois que a mãe deles...

Sua cabeça estancou diante do assunto do suicídio, e nesse instante ela viu uma imagem de Catherine Phillips quando chegou a Swan pela primeira vez no dia de Ação de Graças. Aquele era o último ano de Wills na faculdade de medicina. Quando ele entrou com Catherine pela porta da frente, Lily a viu pelas vidraças do vestíbulo e recuou para o saguão para ficar observando até terminarem as apresentações. Catherine – ah, Lily ainda podia vê-la – usava vermelho, cor que Lily nunca apreciou, um terninho vermelho com uma blusa de seda vermelha estampada por baixo. Ah, nós somos muito ousadas, pensara Lily consigo mesma. Temos os cabelos negros ondulados, não temos? E olhos azuis com ar de surpresa. Um azul diferente. Wills não tirava os olhos de Catherine. Pairava em torno dela, aparvalhado e encantado, lembrando a Lily uma garça de asas recolhidas. Era uma pena que eles precisassem se apressar, disseram, mas o jogo de futebol anual entre Tipton e Swan começava às duas. Mamãe e Big Jim cumprimentaram Catherine e a levaram direto para a sala de jantar, onde Lily também se acomodou numa cadeira e disse que Wills tinha falado muito sobre ela. O que ela estava achando da Faculdade Estadual Feminina da Geórgia? Lily mesma tinha estudado na Agnes Scott. Parecia que Catherine não percebia a distinção. Ela aparentava ser muito, muito, jovem. Lily, aos trinta anos na época, já tinha a sensação de que sua juventude havia terminado. Em viagens com mamãe, ela costumava fazer estoque de rinçagens de henna para cobrir cabelos que se tornavam grisalhos com uma prematuridade alarmante. Claro que ela não compraria tintura para cabelo em Swan. Havia oito anos que ensinava na escola do cotonifício. Um a um, os rapazes da cidadezinha tinham se casado com outras moças. Ela detestava a escola, especialmente os pés sujos das crianças e os dias em que era preciso devolver os recipientes com amostras para exames para detectar ancilostomíase. Big Jim dizia que ela devia mesmo era largar o emprego e ficar em casa se as crianças a deixavam assim tão nervosa, mas o que mais ela haveria de fazer enquanto esperava que sua vida começasse?

– Como vocês se conheceram? Acho que Wills não nos contou isso – perguntara Lily, e o rosto jovem de Catherine parecia agora aproximar-se mais do seu. Aqueles olhos eram como olhar para o fundo das nascentes em Glass Lake, olhos claros, cor de água-marinha, com aparência de cegos, com a íris orlada de um azul mais escuro. Desagradáveis de encarar, achou Lily. Mas não conseguiu encontrar mais nenhum defeito. Qualquer um teria de admirar a pele, macia e luminosa, sem nenhum vestígio de pó. Quando ela direcionava para você aquele sorriso de 150 watts, era impossível deixar de sentir a força da atração que ele exercia. Lily percebeu que a sobrancelha direita de Catherine subia quando alguém lhe fazia uma pergunta.

Na imagem que se abateu sobre Lily, ela experimentou um súbito carinho por Catherine que não tinha sentido naquele dia, quando Catherine não chegou a dar atenção ao molho especial para o pão de fubá feito por Lily e preferiu falar da encarregada do dormitório da faculdade que patrulhava as salas para visitas de namorados, de sua decisão de se formar em desenho industrial, além de fazer algumas perguntas a Big Jim sobre os tecidos produzidos no cotonifício. Somos cheias de segurança também, Lily havia pensado. As poucas meninas que o irmão chegara a trazer para casa só costumavam falar quando alguém se dirigia a elas, deixando que Wills se encarregasse da conversa enquanto elas bebiam chá gelado e praticamente não comiam nada. Nenhuma tinha a insolência de se dirigir a Big Jim com familiaridade. Dessa distância, Lily sentia a vibração da energia de Catherine percorrê-la. E então Wills envolveu Catherine em seu casaco de lã de camelo. Os dois precisavam se apressar para o início da partida, às duas em ponto; ele não queria perdê-lo. Sua camiseta vermelha com o número 35 ainda estava dobrada numa cômoda em seu quarto no andar de cima. Big Jim, que geralmente não notava ninguém a não ser que lhe pudesse trazer alguma vantagem, foi apanhar a bolsa de Catherine e fingiu que beijava sua mão. Wills deu um beijo na mamãe mas se esqueceu de se despedir de Lily. O primeiro sinal do que estava por vir. Catherine, entretanto, segurou sua mão e a apertou.

— Wills diz que não existe igual a você. Quero mesmo conhecê-la melhor. — Aquele lampejo de megawatts.

Lily viu que os dentes incisivos de Catherine tinham uma separação quase imperceptível. Estava tão encantada que se esqueceu de negar sua aprovação.

— Espero que volte logo — disse.

A porta mal estava fechada e Big Jim já gritava.

— Essa garota é um estouro! Wills vai ter muito trabalho para dar conta do recado. — Ele estalou os dedos e bateu palmas. — Gosto dela.

Eu também, pensou Lily. Não, não gosto.

Lily sobressaltou-se como se a batida de palmas do pai ainda ressoasse na sala. A velhice tem seus momentos, refletiu Lily. Quando era mais jovem, somente os sonhos traziam de volta rostos e às vezes resgatavam lembranças. Agora, de repente, quadros em tamanho natural voltavam inteiros, com uma clareza devastadora. A memória foi se dissipando com Big Jim afundando na poltrona de couro ressecado. O jornal estalou, e ele ligou o rádio. Lily e mamãe foram para o quarto de Lily arejar as roupas de inverno e consertar bainhas. Não tinham nenhum interesse no jogo nem em respirar as emanações do charuto cubano que Big Jim estava prestes a acender.

Olhando assim tão longe no passado, quem poderia ter suposto que ela seria convocada a educar os filhos de Catherine? Jamais gostara de crianças mas, quando essas vieram parar em suas mãos, suas necessidades imperiosas de longe superavam qualquer relutância que ela pudesse ter para atendê-las. As crianças eram seu próprio sangue. Aonde mais elas poderiam ir? A vida de Lily tinha adquirido forma e continuava a adquirir forma com o que lhe sucedia.

Lily abriu uma gaveta e olhou um minuto inteiro para o cabo verde do cortador de biscoitos antes de reconhecer que era aquilo o que queria. Sentindo falta de companhia, ela rolou a gaiola de CoCo bem para junto da porta. Ele mordiscava as unhas e tinha os olhos amarelos fixos na janela. Sem ter de pensar, ela cortou a gordura, incorporando-a à farinha com um garfo, esticou a massa numa tábua e a cortou com perícia em círculos perfeitos. É, Ginger estaria com fome depois de uma viagem tão longa. CoCo partia sementes e emitia um som baixo e ronronante de motor. Lily faria mais biscoitos se J.J. passasse por ali hoje. J.J. comeria o tabuleiro inteiro.

Quando o clube de *bridge* – Margaret Alice, Billie e Ellen – estacionou lá fora, Eleanor estava se arrependendo de sua decisão; mas, se tivesse cancelado a reunião, mais tarde elas ficariam sabendo que tinha sido ela quem descobriu Catherine com Lily e teriam ficado possessas por Eleanor não lhes ter contado nada. Eleanor em parte estava ansiosa por contar e sentia vergonha por esse motivo. Detestava mexericos de cidade pequena. Mesmo assim, sabia que qualquer uma delas teria espalhado a notícia imediatamente, e não é verdade que mexericos são especulação ao passo que isso aqui era fato?

Eleanor sentou Ellen mais perto do ar-condicionado, para que sua fumaça fosse dispersada. Margaret Alice anunciou de imediato que havia previsão de tempestade, de modo que ela estava um pouco perturbada. As outras três tinham horror a dias de clube de *bridge* em que houvesse tempestade. Margaret Alice tinha uma fobia e dava um berro a cada trovão. Quando os relâmpagos ramificados e os trovões se aproximavam até ocorrerem quase simultaneamente, ela costumava chorar e precisar ser levada ao sofá, onde a cobriam com uma manta. Eleanor esperava a hora certa para contar o que tinha acontecido, mas por enquanto tudo estava muito agradável: dar as cartas, escrever "nós" e "elas" no bloquinho, acomodar-se no avanço organizado do jogo. Estava irritada com o jeito de Margaret Alice de não parar de olhar pela janela como se houvesse um arrombador ali fora. Ellen nunca mais tinha sido a mesma depois dos tratamentos de choque a que se submetera em Atlanta anos atrás. Era estranho, ela funcionava perfeitamente com as cartas mas parecia um pouco aérea em relação a acontecimentos passados e perdeu totalmente o francês depois de dois anos de estudo na faculdade. Houve um murmúrio de trovões distantes, e ela viu que as mãos de Margaret Alice tremiam.

— Não se preocupe, isso foi a quilômetros daqui. Não se vê uma nuvem no céu.

— Meninas, vocês querem almoçar agora? – perguntou Eleanor, depois da primeira partida.

Enquanto passavam para a sala de jantar, Eleanor viu-se de frente com a cascata de rosas no aparador.

— Que lindas! – Ellen aproximou-se das flores e levou o rosto até elas. – Um perfume puxado para o limão. Maravilhosas! Onde você as conseguiu?

Eleanor mostrou a todas seu lugar. A mesa estava perfeita. Dava para ver que Hattie tinha até mesmo polido os saleiros. Hattie entrou com sua roda de galantina de tomate e a serviu, incluindo cuidadosamente um raminho de salsa em cada prato gelado. Apenas Eleanor percebeu o tremor da galantina e os lábios contraídos de Hattie. Eleanor tomou um golinho de seu chá gelado e se recostou na cadeira.

— Acho melhor eu me livrar logo desse assunto. Uma coisa horrível me aconteceu hoje de manhã, e eu ainda estou sob seus efeitos. Um fato trágico.

Ellen esmagou o cigarro que trouxera para a mesa e se inclinou para a frente, com o cenho franzido. Margaret Alice estava com o pescoço esticado, olhando lá para fora pela janela. Billie, com seus vinte quilos a mais, olhava para a comida.

— Vocês sabem que eu sempre vou fazer uma visitinha a Holt todos os dias de manhã – começou Eleanor. – Hoje, encontrei-me com Lily lá no cemitério para podermos cortar umas rosas. – Ela olhou de relance para as rosas e prosseguiu rápido, descrevendo como Lily avistou alguma coisa azul e depois como tiveram a visão completa do corpo de Catherine, caído para fora do caixão, jazendo na lama.

– Eleanor, você enlouqueceu – disse Billie, em tom histérico.

– É impossível! Onde é que estava Cass Deal? Por que alguém haveria de fazer uma coisa dessas?

– É óbvio que algum louco está à solta.

– Nunca aconteceu nada semelhante em Swan. O pior acontecimento no último ano foi o incêndio da serraria, em outubro. Vocês se lembram? O mês tinha sido seco e o fogo iluminou a noite por quatro horas.

– Ellen, isso não vem ao caso agora – relembrou-lhe Eleanor. – Algo macabro desse jeito é totalmente diferente.

Hattie trouxe a salada fria de frango e uma cesta com pãezinhos, muito embora ninguém tivesse comido a galantina.

– Pode deixar, Hattie, obrigada. Nós nos servimos.

Durante a hora seguinte, as quatro mulheres comeram com apetite e conversaram. Os Masons eram, afinal de contas, uma das velhas famílias, nada havia que não se soubesse a seu respeito, desde o pai de Big Jim, John, que abrira o cotonifício cem anos antes em 1875, quando Swan era só uma encruzilhada ferroviária, quatro lojas e um punhado melancólico de casas pré-fabricadas.

Eleanor e Margaret Alice, ambas nascidas em Swan, eram as que tinham mais lembranças. Ellen e Billie tinham vindo morar ali já adultas, havia cerca de quarenta anos. Os anos da Reconstrução depois da Guerra de Secessão foram brutais na maioria dos lugares, mas o pai de Big Jim era da Inglaterra, recordou Eleanor, e não nutria idéias específicas de superioridade dos brancos, pelo menos não no cotonifício.

– É incrível que a Klan não o perseguisse – observou Billie.

– Esta parte da Geórgia era tão vazia que nem mesmo a Klan existia naquela época – relembrou-lhe Eleanor. – Além disso, ele praticamente comprou o lugar. Contratava homens e mulheres, brancos e negros, se achasse que eles trabalhariam como bestas de carga.

– Minha família sempre se queixou de que ele fez meu tio morrer de tanto trabalhar – disse Margaret Alice.

O próprio pai de John, que morava na Inglaterra, tinha fábricas na Carolina do Norte. John trabalhou a adolescência inteira aprendendo o negócio e, quando o pai se ofereceu a ajudá-lo a fundar um cotonifício próprio, ele esquadrinhou todo o sul em busca do local adequado. Além de ter duas linhas ferroviárias, Swan também estava perto das linhas de vapores nos rios Altamaha e Ocmulgee. O velho John comprou terras, construiu casas de pinho para colonos e plantou algodão. Margaret Alice disse que seu pai sempre se lembrava de John chamar o algodão de ouro branco. No segundo ano, ele construiu o cotonifício e iniciou a vila operária. Finalmente, sua mulher Mary, de Charlotte, chegou com o filho, Jim.

– Diziam que ela ficou horrorizada, mas tenha ficado horrorizada ou não, ela morreu três anos depois que Calhoun nasceu – recordou Eleanor.

– Aquele Calhoun... – comentou Margaret Alice, com a voz sumindo.

Vinte trabalhadores da Carolina do Norte vieram quando Mary veio, atraídos pela oferta de John de salários razoáveis. Àquela altura, ele já havia contratado um inglês para projetar a cidade. Em três meses, eles construíram a casa de quatro chaminés numa pequena colina com vista para os campos de algodão. Mary escolheu o local por causa das palmeiras silvestres, de dois carvalhos copados e do laguinho sufocado de nenúfares na base da encosta.

– Ainda é a casa mais bonita da cidade, especialmente desde que Lily passou a se encarregar do jardim.

Sua conversa remontava a um tempo distante não porque alguma resposta estivesse localizada em outra época, não porque alguma pista estivesse engastada ao longo dos cem anos de história dos Masons em Swan – estava claro que algum louco fugido de um hospício tinha cometido aquele ato horrendo – mas porque um suicídio reverbera para sempre e o espetáculo desagradável do ressurgimento da suicida desenterrava tudo o que elas haviam pensado nos dias que se seguiram à morte de Catherine, sem deixar bilhete algum, nenhuma pista dos motivos pelos quais se voltara de modo tão violento contra si mesma, deixando um legado de violência para Wills e as crianças. Como qualquer mãe poderia fazer uma coisa dessas? E como ela poderia simplesmente deixar todo o mundo em Swan? Prosseguiram nas recordações dos tempos de Big Jim.

– Velho safado – declarou Billie. – Não surpreende que Florence passasse a maior parte do tempo fora da cidade.

– Que obra primorosa é o homem! – comentou Ellen.

Conversaram sobre Lily ter desistido de ensinar para criar os sobrinhos.

– Não que tenha renunciado a muita coisa. Ela sempre considerou as crianças do cotonifício preguiçosas e obtusas – disse Margaret Alice.

– Bem, era provável que elas tivessem oxiúros, raquitismo, uma dieta de canjica. Lily simplesmente não nasceu para ser professora – retrucou Eleanor. Ela sabia que nenhuma turma de alunos era preguiçosa e obtusa por si.

– Como Lily agüentou tanto tempo é que foi um assombro – acrescentou Margaret Alice. – Ela mesma foi uma pirralha muito mimada. Assumir os filhos de Catherine foi a melhor coisa que lhe aconteceu. Pelo menos precisou pensar em alguém que não fosse ela mesma. – Margaret Alice tinha se esquecido dos avisos de tempestade, mas agora perigosas nuvens de trovoadas estavam se reunindo lá fora, e galhos de pinheiros arranhavam as vidraças. Seu marido tinha tido um breve namoro com Lily, mas dizia que não agüentava olhar para aqueles olhos esbugalhados mesmo sendo ela a filha do homem mais rico do lugar.

– Eu não diria mimada. Imaginem o que é crescer sob o mesmo teto com Big Jim. Não era que ela não se importasse... – Eleanor sabia que Lily em segredo tinha feito contribuições substanciais para a escola de nível médio para refeições e mensalidades dos alunos da vila operária.

– Quando me mudei para cá – disse Billie –, Wills estava no ensino médio. Era um menino de ouro, mas eu me lembro de ter havido algum problema. Ele se encrencou por empurrar um professor contra a parede. Qual foi o motivo daquilo tudo?

– Quem sabe?

– Big Jim despachou-o para a Academia Militar de Beauregard para ele aprender um pouco de disciplina. E a primeira coisa de que se teve notícia foi que ele era o melhor aluno da turma em Emory, tendo conseguido entrar para a faculdade de medicina sem nenhum esforço. – Margaret Alice olhou pela janela.

– Ele era muito bonito antes da guerra. – Eleanor estava se lembrando de Holt que, para se sustentar na universidade, teve de trabalhar servindo às mesas na sede da associação estudantil.

– Mas ele bebia. Ouvi dizer que uma noite ele, perdoem-me a palavra, mijou pelo poço da escada nos colegas da associação. – Billie deu uma risada exagerada e estendeu a mão para apanhar mais um pãozinho.

As mulheres estavam prontas para passar para o assunto de Wills e Catherine, mas um raio caiu nas proximidades e um trovão poderoso estourou ali perto. Margaret Alice sentiu-o na espinha. O céu inteiro ficou branco.

– Relâmpago difuso – disse ela, começando a chorar um pouquinho. – Pensem só em Catherine lá fora na chuva. Era uma moça extraordinária. Quem teria imaginado que ela trouxesse dentro de si a força para simplesmente se matar? Dizem que é de família. Graças a Deus, ninguém na minha família nunca fez uma coisa dessas comigo. As pobres crianças... desamparadas.

Ellen estava morrendo de vontade de fumar, mas não tinha coragem de acender um cigarro enquanto Billie continuava comendo.

– Como não está chovendo, é provável que a tempestade passe. A previsão é de que o calor continue junto com a umidade de cem por cento.

Hattie trouxe o café numa bandeja, e Eleanor cortou o bolo inglês.

– Hattie, você poderia por favor levar essas rosas daqui? Não consigo mais olhar para elas nem um minuto sequer.

Ninguém conseguiu se concentrar na segunda partida. Eleanor decidiu que cairia bem um pouquinho de xerez. Abriu o bar de Holt e serviu doses generosas. Ellen ofereceu cigarros e, muito embora as outras tivessem parado de fumar, todas aceitaram. Margaret Alice soprou um anel de fumaça na direção do teto.

– Dizem que Big Jim morreu num motel em Tipton. O segundo ataque do coração. Quem quer que estivesse com ele teve o bom senso de chamar o xerife e fazer com que ele removesse o corpo para casa, para que ele pudesse ser devidamente descoberto morto na própria cama. Bode velho!

– Nunca ouvi falar nisso. Que vulgaridade! – comentou Eleanor.

– É, querida, dizem que Florence nunca soube, apenas voltou para casa de uma temporada que estava passando com Lily e seu pessoal nas Carolinas e organizou um enterro de cerimônia. Depois disso, não se viu muito dela em Swan por semanas a fio. Dizem que ela começou a se relacionar com um músico de sua cidade natal, embora ele estivesse simplesmente gagá. E então ela adoeceu, tão rápido, coitada.

– Bem, depois disso não viveu muito mais. – Eleanor lembrou-se do telefonema de Lily numa quinta-feira dizendo que tinha desistido de dar aula no cotonifício. "Disse às crianças que iam ter dois dias de folga e que fossem para casa" contou ela a Eleanor. "Calculei que até o domingo encontrassem outra pessoa."

Quando as amigas afinal foram embora às cinco e meia, Eleanor levou os copos para a cozinha. Hattie tinha deixado um bilhete: *"Descobri onde Scott estava e pedi a ele para encontrar J.J. Que dia horrível!"* De fato, um péssimo dia. Eleanor se sentia velhíssima. Estava tonta do xerez e do cigarro. Seu quadril inteiro estava dormente em torno da articulação artificial, e ela mal conseguia mexer a perna. Deu-se conta de ainda não ter contado a Holt Junior o que acontecera. Discou o número do filho, mas ninguém atendeu.

Hattie, solícita, tinha preparado sua cama. Eleanor tomou um banho com um punhado de sais e foi para a cama, se bem que estivesse cedo demais para dormir e tarde demais para uma sesta.

J.J. MANTINHA UM BARCO DE PESCA A JUSANTE DA CABANA. Seguia com o jipe pela trilha de areia e partia dali quando queria pescar adiante dos bancos de areia, lá onde o rio começava a se alargar e a perder velocidade. Tinha pescado algumas percas e pretendia preparar umas duas para o jantar, com batatas cozidas. Quando deu a volta no banco de areia com o motor em baixa rotação, uma brisa límpida encrespou a água e lhe subiu ao rosto. Ele adorava como o rio de repente deslizava sedoso quando endireitava o curso a partir da cabana.

Desligou o motor e bateu numa raiz retorcida de cipreste, a raiz na qual deixava presa sua corrente. Os ciprestes que cresciam nos baixios, com as longas barbas-de-velho e os joelhos nodosos protuberantes, pareciam meio humanos a seus olhos, presenças silenciosas e obsessivas nas margens pantanosas. Algumas árvores têm tanta essência como uma pessoa, pensou. O barco encostou de leve na margem, e J.J. prendeu a corda em algumas raízes. Nenhuma cobra d'água ali hoje. Na semana anterior, uma caiu dentro do barco quando ele atracou bem na hora em que anoitecia – belo espécime, quase da grossura de uma perna. Da perna de quem, pensou e sorriu enquanto visualizava as pernas de algumas mulheres, sendo a mais recente a da mocinha robusta que ele levara numa excursão de pesca a St. Clare. Pernas como as de uma perfeita amazona. A cobra tinha batido ruidosa numa extremidade do barco, esticando-se rapidamente até seu tamanho total e proporcionando a J.J. o privilégio de olhar no fundo de sua boca toda branquinha. J.J. resistiu ao impulso de pular do barco para a água rasa, que só atingiria a altura de suas canelas, onde, ao que lhe fosse dado saber, nadavam inúmeros parentes dela. Ao invés disso, enfiou o remo por baixo do corpo da cobra, suspendendo-a no alto – uma filha-da-mãe de ar assustador – antes de jogá-la de volta no rio.

Olhou ao redor só para ter certeza de que hoje a criatura não estava esticada num galho acima de sua cabeça e arrastou seu equipamento de pesca pela margem escorregadia acima, largando a fieira de percas no capim. Ginger uma vez tinha seguido o instinto e pulado do barco quando uma cobra d'água caiu nele. Seu pai tinha esmagado a cobra com o remo, ao mesmo tempo puxando Ginger de volta para o barco. Os berros de Ginger foram suficientes para apavorar todas as criaturas vivas nas imediações. É claro que a cobra tinha *aterrissado* no pé dela. Geralmente, Ginger não era choramingas nem escandalosa. Wills ensinara os filhos a respeitar as cobras mas não a temê-las. "Elas têm mais medo de vocês do que vocês delas", era o que sempre lhes dizia. Quando criança, J.J. não tinha muita confiança nesse antigo ditado. Ele formava par com "Dói mais em mim do que em você", que Wills sempre dizia com raiva quando apanhava alguma varinha espinhuda para fustigar as pernas dos filhos.

A lembrança mais antiga que J.J. tinha do pai era do dia em que Wills amarrou duas câmaras de pneu de caminhão e eles dois, jogados atravessados nelas, foram levados correnteza abaixo. A impressão de J.J. era a de estar quase voando, mal roçando a superfície do rio larguíssimo. Deixou o rosto cair na água para beber porque ela era da cor de Coca-Cola. O gosto era de água e nada mais. A correnteza se avolumava, furiosa. J.J. estava apavorado mas eufórico. O pai segurava sua mão e a toda hora gritava: "E aí, o que está achando, amigão?" No Embarcadouro de Buck, eles compraram isca e pegaram carona de volta à cabana com o próprio Buck.

Embora naquela época Wills costumasse dirigir os mais de quinze quilômetros da cidade até a cabana para jantar e depois precisasse dar meia-volta e retornar à cidade para fazer um parto ou pescar um botão de dentro da garganta de alguém, deixando Catherine, Ginger e J.J. sozinhos, as lembranças de J.J. da cabana sempre tinham Wills como astro principal – chegando da caça ao pato, prendendo capuchos de algodão nas telas para impedir a entrada de insetos, descarregando um cervo da caçamba de uma picape, construindo prateleiras na despensa. Mais fácil imaginá-lo naquela época remota. A sombra de gente que esperava o fim da vida sentado na casa de repouso Columns não parecia ser o mesmo ser humano que assava pato no bafo na fogueira ao ar livre. Quando criança, J.J. ficava fascinado quando o pai conseguia cuspir fora o chumbinho enquanto continuava a mastigar a carne do pato. Ele mesmo ainda não conseguia esse feito.

J.J. seguia sem pressa. Os pinheiros formavam uma franja na parte inferior do sol, que mais tarde mergulharia no rio, enviando a luz oblíqua pelos carvalhos-anões e fazendo refulgir a água. O rio, às vezes marrom, hoje estava verde. Verde, reconheceu ele, como o rio em seu sonho recorrente, no qual a água parecia ser seu próprio elemento, e ele era levado – sendo levantado, tombado e sustentado – por uma correnteza veloz. Ele nadava, perfeitamente à vontade na água, um sonho exultante do qual acordava sentindo-se de repente encalhado, abandonado.

O jipe entrava nas poças rasas e lodosas e saía delas. Com uma das mãos no volante, ele se desviava de tocos e troncos caídos. Aquela estrada era conhecida como a palma de sua mão. Mesmo cego, poderia dirigir por ela.

A trilha acompanhava a ribanceira por uns cem metros e depois se desviava para longe do rio, passando pelo terreno mais seco e mais alto de florestas e palmeirais por um quilômetro e meio, para então voltar em curva na direção do rio perto da cabana. Ele chegou pelos fundos da cabana. O fusca de Scott estava estacionado junto à parreira de moscatel e, quando saltou do carro, J.J. viu Scott sentado no atracadouro, molhando os pés na água do rio.

Scott estava esperando havia quase duas horas. Sua mãe Hattie lhe mandou encontrar J.J. mesmo que levasse a noite inteira. Scott tinha deixado a loja nas mãos da nova balconista, Mindy, que parecia ter um parafuso a menos. Ele não sabia por que J.J. a contratara e esperava que ele não estivesse transando com ela mas com J.J. nunca se sabia.

Scott levantou-se, sacudindo os pés molhados, enquanto J.J. levou os apetrechos de pesca para a varanda, jogou os peixes na pia e afinal se encaminhou até o atracadouro.

– Ei, Scottie, amigão, o que houve?

– Puxa, cara, nem sei por onde começar. – Ele estava sacudindo a água dos pés e baixando as pernas arregaçadas das calças.

J.J. imaginou algum problema na mercearia. Ele deixava todas as decisões nas mãos de Scott, à exceção de algumas contratações. De vez em quando, reunia-se com os vendedores, quando Scott tinha algum assunto a tratar na outra mercearia Mason no lado leste da cidade. Em Swan houve quem tivesse ataques de raiva quando J.J. contratou Scott para cuidar de uma loja na parte branca da cidade. Aos poucos, a localização conveniente superou seu ranço de preconceito. O movimento tinha até mesmo aumentado. A simpatia de Scott deixava todos à vontade, e agora achavam que ele se estava saindo muito bem.

– Vamos tomar uma cerveja, cara. Não pode ser tão ruim assim. – Era certo que J.J. sentia pouquíssimo interesse pelas lojas ou por qualquer um dos imóveis e outros pequenos negócios que seu avô Mason deixara. – Eu praticamente fiz um buraco no rio de tanto tirar peixe de lá hoje – vangloriou-se.

— O assunto é sério. — Scott sentou-se no sofá de balanço da varanda, e J.J. trouxe Budweisers geladas.

Scott fixou o olhar no chão.

— Minha mãe estava na casa de dona Eleanor hoje de manhã, quando ela voltou da visita ao cemitério. Não dá para acreditar, mas é verdade porque o xerife e o encarregado da funerária estiveram lá e viram também.

— Do que você está falando afinal?

— Dona Eleanor estava tirando rosas dos túmulos da sua família.

— E por isso ela vai ser presa?

— Não, cara, não é nada disso — quase gritou Scott. — Ela estava com sua tia, e as duas encontraram sua mãe deitada do lado da própria sepultura. Desenterrada por alguém.

— Epa, espera, espera aí, pára com isso... você acha que pode fazer piada com essa história de mau gosto?

— Meu Deus, claro que não! É a mais pura verdade. Ela está lá neste exato momento, a céu aberto. — Ele contou a J.J. tudo o que Hattie lhe dissera. — Você precisa ir para casa para cuidar da dona Lily. Quer que eu te leve até lá?

Ficou olhando J.J. acabar com a cerveja. Os dois contemplaram o rio verde. Um peixe saltou da água, parou em pleno vôo em arco e mergulhou de novo desaparecendo com elegância. A boca de J.J. estava franzida como a de uma criança amuada.

— Não, não, Scott. Volte para casa. Vou entrar um pouco e ligar para Eleanor e para o xerife. Depois cuido de Lily. Obrigado por ter vindo até aqui trazer as boas notícias.

— Tem certeza de que está tudo bem? — Scott conhecia o hábito de J.J. de se retrair, procurar abrigo e não se abrir.

— Está tudo em cima. — J.J. esfregou o punho fechado na outra mão. Sua vontade era esmurrar o pilar da varanda.

Ficou olhando as luzes de freio do carro de Scott desaparecerem pela estrada de areia afora.

O telefone de Eleanor tocou dezoito vezes. Sem resposta. Talvez o choque a tivesse matado. J.J. conseguiu falar de imediato com Ralph Hunnicutt e lhe dizer que tinha sido avisado. Ralph acabava de desligar uma ligação com o Departamento de Investigações, que só poderia vir na manhã do dia seguinte. Ele próprio precisaria cumprir o turno de vigia no Magnolia. Seu substituto tinha o compromisso de fritar bagres na festa do Rotary e, além disso, se recusava categoricamente a ficar de guarda no local da sepultura. Disse que não queria nem chegar perto do lugar. Ralph garantiu a J.J. que faria tudo o que fosse possível para localizar o louco que tinha cometido aquele crime.

— Neste momento, não fazemos idéia, não fazemos a menor idéia. A Polícia Estadual não tem nenhuma informação de ninguém que tenha escapado da penitenciária agrícola ou do hospício. Em toda a minha vida, nunca ouvi falar de nada parecido. Se lhe ocorrer alguma teoria, me fale. Estamos supondo que o motivo tenha sido o roubo a sepulturas. Era preciso que pelo menos dois estivessem envolvidos. Uma pessoa sozinha nunca ia conseguir tirar do lugar aquele granito.

Ele é o próprio Sherlock Holmes, pensou J.J., irônico.

Particularmente, Ralph queria acreditar na teoria do roubo a sepulturas, mas seu instinto duvidava dessa possibilidade. Por que o ladrão não teria ido atrás da sra. Coleman Swift? Os Swifts tinham ainda mais dinheiro que os Masons, da mesma forma que os Pearlmans, proprietários de uma cadeia de lojas de vestuário por todo o sul da Geórgia.

— Minha mãe nunca foi de ostentação. Muitas mulheres enterradas ali usavam nas mãos pedras enormes e vistosas. Isso não faz sentido de modo algum. Onde é que ela está agora? Ela foi... puta merda... ela sofreu alguma lesão?

Ralph tinha um palpite incômodo de que o caso envolvia algo ainda mais absurdo que roubo a sepulturas e ficou decepcionado ao ouvir J.J. levantar a mesma dúvida.

— Não, ela está... está... Droga! Ela está deitada lá, como no dia em que morreu, mais ou menos. — A cor do rosto da morta passou de relance, amarela, pela sua cabeça. — Tranquei os portões do cemitério. Não podemos mexer em nada enquanto o local não tiver sido submetido a um exame meticuloso. Lamento muito que tudo isso tenha acontecido, e espero que você transmita meus sentimentos à sua família. Falei com Ginger lá na Itália. Ela chega amanhã. Ligo para você mais tarde se surgir alguma novidade.

J.J. sentou-se na escada da varanda, fechou os olhos e se imaginou na canoa, atravessando o Okefenokee. Esfregou as têmporas, concentrando-se em palmeiras esguias refletidas na água negra de matéria em decomposição, uma garça de cabeça amarela numa catalpa e ciprestes melancólicos com tiras de barba-de-velho levantadas no ar como cabelos. Quem ficasse imóvel por um bom tempo conseguiria ver o lento movimento de uma palmeira que tinha nascido num monte de húmus não ancorado. A Terra do Chão que Treme. Talvez toda a terra esteja tremendo, pensou. Nós só não conseguimos ver. O pântano ao amanhecer com um bando branco de garças-reais levantando vôo das árvores, almofadas flutuantes de terriço de folhas de plantas carnívoras, aquelas voragens verdes para atrair insetos. Tentou sentir o cheiro fecundo — às vezes achava que tinha inspirado um vestígio do antigo mar salgado quando sua canoa amarela cortava a água rasa exatamente acima do ponto mais baixo do mar que cobria a baixa Geórgia eras antes que ela se tornasse a Geórgia.

Se Scott não tivesse vindo, J.J. teria fritado as percas polvilhadas com fubá, tomado um copo de *bourbon*, passado uma noite serena lendo o livro que tinha chegado pelo correio e feito anotações nas margens.

Impulsos de correr ou lutar percorreram primeiro a parte de trás de suas pernas e em seguida seu corpo inteiro. E se ele desaparecesse? Tinha feito isso antes. Só Ginger tinha adivinhado que ele estaria na choupana que era do conhecimento apenas deles dois. Recentemente, J.J. tinha passado por ela, com os galhos partidos ainda inclinados para um lado, ainda com a mobília de dois tocos que tinham sido seus bancos. Bem ali o rio se aprofundava por causa de uma nascente, e os dois podiam se lançar suspensos em cipós e se deixar cair nas águas gélidas. Antes do enterro, ela acabou denunciando onde ele estava, e o pai veio apanhá-lo. Encontrou J.J. acordado, enrolado num saco de dormir úmido, com as sobras de feijão e carne de porco ainda na lata.

— Você tem a mim — disse o pai, com delicadeza. — E Ginger. E tia Lily. Tudo vai dar certo. Você só precisa confiar no que estou lhe dizendo agora.

J.J. tinha jurado nunca mais entrar em Swan, mas saiu do saco de dormir e seguiu o pai até o carro. Sempre que o enterro lhe vinha à mente, ele o forçava a se dissolver na memória. Fazia com que seu pensamento passasse por ele tão veloz que não se conseguisse deter em nenhum detalhe.

Sem dúvida Ginger está a caminho, pensou ele. Que trapalhada terrível. Sete e meia em Swan, uma e meia da manhã lá. Os aviões com destino a Washington e a conexão com Atlanta sairiam somente de manhã. Ele teria o dia seguinte inteiro para cuidar disso. Ela deve chegar por volta das cinco ou seis amanhã, calculou. Isso, se conseguir, se o avião não mergulhar em espiral no oceano — não, tolice, se não houver atrasos. Apanhou o caderno e voltou às páginas sobre o pântano em abril, nas quais tinha feito o esboço de um jacaré recém-saído do ovo, deitado no dorso da mamãe, a cena mais bela que tinha visto na viagem, com exceção das palavras *Jesus Salva* escritas com calotas de automóveis numa encosta. Gostaria de fritar as percas, passar a noite com os cadernos, embalado pelo coro das pererecas lá fora.

J.J. jogou uma lona por cima do jipe aberto e pegou o Jaguar para ir à cidade. A cabana ficava a seis quilômetros e meio da estrada principal. Ele virou na direção de Swan no viveiro de peixes, passando por Hunter's Mill, e depois mais nada. Pisou fundo no acelerador. Com uma única curva em dezesseis quilômetros e sem nenhuma habitação humana à vista, ele deixou que a agulha indicadora do velocímetro chegasse a 160, desejando que o automóvel levantasse vôo pelos céus afora. Baixou a velocidade no cemitério dos negros, ao lado de uma igreja fechada com tábuas e pintura descascada. Ele e Ginger costumavam gritar pedindo aos pais que parassem ali e os deixassem colher amoras-pretas. Colhiam punhados, sem se dar conta de que os arbustos exuberantes tinham suas raízes em covas. Havia cruzes de madeira meio afundadas na cabeceira de cada monte de barro, e algumas sepulturas eram decoradas com jarros e fragmentos de vidro colorido. Vodu, disse sua mãe, espíritos moram nos jarros.

Com a capota arriada, J.J. respirava as ondas de perfume de madressilva pelas quais passava. Fez um esforço para relaxar seu modo de segurar o volante. O sol já tinha parado de flamejar e não restava sinal da tempestade que tinha começado a se formar durante a tarde. Ele mal notou Swan ao anoitecer. Na mata, nem uma pena de ave nem uma folha se moviam sem receber sua atenção. Lily achava que o havia criado, mas ele se criara sozinho tão semelhante a um índio *creek* quanto possível. Na cidade, passou pelas ruas calçadas de tijolo, virou no prédio de quatro andares, passando pela Surprise Store, pelas pequenas fachadas de lojas sem iluminação, onde conhecia todos os proprietários e balconistas quisesse ele ou não, e seguindo pela Center Avenue com seus canteiros ovais mantidos pelos três clubes de jardinagem. Moitas de açucenas vermelhas que sua mãe tinha plantado um quarto de século atrás ainda floriam na época certa.

O projeto original de Swan sobrevivia na larga avenida em elipse, o Whistling Swan Boulevard, que circundava a cidade, e nas quatro alamedas interiores concêntricas. Fora essas vias curvas, todas arborizadas em 1875 com carvalhos, as ruas de Swan obedeciam ao quadriculado habitual nos Estados Unidos, mas até mesmo ruas estreitas como trilhas eram orladas com cornisos e extremosas. Alguma sonhadora, talvez sua bisavó, deu a três das quatro alamedas o nome de ilhas distantes – Minorca, Córsega, Corfu – e depois, num momento de sinistro realismo, deu à quarta o nome de uma sangrenta batalha da Guerra de Secessão no rio Mississípi, *Island 10*.

J.J. entrou em Island 10, e seguiu pela estradinha sem pavimentação que levava até a Casa das Palmeiras. Para todos os Masons, ela sempre havia sido simplesmente "a Casa". O bloco de mármore com a inscrição *Casa das Palmeiras, 1877* estava escondido por baixo de um matagal de rosas da China, da variedade trepadeira. Quando a estrada de terra marcada de sulcos foi aberta, ela atravessava uma floresta de pinheiros antigos. Uma ponte de madeira cruzou o córrego do Fim do Mundo. Com o passar dos anos, os Masons se desfizeram de partes da propriedade, e agora as pessoas estavam se mudando das velhas residências no centro da cidade para construir casas de alvenaria, de um único andar, de telhado com pouca inclinação, ao longo da estrada. J.J. olhou de relance para o terreno encharcado que acabara de vender à Igreja Pentecostal da Aliança, um pedaço sem valor das terras dos Masons que ele jamais imaginara conseguir vender. Os fiéis estavam tendo sérias desavenças relacionadas à bebida e à dança, e alguns mais decididos pretendiam romper com a igreja e criar sua própria seita, onde ninguém teria permissão de aproveitar nada da vida. Que os mosquitos os carreguem!

Do final da estrada, pôde ver Lily em pé na varanda da frente, com o olhar perdido no nada.

J.J. deu-lhe um abraço, e ela começou a procurar um lenço de papel nos bolsos. Chorou encostada no ombro do sobrinho.

– Não consigo agüentar. Não sou de ferro. Isso já é demais. – Ele sentiu que ela tremia.

– Você parece exausta. – J.J. fechou o nariz para não sentir o cheiro de iodo do curativo na sua mão nem o azedo do avental esquecido muito tempo na máquina de lavar. Levou-a até a cozinha e serviu chá gelado. Ela parecia perdida no vestido de ficar em casa. O redemoinho no seu cabelo estava remexido, e alguns fios tinham escapado do coque. J.J. olhou para o branco amarelado dos olhos da tia e as três camadas de círculos pendentes logo abaixo. Pensou, sem desamor, que ela lembrava um cavalo velho.

Estava cansadíssima, muito além da exaustão, esgotada depois da ida até a casa de repouso para ver Wills. Contou a J.J. que Wills só tinha ficado olhando para ela com aquele seu ar esfaimado, quando ela lhe relatou o fato horrendo que tinha ocorrido.

– Catherine, Cat, Cat, como vai ser maravilhoso vê-la outra vez – disse então. Sorriu e ficou agitado tentando se levantar. – Me arranje um pente, Lily. Vou apanhar o trem. – Ele ergueu o queixo, como se estivesse ajeitando a gravata, mostrando-lhe o perfil pétreo.

– Não há trem nenhum. O trem nem mesmo passa mais por aqui. Você não se lembra de que antes apanhávamos o trem mas agora já não é possível? A estação ferroviária agora é o Museu Jeff Davis, cheio de velhos botões de uniforme e cantis embaçados. Não podemos nem mesmo pegar um ônibus, não que fôssemos querer isso.

– Ela fez boa viagem?

– Quem?

— Essa mulher de quem você estava falando.

— Wills, meu querido, eu estava falando de Catherine. Não houve viagem nenhuma. Lamento ter de lhe contar isso, e sei que é difícil de entender, mas você ia acabar ouvindo de outra pessoa. Não compreendo como alguém poderia pensar em fazer uma coisa dessas conosco.

Ele se mexeu na poltrona e gemeu. Seu lado esquerdo estava paralisado à exceção da mão enorme e retorcida. Lily achou que as veias azuis pareciam fio para bordar.

— Ligue a televisão. Gostaria de beber uma Coca e ficaria agradecido se você pedisse uma para mim. Este hotel não tem autorização para venda de bebidas alcoólicas, e eu já disse a eles que assim nunca vão ter sucesso. Já me hospedei nos melhores hotéis, e todos têm serviço de copa.

Lily sorriu. Às vezes ela quase achava que ele estava sendo irônico.

— Wills, você sabe que está na casa de repouso Columns. Eles cuidam bem de você aqui.

— Vou sair amanhã ao meio-dia. Estou sentindo uma dor bem aqui. — Ele passou a mão direita do ombro até o joelho. — Tudo me dói. — Geralmente ele se esquecia de que tinha sido médico. Queixava-se como uma criança mas não parecia ter nenhuma expectativa de que algo pudesse ser feito por ele.

Lily não contou a J.J. que tinha ido até o posto da enfermagem. As portas que davam para o corredor estavam abertas e ela tentou, como de costume, não olhar para os corpos mirrados, com o volume das fraldas, colocados sentados em poltronas, olhando para o corredor em busca de algum sinal de atividade. Evitou olhar para a mulher com tumores do tamanho de punhos fechados em torno da cabeça e do pescoço, mas parou para falar com Besta Warren, que era de uma boa família e simplesmente tinha entrado em colapso aos cinquenta anos. Desde então, estava ali fazendo casacos horrendos de cor turquesa e azul. Quando chegou ao posto da enfermagem, tinha se esquecido do que o irmão queria. Agora, porém, se lembrava.

– Wills pede tão pouco. Uma pena ele não ter conseguido a Coca-Cola.

– Ele vai superar. Supera tudo o mais, não é mesmo? – J.J. estava preocupado com os saltos no raciocínio de Lily. Ela está no limite, pensou ele. Já a tinha visto assim antes, quando passaram por um alerta de furacão, e ela temia que a Casa fosse arrancada dos alicerces e levada pelos ventos. – Vou tomar um banho, e depois vamos preparar um jantar. – Em seu antigo quarto, ele se deixou cair de costas na cama. Meu Deus, pensou, larguei as percas na pia.

Lily sobressaltou-se quando J.J. desceu de novo. Parecia simplesmente uma aparição de Wills quando voltava para casa da faculdade de medicina em Emory. O cabelo de J.J. estava comprido demais. Molhado do chuveiro e penteado para trás, o cabelo preto brilhava azulado à luz da cozinha. Estava bronzeado e descalço. "Bonito demais para ser menino" era como o provocavam quando criança. Ele tinha os olhos verdes salpicados de Wills, mas os cílios eram densos e curvos. Não chegava a ter a altura de Wills, mas tinha a compleição sólida ao passo que Wills era magricela e mais elegante, pensou Lily. J.J. tinha trocado de roupa: do que parecia ser uma camiseta rasgada para uma camisa branca decente, de mangas curtas. Nunca usava nada a não ser camisas brancas, jamais deu a mínima para roupas e, nas duas ou três noites por semana em que dormia na Casa, sempre vestia uma camisa impecável, deixando a roupa de caça ou de pesca numa pilha no chão para Tessie recolher. Um homem adulto tirando a calça como se tivesse quatro anos de idade.

Lily dava a impressão de ser alguma escultura de cera que tivesse começado a derreter. J.J. aqueceu sobras de feijão-manteiga com presunto, e ela se sentou à mesa da cozinha.

– No dia em que sua mãe morreu – começou Lily. Ele abriu um pote de picles e tirou alguns para o prato de cada um.

– Lily, não vamos falar sobre nada disso agora. Você teve um dia terrível... o pior dia da sua vida. Eu tive um dia terrível. Vamos só comer, e depois você trate de ir direto para a cama. – Ele não conseguia aceitar nem mesmo a idéia de qualquer tipo de drama.

Ela beliscava a comida. Este não era o pior dia de sua vida.

– Onde Catherine está agora?

J.J. abaixou o garfo e abanou a cabeça.

– Deitada no chão, imagino.

– Ginger vem quando? Onde estará agora? Fiz bolachas para ela.

J.J. foi até a caixa de biscoitos.

– E fez mesmo. Vamos só pegar umas amostras desse seu importante talento. Ginger só vai chegar aqui bem tarde amanhã. Talvez você possa preparar mais uma fornada de manhã. – Ai, meu Deus, se ela não estivesse tão descontrolada, talvez eu mesmo pudesse me sentir um pouco abalado, pensou. – Você sabe que é um longo vôo e depois ela precisa dirigir mais de trezentos quilômetros. Queria que ela tivesse esperado antes de sair voando desse jeito. Amanhã tudo isso pode estar encerrado. Tia Lily, você precisa manter a calma, procure não ficar tão nervosa. – Histérica era uma palavra mais adequada. J.J. passou manteiga numa bolacha que tinha amolecido com o calor. – Eles vão apanhar esses idiotas. E, com isso, tudo estará acabado. Pelo menos, é o que espero.

Lily enveredou pela idéia da viagem e do tempo.

– Você tem toda a razão. Estou fora de mim. É claro que Ginger neste momento está dormindo como um anjo... E onde é que ela está? Ouvi dizer que estão seqüestrando as pessoas na Itália, ou que lhes dão tiros nos joelhos.

— Em Roma. Tenho certeza de que ela está num ótimo hotel. Ninguém vai mexer com os joelhos dela. Ela sai de Roma amanhã cedo. — E é bem provável que esteja acordadíssima, perguntando-se o que pode estar acontecendo por aqui. Ele ergueu o copo. — Tintim, Ginger, a divina Lily e eu estamos nos banqueteando com carne de caranguejo e champanha, conversando sobre as sutilezas dos puros-sangues. Volte para casa, aqui para o coração do sul, *summertime and the living is easy, fish are jumpin'*, enfie o focinho na terra ou morra.

— Pare com isso, J.J. — Lily sorriu a contragosto. Com J.J., às vezes tinha a impressão de que ela e Wills eram jovens de novo, ali sentados juntos enquanto a mãe tirava as flores murchas do arranjo do centro da mesa e o pai entrava na sala de estar para escutar rádio. — Ela é veloz no volante. Estará aqui para o jantar. Talvez traga um pouco daquele queijo que trouxe da última vez. Está entusiasmadíssima com esse trabalho, cavando a terra aqui e ali, para extrair pecinhas que ninguém iria querer. Trouxe um pezinho de barro minúsculo, que achava a coisa mais linda.

Lily fixou o olhar na porta dos fundos.

— Todos viam sua vivacidade. Dava para se ver logo que ela era alguém. Sempre erguia o queixo quando se virava para se afastar. Assim. — Lily olhou para ele e depois para a parede, levantando o queixo lentamente enquanto se voltava.

— De quem você está falando? — Mas ele sabia.

— Ah, Catherine... mas eu estava falando de Ginger também. Ela sempre foi muito carinhosa. Costumava me trazer um buquezinho de flores no dia da primavera. Mas Catherine... o cabelo de Catherine era preto como o seu. É de onde ele veio. O cabelo de Wills era como o meu, de um castanho vivo antes de ficar branco como a neve. Eles roubavam a cena onde quer que fossem. Ela sabia ser mordaz.

— Você está falando de Ginger ou da minha mãe? — Irritado, ele acompanhava os devaneios de Lily mesmo sem querer. As janelas altas da sala de jantar estavam abertas para os sons da noite, o coro silvestre não tão diferente assim da voz de Lily.

— A Ginger quase venceu o debate estadual quando estava no ensino médio. Aquela história de segregação, acho que já estavam discutindo esse tema naquela época. Sorte que eles não tinham armas, os manifestantes. Armas disparam. É para isso que existem, para disparar. — Ela fez uma pausa. — E vão continuar disparando até o final dos nossos dias. Catherine sempre conseguiu o que quis.

J.J. mantinha-se calado e comia. Lily estava desabafando. Provavelmente era um choque profundo. Que deixasse seu rio fluir.

— Nunca vou me esquecer daquele dia. Fiquei com tanta pena dela! Gin-Gin tão pequena, tremendo e chorando como se não fosse parar nunca. Agarrada com aquela boneca que já não era mais para sua idade e repuxando o próprio cabelo. Esse cabelo é sua glória. Como uma casa em chamas. Você fugiu, e ninguém tinha idéia de onde estava, o que aumentava a preocupação. Nunca vou entender o mistério... no dia seguinte estava marcado para Catherine ir a Macon... aquele Jaguar vermelho que ela queria tinha chegado. É claro que Wills lhe dava tudo o que ela pudesse querer. Isso eu nunca entendi, se você tivesse encomendado um carro, você ia... — Sua voz foi sumindo quando ela deixou cair três ervilhas no colo.

— Quer um café? Pode deixar que eu faço. Vou dar uma saída.

Lily interrompeu os devaneios labirínticos.

— J.J., precisamos nos lembrar de perguntar ao xerife se ela ainda estava com o envelope.

— Olhe, já estou de saída. Vamos deixar essa louça. — É só varejar os pratos pela porta dos fundos. Para bater com força na cerca.

– Querido, havia um bilhete nas mãos de Catherine antes que a enterrassem. Eu me pergunto se foi roubado.

– O que estava escrito? – Ele mal conseguiu se forçar a perguntar, por seu antigo costume de bloquear qualquer lembrança, qualquer fato, qualquer especulação sobre a mãe.

– Não sei. Talvez uma carta de despedida, talvez uma carta de amor de Wills. Seria horrível se a tivessem tirado do lugar, não importa o que fosse. – Ele não lhe perguntou quem pôs a carta na mão de Catherine.

– Vou perguntar ao xerife amanhã. – Ele sempre procurava não pensar na mãe jazendo na casa funerária com o mesmo vestido que tinha usado nas férias. Em Carrie's Island ela usava sandálias brancas, que descalçava para andar na areia e levava penduradas nos dedos da mão. Quando se debruçava de maiô, ele podia ver uma orla de areia branca nos seus seios e o brilho do óleo de bronzear, que tinha cheiro de coco e de sol. Sua pulseira de berloques tilintava e, segurando a mão dele e de Ginger, às vezes ela dava um passinho de dança e fazia com que a acompanhassem. O verão inteiro eles jogaram canastra, Banco Imobiliário, xadrez chinês e *Parcheesi*, um tipo de gamão indiano. Na parte mais quente do dia, ela fazia sanduíches de queijo e pimentão, abria grandes sacos de batatas fritas, e os três ficavam sentados no alpendre embalados por uma brisa suave, tomando limonada e jogando pôquer com apostas de moedinhas. Ele ainda ouvia a arrebentação das ondas, depois o rápido refluxo de volta ao mar através de bancos de conchas de moluscos, um som semelhante a uma respiração através de dentes cerrados.

J.J. saiu de carro para ir até a vila operária beber alguma coisa com Mindy. O carro levantou água ao passar pela ponte de madeira quase submersa sobre o córrego Cherokee, que assinalava a entrada da vila. As chuvas tinham avolumado o riacho, onde ele e Ginger brincavam quando iam ao escritório com Big Jim. Do outro lado do riacho, começavam as fileiras de casas de operários. Tinha estado com Mindy algumas vezes desde o divórcio dela. O marido era motorista de um caminhão-tanque e no verão anterior tinha se envolvido com uma seita evangélica dada a gritos e movimentos convulsivos, que Mindy considerava pura bobagem. O fervor religioso do marido proporcionava um monte de regras mas de algum modo não o deixava agora com a obrigação moral de pagar a pensão alimentícia da filha Letitia, que estava com cinco anos. J.J. contratou Mindy para trabalhar na loja, por enquanto arrumando o estoque nas prateleiras e verificando a chegada dos pedidos.

Embora o cotonifício de Big Jim tivesse encerrado as atividades dez anos antes, metade das casas de operários ainda estava habitada. J.J. recolhia o aluguel de quarenta dólares por mês de cada um sempre que encontrava tempo para fazê-lo. Olhou de relance para uma casa aonde nunca ia cobrar o aluguel, logo depois do riacho. Desde o dia em que soube que Aileen Boyd, a mulher que morava ali, tinha sido amante de Big Jim, resolveu que simplesmente deixaria para lá esse aluguel. E talvez não fosse verdade. Quando menino, Scott tinha ouvido a história pela rede de fofocas das criadas. Um gato dormia na escada da frente. Mais adiante havia três casas vazias que J.J. tinha fechado com tábuas depois que os adventistas se queixaram de que adolescentes as estavam usando para fazer sexo e beber cerveja. A rua em forma de quadrado em torno do cotonifício tinha casas de pranchas de madeira dispostas sobre blocos, com a varanda da frente meio fora de prumo e quintais amplos. Latas de banha com gerânios, pés de malva-rosa tão altos que formavam arcos, centáureas e um matagal de esporinhas enfeitavam alguns quintais. A maioria era de terra batida com buracos onde cachorros se enrodilhavam. Alguns grandes lilases-da-índia plantados ao longo da estrada proporcionavam a sombra que havia.

Mindy tinha pintado sua casa do que chamava de verde espuma-do-mar e tinha plantado trepadeiras de batata-doce que subiam por barbantes de cada lado da varanda. Ele a viu sentada na escada pintando as unhas dos pés, muito embora já estivesse quase escuro. Um trecho de céu dourado ainda permanecia acima do prédio de tijolos, grande e esparramado, onde seu bisavô e seu avô tinham fabricado tecidos de algodão por décadas a fio. O pai de Mindy tinha sido capataz, e sua mãe trabalhava nos teares, mas agora eles estavam morando na Flórida e tinham melhorado de vida. Ele era encarregado de um posto de combustível e ela trabalhava na loja, vendendo refrigerantes e caramelos de chocolate que ela mesma fazia. Vinha gente de longe comprar seus caramelos juncados de pecãs. Eles conseguiam mandar algum dinheiro para Mindy, sempre com um bilhete para incentivá-la a sair daquela pasmaceira e se mudar para Denton, onde ela e Letitia poderiam morar no quarto vago na casa deles. Com outro par de mãos a trabalhar, eles poderiam ampliar o negócio dos caramelos.

J.J. abriu a mala do carro e tirou uma garrafa de gim. Mindy acenou para ele com o pincel de ponta prateada e remexeu os dedos dos pés no ar.

— Ei, J.J., não estava esperando vê-lo. Ouvi Scott no telefone com a mãe e forcei ele a me contar o que aconteceu. Fico nervosa só de pensar. Você está bem? Coitadinho!

J.J. percebeu que era exatamente aquilo o que tinha vindo ouvir. Mindy trouxe para fora copos altos com gelo e uma garrafa de água tônica. Letitia estava dormindo no quarto da frente. J.J. ouvia o zumbido de um ventilador soprando de um lado para o outro acima dela. Ele se sentou na escada e serviu a bebida. Os dedos dos pés de Mindy estavam da cor de moedas de dez centavos.

— Fantasia Prata — disse ela, mostrando o vidro de esmalte.
— É a minha cara. — Agora que o marido tinha ido embora, ela

dedicava horas à pele, ao cabelo, às unhas, às roupas. Mesmo depois de trabalhar seis horas na loja – não conseguia chegar antes das dez, hora em que podia levar Letitia para brincar na casa da irmã – ainda lhe restavam horas e mais horas a preencher, horas em que debulhava ervilhas, passava roupa e não sabia o que mais fazer. Da loja, trazia para casa comida pronta, e Letitia adorava as bandejas de alumínio com subdivisões. Podia cozinhar milho verde, talvez, ou fazer um pouco de arroz, mas o jantar agora lhe tomava só alguns minutos, e depois o dia ainda continuava. Só por volta das nove e meia, quando finalmente escurecia, Mindy tinha a impressão de que o dia poderia realmente terminar. Tinha enxaguado o cabelo com suco de limão e o enrolado em latas de suco de laranja. Percebeu que J.J. estava olhando para seus cachos louros e saltitantes. Ele lhe entregou um copo e sentou ao seu lado na escada. Ela tocou no rosto com o copo para sentir o frescor e estendeu as pernas para admirar os dedos brilhantes.

Pernas maravilhosas, percebeu ele. Belos pés, também. Finos e longos como os de um coelho.

– Minha tia está desmoronando. Você pode imaginar. Bem, talvez não possa. Eu é que não consigo encontrar um jeito de entender nada disso. O vôo da minha irmã chega amanhã. Chamaram alguém do Departamento de Investigações. Espero que resolvam isso logo amanhã e se encarreguem da minha mãe. Queria esquecer que isso aconteceu. – Ele fez uma pausa. – Vai ser difícil.

Cabelo horrível, pensou. Parecia que tinha batido de frente com um tornado. Mas, quando Mindy virou a cabeça, ele captou o perfume fresco do limão e sentiu um choque com a bebida forte e gelada que tinha preparado. Apesar de Mindy ser sem graça, ele gostava de olhar para ela. Seu rosto era franco, com sardas claras, o nariz espevitado e grandes olhos escuros que sempre pareciam sonolentos. O sorriso de lábios finos quase conseguia cobrir os dentes inferiores ressaídos. Era bem-feita de corpo, com seios generosos e pontudos, mas de algum modo não chegava a ser *sexy*. Ou talvez fosse ele que não percebesse, ou algo semelhante. Ele queria companhia. Queria sentir uma onda de desejo impetuoso que os deixasse no meio de sua feia cama de ferro. Mas não ia acontecer. Talvez a separação ainda fosse muito recente.

– Pelo amor de Deus, vamos falar sobre outra coisa.

– Está bem. Você viu *Tubarão*?

– Não.

– Tudo bem Vejamos... hoje tivemos uma entrega de polpa de tomate e de molhos para churrasco. E um pirralho tirou do lugar a tomada da conservadora de sorvete e todos os picolés derreteram. Letitia conseguiu colorir o alfabeto sem sair das linhas. Ela me respondeu com má-criação duas vezes hoje.

J.J. riu, recostou-se no gradil e ficou apreciando o surgimento das estrelas. Lá estava sua velha amiga, a Coroa Boreal, que lhe foi indicada pela mãe na varanda da cabana numa noite de verão como essa, quando ela estava sentada na grade de toras e ele e Ginger mal se mexiam no balanço. As hortênsias brancas de Catherine cresciam até a beirada da varanda, luas cheias em folhas molhadas e sombrias. Sua mãe tinha estudado astronomia na faculdade para evitar o requisito da matemática. Ela se lembrava das Plêiades, de Órion, das Ursas. Outras inventava.

– Olhem lá, o Formigueiro, e o Desastre de Trem. E mais para lá a Estrela Polar, logo acima do Judeu Errante.

– Judeu Errante é a trapoeraba, uma planta na casa de tia Lily – berraram ele e Ginger, em protesto. – Não tem nenhuma trapoeraba no céu. – Mesmo assim, não tinham certeza.

– Olhem, ali é a barba, e é só acompanhar a linha imaginária... os joelhos, os pés. É claro que existe uma constelação do Judeu Errante. Tem de existir... – Abaixo de onde estavam, o rio mergulhava pela noite adentro. Estavam ouvindo a água passar em ondas por cima de um grupo de troncos ao longo da margem. O pai estava sentado sozinho no atracadouro. J.J. fechou os olhos em torno da imagem do pai que a luz da varanda mal chegava a iluminar.

 Mindy trouxe dois pêssegos. Comeu o dela, com casca e tudo, deixando o sumo escorrer. J.J. debruçou-se e lhe tocou a ponta do queixo com a língua. Ela forçou os seios para a frente, riu e o abraçou. Ele sentiu os lábios firmes a pressionar os seus, a lingüinha atrevida que os separou e a doçura suculenta da fruta quando ela se abriu mais e soprou para dentro da sua boca e chupou mais fundo, ele com as mãos no cabelo de Mindy, e ela com a mão por baixo da sua camisa. Ele sabia aonde isso iria dar. Agora estava disposto, mas algo nele estava isolado, observando-o entrar em ação e se recusando a se soltar. Ele se recostou, abaixando a cabeça de Mindy para encostá-la no peito.

 – É difícil ir embora, mas preciso voltar para a Casa. Hoje foi um dia que virou uma eternidade. Estou exausto. É bem provável que Lily esteja perambulando pelos sacrossantos salões.

 Ela não respondeu. Ele já tinha feito isso antes. Na noite em que foram dançar em Lake T, a temperatura estava acima de 35º mesmo às dez da noite. Um cara de Osceola que estava dançando sozinho tropeçou, deu um grito e derramou uma cerveja gelada na própria cabeça. Eles foram andar lá fora onde estava úmido e o ar estava limpo se bem que não estivesse nem um pouco mais fresco. Ele a beijou no pescoço, fez cócegas nos seus ombros nus com uma plantinha, zombou dela por ter pisado nos seus pés. Ele dançava bem, e ela achava que os homens que sabem dançar são bons de cama. Pelo menos era o que achava antes de se casar. Sua turma na escola era a de três anos depois de J.J., e ela sempre o considerou lindo, nem um pouco parecido com o avô velho e mandão, que se postava na caçamba de um caminhão para distribuir perus aos trabalhadores do cotonifício para o dia de Ação de Graças. Como se fossem peões. Ela se lembrava de como sua mãe ficava feliz de poder assar uma ave para as festas. J.J. não tinha nada de autoritário. Quando Scott pedia sua opinião sobre um novo depósito para carne, ele simplesmente dava de ombros e dizia, "O que você achar melhor, chefão".

Mindy estava acabando de sair de um casamento com um capataz. Carleton queria que suas cuecas fossem passadas. Ele arrumava a geladeira todos os dias de manhã. Tinha ataques de fúria quando chegava em casa e encontrava Letitia, ainda pequena, andando no quintal com a fralda suja. Tinha incisivos amarelos e afiados, que mostrava quando comia. E comia o jantar com o garfo agarrado na mão direita enquanto com a esquerda na mesa protegia o prato com o punho. Ela gostava do estilo de vida de J.J. de dançar conforme a música, mas o capataz, pelo menos, queria sexo quase todas as noites. "Tira isso aí" – dizia ele. "Você em cima de mim primeiro." A cama de ferro rangia e batia na parede. Ela sorriu ao se lembrar de Letitia que acordava e chamava pela mãe, "Mamãe, tudo bem por aí?" Rápido, sem romantismo, sim, mas ela estava acostumada a bons orgasmos com regularidade. Não compreendia esse retraimento. Ao longo dos anos tinha ouvido falar muito de J.J. e diversas mulheres. Era mais bonita que muitas delas. Muito mais bonita que Wynette Sykes, com suas orelhas de abano como as do Dumbo.

– Por que você nunca se casou? – ela perguntara a J.J. naquele dia no lago. Ao longe, ouviam Jimi Hendrix cantando "Purple Haze".

– Querida, minha vida não acabou. Ainda não está na hora de dizer "nunca".

– Bem, por que não se casou ainda? Como conseguiu evitar?
– É uma pergunta difícil de responder.
– Você andou com tantas mulheres.
– Quer uma resposta longa ou curta?

– Você algum dia já teve um relacionamento longo?
– Agora, quem está contando? Não, acho que não. Na faculdade, uma vez, talvez nove meses.
– E o que aconteceu?
– O que aconteceu com seu casamento... as coisas degringolam. – Não disse como perdia rápido o que quer que fosse que sustentava um relacionamento; como se tornava ferozmente crítico por mais que a mulher fosse bonita, inteligente, adequada. – Talvez eu tenha nascido na época errada.

Ele sabia o que ela diria agora, "Talvez você só não tenha encontrado a pessoa certa", e foi o que ela fez.

– Pode ser. Um outro dia vamos contar um para o outro a história da nossa vida. Vamos voltar para dançar. – Os dois dançaram e tomaram umas cervejas. Ela estava de carro e ele não se convidou para acompanhá-la até sua casa. Quando ela saiu, ele ficou, acenando com as mãos. A amiga de Mindy que cuidava do bar contou-lhe mais tarde que J.J. dançou com uma garota baixa e magricela e acabou indo embora cambaleando e sozinho por volta das duas.

Mindy encostou a cabeça no peito de J.J. A camisa branca parecia azul como leite aguado ao luar. Ele olhou para as estrelas lá no alto enquanto os dois ouviam a água do riacho onde o esgoto costumava ser despejado na época de Big Jim. Ela escutou o coração dele bater. Bum! Bum!

No escuro da sua varanda da frente, Aileen Boyd estava sentada na cadeira de balanço, fazendo tricô. Não precisava enxergar. Sentia com o tato o ritmo das agulhas, e o ponto era simples, uma manta branca de bebê para sua sobrinha que estava esperando para setembro. Desde que o cotonifício tinha fechado, Aileen se sustentava fazendo tricô e costurando roupinhas de bebê para as pessoas da cidade. Ironia do destino, pois ela mesma não tinha tido filhos. Viu passar o carro de J.J., e que ele olhou de relance para sua casa, mas estava protegida por uma treliça.

Gostava do trabalho, aplicar renda em camisolinhas e passar fita em lençóis de berço. Dava de mil no seu antigo emprego, sentada num tear o dia inteiro. Quer dizer que J.J. estava visitando alguma mulher da fábrica! Quem sai aos seus não degenera, se bem que ele lhe parecia bastante solícito quando vinha cobrar o aluguel. E então parou de vir, e ela não investigou. Dizia-se que J. J. não ligava para dinheiro. Só quem tem caminhões de dinheiro pode se dar ao luxo de não ligar. Big Jim não teria cobrado aluguel dela. Aileen bem que gostaria de saber se tinha chegado ao conhecimento de J.J. que ela tinha sido a outra, amásia, amante de Big Jim. Amante era a palavra que ela preferia – fazia com que pensasse em lençóis de cetim. Improvável, eles sempre foram cuidadosos. Em Swan era preciso que fosse assim. E nada de tão charmoso, pensou ela, não uma teúda e manteúda de verdade, mas amante, sim, por quatro anos. Vinte anos depois de sua morte, Big Jim não parecia tão perdido como outros falecidos. Até mesmo a lembrança dele era exagerada.

 Aileen tinha dezenove anos e estava casada com Sonny havia dois anos quando Big Jim pela primeira vez se deu conta dela andando até a fábrica. Ofereceu-lhe uma carona, e ela não recusou. Ele era o patrão. De repente, foi transferida para o escritório. Aprendeu a emitir faturas e pedidos, e às vezes fazia entregas de amostras de tecido no carro da fábrica em cidades próximas. Sonny desde o início não gostou daquilo, mas Aileen ficou impressionada com a promoção. Na primeira semana, Sonny sacudiu-a pelos ombros, querendo saber se Big Jim tocava nela, e Aileen tinha gritado que nem todo o mundo era tão louco por sexo como ele. Ela perdeu rápido o interesse por Sonny. Não conseguia se lembrar por que se tinha casado com ele, embora ele a tivesse deslumbrado aos dezesseis anos, quando parava diante da sua casa na picape. Ela vinha correndo quando ele buzinava. O cotovelo do lado de fora da janela, o cabelo louro como o dela, ele sorria e estourava o chicle de bola. Mantinha um maço de Camels enfiado na manga arregaçada da camiseta. Os dois iam ao boliche e a jogos de beisebol de divisões inferiores. Ele estacionava em estradas no campo e esticava um colchonete na caçamba da picape. Àquela altura Aileen tinha estado com um número suficiente de rapazes para saber que não se esperava que eles gozassem de imediato, mas Sonny parecia não se importar com sexo de vinte segundos. Não fazia três semanas que estavam namorando quando ele começou a ficar furioso até mesmo se ela só dirigisse a palavra a outro homem. Tola como era, Aileen confundiu esse ciúme com amor.

 Estava louca para escapar do pai violento, dos cheiros e das brigas de sete pessoas apinhadas em quatro cômodos pequenos, das tosses e escarros da mãe. Eles ficaram igualmente felizes de vê-la partir. Casou-se com Sonny no juiz de paz porque custava só dez dólares. Foi esbofeteada na noite de núpcias por ter sido amável demais com o próprio irmão de Sonny. Logo se mudaram para uma casa da vila operária. Sonny operava máquinas pesadas na fábrica, enquanto ela passava nove horas por dia sentada diante de um tear, perguntando-se o que tinha *imaginado* que aconteceria.

Quando foi transferida para o escritório, Big Jim lhe pagava mais dez dólares por semana em dinheiro, que ela instintivamente escondia numa lata de café debaixo da casa no fundo da despensa. De início, ela só sentia os olhos duros do patrão nela, mas depois isso mudou. Àquela altura, Big Jim lhe dizia que ela não era como outras mulheres, dizia que era flexível como um pequeno pessegueiro e que sua longa trança era da cor do trigo ao sol. Costumavam encontrar-se num motel do outro lado de Tipton depois das entregas que ela fazia. Às vezes ele lhe dava dinheiro, mas dinheiro não era o principal. Era forçada a admitir que o sexo era o principal para os dois. Sonny ardia de ciúme, mas não tinha nenhuma prova de que ela o estivesse passando para trás e Aileen se tornou uma mentirosa de primeira. Muito embora tivesse idade suficiente para ser seu pai, Big Jim tinha um vigor e um ímpeto que Sonny nunca teve. Debaixo de Big Jim, seu próprio corpo se sentia abalado e violado. Mas ela aprendeu a satisfazer aos dois, e Big Jim chegou a sentir amor por ela. Aileen sabia disso, mesmo que ele nunca tivesse dito. Era ótimo o tempo que passavam juntos. Ele era poderoso e, quando se entregava a ela, ela era poderosa. A esposa tinha o cabelo crespo curto, sem cor. Aileen desfazia a trança e arrastava o cabelo solto pelo corpo dele. Também o provocava com palavrões. Ele gostava.

Às vezes, quando a mulher e a filha estavam fora, ela ia sorrateira até o escritório à noite, quando Sonny estava cumprindo o turno da noite na fábrica. Big Jim sempre estacionava na porta-cocheira do lado do escritório que dava para o bosque, e era bastante fácil desligar a luz e abrir a porta do carro para ela entrar sem que ninguém a visse. Com ela agachada no piso do carro, eles seguiam até a Casa, onde faziam sexo direto no leito matrimonial. Aileen sorriu ao se lembrar da gratidão de Big Jim. Ele lhe segurava o pé e o encostava no rosto. Ajoelhava-se e a cobria de beijos, com as mãos grandes nas suas costas. E conseguia repetir a dose. Sonny não conseguia. Caía em sono profundo. Ela gostava mais da segunda vez, e Big Jim urrava de prazer. Chegava a casa antes das onze. Agora não se arriscaria desse jeito por ninguém. Mas, aos quarenta e três, não era mais tão requisitada assim para riscos amorosos.

Quer dizer que J.J. estava fazendo suas visitinhas na vila. Sem dúvida, àquela Mindy, da cara de lince. Bem, Mindy que não nutrisse muita esperança. J.J. podia ser dono do próprio nariz, como se dizia, mas não ia subir ao altar com uma garota da fábrica. Não era assim que as coisas funcionavam.

Roma não pára nunca, pensou Ginger. Sua janela no hotel dava para uma rua lá embaixo, estreita demais para carros mas repleta de pessoas que caminhavam mesmo às duas, três, quatro da manhã. À medida que a quantidade de gente se reduzia com o passar das horas, as vozes dos que permaneciam pareciam ficar mais altas. Por causa do calor, ela precisava deixar a janela aberta. Tinha tirado a camisa e estava deitada sobre o lençol só de calcinha, com os braços e pernas bem abertos para que nenhuma parte de seu corpo tocasse em nenhuma outra parte.

Marco não atendeu às nove e meia quando ela chegou da *trattoria* pouco adiante na rua. Ficou surpresa ao se descobrir morta de fome e por uma hora inteira não pensou no que havia acontecido nem no motivo pelo qual ia viajar. Apenas desfrutou da massa e do vinho à mesa numa pequena *piazza*, onde meninos que pareciam ter doze anos de idade davam voltas velozes em suas Vespas e um gato estava enrodilhado na cadeira em frente à dela. De volta ao hotel, tomou um banho de chuveiro. Às dez horas, ele ainda não atendia, e ela desistiu. Às onze, foi ele quem ligou. Atrasaram-se na volta, e só agora ele estava vendo seu bilhete. Ginger descobriu que não lhe conseguia contar o que tinha acontecido. Mais tarde, olhos nos olhos, agora não.

— Aconteceu um tipo de crise — preferiu ela dizer — e tia Lily não consegue controlar a situação. Ninguém sabe onde J.J. está agora. Talvez esteja pescando em algum lugar. Ele é muito imprevisível.

— Alguém que seja sempre imprevisível acaba sendo previsível, não? Porque se tem certeza de que ele não estará por perto quando se quiser que ele esteja.

— Você tem razão — admitiu ela, embora não gostasse de que ele falasse mal de J.J. sem nem mesmo conhecê-lo.

— É uma pena você ter de ir. Vou aguardar ansioso sua volta e vou sentir falta do seu rosto.

Ginger adormeceu lendo e então acordou de repente depois de uma hora, sem conseguir voltar a dormir. Ela experimentou esvaziar a mente imaginando ser uma boneca vestida de noiva deitada numa caixa comprida de papel de seda verde; imaginando-se montada num cavalo veloz a atravessar a Andaluzia a galope; imaginando que tinha levitado da cama e estava flutuando próximo do teto, colidindo delicadamente nos cantos como uma bola de gás. Desde criança, tinha descoberto dezenas de "viagens" que podiam levá-la embora. Uma bola de gás amarela...

Uma loucura, isso tudo, e vou voltar para Marco assim que puder, disse a si mesma. Mais um desastre total na família. Agüente firme, vai passar. Como os místicos indianos conseguem andar sobre uma camada de carvões em brasa — esvazie a mente e siga em frente rápido. Imaginou sua cabeça como um ábaco primitivo, como um peruano sobre o qual tinha lido, uma rede de barbantes com nós, cada nó contendo uma lembrança. Desejou que todos os nós fossem lembranças felizes. Enquanto as pessoas gritavam e riam abaixo de sua janela, Ginger imaginou um nó após o outro, quase sentindo o cordão áspero de nós grosseiros: Tish nos seus braços, alegre, encaracolada, saltitante, mistura de todos os cachorros bons da vizinhança, saltando de dentro de um cesto no aniversário de sete anos; a caminhada na praia em Fernandina ao nascer do sol com o pai, apanhando corrupios; a carona no dorso de uma tartaruga marinha que voltava apressada para o oceano depois de pôr ovos na areia morna. Ginger mais uma vez deixou-se equilibrar, com os braços bem abertos até a beira da água, depois saltou e ficou olhando sua tartaruga nadar pelo mar afora. Por um bom tempo, acompanhou o avanço da tartaruga contra a maré. Passou então para sua caminha na cabana, com a prateleira de livros cor de laranja, dos Gêmeos, ao lado da cama – *Os gêmeos poloneses, Os gêmeos franceses, Os gêmeos suecos* – e, na prateleira de cima, os potes de sua mãe, de conserva de tomate, pêssego e melancia, as cores de pedras preciosas, carmim e um verde gelado, e os pêssegos como pequenos sóis nascentes. Ginger retornou a si mesma lendo à luz do lampião de querosene, adorando os lugares exóticos nos livros dos Gêmeos e percebendo, aos dez anos de idade, enquanto lia no aconchego dos acolchoados, que poderia ter esse prazer a vida inteira. Não importava o que acontecesse. Os nós da lembrança, tantos deles num *quipu*, ela adorava a palavra. Muitas culturas tinham sistemas mnemônicos com contas, fitas, nós ou seixos. A palavra calcular, ela se lembrava, vem da palavra em latim que significa pedrinha. Deslizou de volta ao presente, às costas bronzeadas de Marco, à depressão do seu pescoço onde ela encostava a boca enquanto ele dormia, ao canto do rouxinol. Quando ela o acordou para ouvir, ele se virou e disse: "Vamos curtir o rouxinol, curtir a lua no vale, curtir a raposa". Ela não tinha escolha a não ser amar um homem que tinha esse tipo de pensamento. Marco – o riso sempre, mesmo no meio da noite. O riso – o total oposto das expectativas de Ginger. Os nós do presente pareciam pequenos e escorregadios enquanto os antigos pareciam pesados. Talvez fossem seixos, no final das contas, ou pedras, as pedras douradas que ela empilhava em caixas no templo etrusco. Vou deixar que essas pedras entrem na minha cabeça, pensou, e descobrir algo novo.

Finalmente, adormeceu.

EM SEU ANTIGO QUARTO, QUE TAMBÉM HAVIA SIDO O QUARto de seu pai, J.J. encerrou o dia interminável folheando os livros de medicina do pai. Estranho, a parte que tratava de derrames estava toda marcada com caneta. Outras partes estavam sublinhadas aqui e ali, mas J.J. corria os olhos pelo texto "então a obstrução na artéria interrompe o fornecimento de oxigênio para as células" e "quando são liberadas toxinas, as células come-çam a morrer rapidamente" e ainda "a depleção de oxigênio fará com que as bombas moleculares se enfraqueçam, perturbando a regulagem do sódio, potássio e..." Fechou o livro com violência. Seu pai, não muitos anos depois de fazer anotações meticulosas sobre aquelas passagens, teve ele mesmo um derrame. J.J. folheou o livro de formatura do ensino médio de Wills, também abandonado junto com velhos exemplares de *Life*, e o enfiou de volta na estante. A curta biografia do pai, abatido aos quarenta e quatro anos. J.J. pensou no esconderijo camuflado para a caça ao pato, em mirar num pato em vôo contra a luz estilhaçada. O tiro, o choque – como a ave no ar instantaneamente se transformava em peso morto e caía na água com um baque pesado.

J.J. tinha vindo para esse quarto quando estava com dezesseis anos. Lily não quis nunca trocar as cortinas duras com estampado de veleiros nem a mesa na qual estavam dispostos os trenzinhos de montar, permanentemente parados ao lado de um povoado, com árvores de Natal em miniatura cobertas de neve e uma pequenina agência de correio. Os velhos cestos e varas de pescar de J.J. e seu equipamento de arqueiro estavam guardados em suportes em volta do grande quarto quadrado idêntico ao de Ginger, exceto porque o dele dava para o bosque nos fundos da casa, e o dela, voltado para a frente, dava para o açude, onde os dois ferozes cisnes brancos de Lily deslizavam em seu reflexo na água escura.

Lily dormia no antigo quarto dos pais no térreo, na cama tão alta que era preciso usar um tamborete para subir nela. Se Lily deixava a porta aberta, J.J. ouvia seus roncos quando voltava para casa tarde e ia até a cozinha procurar alguma coisa para comer. Os roncos eram mais leves quando ele era menino, mas muitas vezes ele tinha saído da cama sorrateiro para ouvi-los, só para se tranqüilizar de que pelo menos ela ainda estava viva, muito embora o deixasse louco de irritação com suas normas absurdas: não se pode cortar papel aos domingos, dá azar deixar um chapéu em cima da cama, fulano de tal não é da sua classe, sicrano é de boa família, e assim por diante. Chata de galochas, era como ele e Ginger se referiam a ela. Por bem ou por mal, era Lily.

Naquela época, a própria Casa era um consolo. J.J. tinha noção de sua imensa estabilidade. As uvas de cera cor de âmbar de sua avó ainda estavam em cima da mesa de jantar, e quando ele abria a porta sempre havia o perfume de limão da cera do assoalho, o leve aroma de fumaça de charuto e o cheiro de alguma fritura gostosa na cozinha. Ele descobriu as partituras amareladas da bisavó dentro do banco do piano. Amanhã, Ginger estaria no quarto ao lado, com a cabeceira da cama separada da dele por uma parede. Enquanto tentava dormir, seu pensamento não parava de voltar para Ralph Hunnicutt estacionado no Ford da prefeitura, esmagando mosquitos, cochilando e acordando sobressaltado cada vez que um sapo coaxava, sua mãe com uma bala no coração, deitada debaixo de uma lona. Ginger, isso mesmo, três, quatro, cinco, seis, sete, oito horas, já no ar. Sobrevoando a Europa, voltando para casa, com o Atlântico cintilando lá embaixo como estanho martelado. Detestava voar por cima da água. O Atlântico era um ímã poderoso a atrair o avião de Ginger. Não. Ele manteria aquele avião no ar pela força de sua vontade. Somente adormeceu pensando nela já ali no outro quarto, com a mão esquerda sob a cabeça, como sempre dormia, ali, do outro lado mas perto, como sempre.

9 de julho

ELEANOR PASSOU O INÍCIO DA MANHÃ LENDO REVISTAS NO terraço, a única hora do dia de verão em que conseguia sentir prazer em estar no jardim. Disse a Hattie que ficasse em casa porque tinha sobrado muita comida da reunião do clube de bridge e o dia ia estar abafado demais para fazer o menor esforço. Não foi visitar Holt, nem mesmo cogitou em ir, mas tinha se surpreendido ao examinar a possibilidade de nunca mais voltar a fazê-lo. Tinha acordado naquela manhã já pensando. "Catherine estaria, vejamos, ela e Holt Junior eram praticamente da mesma idade, estaria com uns cinqüenta e cinco", disse em voz alta. Àquela altura Holt Junior já tinha desenvolvido uma pança fofa e um início de calvície que não se podia deixar de ver quando ele descia alguma escada à frente, embora tentasse encobri-la penteando uma mecha clara por cima dela.

Se Ralph ou o Departamento de Investigações estavam pensando que se tratava de um roubo à sepultura, estavam sonhando acordados. Por que um ladrão comum abriria um túmulo depois de tanto tempo? Ela virava as páginas de *House Beautiful*. Uma mulher com um castelo na Inglaterra plantou um jardim todo branco. Como era monótono! Será que todos os seus vestidos eram também da mesma cor? Eleanor arrancou uma receita de peru com estragão e bacon. Ia experimentá-la na próxima vez em que Holt Junior viesse para o almoço de domingo. Pena que Holt Junior nunca se tivesse casado, nunca tivesse encontrado a moça certa. Pensou em Catherine. Que segredos isso tudo não revelaria? O que se pode saber com certeza *mesmo*? E se Catherine não tivesse morrido? Perguntou-se como Lily teria levado a vida.

Catherine teria envelhecido bem, pensou Eleanor, e Wills, se não tivesse sofrido o derrame, estaria no ápice de sua competência como médico. Eles teriam transformado a Casa das Palmeiras. Ginger teria aparecido no dia do casamento ao invés de ficar trancada no quarto. O coitado do Mitchell a perdoou, mas mesmo assim não deu certo. Eleanor imaginou a Casa das Palmeiras toda iluminada como o Titanic à noite, com a música se derramando por todas as janelas abertas. *When all the things you are, are mine...* Holt Junior poderia ter conhecido uma das amigas de Catherine de Macon. Até mesmo J.J. poderia ter sido diferente – dedicado a boa cabeça a alguma coisa útil. Lily não se encaixava no quadro. Lily teria sido forçada a inventar uma vida diferente, mas Eleanor não conseguia imaginar uma vida para Lily longe da Casa.

Eleanor estendeu a mão para apanhar *Holiday*. Não tinha ido a parte alguma desde a morte de Holt. Talvez ela e Lily devessem fazer uma viagem juntas no outono. Seria bom para Lily. Um cruzeiro ao Caribe – que idéia fantástica! Poderiam encontrar parceiros para jogar bridge e permanecer a bordo se a população dos portos de escala parecesse desagradável. Numa de suas viagens com Holt, uma senhora simpática do norte do estado de Nova York tinha sido atingida por um tomate em Barbados.

Lily ligou para Eleanor, mas ninguém atendeu. Sabia que Eleanor gostava do início da manhã ao ar livre, como ela também, e devia estar lá fora podando tagetes ou tomando café no sofá de balanço do quintal. Tinha certeza de que Eleanor não faria sua visita ao túmulo de Holt hoje. Lily estava inquieta. Soltou CoCo da gaiola e o deixou voar pela varanda. Ele pousou no seu ombro, agitando as asas verdes e lhe bicou a orelha com delicadeza.

Lily desejou que Eleanor viesse para uma partida de palavras cruzadas enquanto ela esperava a chegada de Ginger. A casa estava pronta. Decidiu ir visitar sua outra grande amiga em Swan, Agnes Burkhart. Lily tinha uma capa de chuva para encurtar. Como não ia demorar muito, deixou CoCo ir junto no carro.

 Enquanto seguia pela estrada Palmetto, passou pela antiga casa de Wills e Catherine mas não olhou naquela direção. Catherine tinha mantido a Singer de Agnes girando a cem quilômetros por hora. Uma vez Lily estava na casa de Agnes fazendo a bainha de um guarda-pó de linho quando Catherine entrou com um croqui de um vestido de cassa de saia franzida. Agnes, com a boca meio cheia de alfinetes, não parava de apertar uma pêra de borracha, marcando a bainha de Lily com um sopro de giz enquanto entre dentes falava com Catherine sobre botões forrados e sobrecosturas. Lily tinha cumprimentado Catherine com frieza. Era típico que ela chegasse toda animada, querendo o que queria ali naquela hora. Catherine queria que Ginger pudesse usar o vestido na Páscoa dali a três semanas, e Agnes já tinha uma pilha de reformas por fazer para Maggie Everett, que tinha perdido vinte e cinco quilos numa dieta de carne e martíni. Havia complicados entremeios de renda estreita no corpinho do vestido. Agnes ergueu-se com dificuldade do chão e prometeu a Catherine que conseguiria aprontar o vestido. Dizem que Agnes Burkhart quase ficou cega com toda a costura a mão que fez. As roupas que ela mais adorava eram as de Catherine. E Lily, também, admirava Catherine na igreja com os dois filhos, Ginger em vestidos franzidos com casa de abelha feita a mão, J.J. em terninhos de marinheiro recém-passados; e Catherine, ai, ela se lembrava de um bonito vestido azul-marinho com botões grandes e, um inverno, um costume de *cashmere* de um lilás acinzentado com a gola virada. Lily esquadrinhava *Harper's Bazaar* à procura de saias e vestidos elegantes, para que Catherine sentisse inveja *dela*. Seus laços com Agnes vinham da infância. Tinham freqüentado a escola juntas; a paixão que as duas sentiam por tecidos começara com as roupas das bonecas. Muitas vezes Lily deixava de lado sua rivalidade com Catherine e comprava fazenda só porque sabia que Agnes iria gostar.

– Não é que é você, Lily? Entre logo. Está quente demais aí fora.
– Agnes abriu com força a porta dupla. Lily entrou no vestíbulo abafado de Agnes, abanando-se com um jornal. Essa era a casa que as crianças evitavam no dia de *Halloween* por causa da irmã de Agnes, Evelyn, que estendia o cabelo na sacada do andar de cima. As crianças achavam que caíam baratas do meio do cabelo. Na realidade, ela só o estava secando ao sol. Uma vez, a irmã tinha gritado para uma criança *"pise na linha e sua mãe quebra a espinha"*. Desde aquela época, as crianças atravessavam a rua e passavam diante da casa de Lard Bascom, muito embora ele tivesse um cachorro que mordia. Mulheres bem-vestidas nunca relutavam em cruzar a calçada quebrada, trazendo para Agnes um punhado de hemerocales e largando um corte de tecido comprado em Macon. Agnes costurava como um anjo.

No aposento que poderia ter sido a sala de estar de Agnes, Lily encontrou apenas uma cadeira que não estava coberta de roupas e peças de fazenda. Agnes acomodou-se à máquina de costura como se estivesse prestes a apertar o pedal e começar a fazer uma costura. Lily gostaria de saber onde Evelyn poderia estar. Costumava fazer tratamentos nos pés, aparando calos amarelos e retirando pedaços cerosos em forma de meia-lua de calosidades. Muitas vezes Lily tinha observado enquanto ela massageava os joanetes de clientes. Trabalhava com uma tina de água fervente na cozinha enquanto Agnes reinava na sala de estar. Dizia-se que Evelyn tinha seu próprio caixão pronto no quarto de dormir, mas quem jamais tinha conseguido ver o segundo andar? As duas irmãs solteironas moraram juntas a vida inteira, tendo herdado a casa de dois andares, a única de pedra em Swan, e extremamente úmida por dentro. O pai, um eletricista, nascido na Alemanha, não conseguia pronunciar o "*w*" e o "*th*" das palavras em inglês. Evelyn, que nunca tinha cortado o cabelo, era dada a convulsões, e Agnes muitas vezes precisava se apressar com uma colher para que Evelyn não mordesse a própria língua, partindo-a em dois pedaços.

Agnes não mais copiava vestidos. O máximo que alguém conseguia que ela fizesse era uma bainha ou um ajuste num casaco. Seu cabelo, cortado com severidade como o de um monge, brilhava branco debaixo da lâmpada nua suspensa acima de sua máquina. E as sobrancelhas, arrancadas até não restar quase nada, davam-lhe um ar de permanente estranheza. No centro da sala, ficava uma mesa de trabalho empilhada com milhares de moldes, carretéis, tesouras de picotar, tesouras comuns, almofadas para alfinetes e bobinas.

O lugar era um verdadeiro arquivo morto dos hábitos de vestuário das senhoras de Swan, se alguém estivesse interessado, o que naturalmente ninguém nunca estaria. Havia ali um odor pesado, estranho. Teria um camundongo morrido em meio aos casacos e vestidos de formatura de papel de seda dobrado?

Agnes não tinha ouvido nada a respeito de Catherine. Deu um gritinho meio gemido e cerrou os punhos para esfregar os olhos.

– Minha querida, coitadinha! Às vezes, acho que estamos no fim do mundo. Essas feras em nosso meio... – Enquanto ela se recuperava do choque, Lily esperava. Olhou de relance para a janela para ver se o vidro com as pedras da vesícula de Agnes ainda estava no peitoril. Estava.

– Agnes, pensei em você ontem depois de tudo, quando não parava de ver aquele vestido de seda azul – começou Lily. – Eu só queria falar com você. Fiquei muito perturbada com tudo isso. Você não pode imaginar. Foi você quem fez aquele vestido para Catherine? Não lhe parece estranho, o vestido... – Lily não conseguia verbalizar exatamente o que estava sentindo. – Não lhe parece estranho que o vestido tenha sido feito para alguma ocasião, sem dúvida – prosseguiu – mas veio a ter um papel em algo insuportável mais tarde... – Ela estremeceu.

– A morte passou por perto? Entendo o que você está querendo dizer. – Agnes massageou pensativa a pequena corcunda que começava a surgir logo abaixo do pescoço. – A cor preferida de Catherine era o azul. Claro, com aqueles olhos. Que pena! – Ela arrastou a cadeira para trás e se virou para apanhar um saco de retalhos feito de uma colcha da Marinha dos Estados Unidos. – Meu irmão Hugo trouxe isso da guerra. Fiquei com ela para guardar retalhos, caso eu um dia tivesse vontade de fazer uma colcha. Guardei um pedaço de tudo o que achei bonito. – Ela esvaziou o conteúdo no chão. – Hugo já se foi quase há tanto tempo quanto Catherine. Qual é o tom de azul?

– Azul forte, ultramar, com um toque de turquesa.

Agnes selecionava os retalhos, passando cada um para Lily sentir o prazer das texturas.

– Veja esse *mohair* vinho. Little Sarah George usou esse costume sete invernos seguidos. – Little Sarah George Godwin, cujo nome era em homenagem ao pai da mãe, era alguém que com setenta e poucos anos ainda era chamada de Little Sarah George. Agnes devolveu lã escocesa e algodão estampado de volta no saco, e então encontrou um cachecol de seda cor de tangerina. – Isto aqui era lindo, tão delicado que rasgava só de se olhar para ele.

Lily lembrou-se de Catherine, levantando-se de uma mesa, um espumante sibilar como papel de seda sendo amassado. Segurava com as duas mãos uma bolsinha de noite franzida.

– Esse aí não foi de Catherine?

– Foi, passava por um ombro, corte enviesado. Nem todo o mundo consegue ficar bem com um modelo desses, pode acreditar no que lhe digo. De todas as pessoas para quem já costurei,

Catherine tinha um estilo... ela simplesmente sabia como seria o caimento do tecido.

— Você sabe que ela estudou desenho naqueles dois anos que fez de faculdade.

— É mesmo, ela conseguia desenhar praticamente tudo o que queria. Todos aqueles cadernos que tinha eram cheios de desenhos. Não só de roupas, que ela trazia para mim, mas eu via esboços de colunas e anotações sobre como lançavam sombras em ângulo e tudo o mais. Ela desenhava plantas baixas como um arquiteto, portões e varandas, esse tipo de coisa.

Lily não queria falar sobre os cadernos de Catherine. A última coisa neste mundo da qual queria ouvir falar era dos cadernos de Catherine. Um estrondo — uma cama que se desmontava? — veio do andar de cima, mas Agnes não fez caso dele. Passou os dedos por um fustão listado em tons de melancia e verde acinzentado, por uma etamine grossa e por um veludo cor de ébano. Esfregou entre os dedos um pedaço de *tweed* escocês.

— Puxa, Libby parecia uma pavoa empertigada naquele costume de *tweed*. Não vá contar para ela que eu disse isso... Aquela história de Catherine foi uma pena terrível. Eu nunca teria imaginado que ela fosse fazer nada semelhante. Depois de todos esses anos, olha aqui um pedaço das calças três-quartos dela, brim azul-marinho, amarradas nas laterais. Essas ela usava com sapatos vermelhos e uma blusa branca. Lembro-me como se tivesse sido ontem.

De repente, Lily viu a imagem de Catherine jogada do lado do túmulo, com o rosto da cor de chá. Escondeu o próprio rosto na seda tangerina.

— Desculpe, Agnes. Estou perturbada.

— É claro que está. — Ela trouxe para Lily uma xícara de café com muito açúcar, do jeito que sabia Lily preferia. — Pronto, está quentinho. — Agnes foi separando rolos de renda da cor de creme coalhado, uma faixa de tafetá de xadrez verde e amarelo, uma flanela ferrugem, e então puxou de repente um pedaço de seda azul na forma de manga curta. E fez que sim. – Este é do vestido em que ela foi enterrada.

Lily reconheceu imediatamente o azul forte.

– Catherine mudou de idéia e quis mangas três quartos. – Agnes segurou o tecido diante da lâmpada. – Naquela época, ela usava um anel de lápis-lazúli. Disse que o tecido era para combinar.

– Você se lembra do enterro, daquele dia trágico? – De repente, Lily deu-se conta do motivo pelo qual tinha vindo procurar Agnes. Era para fazer essa pergunta.

– Lembro, quem poderia esquecer? Ah, eu me lembro das mãos cruzadas. Ela não estava usando o anel mas segurava um envelope. Perguntei-me se seria seu bilhete de suicida... você sabe como se diz que eles sempre deixam um bilhete. É assim que se vingam dos vivos.

Quer dizer que outros tinham percebido.

– Não, aquilo era uma despedida de alguém. – Lily não deu maiores esclarecimentos.

No carro, Lily viu que a capa de chuva ainda estava dobrada no banco da frente. Tinha se esquecido de levá-la ao entrar na casa de Agnes. CoCo imitou o ruído do motor do automóvel. Lily riu pela primeira vez desde que sua visão tinha sido causticada pela figura de Catherine. Quando saía da entrada de carros de Agnes, raspou o pára-lama no pé de extremosa. Não viu Evelyn na sacada do andar de cima, com o cabelo exposto e um seio escapando do roupão. CoCo berrava sua melhor canção do estrondo de cem calotas.

UMA PRESSA ENLOUQUECIDA, COMO A DE FORMIGAS, TEVE início no final do vôo. A alça da bolsa de mão de Ginger fincou-se no ombro até ela imaginar que sua clavícula fosse quebrar. O atraso de vôos para o Meio-Oeste causado por tempestades de raios e trovões tinha deixado centenas de pessoas nas áreas de espera, à caça de alimento e bebida nos bares e lanchonetes.

O arco da Europa até os Estados Unidos sempre desfazia a idéia que Ginger tinha do que seria *muito tempo*. Para ela, atravessar o Atlântico de avião era mais drástico que simplesmente transpor milhas de oceano. Ela pousou num presente em cuja superfície pisava com leveza, enquanto no outro mundo sentia as camadas de tempo abaixo dos pés. Até mesmo a luz vinha de um sol mais antigo, suavizado.

Lá fora, o céu estava enevoado, pela poluição ou pela temperatura e umidade, ela não sabia dizer. Enquanto dirigia o Pontiac alugado para sair pela I-75 Sul, viu de imediato as conhecidas linhas de calor líquidas e trêmulas que se erguiam da rodovia, exatamente onde sua visão não alcançava mais. À medida que ela se aproximava, elas recuavam de tal modo que o lugar para onde estava indo aparecia num estado instável de quase-miragem. O odor canceroso de asfalto derretido entrava pelas aberturas de ventilação. Ligou o ar.

Meio-dia, uma hora de atraso por causa de ventos contrários. Dormira mal em Roma e absolutamente nada no vôo. Tinha se esquecido de trazer alguma coisa para ler e só tinha conseguido encontrar a revista da linha aérea e um boletim de um clube de golfe deixado num porta-objetos. Ficou alguns minutos olhando para a foto de uma golfista promissora até que lentamente veio à tona a informação submersa de que sua mãe tinha em algum momento se interessado por golfe. Ginger lembrou-se de meias vermelhas e brancas que serviam para cobrir os tacos. Ela as queria para usar como chapéu nas suas bonecas. Na lembrança recuperada, viu a mãe dar a primeira tacada. A mãe abaixou-se e fincou no chão o *tee* amarelo, equilibrando no alto a bola reluzente. Arqueou o corpo para a frente, assumiu a postura, e o silvo cortante de seu lançamento assustou Ginger. A bola não caiu no trajeto dos buracos, mas mudou de direção no ar e foi parar num pequeno charco ou perto dele. E então Ginger viu somente a si mesma, forçando as pernas enquanto descia correndo a encosta até a água, onde cágados saltavam de suas toras enquanto ela examinava a periferia em busca da bola até avistá-la, não dentro da água, mas muito longe da margem, no lodo escorregadio. Quem mais estava lá? A memória ocultava uma parte da cena. Uma garça de pernas compridas pisava cautelosa, como se não gostasse de molhar os pés, mas não saiu voando. Apareceu um homem, mas muito longe e quando Ginger chegou junto da mãe de novo, ele já tinha desaparecido. Ginger ficou olhando para a bela ave e então voltou a olhar para a mãe que acenava para ela enquanto puxava seu carrinho pelo gramado.

Final da cena, mas Ginger sentiu uma onda de exultação. Sua mãe era jovem, mais nova do que Ginger agora, e jogava golfe sozinha com seu traje de *tweed* marrom e o perfeito marrom e branco dos sapatos providos de travas. A lembrança ampliou-se. Ginger dando saltos mortais, às vezes caindo errado e escorregando de joelhos na grama crestada pela geada. Crestada pela geada – devia ter sido no final do outono.

Ficou feliz por ter recuperado essa lembrança e se demorou a pensar na mãe caminhando na direção do buraco seguinte.

Ginger aumentou um ponto o ar-condicionado e pisou no acelerador, ultrapassando de uma vez três e quatro caminhões que se arrastavam. As emanações, o ar viciado e a pressão da multidão do aeroporto desapareceram. Sentiu que seu corpo se esticava depois da poltrona apertada na última fila no avião. A I-75 atravessava o centro da Geórgia, passando por cidadezinhas que prosperavam com a proximidade da estrada. Milhões de caminhões de transportadoras, além de carros e mais carros de nortistas que se dirigiam à Flórida, abasteciam seus tanques em postos de combustível, compravam doces de noz-pecã e comiam em restaurantes da rede Wagon Wheel, ou paravam para fazer compras nas lojas dos próprios cotonifícios. As cidadezinhas pelas quais a I-75 não passava iam definhando, com suas antigas e sinuosas estradas estaduais de duas faixas voltando a ser não mais que estradas vicinais. E no centro a maioria dos seus cafés Purple Duck e Blue Willow estava fechada e tapada com tábuas. Quem passava por ali, a não ser que precisasse?

Em Perry, ela saiu da rodovia, seguindo pela estrada mais lenta, que passava por pomares e pequenas cidades poupadas da feiúra do desenvolvimento desordenado. Fazendas de meeiros, cobertas de *kudzu* ladeavam campos abandonados na década de 1960. Ela reduziu a velocidade, abaixou a janela para sentir o perfume dos pêssegos e o cheiro poeirento dos pomares de nogueira-pecã e dos milharais pendoados. Uma noite ela disse a Marco os nomes das cidades de que gostava: Unadilla, Hahira, Osierfield, Lax, Omega, Mystic, Enigma, Headlight, Friendship, Calvary, Lordamercy Cave, Milksick Cove, uma ladainha à qual ele contrapôs nomes de lugares italianos.

Marco sempre afirmava que os Estados Unidos precisavam constantemente se reinventar e ela supunha que fosse verdade, mas talvez não aqui. A estrada reta tornava-se de um azul de sonho no calor de início da tarde. Se nenhum fazendeiro distraído ou caminhão de madeira para papel entrasse de repente vindo de uma estradinha secundária, ela conseguiria ultrapassar com segurança o limite de velocidade, andar mais rápido que na I-75, atravessando como um raio as subidas e descidas da terra que logo estaria salpicada de branco dos capuchos do algodão e cruzando todos os córregos cujos nomes tinham sido dados pelos índios. O Pontiac se deslocava pela estrada em tamanho silêncio, que ela bem poderia estar velejando.

Deu-se conta de que sua idéia anterior a respeito do antigo sol da Itália e da característica presente dos Estados Unidos parecia errada. Estava penetrando num túnel de um ar azul exuberante, num lugar profundamente antigo por estar vazio. Essa pequena depressão, esse monte discreto foram formados pelas marés e correntes no mar raso e morno que outrora cobria esses campos. Vou ter de falar sobre isso com J.J., pensou. Ele entenderá o tempo geológico. Ela e J.J. adoravam as praias de areia branca que encontravam perto da cabana. Como no passado havia um mar, refletiu, os que nasciam ali deviam ter um conhecimento, uma inteligência subaquática anterior às letras. Ou talvez seja só o maldito calor que faz com que as pessoas tenham o ar de quem está andando debaixo d'água, sonhando de olhos abertos. No peitoril da janela do seu quarto na cabana, Ginger mantinha a prova da existência do mar, uma fileira de conchas desbotadas que ela e J.J. tinham encontrado no leito seco de córregos, paradas ali havia uma eternidade até que ela as recolhesse e as enfiasse nos bolsos da bermuda.

Do topo das ladeiras, ela olhava para o mar verde de imensos pinheirais no qual o carro ia mergulhar. Até onde a vista alcançava, como se ela não existisse. Seu cabelo voava com o perfume, de um frescor profundo, um dos cheiros mais básicos na sua memória. Até mesmo os banheiros públicos, esfregados com desinfetante forte, com perfume de pinho, podiam fazer com que ela parasse para inspirar. O vento nos pinheiros, o som da alma humana, dissera um dia J.J., se a alma humana tivesse som. Ninguém diria algo semelhante a não ser J.J. Ninguém tinha seu brilho impetuoso.

Onde há um vazio desses, pensou Ginger, sinto minha mente se expandir. A Itália é por toda parte moldada pelo toque humano – é por isso que me sinto acolhida por lá. Mas quem trabalhou esta terra não deixou quase nada. Casas de tábuas sem pintura mal se mantêm em pé por algumas décadas, tornam-se cinzentas e depois desmoronam formando pilhas rapidamente cobertas por trepadeiras. Até mesmo túmulos com suas cruzes toscas são engolidos pela terra, que retoma seus próprios contornos. Tudo porque construíram com madeira, pensou ela, como os etruscos, cujas cidades foram totalmente apagadas pelo tempo, à exceção dos túmulos, alicerces de pedra e muralhas gigantescas.

Parou para comer numa lanchonete em Hakinston e decidiu tomar um café com uma fatia de torta de limão, apesar de uma mosca estar presa na cúpula de plástico. Ela parecia estar mais concentrada no esforço de escapar do que em se enfiar no merengue. A garçonete chamou-a de "querida", e Ginger sorriu ao se lembrar de suas dificuldades com a "senhora" formal do italiano. Na Itália, nunca nem em mil anos alguém se dirigiria a um desconhecido com familiaridade. Tinha ouvido "*Buon giorno, Contessa*" dito a uma lenta sobrevivente da nobreza que atravessava uma *piazza*, e na padaria, "*Buon giorno, architetto*", um cumprimento impossível nos Estados Unidos, "bom-dia, arquiteto" – que acontecia todos os dias na Itália. A vida é intraduzível, pensou. De repente, sou "querida", mas por que não? Estou quase em casa.

Sessenta quilômetros mais adiante, passou pela saída que levava à cabana mas continuou em frente – era melhor que J.J. não estivesse em alguma pescaria. Quando o contorno de Swan apareceu ao longe, afinal começou a pensar exatamente no que estava por vir. Mais do que o crime boçal e sua solução estúpida, ela temia a luta por manter afastadas as lembranças. Já tinha sentido a emoção de imaginar a mãe brandindo um taco de golfe. A tristeza da vida do pai, mais difícil de deixar de lado do que a da mãe, porque ele ainda estava vivo, abrigado desse acontecimento horrendo. Uma onda de lembranças parecia estar fazendo pressão em algum ponto entre suas omoplatas, entre os seios. Deu-se conta de que era bem no lugar do tiro com que sua mãe tinha se matado.

Relanceou o olhar na direção do leste, por cima do algodão à altura do joelho, e viu faixas de chuva cinzenta ao longe, movimentando-se na sua direção, querendo chegar antes do carro a algum cruzamento mais adiante. Seu pai costumava chamar o fenômeno de chuva que passeia, e ela adorava essa figura. A chuva passeando pela terra, uma mudança no tempo visível e ameaçadora. Em torno de Swan é preciso estar sempre atento à natureza. O calcário poroso pode de repente afundar num círculo perfeito, deixando um lago verde, um sumidouro de profundidade infinita. Pode aparecer no horizonte um tornado, uma nítida imagem cônica marcada nos céus imensos. Ou um furacão com um olho secreto voltado sabe-se lá para o quê ou para onde.

Depois de se lançar de um lado do oceano para o outro, de súbito ela não estava mais com pressa de chegar a Swan. Tamborilou no volante. Que o Departamento de Investigações resolva o caso antes da minha chegada, pensou. Posso fazer uma rápida visita a J.J., dar uma animadinha em Lily, que deve estar arrasada, e ver como papai está. J.J. e eu podemos ir até a cabana. Vou me deitar no atracadouro e escutar o rio. Não conseguiria ver Caroline Culpepper, sua melhor amiga desde o maternal, que estaria na praia com os filhos e a família da irmã todo o mês de julho. Sentiu-se invadida pelo carinho por Caroline. Enquanto cresciam, tinham jogado bridge juntas milhares de tardes. Durante o ensino médio, Ginger dormia todas as noites de sábado na casa de Caroline. Ah, se J.J. tivesse se casado com ela! Caroline desistiu afinal dessa idéia e se casou com Peter Banks, cujo cabelo começava a ralear já no final da adolescência, mas que era um amor e o quarto colocado na turma da faculdade de direito na Universidade da Flórida. Durante o caos da vida de Ginger nos últimos anos, ela sempre aguardava com expectativa a hora de ver Caroline e Peter quando voltasse para Swan com o rabo entre as pernas. Sua outra grande amizade de infância, Braxton Riddell, agora lhe era maçante. No passado ela considerava que seus olhos de um azul-celeste pareciam os de uma estátua grega. Agora ele só aparentava ser de uma vacuidade extraordinária. Não vou ver ninguém, pensou. Só J.J., Lily e Tessie. Posso voltar a Roma no início da semana que vem.

Por impulso, ela seguiu na direção do cemitério Magnolia. Os portões estavam abertos. Virou à esquerda e depois à direita no jazigo da família Bryon, para seguir pelo caminho gramado até as sepulturas de sua família. Viu que as rosas eram de uma abundância inocente, como se não tivesse acontecido nada. Tinha imaginado que alguém estaria lá montando guarda mas viu só Cass Deal ao longe, trabalhando numa cova nova. Saltou do carro e caminhou com cautela até o portão. O buraco no chão parecia ter sido recém-cavado. As pedras quebradas estavam empilhadas num canto, e o cascalho manchado de barro tinha sido lavado com mangueira. O corpo de sua mãe e o ataúde tinham sido levados dali. Ginger esfregou o pescoço enrijecido.

– Mais uma vez, ela não pôde contar conosco – disse em voz alta.

Bisavós, Calhoun, o tio de papai, Big Jim e mama Fan – todos continuavam no local designado para eles, com seus identificadores de granito da Geórgia descorados pelo sol forte, exceto o de Big Jim, que tinha sido borrado de preto.

Caminhos cintilantes deixados por lesmas ziguezagueavam de um lado a outro da lápide de Big Jim. Quem ia querer perturbar uma sepultura? No alto da pilha de pedra quebrada, ela viu o nome da mãe gravado. Um torrão de barro ocultava as letras. Ginger espanou-o dali e escavou cada letra com a ajuda de uma pedrinha de mármore. *Catherine Phillips Mason*. Voltou ao carro para apanhar um lenço de papel na bolsa e esfregou a pedra para deixar o nome limpo. Ergueu os olhos e viu que Cass se aproximava.

— Olá, Ginger, estava me perguntando quem estaria xeretando por aqui. Você não mudou nem um pouco, linda como um quadro. Nem sei como dizer como a gente lamenta esse absurdo, essa loucura. Já mandamos devolver o carro à sua tia. Nunca aconteceu uma coisa dessas antes. Você continua lá na Europa? Quando chegou?

— Agora mesmo. Ainda nem fui até a Casa. Só vim aqui. — Estava ali parada, de braços cruzados, como se estivesse com frio. Poderia ter sido ele? Claro que não.

— Ralph passou a noite toda aqui, ele e o cachorro. Dormiu no carro, e os mosquitos quase levaram ele embora. O rapaz do Departamento de Investigações veio com Ralph há pouco tempo, e mandou que os restos fossem levados até a funerária para ele dar uma olhada. Encontraram um pouco de tinta na lápide; descobriram que o cara que fez isso chegou até a usar meu tratorzinho. Eu me lembrei de ter percebido que ele estava fora do lugar quando cheguei aqui no outro dia. — Cass não acrescentou que tinha retido essa informação até ser questionado. — Quer dizer que eles acham que isso poderia ter sido obra de um homem sozinho. Vou limpar Big Jim direito e espero que a gente possa encerrar essa história logo. Uma vergonha, um escândalo.

— Obrigada, Cass, nós lhe somos gratos. Todos foram muito gentis — disse ela, automaticamente. — Deve ter sido difícil para você também.

Veio a chuva, caindo forte de repente. Riachos de barro escorriam vermelhos. Cass correu para sua picape. Ginger ficou ali parada um instante. Por um hábito antigo, jogou a cabeça para trás e abriu a boca para sentir o gosto da chuva morna. Entrou então no Pontiac e seguiu para casa.

Ginger encontrou Lily e Tessie na cozinha: Tessie espalhando a massa para torta de frutas e Lily matando moscas com um jornal enrolado.
— Meu Deus, nós não a ouvimos entrar, meu amorzinho, como é que você está? — Lily deixou cair o jornal. As mãos de Tessie estavam cobertas de farinha até o pulso. A cozinha tinha o cheiro de mel velho na colmeia. As duas a abraçaram, fizeram com que se sentasse e puseram um copo de chá de abacaxi diante dela. Tessie acrescentou um raminho de hortelã.
— Ai, Lily... — começou Ginger.
— Não vamos falar sobre o que aconteceu. Isso pode esperar. Só quero olhar para você, minha querida, um bálsamo para os olhos. Estou tão feliz por você estar *em casa*!
Tessie cortou rápido as rodelas de massa com a boca de um copo e as colocou num tabuleiro.
— Isso mesmo, tortinha de morango. Sei do que você gosta, e J.J., também.
— E onde é que está J.J.?
— Está assinando uns papéis no gabinete do xerife. Já faz uma hora que ele foi, e deveria estar de volta logo, logo. — Lily abriu a porta de tela e espantou em vão moscas para fora enquanto outras aproveitaram para entrar. Ginger estava assustada com seu evidente descontrole, com o cabelo caído sobre o rosto e um salpico de geléia de morango na frente da blusa. Lily perguntou como tinha sido o vôo e a viagem de carro de Atlanta. Ginger e J.J. sempre tiveram medo de que também acabassem perdendo

Lily. Ginger bebeu o chá gelado, sentindo o aconchego da cozinha conhecida, com sua mesa redonda e armários altos, cujas portas em sua parte interior eram totalmente cobertas de receitas escritas a mão em fichas. Atrás da mesa, havia armários envidraçados cheios de aparelhos de louça. A coleção de espremedores de limão de vidro de sua avó Fan ainda estava disposta nas prateleiras superiores, e um conjunto de taças de sorvete da época da Depressão estava empilhado abaixo. Como era possível que as taças estivessem ali todos aqueles anos – sem que da dúzia nenhuma tivesse quebrado – e sua mãe tivesse sido arrancada do túmulo? O Limoges com raminhos de flores e a louça boa com friso dourado ocupavam as prateleiras de baixo.

– Acho que vou tomar banho e me aprontar... – Aprontar para quê? perguntou-se.

Tessie e Lily a acompanharam ao andar de cima, ligando o ventilador de teto no corredor e abrindo a porta do seu quarto amarelo de pé-direito alto, onde as cortinas se enfunaram pelas janelas com as brisas úmidas sugadas pelo ventilador. Antes, as duas tinham arrumado a cama com a colcha de linho e tinham colocado um punhado de zínias e bocas-de-leão num vaso à cabeceira da cama. Ginger queria muito deitar-se na banheira, sentir-se limpa, jogar-se numa cama que fosse sua, com o zumbido do ventilador, não queria que houvesse nada de errado.

– Está doendo? – perguntou ao ver que Lily mantinha o dedo enfaixado longe do corpo.

– Dá umas fisgadas. Ontem estava latejando... De modo que acho que está ficando bom. – Lily tinha um dom para encerrar o que fosse desagradável e seguir em frente.

Ginger dormiu com facilidade. Acordou como tinha acordado tantas vezes na vida – com J.J. passando uma pena de CoCo na ponta do seu nariz. Espantou-se com os olhos verdes do irmão.

– J.J., seu nojento! – Sentou-se na cama e lhe deu beijos estalados nas duas bochechas.

– Preguiça italiana! – Segurou firme o pé da irmã e começou a fazer cócegas na sola. Ela se soltou, empurrando-o para trás e cravando as unhas nas suas costelas, onde sabia que ele não conseguia agüentar. Os dois rolaram de um lado para o outro, com risadas escandalosas. Da escada, com uma pilha de toalhas limpas nos braços, Lily achou que eles tinham enlouquecido. Os dois. O que poderia ser tão engraçado naquelas circunstâncias?

J.J. tirou as alpargatas que ela lhe trouxera em outra viagem.

– Você está bem, menina? Pergunta desnecessária, considerando-se as condições de sua volta triunfal ao seio da família. Como vai o Velho Mundo? – J.J. sentou-se no vão da janela, e Ginger ajeitou os travesseiros para se recostar neles na cama. Muitas conversas tinham começado assim: com J.J. olhando pela janela, e Ginger sentada abraçando os joelhos.

– O trabalho estava indo bem, e a Itália era um paraíso para mim. Depois eu lhe conto. Mas já me sinto como se estivesse a milhões de quilômetros de lá. – Tentou visualizar os cachos densos de Marco, seu ar de artista de cinema quando estava de óculos escuros e a jaqueta jogada sobre os ombros. – Eu estava bem até fazer uma visita ao cemitério antes de vir para casa.

– Meu Deus, Ginger, por que você foi fazer uma coisa tão idiota?

– Não parecia ser para valer. Agora parece, mas estou me sentindo entorpecida, como que esvaziada. Será que é o calor... será que foi alguém que enlouqueceu com o calor?

– Talvez alguém que Big Jim tenha passado para trás. Algum pateta com algum motivo para ter raiva dos Masons ou de mamãe, pelo menos. Algum ensandecido em busca de um diamante ou de ouro.

— E se ele tiver mais alguma idéia na cabeça, como torturar Lily queimando-a com cigarros acesos ou incendiar a casa... – J.J. sorriu.

— Ou pode ser nosso velho amigo, o demônio. Cansado de brincar com Perséfone no inferno, ele de repente aparece e pensa, vejamos, faz um bom tempo não apronto nenhuma com os Masons. Sempre me divirto muito com eles. Que posso inventar agora para arrasar com eles? – J.J. jogou para o alto seu boné de beisebol e lhe deu um soco.

— Não, sem brincadeira. – Pelo menos, ele não estava assumindo seu lado caipira que, como tinha explicado uma vez, costumava usar como disfarce protetor.

— Está bem. Acalme-se. Acompanhe meu raciocínio. O que esse ato está nos dizendo? Deixando de lado a teoria do roubo de jóias. Talvez alguém quisesse lhe fazer algum mal mesmo depois de todo esse tempo em que ela está morta. Um ato estúpido, mas sem dúvida conseguiu chamar minha atenção.

— Isso está ficando cada vez mais medonho. Simplesmente não consigo captar. Você acha que alguém apaixonado por ela todos esses anos escondeu os sentimentos? Mas há raiva nessa história. E aquela tinta preta é um sinal primitivo. – Ginger tinha conhecimento de culturas que marcavam a casa de pecadores: talvez esse fosse um retrocesso a essa prática.

— Pode ser que toda essa história seja alguma loucura sem sentido. Estamos forçando uma explicação para que comece a parecer racional. – J.J. mordeu a articulação de um dedo, antigo hábito seu. – Nosso coleguinha Ralph diz que o Departamento de Investigações a transferiu para um carro fúnebre e a enviou para a Ireland para um exame do corpo para a eventualidade de necrofilia, ou sabe lá Deus o quê. Disse que vamos ter alguma notícia deles amanhã. A única prova que descobriu foi um lenço sujo que Cass Deal encontrou. O Departamento de Investigações também o levou, por ser parte do que chamam de modo hilário de "circunstâncias suspeitas". Até que ponto se pode chegar com as suspeitas neste caso? No entanto, esse lenço suspeito era linho de primeira embolado, não daqueles baratos de embalagem de três. Parecia que o maluco tinha limpado as mãos; nem tinha se masturbado. Não, senhorita espertinha, não havia monograma nem etiqueta de loja. Nada. Nenhuma possibilidade de se repetir *O caso do lenço caído*.

– J.J., pare com isso. Pare. Quando ela morreu...

– Não vamos nos expor a uma conversa sobre ela. Lily disse que papai provavelmente deixou uma carta na mão dela, mas Ralph disse que não apareceu nada semelhante. Eu não me lembro de carta nenhuma.

– Nem eu.

J.J. levantou-se.

– Vamos nos mandar para a cabana. Podemos comprar umas cervejas e dar uma nadada.

– Lily já planejou o jantar. Estavam fazendo tortinhas quando eu cheguei. E dava para sentir o aroma do frango na pimenta de Tessie. – Seu frango sempre tinha sido conhecido como frango na pimenta porque ela era generosa com o pimenteiro quando mergulhava os pedaços de frango no creme de leite. – Espero que ela faça purê de batatas. – De repente, Ginger estava morrendo de fome. – Eu me pergunto o que ele escreveu. E se seria possível que ele se lembrasse. Eu tenho maiô na cabana?

– Lily não foi específica. Disse que talvez fosse uma carta de amor. Quem vai saber? Na sua cômoda, ninguém mexeu a não ser uma coisinha gostosa que precisou de um pulôver emprestado.

– Quem foi? Aposto que nem vale repetir.

– Ninguém que você conheça.

– Dá para imaginar.

Dois anos antes, Alan Ireland tinha instalado, na garagem para dois carros nos fundos da casa funerária, uma drenagem no piso de concreto, uma pia e uma mesa comprida. Não queria conspurcar sua sala mortuária principal quando algum assassinato medonho acontecesse em Swan, nem enchê-la demais quando houvesse um excesso de mortes por alguma colisão ou quando uma epidemia de gripe despachasse três ou quatro idosos. A maior parte da embalsamação era executada dentro da casa que havia cinqüenta anos era a morada de sua família, uma residência imponente, de tijolos e provida de colunas, que se erguia de canteiros de azaléias, um orgulho para a família Ireland. Seu pai abriu então a funerária, exilando a família para todo o sempre para o andar de cima. Mesmo agora, Alan ainda se espantava quando entrava nas salas de visitas de sua avó, os recintos atualmente providos de cortinas pesadas, sufocados pelas fragrâncias dos buquês e coroas que cercavam as capelas para visitação, onde a família enlutada e os curiosos vinham prestar as últimas homenagens.

Embora ninguém nunca tivesse mencionado o fato, ele achava que sentia um cheiro além do das rosas e gardênias enjoativas. Permanecia o odor de ferro, o odor vermelho e ferruginoso do sangue. Talvez fosse sua imaginação. Alan não se importava com o fato de sua filha de oito anos, Janie Belle, brincar de esconde-esconde no salão de exposição de ataúdes nem de a menina ver os mortos expostos serenos no salão principal. Ela até mesmo o tinha visto arrumar o cabelo e aplicar maquiagem em cadáveres.

Não tinha presenciado outros procedimentos, ou era o que ele imaginava.

— Papai, mamãe fez café — avisou Janie Belle. Ela desceu com cuidado, com um saco de papel na mão, a escada íngreme dos fundos da casa e entregou a Alan a garrafa térmica e as xícaras.

— Agora vá brincar, meu anjo. Papai tem o que fazer. — Ele a chamava de "anjo" porque ela parecia um anjinho, uma bolinha rechonchuda com cachos louros em espiral e um rosto tão pouco marcado pelas feições que dava a impressão de um ovo pintado. Alan temia que ela tivesse herdado a neutralidade fisionômica da família Ireland. Desconhecidos sempre se esqueciam de ter sido apresentados a ele. Somente na velhice, com a pele sulcada pelas rugas, os Irelands ganhavam personalidade.

Janie Belle postou-se na varanda dos fundos e observou a chegada num carro preto de um homem que não conhecia. Enfiou a unha na última casca de catapora na bochecha. Não conseguia parar de se coçar mesmo depois de sua mãe lhe ter dito que ela ficaria com cicatrizes feias no rosto e que ninguém ia querer se casar com ela. A mãe chegou a ameaçar denunciá-la à polícia se ela não parasse de se coçar. O coração da menina disparou quando ela viu o carro do xerife chegar logo atrás do desconhecido. Girou por cima da grade e se escondeu debaixo da varanda.

O investigador Gray Hinckle, do Departamento de Investigações, que tinha vindo do cemitério até Swan atrás de Alan, saltou do carro. Ele e Ralph vieram rolando a maca enquanto Alan puxava com força o cabo para fechar a porta da garagem, que caiu com estrondo no chão de concreto.

— Alan, está querendo acordar os mortos? — perguntou Ralph. O ar-condicionado perto do teto zumbia e gotejava.

Gray arrancou a lona, descobrindo o corpo de Catherine.

— Vamos acabar logo com isso. Ela não é bem o que se poderia chamar de companhia agradável.

— Só faz a gente pensar na natureza humana. Quem poderia querer tanto um anel ou colar, ao ponto de encarar isso na escuridão da noite? — Alan distribuiu luvas de borracha, vestiu um avental, afastou-se um pouco. Gray cortou o vestido pelo lado direito e depois pelo esquerdo. Cortou também a combinação enrijecida e a roupa de baixo parcialmente desintegrada. O tecido rebatido revelou o torso ossudo, o umbigo como um caroço de azeitona, as bordas enegrecidas da caixa torácica e um triângulo de pêlos emaranhados como um ninho de ratos.

— Nenhuma descoloração recente nem substância estranha como por exemplo urina ou sêmen — disse Gray. — Nenhum indício de atividades necrofílicas.

Ralph, parado ali com uma xícara descartável, procurava controlar a expressão no rosto. Tinha visto muitos cadáveres. Os soldados que arrastara até hospitais de campanha ainda eram parecidos consigo mesmos, como se tivessem condições de retomar a vida se os médicos de algum modo conseguissem salvá-los. A pele da sra. Mason parecia o saco de treinamento de pugilismo suspenso nos caibros no sótão de sua casa.

Como o ferimento, quase no centro do tórax, estava coberto com gaze e esparadrapo, ela não tinha sido enterrada de sutiã. Quando Ralph viu a mancha marrom em forma de asa, um último vazamento de sangue do coração na gaze, sentiu um nó na garganta e tossiu no instante em que engolia, borrifando gotas de café na manga da camisa branca de Gray Hinckle.

— Mil desculpas. — Gray ficou irritado. A camisa era de algodão da melhor qualidade. Deixou a tesoura sobre o estômago de Catherine, foi até a pia e deu pancadinhas delicadas na manga com uma toalha úmida de papel.

Não com a intenção de ser meticuloso, mas pelo embaraço de ter cuspido café e pelo medo de prejudicar sua imagem com Gray, Ralph calçou as luvas, apanhou a tesoura e cortou fora o curativo amarelado. Tiro certeiro, pensou. Puxou o lençol, fazendo com que Catherine rolasse de lado. O ferimento de saída era pequeno também, indicando o pequeno calibre da arma.

— Ela se matou com uma .22? — perguntou Gray.

— Foi, deve ter sido uma de cano mais curto. — Ralph recuou um pouco, afastando-se dos velhíssimos seios jovens com mamilos escurecidos e do orifício que encerrara a vida de Catherine. Alan agarrou-se à ponta da mesa. Sentiu vertigens. Não se lembrava se tinha tido catapora ou não quando criança. Será que era assim que começava? Será que seu rosto ficaria todo coberto de pústulas? Fascinado pela visão do corpo que seu pai devia ter embalsamado, ele não viu o espanto boquiaberto no rosto oval de Janie Belle na janela lateral, que tinha conseguido alcançar ficando na ponta dos pés sobre um vaso de plantas virado de cabeça para baixo para poder ver tudo.

— Nenhum sinal recente de manipulação de espécie alguma. Trabalho encerrado. Ela pode voltar para o lugar de onde veio. É toda sua, Alan. — Gray deu a impressão de estar pronto para dizer mais alguma coisa. Ralph achou que ele quase ia fazer uma piada mas não quis parecer sem tato.

Ralph apertou o alto do nariz. Estava com vontade de espirrar. Gray desdobrou um lençol grande de musselina, passou-o por baixo do corpo e o enrolou como se estivesse envolvendo um bebê. Alan aumentou o ar-condicionado. Pelo menos, venderia mais um caixão, e os Masons sempre escolhiam os de bronze.

Alan pediu licença um instante e entrou na casa para ver como estavam as coisas no escritório com Carol. Depois de desligar, parou junto à janela, olhando para um laguinho de cimento lá fora com uma fonte da qual escorria um filete de água através do musgo. Janie Belle estava ajoelhada na forquilha de uma cajazeira, pronta para saltar. Peixinhos dourados pairavam imóveis no lodo verde. Um gato jovem pulou para a margem de pedra, vigiando os peixes, atento. Ralph, apalpando a medalha do Vietnã que sempre levava no bolso, sentiu que seu pensamento procurava alguma coisa, mas o quê?

O gato passava a pata pela água e mesmo assim os peixes não se mexiam. Equilibrado na lateral do laguinho, o gato estendeu as pernas descarnadas, arqueou as costas, olhou com desinteresse para os peixes inchados e saltou ágil para o meio das azaléias. O buraco perfeitamente circular, do tamanho do gato, que foi deixado nas folhas permaneceu aberto um instante e depois se fechou.

Ralph fixou o olhar onde ele desapareceu e abanou a cabeça. *Suicídio*. Meu Deus, meu Deus, como pudemos deixar de perceber? pensou. Voltou correndo para a garagem, onde Gray estava escrevendo num caderno.

– Ei, a gente deixou passar uma coisa. Se tivesse sido ela mesma quem puxou o gatilho, o ferimento de saída não estaria nivelado com o ferimento da frente. Teria de ser mais alto por causa do jeito pelo qual era preciso que ela segurasse a arma. Há algo de podre no reino da Dinamarca.

– Nesse caso, estamos investigando a possibilidade de necrofilia, atividade sexual em cadáveres, não as minúcias de um suicídio ocorrido há anos – disse Gray. Mas franziu o cenho para Ralph. – Sabe de uma coisa, você está com a razão, seu sacana! Vamos dar mais uma olhadinha.

– Pessoal, lamento muito, mas preciso voltar para a casa. – Estava se sentindo mal. Sem dúvida, isso não se enquadrava nos seus serviços de agente funerário. Estava parado à porta. A camisa, grudada no peito e nas costas. Ombros de menina, pensou Gray.

– Tudo bem, Alan, meu amigo. Muito obrigado mesmo pelo tempo que dedicou a nos ajudar. Vamos só acrescentar isso aqui como um adendo. É provável que não dê em nada. – Deram-se apertos de mãos. – Nós fechamos tudo aqui. E pode ter certeza de que ela não vai a parte alguma. É só você a guardar no frigorífico até segunda-feira.

Com o compasso de calibre, mediram o ferimento.

– Acho que vamos poder determinar a distância do tiro. Considerando que a pele se retraiu a partir do orifício original, considerando que ela teria de ter acionado o gatilho com o dedo do pé, estando sentada, com o cano da arma encostado no peito, considerando tudo isso, não podemos fazer nenhuma afirmação neste momento. Ralph, se você não tivesse respingado café na minha camisa inteira, nós poderíamos nunca ter percebido isso.

O que Ralph percebeu foi o "nós" de Gray.

– Se não me engano, fui eu quem percebi isso. – Quando estava nervoso, às vezes cometia erros de gramática que tinha lutado para superar.

– Certo, certo, só estava valorizando o trabalho da equipe, companheiro. Vou calcular o ângulo exato do ferimento de saída. Se ela realmente puxou o gatilho, sem dúvida o ferimento não poderia estar no mesmo plano do ferimento de entrada. – Gray rolou o corpo de novo. – Estaria, digamos, de sete a dez centímetros mais alto, correto? Vou tirar umas fotos e me encontro com você no gabinete para examinar os arquivos.

– Estou morrendo de fome. Vamos nos encontrar no Three Sisters, bem no centro da cidade.

– Agora estamos no caminho certo, companheiro.

Catherine vem hoje. Na cabeça, o pensamento estava claro, mas ele queria contar para a mulher com a bandeja de comida.
— Sss...
— O que foi, dr. Mason? Quer mais alguma coisa? — Mary June estava dobrando o turno, tentando poupar dinheiro suficiente para levar os filhos para passar uma semana na praia. Havia nove horas que corria de uma cama para outra. A gripe estava atacando no auge do verão.
Ele abanou a cabeça, desgostoso.
— Quero... — Ela esperou. — Se você a vir, quero...
Ele pareceu cochilar, saltou de um avião, a paisagem rural alemã, quadriculada, devastada pela guerra, subia na sua direção; e então ele levantou a cabeça com um estalo, num espasmo mioclônico.
— Quem? Ginger? Ouvi dizer que ela vem visitá-lo. Não vai ser bom? Ela vem de muito longe.
O ronco de alguma coisa, o pára-quedas de seda caindo nos seus ouvidos.
— Isso não me importa... — Quem está vindo? Catherine... o que Lily estava dizendo a respeito de Catherine?
— Ora, o senhor não está falando sério, eu sei. — Ela se perguntou se ele não teria sofrido mais um pequeno derrame. Sua fala parecia mais prejudicada hoje. — Como está se sentindo? — Geralmente ela dedicava a ele menos atenção do que aos outros pacientes. Parecia em perfeitas condições, talvez um pouco dis-

tante, como algum velho deus esquecido. Afinal de contas, estava com apenas sessenta e um anos. Ela se lembrava dele de quando era criança, abaixando sua língua para examinar a garganta e depois lhe dando o abaixa-língua de madeira, que ela levou para casa e no qual pintou um rosto, colou um vestido de baile de papel com a bainha de purpurina. Em ocasião posterior, ele levou as fadinhas numa excursão para passar a noite acampadas, quando ela e Ginger estavam na mesma companhia. Assou salsichas numa fogueira, ensinou as meninas a cantar em cânone: "*There was a desperado from the wild and woolly West...*" Na época tinha desejado que ele fosse seu pai, em vez do bêbado cruel que vivia de biscates e torceu o pulso da sua mãe até o osso se partir em dois.

– Tome duas aspirinas, beba bastante líquido e fique na cama – respondeu ele. Ela uma vez tinha brincado, dizendo que os médicos sempre faziam essa prescrição e essa era uma das poucas coisas de que ele se lembrava a respeito dela. Seu cérebro funcionava de modo peculiar como se a água começasse a descer por uma queda d'água e de repente fosse desviada para uma calha lateral. Ele reconhecia todo o mundo, sabia qual era sua relação com eles, irmã, filho, amigo. Só que simplesmente parecia que não fazia diferença. Ela imaginava que seu neocórtex estava simplesmente torrado. Às vezes seus olhos se enchiam de lágrimas quando J.J. ou Ginger começava a se despedir, mas no instante em que tinham partido ele se esquecia. Conseguia associar duas idéias, mas ficava perdido quando vinha a terceira, como por exemplo dizer que queria um jornal e, quando lhe respondessem, tudo bem, vou apanhar um, ele perguntava o que se ia apanhar. Ela nunca pôde compreender sua exigência recorrente: "Dê algo de comer àqueles famintos". Mary June sabia que as ocasionais manifestações de algum traço de seu eu original tinham um efeito devastador sobre seus filhos. Ela vira Ginger encostar na porta do carro com as mãos cobrindo o rosto depois que ele de repente deu expressão a algum indício de vitalidade que ela reconhecia como característico. "Hoje é dia primeiro. A primeira palavra que você disse foi coelho? Você bem que está precisando de um pouco de sorte". Como ele sabia que horas eram, ainda mais que dia do mês? Em outra ocasião, ele disse: "Dê-me um docinho antes de ir embora", que Ginger explicou ser seu antigo modo de pedir um beijo de boa-noite antes que ela fosse dormir. O pai nunca tinha indagado por sua saúde, nem por que motivo estava sentado na Columns todos aqueles anos ao invés de morar em casa. "A luz está acesa mas não tem ninguém ali dentro", costumava Mary June explicar a pessoas em Swan que lhe perguntavam por ele.

– Dr. Mason, fiquei triste quando me contaram o que aconteceu. – Em parte ela queria dizer isso, e em parte queria ver o que ele responderia. Ele espetou o presunto frito no prato. Deu um suspiro.

– O que é essa coisa crocante? Papai não gosta disso nem um pouco.

GINGER IMAGINAVA O RIO NAS NOITES EM QUE NÃO CONSEguia dormir. Não ia lá havia um ano e meio – durante a última situação de emergência com o pai, sua estada foi curtíssima – mas, mesmo a milhares de quilômetros de distância ela se via dirigindo pela estrada de areia branca que cortava os bosques, fazendo a curva no carvalho enorme, vislumbrando a chaminé de pedra através das árvores e então saindo para a súbita luz da clareira. J.J. estacionou ao lado do jipe enlameado.

– Em casa de novo – disse ela, imitando o jeito de J.J. de falar quando era criancinha.

No século XX, o rio nunca subiu mais que cinco metros acima das margens, mas no ano anterior à construção da cabana em 1898, ele inundou toda a planície de palmeiras por duas semanas. Por esse motivo, John Mason conseguiu comprar duzentos hectares, sendo vinte e quatro deles à margem do rio, a menos de quarenta dólares por hectare. No ponto mais elevado do terreno, ele construiu essa cabana de toras de pinho que, no nível metabólico, sempre tinha sido "nossa casa" para Ginger e J.J.

Ginger considerava a cabana um meio pelo qual a vida deles dois se manifestava de outra forma.

– Cá estamos – disse baixinho, mordendo o lábio inferior. – Isto não é quase o paraíso?

– Neste exato momento, pode ser que não. Talvez fosse bom você dar uma caminhada até o atracadouro para eu arejar a casa um pouco. Depois do que Scott me falou ontem, saí às pressas e me esqueci de tirar uma fieira de percas da pia. Tenho certeza de que já entraram em decomposição.

Ginger entrou assim mesmo, tapando o nariz.

– Não está assim tão horrível.

J.J. escancarou a porta dos fundos e saiu correndo para a mata carregando os peixes. Ginger percorreu os cômodos. Embora J.J. morasse ali a maior parte do tempo, pouco havia mudado. Quando eram pequenos, Catherine tinha se livrado das camas de vento e dos acessórios enferrujados de pesca das duas gerações anteriores. Depois que os filhos cresceram, Big Jim nunca mais usou a cabana porque mama Fan detestava o lugar. Como se não bastasse um camundongo saltar do latão de farinha de trigo, deixando pegadas minúsculas por todo o piso, ainda foi encontrada uma cobra enrolada aos pés da cama da pequena Lily, enquanto ela dormia. Mama Fan voltou para casa, ela mesma dirigindo no meio da noite, e nunca mais retornou à cabana. Suas velhas poltronas apodrecidas e colchões mofados resultaram numa linda fogueira um sábado, quando Catherine contratou três homens para ajudá-la a esvaziar a casa. A cabana passou então a ser o retiro de Catherine, um lugar que ela criou para que Wills se livrasse dos chamados constantes, onde as crianças podiam "ter liberdade" e onde ela podia ouvir música, ler, trabalhar nos seus blocos de esboços e perambular pelos bosques à procura de azaléias silvestres, rosas trepadeiras e violetas para transplantar em torno da casa. Ginger e J.J. adoravam, e seus pais tinham adorado, a longa varanda que se estendia por toda a frente da casa, com as portas duplas de tela que se abriam para uma sala enorme, quase de dois andares, toda de toras com uma lareira de pedra. A cozinha e os três quartos davam para a sala principal. Catherine tinha encontrado um homem do campo que fez as camas usando toras e galhos de pinheiro. Vasculhou toda a zona rural em busca de colchas de retalhos nos padrões Aliança de Casamento e Árvore da Vida – ninguém na sua família nem na de Wills sabia dar um ponto de costura que fosse – e de mobília rústica da região, tendo encontrado o tesouro de dois aparadores de nogueira do século XVIII, ainda dispostos de cada lado da porta.

Ginger deu uma olhada no que ainda considerava ser o quarto dos pais, muito embora J.J. tivesse se mudado para ali havia muito tempo. Da escrivaninha diante da janela, contemplou a curva em C do rio lá embaixo. Os diários de J.J. – vinte ou vinte e cinco cadernos idênticos malhados de branco e preto – estavam enfileirados ao longo do fundo da escrivaninha, sendo que o mais recente, com a caneta ao lado, estava aberto com as páginas para baixo. Ginger sempre teve vontade de ler os diários de J.J., mas tinha conseguido apenas relances, apesar de seu costume de arrancar um das mãos dele e sair correndo até ele a alcançar e agarrar o caderno de volta. Não que ela quisesse ser enxerida; só queria entender o irmão oculto por trás do homem dos bosques, caçador, extrativista, piadista, mulherengo. No entanto, suas olhadas rápidas e furtivas captaram apenas anotações sobre ritos de iniciação de índios, pios de aves, listas de livros lidos e descrições precisas de coisas que ele tinha visto na natureza, com desenhos a lápis de cor de um corniso em flor no quintal de um arrendatário, uma garça azul esfarrapada parada numa única perna, no córrego de Yellow Jacket, uma leve mariposa verde-hortelã, uma pedra azulada na sua sombra. Até mesmo esse vislumbre – tanta delicadeza e exatidão – deu-lhe medo de ler adiante. O irmão tinha mandado fazer uma estante no canto junto à cama e tinha levado para ali a poltrona de couro do antigo consultório do pai. Os livros eram todos de história, mitologia, livros sobre aves, peixes, geologia. Imaginou J.J. ali, lendo e escrevendo a manhã inteira, enquanto ela estava a milhares de quilômetros de distância. O avesso, o outro mundo.

Sob outros aspectos, o quarto permanecia o mesmo. Ginger olhou para a cômoda pesadona de tampo de mármore, que tinha sido do quarto de menina de Catherine. Afastou um livro para ver outra marca oval no tampo. Havia muito tempo a mãe tinha estragado o mármore com um vidro molhado de removedor de esmalte de unhas. Ginger passou o dedo pelo círculo desbotado. A mãe permitia que ela usasse esmalte quando era muito pequena, apesar de mama Fan dizer que era de muito mau gosto esmalte nas unhas de crianças.

A porta do quarto de Ginger estava emperrada. Ela a abriu com um empurrão e abriu as cortinas listradas de azul e branco. O quarto dava para a parreira de uvas moscatel, com a grelha de pedra ao lado, onde sua família costumava fazer quase todos os jantares de verão. Amanhã, disse a si mesma, amanhã, vou ficar deitada de papo para o ar nesta cama e escutar as abelhas nas uvas. Vou tocar alguns discos antigos e fazer brownies. Vou andar até o esconderijo – haverá pontas de flechas perfeitas no caminho. Vestiu o maiô e passou correndo por J.J., que lavava as mãos na cozinha.

– Já estou indo – gritou ele, depois que ela passou.

Ginger parou na extremidade do atracadouro, preparando-se para o frio. Tampou o nariz e, com um grito, pulou na água. Nadou contra a correnteza pelo prazer de voltar boiando. Adiante das margens limpas nas proximidades da cabana, começavam densos palmeirais e bosques de pinheiros tomados por trepadeiras. Onde o rio se estreitava, galhos de carvalhos das duas margens se entrelaçavam lá em cima. Pelos olhos semicerrados, Ginger via raios de luz através das folhas. Veio à deriva e então se virou para nadar de volta rio acima rumo ao turbilhão. J.J. saltou do atracadouro com os joelhos encolhidos junto ao corpo e nadou até onde ela estava. Os dois saíram da água para uma pequena extensão de areia em forma de meia-lua e, içando-se com o auxílio de raízes de árvores, escalaram a margem de barro escorregadio até uma plataforma gramada.

— Tudo bem, ó grande deusa! — Ginger subiu correndo a encosta na direção dos olhos d'água. A corda era amarela, feita de algum tipo de plástico. Eles costumavam pendurar-se em cipós para cair na água, mais tarde em cordas de sisal, mas agora J.J. instalara essa novidade, que provavelmente tinha garantia de não se romper. — Você primeiro... não sei se vou conseguir agüentar o frio.

Quando pequenos, eles tinham complexos rituais improvisados a partir de suas leituras sobre a tribo *creek*. Hisagita Immisee, o deus da tribo, era traduzido como "O que prende a respiração". As crianças achavam que o nome devia ser derivado de algum grande nadador que conseguia prender a respiração tempo suficiente para descer até a água que turbilhonava no fundo do olho d'água. Quando J.J. chegou pela primeira vez ao fundo e enfiou o punho na fonte azul, ele se tornou "Ó, Grande Hisagita Immisee".

J.J. puxou a corda para trás para poder dar o impulso correndo, saltou e caiu dentro d'água. Voltou à superfície e se virou para o fundo. Ginger ficou olhando o corpo claro salpicado de luz tornar-se azulão à medida que com seu impulso ele atravessava camadas cada vez mais frias de água até que, perto do fundo, tornou-se uma sombra pisciforme. Ela sabia que lá embaixo a sensação de frio se transformava em calor porque sentir um pouco mais de frio que fosse congelaria a pessoa. Ginger sentiu nos próprios pulmões a pressão da respiração que o irmão prendia. Agarrou a corda com uma vara, balançou, com os pés no grande nó, uma vez, duas, e afinal se jogou. Veio à tona, arquejando com o choque do frio terrível. Quando se virou para mergulhar e nadou para o fundo com os olhos abertos, passou por J.J., que subia rápido, e os olhos dos dois se encontraram: os dele arregalados de fome ou de pavor, seu torso de mármore branco, as pernas movimentando-se como as de algum anfíbio primitivo, mas os olhos, de repente incognoscíveis, de alguém num sonho, uma estátua içada de algum antigo naufrágio. Ela achava que não conseguiria ir até o fundo mas afastava a água como se estivesse abrindo pesadas cortinas de veludo, movimentando as pernas com força premeditada, e *lá estava ela*, na fenda de areia branca com as três aberturas azul-escuro nas quais eles queriam entrar quando crianças, imaginando um reino onde a mobília fosse de madeira levada pelas águas, pérolas e conchas, onde o verdadeiro Hisagita Immisee morasse com fabulosas criaturas fluviais extintas desprovidas de olhos, onde a impetuosa água gelada jorrava pura e sagrada da terra. Também tinham ouvido dizer que escravos mortos habitavam um reino por baixo dos rios. Ela expôs a palma das mãos à água que jorrava, para sentir o impulso de energia que costumava passar pelos seus braços e pela coluna, um prazer quando era pequena e ainda agora, no instante em que os duros bulbos de seus pulmões se contraíram e ela começou a subir na direção da curva de luz, da superfície da fonte.

Deitado na grama, com a respiração ruidosa, J.J. sentiu uma dor lhe penetrar na cabeça, um abridor de cartas afiado cortando um envelope de papel fino. Enxaqueca. Uma aura de luz recortada apareceu à esquerda da sua visão periférica. Ginger estava por cima dele, sacudindo gotas de água do cabelo no tórax do irmão. Ele se sentou.

– Epa! – exclamou ele. – Acho melhor a gente ir andando. O sol está se pondo. – Ela parecia ter recuperado seu eu, seu eu normal, pulando num pé só e batendo na cabeça para forçar a sair da orelha a água que retinia, passando os dedos pelo cabelo que sua mãe sempre tinha chamado de louro avermelhado da sorte. Debaixo d'água, ela dava a impressão de que poderia continuar nadando para sempre como uma ninfa que voltasse à terra uma vez por ano, com o cabelo como um rastro coral na água penetrada pelo sol; a boca um O, como se a água passasse através dela, os olhos opacos e animados, tudo isso enquanto um passava pelo outro, ele vindo à tona, emergindo, com facilidade muito maior do que o esforço dela para descer, abrindo as águas com as pequenas flechas das mãos, bolhas minúsculas lhe saindo do nariz, a esteira albuminosa deixada pelo movimento forte dos pés, e então ela já tinha passado, e ele saiu para o ar. Contraiu os olhos para a irmã enquanto um enorme silêncio crescia na sua cabeça.

Ralph e Gray lavaram o rosto, ensaboaram as mãos e os braços até a altura do cotovelo no banheiro do Three Sisters. Era tarde, mas Martha ainda tinha bastante bolo de carne no forno.

As três irmãs proprietárias do café eram parecidas e sempre usavam trajes idênticos, se bem que em cores diferentes. Angela usava amarelo e tomava conta da caixa registradora; Emily, de vermelho, servia às mesas; Martha, de verde, cozinhava. As três usavam o cabelo cacheado bem curto, de uma cor chamada Bronze Aura, e usavam delineador azul que fazia com que parecessem bonecas de olhos redondos. Tinham crescido em Swan, com o pai viúvo. Ao que se soubesse, nenhuma delas jamais tinha enxergado a necessidade de nenhum relacionamento fora de seu próprio círculo fechado.

Ralph abriu o relatório do avô sobre a morte de Catherine Mason enquanto comiam. O relatório tinha sido batido na velha Remington que ainda se encontrava na escrivaninha no gabinete.

CASO 802

3 DE SETEMBRO DE 1956

Catherine Phillips Mason, morta por ferimento à bala no coração infligido por ela mesma. Não houve tentativa de ressuscitação. Foi descoberta na própria casa pela filha Virginia, 12, às 15:30. Morreu aproximadamente às 13:00, segundo o dr. Dare. Foi encontrada no chão da cozinha, ao lado de uma cadeira virada. (Anexo 1).

Ralph olhou de relance para a pequena foto, um instantâneo preso à página por fita adesiva ressecada, mostrando Catherine numa poça de sangue negro. Estava descalça, indicando que tinha acionado o gatilho com o dedão do pé. Usava um vestido de verão, branco com bolinhas pretas. Meu Deus, que quadro para Ginger! ("Ela estava esperando pão de mel quentinho e foi isso o que encontrou", era o que ele se lembrava de ter ouvido inúmeras vezes ao longo dos anos.) A arma estava ao seu lado, quase aninhada no braço.

Emily trouxe uma cesta de palitos de polenta e entreviu a página diante de Ralph.

– Deus do céu! – exclamou. Mesmo de relance, reconheceu a testa altiva e os olhos inesquecíveis de Catherine Mason. O relatório prosseguiu:

> Este gabinete foi notificado por Carla Rowen, a vizinha mais próxima, que encontrou Virginia (Ginger) Mason no meio da estrada Palmetto perto de casa. Segundo o depoimento prestado pelo dr. Wills Mason, sua mulher tinha eventuais períodos de depressão, mas nenhuma indicação anterior de autodestruição. Ele recordou que antes do nascimento da filha Virginia, a mulher tinha ficado retraída, mas em anos recentes não houve nenhuma circunstância agravante. A arma foi um fuzil Savage automático calibre .22, de propriedade do dr. Mason. A bala foi recuperada da parede. Ele afirmou manter a arma num armário sem tranca, junto com outras três armas mais potentes para caçar cervos. Ele não sabia ao certo se a arma em questão estava carregada. A doméstica, Tessie Mae Cartwright, estava em sua própria residência em West Orange. Ela afirmou que no seu dia de folga fez compras no Dixie Market e na loja

McMillan's Five-and-Ten entre as 11:00 e o meio-dia, depois visitou as primas Sally e Precious Cartwright em East Oconee para almoçar, o que foi confirmado pelas primas Cartwright. Os filhos da família Mason estavam na escola. O dr. Mason saiu do consultório às 10:00 da manhã, visitou pacientes no hospital até as 11:00, e então disse ter ido de automóvel até a cabana, onde esperava encontrar sua família na parte da tarde. A sra. Mason não tinha inimigos conhecidos. Não havia nenhum sinal de arrombamento nem luta. A suicida não deixou nenhum bilhete.

Ralph entregou a folha a Gray. E continuou a ler:

4 DE SETEMBRO DE 1956

Outras entrevistas com os vizinhos mais próximos e com parentes e amigos da família Mason não produziram mais nenhuma causa para investigação. A cidade inteira está chocada e demonstra aversão por esse ato contrário à vontade de Deus.

Dois dos últimos registros no arquivo eram manuscritos. Seu avô raramente escrevia cartas, nem mesmo quando Ralph estava no Vietnã na sua última missão antes de pedir baixa. Ralph reconheceu a caligrafia principalmente pela assinatura antiquada e floreada em cartões de aniversário.

6 DE SETEMBRO DE 1956

Este triste caso encerrou-se ontem no enterro (recorte do *The Swan Flyover* anexo). Uma boa família destruída, em conseqüência de um ato egoísta. Não entendo como alguém pode fazer uma coisa dessas com os filhos. O ministro disse que uma alma perturbada está agora em paz, mas deixou algumas almas perturbadas para trás.

7 DE SETEMBRO DE 1956

Telefonema da sra. Mayhew (Charlotte Anne) Crowder, de Macon, Geórgia. Ela exigiu maiores investigações. Disse que, como ex-companheira de quarto e amiga de faculdade, sabia sem nenhuma dúvida que a sra. Mason não cometeria suicídio. Expliquei que não havia nenhuma prova que nos levasse a pensar de modo diferente. Ela perdeu o controle e mandou que procurássemos essas provas. Insistiu na hipótese de que Catherine teria tentado se defender com a arma. Exigiu que eu examinasse os cadernos que a sra. Mason mantinha. Minha busca da casa na manhã após a morte revelou quatro caixas de balas e dez de cartuchos para espingarda no armário de armas. Uma das outras três armas, uma Winchester .30-06, estava carregada. Não vi nenhum caderno. Depois da ligação da sra. Crowder, telefonei para o dr. Mason com enorme relutância. Ele disse que a esposa às vezes escrevia em diários, mas que ele não os tinha visto.

Gray segurou a foto no alto.
– Dê só uma olhada. A arma... ela ainda a está segurando depois de cair da cadeira? Essa é a posição de alguém que acabou de se despachar para o inferno? Ela parece que está tirando um cochilo, não fosse pela sujeira. O que aconteceu com os dois filhos?
– Estão por aí em Swan. Devem ter belos sonhos. – Ralph leu a última anotação.

16 DE SETEMBRO DE 1956

Análise dactiloscópica mostra as impressões de Catherine Mason. Impressões borradas revelam que outros manusearam a arma, mas essas são consideradas inconclusivas. Todas as provas apontam para morte por suicídio. Caso encerrado.

Quando entregou a última folha a Gray, Ralph percebeu a capa da pasta. Um garrancho. E na letra do avô, rabiscado ao longo da borda, leu "*Big Jim, R.I.P.*" Abaixo, ele discerniu as iniciais riscadas *S* e o que poderia ter sido um *D* ou um *B*. E depois Rotary Club 12:30.

Gray abateu-se sobre cada página. Ele estava apreciando muito o curso que o caso tinha tomado. Ralph sentiu impulso de defender o avô, que provavelmente não conseguia imaginar que um Mason pudesse cometer assassinato ou ser assassinado, por nenhum motivo, embora fazer buscas na casa no dia *posterior* ao suicídio parecesse pouco inteligente. Ele e Gray tinham calculado em uma só manhã o que parecia ter escapado ao avô, que estava presente. Sentiu uma onda de orgulho. "Figuraça", era como vovô o chamava quando ele era menino.

Uma cena antiga lhe passou ziguezagueando pela consciência. Quando Ralph era muito pequeno, seu avô costumava levar Big Jim para caçar codornas e pombas perto de Tallahassee. O avô, de uniforme, fazendo o serviço pesado, e Big Jim, com as espingardas reluzentes, trajando um casaco de caça de camurça com dúzias de bolsos na parte interna. De algum lugar, nem sabia como, Ralph lembrou-se de Big Jim expansivo, abrindo o casaco. Os bolsos continham pombas com a cabeça de fora, dando a impressão de que tinham tirado uma rápida soneca e logo poderiam acordar e sair voando.

A avó de Ralph ficava louca de raiva todo o tempo que o marido passava fora. Enquanto lavava a louça, batia tanto com os pratos que Ralph achava que eles iam quebrar. "Aquele velho safado... Eu já disse a seu avô mais de mil vezes que Big Jim lhe deu os votos do cotonifício, conseguiu essa casa para nós e agora pensa que é o patrão. Big Jim manda *pular*, e seu avô só pergunta *a que altura*. Ele deixa tudo para lá! E ainda traz pombas para casa, para eu depenar." Já naquela época Ralph sabia que o avô costumava instalar uma armadilha para apanhar motoristas em excesso de velocidade nos dias de domingo na estrada para Osceola, parando os carros que vinham do norte em busca do calor e cobrando-lhes vinte e cinco dólares ali mesmo. Não era suborno. Todos os xerifes do sul tinham direito a esse pequeno bônus. A avó não gostava de que o marido deixasse de ganhar essa parte da renda.

Ralph limpou um pouco do molho vermelho com um pedaço de polenta, enquanto Gray terminava de ler. Ele esperava que Gray não zombasse do fato de terem examinado a casa no dia seguinte ao da morte.

Gray largou a pasta e se concentrou no prato. Sem que tivessem pedido sobremesa, Emily trouxe duas generosas fatias de bolo de chocolate.

– Os últimos fregueses do dia ganham um prêmio.

– Você é maravilhosa – disse Gray, sorrindo para ela.

Ralph sentiu-se obrigado a chamar a atenção para a anotação na última folha do arquivo.

– Meu avô era o xerife – confessou.

– Bem, não vá exigir demais dele. Naquela época, não se conseguia calcular a distância com a exatidão de que agora dispomos. Tenho noventa por cento de certeza de que ela não acionou o gatilho. Vou verificar tudo com meu chefe. É o crime mais comum neste mundo de Deus. Marido mata mulher e diz que não sabia que a arma estava carregada, ou providencia uma cena de suicídio, que ele "descobre" e que o deixa dilacerado. Ah, é verdade, costuma haver uma amante mais jovem nos bastidores. Difícil de provar, mesmo agora. Os maridos ficam apavorados com o detector de mentiras, e nenhum tribunal se dispõe a examiná-los porque esses não são criminosos empedernidos. Ou – ele apontou um dedo para Ralph – *pode ser* que tenha sido o jovem amante que resolveu agir depois de alguma decepção. E quem quer enfiar a mão nesse ninho de cobras? O suicídio torna-se a saída fácil para a investigação. E depois ainda há uma terceira escolha: alguém totalmente desconhecido.

Ralph gostaria de saber, porém, por que seu avô não tinha dado prosseguimento às investigações. Mesmo que devesse sua eleição para xerife e sua casa a Big Jim, naquela ocasião o velho já estava morto. O ricaço da pequena cidade. Seu poder tinha vencido a morte? E entretanto seu avô não tinha insistido no caso, na realidade tinha feito um serviço de carregação.

— É provável que meu avô considerasse demais a família para chegar a ter esse tipo de idéia. Os Masons planejaram a cidade inteira. — Desculpa capenga, ele sabia. Sabia também que o avô era fiel como um cão.

— Pode ser que estivesse protegendo alguém. Olhe, a esta altura não estamos tentando entender o que houve — disse Gray. — O que temos de buscar é quem desenterrou o corpo. Por sinal, como aquele resíduo de tinta vermelha em algumas pedras é o mesmo do tratorzinho do velhote, é óbvio que o procurado sabia operar o veículo. O que você acha do coveiro, o tal Deal? Alguma possibilidade de ele ser o depravado? Tive a impressão de que ele sabia que o veículo tinha sido tirado do lugar.

— Meu Deus, não! É um velho. Simplesmente se esqueceu. Ao que eu me lembre, sempre trabalhou no cemitério.

— Converse com os filhos, para ver do que eles se lembram, e com qualquer outra pessoa que lhe ocorra. Se o médico realmente não bate bem, não adianta ir procurá-lo a esta altura. — Gray apanhou a conta. — É, cara, vocês têm cada caso em Swan... Eu me lembro daquele esquisitão que morava em cima de uma oficina e guardava a urina em potes. Nós fomos chamados depois de uma explosão... — Gray deu um tapa na perna e um grito de animação. — Ele estava... estava todo arrebentado. Mesmo no hospital, as enfermeiras descobriram que ele urinava no jarro da mesa-de-cabeceira. — Gray deu um soquinho de brincadeira no ombro de Ralph. — Afinal, o que vocês têm nessa água aqui de Swan?

De volta ao gabinete, Ralph ligou para a Casa. Disse a Lily que precisava conversar com J.J. e Ginger de manhã, que tinha notícias de possível interesse do Departamento de Investigações.
— O que foi? Encontraram os criminosos? — perguntou ela.
— Não, senhora, infelizmente não. Mas mandaram um alerta para todas as comarcas, e é provável que resolvam isso rapidinho. Eu só queria repassar umas coisas amanhã de manhã com J.J. e Ginger.
— Eles devem estar chegando a qualquer instante. Vou avisá-los.

LILY FAZIA ESTALAR AS CARTAS. ESTAVA NA TERCEIRA TENTAtiva na velha Paciência. O frango abafado na pimenta de Tessie esperava no fogão. A mesa estava posta; e ela até tinha enchido a lareira com magnólias gigantes depois da partida de Palavras Cruzadas com Eleanor.

    Lily não se importava de Ginger e J.J. se atrasarem quando voltavam da cabana. Eles sempre se atrasavam, e ela precisava de um tempinho para se acalmar. Bebericou um Dubonnet com gelo, num copo alto. O telefone tinha tocado o dia inteiro. Agora as pererecas começavam seus ruídos irritantes. As pessoas estavam ligando da mesma forma que ligavam quando alguém morria. Os Rowens que moravam mais adiante tinham chegado a trazer uma salada de requeijão com gelatina de limão que Lily sabia que as crianças não iam querer. Eram exigentes, os dois, príncipe e princesa desde o dia em que tinham nascido, e Lily imaginava que tinha contribuído para isso. J.J. se recusava a comer a clara do ovo frito, e Ginger não comia a gema. Ela não comia a carne escura de aves enquanto ele não comia a branca, mas os dois brigavam pelo osso da sorte sem nunca, ao que Lily soubesse, terem feito um pedido que fosse. Sem jamais ter sabido exatamente como ser mãe, ela apenas tentava agradar aos sobrinhos com comida e com o que imaginasse que eles quisessem. Reuniu as cartas. O que não lhe caía bem era a ligação de Ralph Hunnicutt. Ele lhe estava escondendo alguma coisa.

    Lily viu os faróis que vinham aos solavancos pela entrada de carros, iluminando as árvores. Pelo jeito caído dos ombros de

Ginger, sabia que ela estava deprimida. J.J. subiu a escada da frente de casa como um sonâmbulo. Quando ficava com a boca aberta como um cachorro ofegante, isso só queria dizer uma coisa: dor de cabeça.

— O que vocês andaram aprontando para acabar exaustos desse jeito?

— Fomos fazer uma visitinha a papai. Não foi legal. Ele olhou para nós como se não estivesse nos vendo, como se fôssemos o vidro da vitrina de uma loja. Eu disse, "papai, sou eu, Ginger" e ele respondeu "Eu sei. É um absurdo que você nunca venha me ver". E eu disse, "Papai, eu estava a milhares de quilômetros daqui, mas agora estou de volta" e ele respondeu "Os laços de sangue falam mais forte que os laços de sangue".

— Então ele fez uma lista de coisas que queria, sem dar nenhuma atenção a Ginger. Escreveu colírio, *wafers* de chocolate, meias... coisas de que não precisa. Levei essas mesmas coisas para ele não faz duas semanas. — J.J. apanhou água gelada, na qual sentiu vontade de mergulhar o rosto. — Vamos comer e acabar com isso. Não vou agüentar mais muito tempo.

— Vou procurar um dos comprimidos que você toma — disse Lily, com firmeza. — É só você ficar sentado aqui neste canto fresco e descansar alguns minutos para deixar o comprimido fazer efeito. O xerife quer ver vocês dois amanhã cedinho.

— Para quê? Descobriram o culpado? — Ginger descalçou os sapatos, chutando-os.

— Não, era alguma coisa sobre o Departamento de Investigações. Não quis dizer. Pareceu-me muito esquivo.

Vejam quem está falando em esquivo, pensou J.J.

O que Ginger e J.J. queriam fazer era ir cada um para seu quarto e fechar a porta. A luz recortada ainda lampejava na borda da visão de J.J. Ginger começava a se sentir desnorteada. Tinha sido fácil demais a ruptura de sua ligação com o trabalho e com Marco. Algumas horas em casa, e ela sempre tinha essa sensação – a de que perdia a casca da sua vida real para que a vida antiga se reafirmasse. Ninguém jamais fazia perguntas sobre o que ela fazia. Ela só captava o ritmo *deles*, as preocupações *deles*, caía na correnteza da vida que fluía aqui, com ou sem ela. "Quando você vai voltar para casa, querida?" era o que lhe viviam perguntando. Educada demais para dizer "Nunca", ela sempre contestava com um "Mas eu estou em casa agora".

O ar-condicionado na janela do canto da sala de jantar se esforçava como um avião pulverizador de lavouras pronto para a decolagem. Lily esquentou o jantar que Tessie tinha deixado pronto e abriu um pote de picles de melancia. O conhecido jogo americano de linho engomado com o bordado do monograma floreado – fMl – de mama Fan, o perfume entorpecedor das magnólias na lareira e os impossíveis cheiros da Casa se fundiam. Como era possível que o Fleur de Rocaille de mama Fan e a pesada fumaça dos charutos de Big Jim perdurassem tanto tempo? De repente, Ginger se sentiu exausta além dos limites da exaustão. Um pesadelo. Como pôde se esquecer de tudo e ter se jogado na fonte com alegria naquela tarde?

Lily serviu os pratos e os passou para os sobrinhos. J.J. achou que tinha a obrigação de ajudar. Lily devia estar morta de cansada àquela altura. Mas ele sentia a própria cabeça pulsar no ritmo de "*Take Me Out to the Ball Game*". A letra idiota voltava com cada onda de sangue que chegava às suas têmporas.

– Lily, obrigado por toda essa trabalheira. Desculpe, mas nenhum de nós dois está no melhor da sua forma hoje.

Enquanto Lily passava a molheira, Ginger e J.J. trocaram um sorriso. Estavam reconhecendo o molho de carne de Lily, que levava de tudo um pouco.

– Digam-me se as batatas não estiverem bem quentes. Esses picles que Tessie preparou no último verão estão simplesmente deliciosos. Pena que Wills não esteja aqui com a família. Sei que ele teria gostado da companhia. É de cortar o coração vê-lo ali sentado entra ano, sai ano. Se sua mãe não tivesse... – Era uma frase que ela nunca terminava – acho que nada disso teria acontecido com ele.

    J.J. largou o garfo. Apertou as têmporas, onde a dor ia e vinha. Tudo o que pudesse acontecer um dia era culpa da mãe. Ginger não teria perdido a voz nas finais do concurso estadual de debates; ele teria ido para a faculdade de medicina, seguindo o exemplo do pai; o pai nunca teria provado bebida. Derrame era o nome que davam, e derrame tinha sido mesmo, mas enormes quantidades de álcool e uma queda no banheiro com uma batida do crânio na louça nunca faziam parte das equações de Lily. Será que tinha sido também culpa da mãe, pensou J.J., alguém ter desrespeitado sua morte? Culpa dela as batatas não estarem quentes?

    –Estamos muito cansados mesmo – foi tudo o que disse.

    Ginger e J.J. jamais contrariavam Lily. Para começar, simplesmente não valia a pena. E depois, ela foi tudo o que eles tiveram por muitos e muitos anos. Lily era quem era, e eles sentiam que deviam protegê-la incondicionalmente. Que nunca haveria conversa de verdade, eles pareceram pressentir já na infância, e nunca procuraram entabular conversa. "Não falem na frente dos criados" era algo que se confundia com "não falem sobre nada que tenha a menor importância". Como se Tessie não soubesse de tudo a respeito deles de qualquer maneira. Lily tinha opiniões mas se recusava a examiná-las. No seu modo de pensar, a ambigüidade não existia. A primeira conclusão tirada tornava-se decisiva. Durante seus primeiros anos com ela, tudo o que queriam fazer era esquecer o que a mãe tinha feito, esquecer os meses posteriores ao acontecimento em que o pai vinha para casa do consultório e servia grandes doses de *bourbon*, esquecer o "acidente" do pai. Acabar pousando na casa com Lily foi a salvação para eles. Estavam seguros com Lily, na casa da infância do pai, o lar de Big Jim.

Ao invés de morrer direto depois de Big Jim, mama Fan deu mais a impressão de ter ido sumindo aos poucos. De Big Jim eles se lembravam como alguém em trajes toscos marrons, que os jogava para o alto e depois lhes dava balas de goma. J.J. tinha a lembrança de que Big Jim guardava as de alcaçuz para si mesmo. Quando os dois estavam mais crescidos, ele deixava que escolhessem blocos, lápis vermelhos e grampeadores no armário de material de escritório. Eles se lembravam das unhas dos pés do avô, curvas como o bico de uma coruja, quando ele as estalava pelo chão afora. E de seu enterro na chuva, quando Lily teve um ataque histérico depois de encontrar perto do túmulo um buquê amarrado com barbante, com um cartão que dizia *Para sempre e seja como for*.

— Comida na mesa — divagou Lily. — Sempre comida na mesa. Nem todos podem dizer isso. Não importa o que aconteça, é preciso comer. Melhor então é comer bem. — Ela afastou a cadeira da mesa e acendeu um cigarro. — Nosso presidente garantiu que o pesadelo nacional estava encerrado quando trancafiaram metade do governo no ano passado. E todos eles pareciam ser tão bons rapazes... Nixon, não, é claro. Esse parecia uma escultura feita numa batata.

— E que diferença isso faz? — perguntou J.J.

— Ai, eu só queria que esse *nosso* pesadelo terminasse. Isso só me fez pensar que o criminoso poderia ser alguém de terno elegante, alguém que nunca se poderia imaginar.

Só Ginger atacou a comida, servindo mais purê de batatas, mais um pedaço de frango, mais uma bolacha.

— Torta de pêssego... Só me diga que Tessie vai fazer torta de pêssego para a sobremesa amanhã. — Ela se lembrava das tortinhas de morango que estavam sendo preparadas quando chegou.

—Você conhece a Tessie. Amanhã de manhã ela vai trazer pêssegos brancos.

– Mal posso esperar. – Ginger, passando manteiga na bolacha, sentiu suas palavras recortadas no ar, a mão solta da faca que estava segurando. – É absurdo – acrescentou. – Mamãe de volta na casa funerária. É *impossível.*
– Querida, aproveite o jantar.
– Papai poderia pelo menos tirar a fantasia de papai de mentira, sair dali como a pessoa de verdade que ele é e *fazer* alguma coisa.
– Uma antiga fantasia. Uma boneca de rosto negro que ela teve e que se tornava uma boneca loura quando era virada de cabeça para baixo. Outra boneca, ao ser desaparafusada, revelava bonecas cada vez menores, umas dentro das outras. Um panda era desabotoado, e dentro havia um pijama e um roupão. Ele estava *ali dentro* em algum lugar.

J.J. sabia que só lhe restavam uns cinco minutos. Tomou uma dose de *bourbon* para aliviar a cabeça. Ela desceu queimando até o estômago. Seguiu meio tonto até o banheiro e vomitou. Geralmente, a cabeça melhorava depois. Ficou bebericando água gelada enquanto Ginger comia uma quantidade repugnante de creme *chantilly* e morangos vermelhíssimos.

– Já me vou, meninas. Vocês me dão licença? Obrigado por mais um dia encantador, mais outro dos muitos dias encantadores nos anais da família Mason.

Ginger ajudou Lily a empilhar os pratos na pia e a passar uma água neles para Tessie não ter de enfrentar uma enorme lambança de manhã. Fez uma xícara de café para Lily, como fazia todas as noites quando morava ali, e a levou ao quarto de Lily, que soltou o cabelo, vestiu a camisola e se sentou na cama dos pais com o café. O dia tinha durado uma semana. Queria dizer alguma coisa a Ginger sobre como nenhum deles merecia nada daquilo, mas estava se sentindo vazia. Ginger sentou-se aos pés da cama. Lily lembrou-se de como Ginger se pendurava numa ponta do baldaquino como um macaco, até Lily achar que a madeira ia quebrar. Ginger adorava o quarto dos avós, o dossel de organdi acima da cama, a penteadeira com os bonitos pentes e espelhos de prata e os frascos de perfume de cristal, até mesmo a lareira tampada, com as fotografias de tios e tias-avós e bisavós falecidos no console. Galeria de procurados pela polícia, era como mama Fan a chamava. Lily tinha substituído o pesado adamascado verde dos pais por um *chintz* de flores amarelas; trocado o tapete oriental embolorado por carpete amarelo de uma parede à outra, mas o espelho dourado trabalhado e a poltroninha de veludo azul, puída nos braços, eram os originais.

– Leve um jarro d'água para seu irmão. Ele sofre quando essas enxaquecas o atacam. Você não imagina quantas vezes ele chega a casa simplesmente arrasado. Acho que elas são causadas pelo chocolate. Dizem que chocolate e queijo as provocam. Mas Catherine também tinha esse tipo de coisa. Talvez ele tenha herdado dela. – Desejou não ter dito isso.

Ginger não respondeu.

ATÉ MESMO O TRIÂNGULO DE LUZ DO CORREDOR ERA UM soco no seu olho. Engolir doía, e ele tinha a sensação de estar cavalgando por baixo de uma tenda de gaze em constante expansão e contração. Fez um esforço consciente para que os dois comprimidos se dissolvessem na corrente sangüínea e fossem sendo levados até as falhas ósseas e bifurcações de rios na sua cabeça. *Canaliculus, canaliculi*, vertendo fogo. Sentiu o gosto de sangue. Sempre tinha medo do derrame do pai. Uma bolha de sangue se rompe – e você está perdido. Paz, disse a si mesmo. Paz, desapegue-se, deixe para lá. O retinir distante dos pratos e talheres chegava amplificado aos seus ouvidos. Depois, o jorro da água pareceu atravessá-lo aos rugidos. Ginger costumava cantar "Blue Hawaii" na banheira. Hoje estava calada, embora J.J. imaginasse ter ouvido o sabonete cair na água e passar escorregadio através dele. Sentiu no fundo do crânio o clarão da lâmpada do teto refletido no espelho embaçado com o vapor. Pressão na garganta, na coluna, atrás dos calcanhares.

Vomitou outra vez na vasilha que tinha trazido para o andar de cima, e então se deixou cair no que conhecia como o "apagão", o insuportável ápice da dor, a dor elétrica aguda, perfurante, estridente que tinha de vir de fora dele porque seria impossível que o crânio simplesmente entrasse em erupção com tanta violência. Durante uma hora, ficou ali deitado, sem abrir os olhos para a dor da luz, incapaz de chamar para pedir que Ginger fechasse a porta, sem conseguir descalçar os sapatos. As plumas no travesseiro o incomodavam com seu farfalhar, como se quisessem voltar a voar. As próprias batidas do seu coração, altas demais, eram um tã-tã a ressoar no platô de uma mesa.

Entregou-se ao sono, a uma difícil arrebentação de maré líquida, e pensou ou sonhou que se estava internando para uma cirurgia no cérebro, paredes encardidas de hospital, camas de ferro como uma enfermaria de malária nos trópicos, e então deu-se conta de que aquele era o hospital de Swan antes que seu pai o reformasse. Tinha visto o hospital quando estava com três ou quatro anos de idade e agora o reconhecia, ali onde estava a ponto de entrar sob a grande luz, grande como o sol, o pai vindo pelo longo corredor, com o sol lá no final, ofuscante, o pai no início da maturidade – talvez aos trinta e três anos, a idade da perfeição, a idade de J.J., a idade da qual Ginger estava se aproximando – quando o pai era o homem anguloso na fotografia – encostado no capô curvo do seu conversível com uma buzina que tocava as primeiras notas de "Darktown Strutters' Ball", *Vou apanhá-la de táxi, querida...*, mas Swan nunca teve um táxi. J.J. sentiu brotar a felicidade ao ver o pai, todo força e energia, mesmo vindo na sua direção para uma cirurgia. Não tinha nenhuma lembrança da mudança do apartamento em Emory, quando Wills terminou sua residência para uma das casas de Big Jim em Swan, à qual Catherine sempre se referia como o chalé da lua-de-mel. Agora, via o pai, recuperado. Um homem magnífico. Cirurgia no cérebro, mas por quê? "Qual é o problema?" – perguntou ele à enfermeira. "Atrofia da glândula pineal" – disse ela, e J.J. quis rir mas seu estômago se contorceu. "O que é isso mesmo?" – gritou ele para os olhos míopes da enfermeira. "É o pinheirinho dentro da sua cabeça, filho". Quem disse isso? Estavam rolando rápido por um corredor largo, do jeito que era antes de papai se insurgir contra o velho dr. Dare e mandar transformar a enfermaria em quartos particulares. Big Jim era prefeito na época e tinha se encarregado disso. O filho conseguia tudo o que queria. "Vocês podem ter qualquer coisa no mundo que queiram", Big Jim gostava de dizer aos filhos e aos netos. Quando mal tinha começado a clinicar e estava prestes a fazer seu primeiro parto em Swan, papai tinha entrado correndo na sala de cirurgia e encontrado o dr. Dare ajeitando a perna fraturada do seu cachorro. Wills estava espanando pêlo de cachorro da mesa de cirurgia quando chegou a maca com a mulher com dilatação total. O sonho foi desaparecendo rápido. J.J. tinha a impressão de estar afundando em camadas de chuva, através de terra peneirada, mas não havia fundo. Só a visão do pai permanecia, vindo na sua direção, o corpo esguio, agora desanimado junto a uma janela na Columns, energia esgotada pela perda irremediável de duas vidas, o ato de loucura da mãe lançando o pai numa espiral de angústia. Havia angústia antes? De onde, da guerra? Wills nunca se dispunha a falar da guerra. E nenhum deles chegou a falar de Catherine depois. A vergonha fez com que se voltassem para dentro, uma ferida muito dolorida, o amor de Catherine registrado para sempre como inexistente.

Eles se referiam a "antes do acidente", quando Wills ia em linha reta para o solário depois do trabalho, baixava as persianas fininhas e abria o armário de bebidas. Da porta, J.J. o havia visto beber direto da garrafa antes mesmo de largar a maleta. Restava a Tessie alimentar as crianças. Generosa, ela dizia: "é só não dar atenção a ele", o único ponto de vista que fazia sentido. Quando Wills os deixava na escola dominical, depois eles ficavam esperando na calçada até ele vir buscá-los. Às vezes ele se esquecia. As aulas sobre a Bíblia falavam de certa mulher que olhou para trás e se transformou em sal; de um pai que se dispôs a sacrificar o filho, de um irmão que matou seu único irmão. Num verão foram mandados para uma longa colônia de férias na Carolina do Norte, depois em visita a Mema, sua avó do lado Phillips em Vidalia. Ela era cega e hipocondríaca. Alternava seus desvarios entre como Catherine tinha sido mimada pelo pai e como Catherine nunca teria feito o que fez se não se tivesse casado com alguém do incorrigível clã Mason. Reclamava do colapso nervoso de Wills, chamando-o de egoísta. J.J. e Ginger fugiam e brincavam o dia inteiro nas cavernas de calcário por trás da casa dela. Estavam grandes para isso na época, mas moldavam cavalos com o barro tirado do piso vermelho e os punham a queimar ao sol. O final do sonho passou para o córrego que passava atrás da casa de Mema, e eles estavam de novo procurando algum tesouro até que J.J. enfiou as mãos em concha num poço e trouxe para cima uma quantidade de perfeitos cristais de quartzo, luminosos como a água que lhe escorria das mãos. O sonho deu mais uma reviravolta, e ele estava imóvel como uma truta em águas límpidas. Imóvel.

Ele aparentava estar dormindo. Ginger entrou sem fazer barulho, com um jarro de água e um copo.

– Tudo bem com você? Trouxe uma toalha úmida. – Como costumava fazer quando estavam no ensino médio, ela enrolou a toalha em cubos de gelo e a colocou na testa do irmão. Lavou a vasilha no banheiro. Com delicadeza, tirou os sapatos do irmão.

– Meu Deus, acho que o pior já passou. Desligue a luz... – Os dedos fizeram um gesto na direção do corredor.

– Chame se precisar de alguma coisa. Vou deixar as portas abertas. – Ginger desligou todas as lâmpadas e foi tateando para o quarto. O relógio de Big Jim bateu onze horas. Os sinos de Westminster, Lily tinha explicado um dia; e Ginger quando criança sempre pensava em Londres encoberta pela névoa, com círculos concêntricos de carrilhões espalhando-se sobre os telhados. Ela sabia que as batidas do relógio atingiam J.J. como pedras. Era preciso contar com elas todas as horas do dia – os pequenos tinidos nos quartos de hora e na meia hora, assinalando como as horas crescem e se acumulam para depois diminuir e começar tudo de novo. As horas redondas pareciam tão solenes, demarcadas no escuro. A *uma* tristonha; as *duas* entrecortadas; as *três* com seu jogo da velha; as *quatro*, certinhas e esperançosas; a insistência crescente das *cinco*; o agora-agora alarmante das *seis*; a alta importância das *sete*, hora de acordar para a escola; a abelha operária das *oito*; as *nove*, de algum modo, mágicas; as *dez*, como pedrinhas lançadas para o jogo das três-marias; *onze*, uma confusão cada vez maior, batidas demais; e então doze gongos implacáveis, hora da transformação, o sapatinho de vidro torna-se de madeira. No escuro, Ginger sentiu as tábuas largas do assoalho, estendeu a mão para procurar a cama torneada exatamente no instante em que a alcançou e tirou a colcha com um só movimento.

Jogos com números, sonhos com números, quantas noites ela não tinha recorrido a eles? Deviam ser provenientes dos seus primeiros anos na Casa, quando adormecia ao som do carrilhão do Big Ben, acordando no meio da noite com medo de ser a última pessoa que restava viva no planeta. Implacável, ela costumava multiplicar qualquer número, o preço de uma barra de chocolate, de um suéter ou do automóvel do pai de uma amiga. Multiplicava por 2, 4, 6, 8, 10, e assim por diante, para depois começar de novo multiplicando por 1, 3, 5. Eleanor Whitehead, a professora de matemática, tinha ficado surpresa com sua capacidade para calcular quase de modo automático. Todo o mundo sabia que Big Jim conseguia somar de cabeça uma coluna de números de três dígitos. O talento devia ter ressurgido na neta. Ginger aprendeu a adormecer com os números preenchendo seu pensamento. Eles se derramavam nos sonhos, crescendo e se acelerando além da sua capacidade para fixá-los. Quanto era 582993 X 93886? Enlouquecida, ela começava a contar nos dedos, mas os números recuavam no espaço, e ela acordava na angústia de apanhá-los. Odiava os pesadelos com números, e foi então que resolveu ensaiar outras formas, a recordação de momentos felizes, os bichos que amava, os lugares mais bonitos e, mais recentemente, suas pinturas e votos etruscos preferidos.

Queria pensar em seu projeto e em Marco, de algum modo encontrá-lo no meio disso tudo. As fragrâncias de laranja, capim e íris não seriam invocadas. Ultimamente vinha se sentindo mais tranqüila e com freqüência não dependia desses rituais para dormir. Sentia a cabeça esperta e focalizada no trabalho. Não precisava lutar com a irracional sensação de desesperança que a perseguia, nem com os momentos de timidez, quase vergonha, que poucos suspeitariam que ela sentia. Marco. Procurou trazer o rosto dele para sua visão, mas não parava de ver o flautista alegre, pintado no sombrio túmulo etrusco em Tarqüínia, com o movimento prazenteiro e o cabelo crespo. Deixou-se imaginar a melodia que ele tocava. Aguda, estridente, de outro mundo. Como era estranho que, exatamente quando estava começando – afinal – a provar a liberdade de ser adulta, sua mãe surgisse, com violência, do chão. Ginger sabia que seus jogos complexos começavam quando ela não podia, não podia pensar na mãe, quando sua raiva e impotência não tinham para onde ir. Ela sabia que precisava superar. Sabia disso aos doze anos de idade, já naquele instante na estrada, agitando os braços para o alto e chorando depois de encontrar a mãe, o rosto incólume, o sangue no qual Ginger escorregou, o sangue, o berro que Ginger ainda ouvia no corpo inteiro, fragmentos da carne queimada da mãe no vestido, a porta fechada com força, a corrida, o calor que se derramava por cima dela, sacudindo os braços, a poeira, e depois a sra. Rowen dizendo: "Querida, querida, o que foi?" e a segurando num abraço. Ginger, louca, debatendo-se, para afinal dizer que alguém tinha dado um tiro na mãe, que a mãe tinha morrido. Ela sabia em muitos pequenos momentos desde então, como num banheiro de restaurante, quando sentia uma onda de pânico por ter sido deixada à beira da estrada, por seus amigos terem ido embora, e também quando seu cérebro às vezes simplesmente travava e ela não conseguia pensar em nada – sabia que precisava superar.

Começou a reviver a experiência. Suas costumeiras manobras acrobáticas não conseguiam afastar o pensamento. As mesmas cores latejantes, o berro dentro da cabeça. Essa não era a enxaqueca de J.J., em outra apresentação?

Tentou ver a caixa de pedras etruscas. E as douradas, algumas com desenhos em espiral quebradas em fragmentos? Vinte e cinco séculos debaixo da terra, e agora trazidas à luz pelas suas mãos. A empolgação de espanar a terra. Marco a seu lado, numa área de acesso restrito; as outras estagiárias, Cynthia e Jessica, nas suas faixas, todos descobrindo esses fragmentos. Mas seu pensamento mudou de rumo para a limpeza do nome da mãe na lápide suja naquela manhã. Precisou se forçar a esquadrinhar sua memória, o que exigia que pensasse na mãe. Toda a sua formação era contra isso. A pergunta em torno da qual ela girava era a razão. Por que não tinham percebido? Para alguém se matar deve ser preciso planejar, talvez meses de opções cogitadas e descartadas. Que sua mãe pudesse apanhar qualquer arma era inimaginável.

Nas semanas subseqüentes à morte da mãe, como se fosse uma gravação, ela repassou repetidas vezes a última conversa que tinham tido. As aulas tinham acabado de começar.

Ginger estava na sétima série. Sua mãe tinha feito waffles para o café da manhã, e Ginger não quis comê-los. Pediu torrada com canela e suco de laranja. Tessie sempre fazia a torrada do efeito que ela gostava, mas estava de folga naquele dia. Ginger estava sentada no tampo do armário da cozinha e batia com os calcanhares na porta do armário.

– Pare com isso, você vai estragar a pintura. Desça e coma alguma coisa para não se atrasar. Seu pai precisa ir.

A mãe estava descascando pepinos na pia. Ela os embalou com cenouras e aipo em papel manteiga e os guardou na merendeira de Ginger, junto com o sanduíche. O pai chegou e serviu um café. Olhou de relance para a primeira página do jornal, que já estava aberto em cima da mesa, e se sentou ao lado de J.J.

– E aí, meu camarada, recebeu o boletim? – Ele tinha ajudado J.J. com a pesquisa a respeito dos seminoles para a aula de história da Geórgia. J.J. fez que sim.

– Gin, posso ficar com seu waffle? – perguntou J.J. O cabelo estava molhado. Parecia uma pequena lontra. Estava usando uma camisa nova quadriculada e tinha feito capas perfeitas para os cadernos, aproveitando sacos de papel pardo. Estava na nona série. As garotas já olhavam para ele. Até mesmo as da segunda série do ensino médio.

– Comportem-se, vocês todos! Esta noite vamos à cabana. – A mãe entregou-lhe duas torradas com canela para comer no caminho até a escola. O pai segurou a porta, e os três saíram. Ainda parecia ser verão. Uma trepadeira branca de clêmatis enroscava-se nas colunas na extremidade da varanda. Da entrada de carros, Ginger olhou para trás. Enquanto eles entravam no carro e iam embora, a mãe num vestido amarelo com bolinhas azuis e verdes continuou encostada no portal, com a mão na maçaneta da porta de tela. Eles foram embora. Foram embora e a deixaram. Com a mão na maçaneta da porta. Ginger conseguia se lembrar exatamente de como era segurar aquela porta, o trinco de ferro negro. E ela então ergueu a mão num aceno comum, de adeus. A porta fechou-se; a mãe era uma forma que desaparecia. Eles foram embora e a deixaram, e ela se matou. Não, ela voltou para o interior fresco da cozinha por algumas horas e depois se matou. O que fez durante aquelas horas? No que pensou? Pensou nos dias em que J.J. e Ginger nasceram? Nas cabeças com a penugem macia aninhadas nos seus braços? Pálpebras como boas-noites? Ou em seu próprio pai, levantando-a nos ombros. Ginger tinha a velha fotografia, Catherine com cachinhos em espiral, puxados para o alto numa fita, segurando sua cadelinha malhada chamada Pansy, que tinha o focinho molhado encostado no seu rosto. Ela pensou no laço de renda no pescoço da cachorrinha?

Ginger saiu da cama de um salto. Queria entrar naquela cozinha com um papel diferente, um papel que interrompesse a ação, que fizesse com que a ação prosseguisse de outro modo. A total normalidade e banalidade da cena não fazia sentido. Por que alguém descascaria pepinos e leria o jornal se estivesse planejando se matar? Sua mãe era animada e divertida. Depois de tanto tempo, Ginger mal conseguia se lembrar de ocasiões em que ela tivesse sido divertida. Só se lembrava de que era. Lembrava-se com maior clareza da tinta descascada na porta da cozinha, de como o trinco girava, do guincho de duas notas quando ela abria a porta com um puxão, tudo isso com nitidez muito maior do que a das suas lembranças da espirituosidade da mãe. Como a memória é cruel.

J.J. acendeu a luz do banheiro e estendeu a mão para fechar a porta do lado de Ginger.

— Você está de volta ao mundo dos vivos? – perguntou Ginger. Ele apareceu daí a alguns minutos.

— Por enquanto, só um trem de carga vazio, com a barulheira dos vagões. – Tinha escovado os dentes, lavado o rosto e o pescoço, e passado a toalha molhada no corpo todo.

— Eu estava só pensando na manhã em que mamãe morreu.

— Bem, não vou interromper um passeio pela trilha das recordações.

— Se pudéssemos entender...

— Nossos pais eram dois pirados, só isso. – J.J. adotou seu posto de costume no nicho da janela.

— Não é isso o que você pensa.

— Não? A mãe suicida? O pai abobalhado? A coitada da Lily, o modelo de adulto que nos foi impingido nos anos mais frágeis?

— É a felicidade de quando éramos pequenos que me parece tão brutal. Se sempre tivéssemos sido infelizes, teria sido mais fácil. Pelo menos, teríamos sabido o que esperar.

— Uma desgraça completa... Logo ela chegou.

— Você nunca me disse. Como se sentiu quando soube? Alguém foi até o treino de futebol para lhe contar, e aí não vi você por muito tempo. Por que não me levou para o esconderijo? Fiquei com os Rowens. A sra. Rowen não parava de tentar me dar mingau de aveia. — Como dizer, perguntou-se ela, que foi como se a vida tivesse se desgarrado naquele dia e eu estivesse me equilibrando, em alta velocidade, no menor dos cacos?

— Nada de culpa, agora, por favor. Mas por estranho que pareça, naquela época o que eu senti foi culpa. Nós não tínhamos conseguido fazê-la feliz. Éramos um problema. Mais tarde, quando Tessie nos levava para passar o dia na cabana antes que eu soubesse dirigir, eu costumava ir até o cabide de armas para ver como era tocar no gatilho de todas as espingardas. Quando estava com uns quinze anos, costumava dormir com a pequena Beretta de Big Jim debaixo do travesseiro. Não estava carregada, mas eu gostava de passar a mão por baixo do travesseiro e encontrar aquele gatilho frio. Mamãe detestava o ruído da detonação de um tiro. Ninguém conseguia arrastá-la para uma caça aos patos.

Ginger manteve-se calada, na esperança de que ele continuasse a falar, mas ele não disse mais nada. Ela não se conseguia lembrar da última vez em que tinha conversado com J.J. sem que seus comentários sarcásticos ou irônicos fizessem com que ela se mantivesse distante. E detestava quando ele adotava a postura de caipira.

— Acho que nunca mais confiamos num ser humano desde aquela época. Bem, a não ser em Lily, na medida do possível, e nos amigos — Ginger pensou em Marco — mas no fundo mesmo qualquer coisa que se assemelhe a confiança é muito difícil para mim.

Não houve resposta.

— Mitchell, para dar um exemplo perfeito — disse ele então. — Achei que com Mitchell você encontraria a felicidade, como que por acaso. Um bom homem.

— Eu tive alergia a ele. Não pude fazer nada. Ele era como urtiga para mim. Acho que sempre me senti à vontade com você porque você é a única pessoa que poderia saber. Eu simplesmente não consigo deixar de me perguntar como teria sido diferente, uma vida normal e sem atropelos. Estou longe, desenterrando fragmentos a milhares de quilômetros daqui, e você está longe também, no meio do mato, quase um eremita, lendo a respeito de répteis e índios. Se pensar bem, nós somos só crianças crescidas. — Eu *era* assim, disse a si mesma. Não estou tão atrofiada quanto ele. Agora estou começando a viver como todas as outras pessoas.

— É mesmo, bem, esse ressurgimento não ajuda muito minha *joie de vivre* interrompida. — Lá vai ele de novo...

— Sempre achei que você fosse ser escritor. Faulkner, Eudora Welty, Carson McCullers, Flannery O'Connor, James Agee, como eles.

— Eu escrevo o tempo todo. Só que não escrevo livros. Nenhuma ambição de criar uma "Canção do Sul". Nada de monólogo de "eu-não-o-odeio-não-mesmo" num dormitório de faculdade no norte do país. Ninguém nunca explicou o sul, *sabia*? Mas muitos morreram tentando.

— O sul é como o teatro grego antigo. Acontecem coisas em Idaho e em Michigan mas não do jeito como acontecem aqui. É diferente.

— Ah, é verdade. Toda aquela história tenebrosa, a arquetípica lama dos pântanos que perdura, perdura. É algo que afeta os bebês ainda muito pequenos, quando nascem... a sombra da árvore do enforcamento, Robert E. Lee montado em Traveler, saindo a cavalgar pelo ar diáfano. E todos nós narcotizados pelo perfume da magnólia.

— Não zombe, é verdade. E o que dizer de mamãe? Será que nós chegamos remotamente a considerar que isso aqui é só uma confusão medonha sem uma esteira de lágrimas? — Ela não conseguia explicar como, quando ia embora de Swan, cada vez era mais que uma partida.

Como J.J. não respondeu, ela continuou.

— Até mesmo os judeus que escaparam de Hitler e só Deus sabe como chegaram aqui, em pouco tempo estavam acrescentando colunas à varanda da frente e torcendo pelo "Sul" nos jogos de futebol americano. Este lugar parece que age dentro das pessoas. Até aquele professor de ciências de Nova Jersey que chegou aqui depois de um ano já estava falando como a gente, bem devagar. Francamente, J.J., admita que é verdade!

— Está bem. A verdade é a seguinte. Veja só, não acho que a causa primeira seja a Guerra de Secessão, a escravidão ou a sedução das antigas fazendas. A causa primeira está mais perto do perfume entorpecedor da magnólia. De certa forma, é mais forte que tudo, mais forte que a evolução. O prepúcio insiste em cobrir o pênis, apesar da circuncisão em gerações a fio. A natureza não se importa nem um pouco. Mas o fato de que os Feldenkreisses dão à filha o nome de Lee Ann, a chamam de "Missy" e servem *bourbon* com folhas de hortelã-pimenta, é isso o que eles fazem por terem caído nesse tipo de encantamento. O que consideramos ser o Sul é apenas o que está disponível em termos culturais. Mas a própria terra nos prende num fascínio: as florestas, o calor, a água. Estou esperando apanhar um daqueles peixes sem olhos que nós sabemos que estão lá no fundo. Se eu fosse escrever, e essa é uma grande dúvida, gostaria de escrever alguma coisa simples e verdadeira sobre a terra. Mas é preciso que se tenha uma história, também. Todas as que eu conheço, não quero contar.

    Ginger sentiu vontade de dar-lhe um abraço ou de jogar um grande manto azul como o de Maria para protegê-lo. Esperou para ver se ele continuaria.

    – Infelizmente, além da natureza, tudo o que conheço são pirados, fundamentalistas, uma família que não dá uma dentro e sinais do final dos tempos. Eu não me disporia a ler a respeito disso.

    – Mas *eu* gostaria de ler o que você conseguisse escrever. Ninguém nunca viu nada dos seus cadernos. Deixe para lá os autores antigos, nossa família, as cordas penduradas da árvore dos enforcamentos e os fanáticos que se cercam de arame farpado. Thoreau é lindo... você morou no mato mais tempo que ele. – Os dois adoravam *Walden* no ensino médio. Costumavam se instalar diante da lareira na cabana no inverno, Ginger debaixo de um cobertor no sofá, ele com as pernas jogadas por cima da poltrona, cada um com um exemplar, lendo em voz alta e comendo picles. – Você poderia viajar pelo Amazonas e encontrar plantas medicinais desconhecidas ou orquídeas consideradas extintas. Talvez você seja o Bartram ou o Darwin da nossa época.

    – Talvez não. – Ele não conseguia explicar por que motivo não escrevia. Era só essa sua percepção instintiva de que morar no sul da Geórgia suplantava a ficção em qualquer dia que fosse – uma quantidade maior de loucura, violência e acontecimentos de uma imbecilidade chapada do que em qualquer outro quilômetro quadrado no mundo. E mais – a sensação do silêncio imenso do qual as palavras brotavam e da falta, do grande espaço em branco em torno das palavras uma vez que tivessem sido escritas. Ele adorava Ginger; ela era a pessoa que ele veria a vida inteira. Resolveu explicar-se para ela. – Você conhece o som que um peixe faz quando salta da água? Se eu pudesse descrever esse som com uma palavra, saberia como me tornar escritor. Ou como a abelha, aquele barulhinho chiado de quando ela volta ao enxame. As palavras são a única matéria-prima que se tem para escrever e a maioria das coisas não se encaixa em palavras.

Ginger tinha uma leve idéia do que ele queria dizer.

– Você quer dizer que não se tem como soletrar um grito de coruja ou uma melancia que se parte ao meio?

– Isso mesmo. Eles nos ensinam que o alfabeto cobre todos os sons, mas ele cobre somente as palavras. E as palavras... – Agora ele se atrapalhava. – O corpo, como vivemos no corpo. Enxaqueca. Sexo. Medo. Poder. Você tem como escrever o som do disparo de uma arma que você nem mesmo ouviu, mas que explode no seu corpo todos os dias? – *Pronto*. Estava se sentindo fraco, a maldita enxaqueca o deixara vazio. Inclinou-se na direção da janela, com a mão na tela, procurando escutar todos os sons da noite reunidos, pererecas, aves noturnas, rãs-touros, mosquitos e as notas graciosas da fonte que caía no lago, um noturno que ele conhecia de cor.

– Escute só. – Ele distinguiu o leve borrão dos dois cisnes de Lily na beira do laguinho.

– J.J., é só tentar. Escreva o que quiser. Ninguém pode transcrever o som de um gaio ou esse barulhinho da água, mas não é para isso que existe a música? Simplesmente porque não temos outro modo? É preciso fazer substituições.

– Ginger, minha boa menina, sempre segurando a linha da pipa. Eu poderia me perder voando se você não mantivesse a linha firme.

– Nem pensar, cavalheiro. Como tem coragem de dizer uma coisa dessas?

Ambos temiam que o suicídio fosse transmissível. Agora ela estava a par da espiral de desconfiança de J.J. pelo trabalho que ela acreditava que ele havia nascido para fazer. Precisaria pensar no que ele dissera. Será que era verdade? Na Itália, costumava ter um pensamento semelhante. A terra, domesticada com esmero por gerações de lavradores, parecia ter uma escala tão humana, tão cordial! Talvez até mesmo os turbulentos visigodos tenham um dia descoberto que se estavam tornando italianos.

– J.J., você é o melhor dos irmãos. De todos os irmãos que eu poderia ter tido, você é o melhor.

Da janela escura, J.J. viu faróis e apagou o abajur para ver melhor. Um carro passou devagar pela casa, pareceu parar, e depois deu meia-volta no final da rua sem saída. Quando passou pela segunda vez, os faróis estavam apagados. J.J. viu só uma forma escura em movimento.

– O que foi isso?

– Talvez alguém querendo ver a casa onde os estranhos Masons se abrigam para dormir.

– Já me vou, J.J. Pode me chamar quando você levantar.

10 de julho

A COZINHA DE TESSIE ESTAVA IMPREGNADA DO PERFUME DE pêssegos maduros. Ela apertou cada um na fileira em cima da pia, para testar a firmeza. Seu tio tinha trazido uma cesta com uns vinte quilos do seu pomar perto de Perry porque ela gostava de preparar pêssegos em conserva todos os anos. Escolheu seis perfeitos para a torta que pretendia fazer. Ginger gostava dessa torta até mesmo no café da manhã. Essas crianças, como ainda as considerava, tinham hábitos alimentares decididamente estranhos. Tessie achava que isso decorria do fato de não terem mãe. Às vezes, chegava ao trabalho e os encontrava comendo cumbucas de sorvete como café da manhã. E o pai também. O que ela podia então dizer além de "Deus me livre, vocês não prefeririam uns biscoitos com xarope de bordo ou presunto com ovos?" Depois, Lily também não conseguiu nada com eles. Simplesmente faziam o que lhes dava na telha, mas eram sempre educados.

Tessie sentou-se à mesa da cozinha para tomar a caneca de café. A casa estava em silêncio. Ela achava que sentiria falta dos dois filhos, que se tinham mudado para o norte, e de Robert, o marido, que tinha morrido, mas na realidade estava gostando da casa que se mantinha limpa. Gostava da pequena quantidade de roupa para lavar que recolhia no sábado. Lavava, secava no varal, passava antes do anoitecer. As fileiras de pés de vagem e a dúzia de tomateiros ela considerava fáceis de cuidar. Apreciava o jantar frio numa bandeja na varanda dos fundos, com o rádio ligado baixinho na estação de gospel para não incomodar os vizinhos; não que houvesse muita coisa que pudesse importunar Miss Jetta, sua vizinha do lado, doidinha de pedra. Quando Ginger levava Tessie para casa, costumava estacionar do outro lado da rua só para ficar olhando Miss Jetta varrer obsessivamente o quintal de terra batida, invocando o demônio. Tessie não queria ter nada a ver com Miss Jetta; talvez ela realmente fosse possuída por um demônio. Usava uma pulseira de moedas, magia antiga, Tessie sabia. Como conseguia ser tão louca e continuar viva, ninguém entendia. À noite, quando a casa estava em silêncio, os vizinhos deixavam sacos de batata-doce e cebolas, ou um pedaço de bolo embrulhado, na varanda da frente. Das galinhas poucas e desgrenhadas que andavam soltas, Miss Jetta tinha o bom senso de aproveitar os ovos. Catherine costumava levar-lhe um buquê de rosas. Todas as outras pessoas tinham medo de entrar no quintal porque Jetta agitava a vassoura como uma bruxa, mas, quando Catherine punha as rosas-de-cão ou os girassóis na sua escada da frente, Jetta se escondia por trás do cinamomo e ficava espiando como uma criança tímida.

Tessie ia a pé até o trabalho de manhã antes que fizesse muito calor. No final da tarde, depois que deixava o jantar pronto, Lily costumava levá-la para casa de carro. Da bifurcação que saía da estrada pavimentada para o caminho até a Casa, Tessie ia mais devagar. Passava pela casa do dentista, antiga casa de Catherine e Wills, onde no passado chegava para trabalhar e encontrava Ginger e J.J. já brincando na caixa de areia ou fazendo bagunça na cozinha, Catherine podando as rosas mortas, e o dr. Mason já tendo saído para o trabalho do dia. Agora, quando passava por ali, sempre fechava um olho e dizia uma oração porque a casa ainda estava contaminada pelo mau-olhado, uma força elétrica que ela podia sentir percorrer sua espinha. Passou pela casa dos Rowens e seguiu pela estrada quase até o final. A chuva tinha causado estragos na estrada de chão, e ela seguiu pelo acostamento, roçando na ervilhaca roxa para evitar pisar na lama vermelha. Na virada para a entrada de automóveis, a caixa de correio estava aberta, e ela tirou dali um pequeno pacote embrulhado em papel de seda branco amassado e amarrado com barbante. Não aparentava ser um presente. Ela o levou até a casa e o deixou na varanda dos fundos junto com o saco de pêssegos.

Depois de uma enxaqueca, J.J. muitas vezes acordava com uma sensação de enorme bem-estar. Não sabia ao certo se um efeito químico verdadeiro o dominava com a cessação da dor, ou se era simplesmente o corpo sentindo a pós-imagem complementar da dor por parte da psique. Ginger também estava reanimada ao acordar. Estavam molhando sonhos no café no Three Sisters, e Ginger lia o jornal, sem fazer comentários sobre o pequeno artigo acerca da mãe na primeira página.

Tinham ido cedo fazer uma visita ao pai enquanto ele comia cereal e torradas numa bandeja.

— Não entrem — foi o cumprimento que receberam.

— Está bem, papai, tudo bem. Você tome aí seu café da manhã, e nós voltamos mais tarde.

— Não, isso não vai ser conveniente.

Ginger tinha trazido um pote de geléia de amora-preta das que Tessie tinha feito.

— Quer que eu passe um pouco na torrada? — Ela passou a geléia enquanto ele observava de cara amarrada. Ele avistou o próprio rosto no espelho e fez um gesto com a torrada.

— Quem é aquele ali, e por que nunca diz nada?

J.J. e Ginger olharam um para o outro.

— Quem? — perguntou J.J. afinal. Mas Wills já tinha se esquecido da própria pergunta.

— Chega — disse ele, em tom arrogante.

— Sem dúvida, Vossa Majestade, é o mínimo que seus entes mais próximos e queridos podem fazer. — J.J. não tinha disposição para fazer a vontade do pai quando ele entrava nesses estados de espírito. – Velho prepotente – resmungou. – Velho filho-da-mãe.

Ginger fez mais uma tentativa.

– Quer que eu afofe os travesseiros? – O reflexo do pai no espelho de repente lhe pareceu espectral.

– Por onde você andou? O que a prendeu por tanto tempo? Cansei de esperar. – Wills ergueu o olhar para Ginger. Pelas persianas, a luz suave da manhã raiava seus joelhos ossudos, que saíam protuberantes do roupão como crânios atrofiados. As barrigas das pernas tristes e fibrosas pareciam murchas; os pés... Ela parou, porém, concentrando-se no nariz afilado como uma faca, a cabeça levemente inclinada, de um jeito que lhe permitia ver uma sombra do que ele tinha sido quando era seu pai. Chegou mesmo a ver o menino de doze anos que segurava um peixe por uma linha na fotografia sobre a cômoda de Lily.

– Nós nos levantamos cedo e viemos direto.

– Pois podem voltar para o lugar de onde vieram. Vocês fizeram a cama; agora tratem de se deitar nela.

Ginger encheu novamente as xícaras. Ela adorava as mesas azuis e a coleção disparatada de saleiros e pimenteiros. Os da sua mesa eram um gato e uma bota. Martha, a irmã que cozinhava, fazia os melhores sonhos do mundo, levemente fritos e polvilhados com açúcar de confeiteiro. Ginger comeu três. J.J. jamais comia mais de dois.

– Se um dia esse seu metabolismo de borboleta a abandonar, você vai engordar como uma porca.

– Ah, açúcar e gordura... é disso que eu gosto no sul. Sinto minhas artérias endurecendo a cada mordida.

Cy Berkhalter estava sentado num dos reservados ao longo da parede. Cumprimentou-os discretamente e fixou os olhos no café. O filho, que era também seu sócio no escritório de advocacia, era outro caso de suicídio. Arma na boca no almoxarifado dos fundos. Os Masons sempre evitavam contato com ele. E a aversão era recíproca. Ginger foi até a cozinha lá atrás.

– Martha, valeu a viagem só saborear seus sonhos.

– Oi, querida! – Martha apanhou dois punhados de roscas fritas de uma pilha e as pôs num saco. – Ficamos tão tristes de saber do problema que sua família está enfrentando. Se houver qualquer coisa que a gente possa fazer, é só dizer.

– É só avisar se vocês resolverem fazer ensopado Brunswick.

– No auge do verão, não costumamos fazer esse ensopado. É morte certa. – Martha arrependeu-se da expressão que usou. – Mas eu podia fazer bagre frito com bolinhos de polenta, um prato bom em qualquer época do ano. – Ginger teria gostado de descansar a cabeça no colo amplo e aconchegante de Martha para chorar. Gostaria de ser alimentada pelas irmãs e de passar o dia inteiro escutando as piadas e provocações de Emily com os fregueses.

A porta de tela do Three Sisters bateu atrás deles. Os bancos do Jaguar já estavam quentes. J.J. fez um balão na rua Córsega e circundou o parque Oásis no meio da rua, que era o exato centro da cidade. Um labrador vermelho, com as patas na lateral de mármore do chafariz, bebia água e um menino pequeno – que parecia ser o caçula de Ray Evans – salpicava água sobre o cachorro. O Oásis tinha por centro uma alta coluna truncada cercada de tagetes, zínias e uma grama amarelada. O som da água caindo dava a ilusão de frescor ao parque minúsculo. Marianne Shustoff desceu do carro na lavanderia com uma braçada de roupa. Alguém gritou, "Às seis, Edna Kay. Não se esqueça". J.J. entrou à direita em Magnolia, passando pela Sra. Woods, gerente da companhia de seguros, que seguia devagar pela calçada com Wilton, seu filho adulto cuja língua pendia e que andava arrastando os pés. Acima da rua, galhos de plátanos se encontravam e se entrelaçavam. Ginger e J.J. entraram pelo túnel de sombra verde pálida onde brilhavam apenas trechos irregulares de luz do sol, atingindo um pára-brisa aqui, um pedaço de calçamento de tijolos mais adiante. Na vitrina da Nifty Shop, Gladys cobria um manequim nu com papel de embrulho enquanto desabotoava um vestido amarelo enrugado. Maud Richards deu uma batidinha na vidraça e apontou para uma bolsa que Gladys já tinha arrumado perto da frente com um cachecol combinando. Nenhuma das duas notou a trança de cabelo louro que descia até os quadris de Aileen Boyd e que dançava enquanto Aileen atravessava a rua fora da faixa, levando uma bolsa de compras cheia de roupinhas de bebê para deixar em consignação na Nifty Shop.

— Ah, aquele lá é Skeeter Brooks, o cara mais sexy que estudou em Swan High. — Ginger acenou, mas Skeeter estava carregando sua picape com sacos de juta. — Pena ele ter engravidado aquela menina do interior e ter precisado se casar.

As lojinhas passavam pela janela, a de ração que tinha cheiro de alfafa e de sementes empoeiradas, a de ferragens do Uncle Remus, o armazém Hellman's onde Jackie Hellman estava entrando pela porta da frente carregando uma banda de carne sangrenta. A Grossman's Mercantile com caixas cheias de sapatos baratos empilhadas do lado de fora. Ginger viu de relance Ann-Scott Williams pondo os anéis de diamante e os relógios de volta na vitrina na joalheria Teebow's. A aliança de casamento da própria Ginger tinha sido de lá. Na parte interna, havia uma inscrição: *para sempre*.

CHARLOTTE CROWDER SERVIA O CHÁ BEM DO ALTO. GOSTAva de apreciar o líquido fumegante cair com respingos na sua xícara florida. Puxou a tira de borracha do jornal matutino. Jasmine desceu do peitoril da janela com um salto e se enroscou entre seus pés. Charlotte levantou-a pelo rabo, o que Jasmine gostava, para aninhá-la no colo.

– Ferinha! – Passou a mão pelo pêlo malhado da gata (que devia ter herdado a pelagem de uns cem gatos perdidos) e afagou sua cabeça com as juntas dos dedos; Jasmine virou-se e mordeu seu pulso com delicadeza. – Sua feia! – disse em tom de repreensão, dando-lhe um tapinha no focinho, mas gostava de que a gatinha que tinha encontrado no depósito de lixo nunca se tivesse tornado realmente domesticada. Quando finalmente conseguiu podar o jasmineiro que tomava conta de todo o jardim dos fundos na primavera do ano anterior, os galhos formavam uma pilha mais alta que ela. Ao invés de esperar pelo jardineiro, ela carregou tudo no carro e transportou até o depósito de lixo da cidade de Macon sozinha. Típico, é claro. Charlotte gostava de resultados instantâneos. O bichinho tinha vindo em postura de ataque, na sua direção, saindo de buracos fumarentos de lixo. Charlotte não poderia simplesmente deixá-la ali para ser atacada por ratazanas. Tirou do porta-malas os galhos pesados e empoeirados de jasmim, atirando-os na direção de um monte de pneus. A gatinha começou a lutar com as flores. Daí o nome de Jasmine, para uma filhotinha que já tinha brigado com quantidade suficiente de roedores para estar pronta para o combate –

carinhosa mas propensa a se tornar feroz com a mínima provocação, bastante parecida com a própria Charlotte, de modo que as duas se davam bem. No caminho de volta do depósito de lixo, Jasmine saltou do banco de trás para o alto da cabeça de Charlotte, segurando-se com força apenas suficiente para se manter empoleirada até chegarem a casa.

O marido de Charlotte, Mayhew, tinha sido alvo das garras de Jasmine mais do que gostaria e sempre a evitava. No íntimo, temia que Jasmine pulasse no seu rosto no meio da noite e lhe arrancasse os olhos. Sempre se certificava de que ela estava presa na cozinha antes de ir dormir.

Mayhew surpreendeu Charlotte com duas fatias de bolo, seu café da manhã predileto. Ele estava radiante com um vultoso contrato na pasta, pronto para ser assinado no banco às 10:00 da manhã.

– Você é um anjo! – Charlotte partiu em dois uma fatia e lhe ofereceu um pedaço.

– Não, meu amor. Estou como se fosse me encontrar com o mágico de Oz. – Ele adorava Charlotte de manhã, calma antes que o dia se apoderasse dela. Saiu dirigindo, pensando nela como uma embarcação a todo pano, abrindo uma esteira espumante à medida que avançava, levada pelo vento que estivesse soprando. Charlotte sempre deixava coisas para trás: moedas, batons, lenços de papel, cartões-postais, óculos escuros. Mayhew em si era compacto e arrumado. Quando voltava para casa, vindo de seus negócios imobiliários, sobrecarregado com detalhes de listas e com as minúcias de inspeções da vigilância sanitária, ela o encontrava recolhendo, uma a uma, todas as folhas que tinham caído naquele dia do fícus no pátio. Quando saía do ateliê de pintura todas as tardes, ela o abraçava com as unhas sujas de tinta, o cabelo praticamente em pé, de empolgação, pensava ele. Ou talvez ela tivesse cortado o próprio cabelo de novo. Embora estivesse salpicado de grisalho agora, ela ainda usava os cachos louros cortados curtos como na fotografia do seu aniversário de cinco anos, quando estava em pé numa cadeira da sala de jantar para soprar as velas no bolo. "Poder sair dali! Ir embora daquela casa desagradável!" disse ela, às risadas, quando ele perguntou qual tinha sido seu pedido. Charlotte cheirava a óleo de linhaça, jogava a cabeça de um lado para o outro quando cantava *Let's twist again like we did last summer*, entrava em casa arrastando os pés em *mules* que decorava com flores falsas e lantejoulas. Mayhew, desconfiado por hábito, assombrado pela força vital da mulher, entrava na cozinha atrás dela, preparando-se para o que quer que ela pudesse estar inventando para o jantar. Charlotte gostava de coco e às vezes o usava de formas inimaginadas.

Sorriu para si mesmo quando virou para entrar na abertura na cerca viva de buxo que cercava Macon Properties. Era louco pela mulher. Ela nunca, nem uma vez, o deixara entediado, se bem que com freqüência ele desejasse que ela nem sempre o surpreendesse de modo tão extenuante. Charlotte tinha a risada mais forte que já tinha ouvido, estridente, pouco feminina, deixando-o constrangido num grupo de amigos; mas só estar na sala com aquela risada compensava tudo o que ele precisava suportar de clientes mimados da Macon Properties, que achavam que eles todos deviam morar em fazendas adornadas com árvores fêmeas de carvalho cobertas de barba-de-velho.

No nível mais rudimentar, quando se ouvia uma risada daquelas, era-se atraído, caía-se num riso que sacudia a todos com a alegria que se perdeu e se encontrou e se procurou a vida inteira mas em grande parte ficou perdida.

Charlotte deixou Jasmine lamber a manteiga dos seus dedos. Lia a primeira página por último porque era ali que começavam as más notícias. Preferia a página de receitas, e os textos sobre as cerimônias de casamento eram bons para fazer rir. Geralmente ela deixava para lá as notícias, mas hoje olhou para ver se o contrato de Mayhew para o terreno do campo de golfe era mencionado.

— Não! — disse ela, sufocando um grito, quando reconheceu a fotografia na extremidade direita da página. Catherine! Aqueles olhos impassíveis, avaliando os outros, a boca macia.

ESPECIAL DO *SWAN FLYOVER*
DE RAINEY GROVER

CADÁVER DE MULHER EXPOSTO EM SWAN

O corpo de Catherine Phillips Mason foi encontrado desenterrado no jazigo da família no cemitério de Magnolia no dia 8 de julho. O túmulo de outro membro da família, James J. (Big Jim) Mason, foi vandalizado com tinta preta. As autoridades estão investigando motivos para esse crime absurdo. O xerife Ralph Hunnicutt, de Swan, declarou que o roubo a sepulturas seria o motivo provável. O corpo foi descoberto às 9:00 da manhã pela cunhada da vítima, a srta. Lillian Elizabeth Mason, que estava visitando o jazigo da família, e pela sra. Eleanor Whitefield, ex-professora de matemática em Swan High, que estava visitando o túmulo do marido, Holt Whitefield. Cass Deal, encarregado do cemitério, afirmou não ter visto nenhuma atividade estranha. A sra. Mason matou-se em 1956. Nascida em Vidalia, ela era casada com o dr. Wills Mason, cujos antepassados figuram entre os primeiros colonizadores de Swan. Deixou o dr. Mason, que reside na casa de repouso de Columns, e dois filhos adultos.

Catherine! Charlotte bateu a xícara com violência no pires. Como era impossível. Como era odioso, coitada! Quando se pôs de pé, o jornal escorregou e Jasmine tombou no chão. O choque percorreu sua coluna de cima a baixo. A manga do roupão de Charlotte enganchou-se na colher de chá, que salpicou manchas cor de ferrugem na almofada da cadeira.

O roupão abriu-se. Por baixo, usava uma bermuda listrada de Mayhew. Foi andando descalça pelo passeio em desenho de espinha de peixe em torno da lateral da casa. Ligou a mangueira com toda a força, atingindo os cosmos abatidos que tinha visto pela janela da cozinha; depois borrifou as dálias amarelas, esquecendo-se de que suas folhas não gostam de ficar molhadas e que, com aquela umidade, sem dúvida mofariam. Quando atravessou o gramado, sua memória deu uma guinada de volta a Catherine – é, tinha sido ela que sugerira o caramanchão que levaria até o córrego. Em outra vida, parecia. Desde a morte de Catherine, tinha sido coberto de jasmim-de-veneza, de glicínia, do que mais? Agora Mayhew tinha plantado aquela ervilha cor-de-rosa que ela esperava que morresse. Embora já tivessem mais de vinte anos na época, ela e Catherine fizeram estrelas no gramado quando Mayhew comprou para ela a casa de tijolos bem no centro de 8.000 metros quadrados de cornisos e camélias.

Agora, Catherine fora trazida de volta à luz do sol. Em vida, seu lugar sempre tinha sido o da luz. Todo aquele entusiasmo e alegria, toda aquela beleza marcante e ternura, tudo apagado. Charlotte tinha sentido sua falta com uma fúria gélida. Tinha saudade dos lábios com o formato arqueado das torres da ponte Golden Gate. Tinha saudade do jeito com que Catherine pisava, como uma corça atravessando o mato. De todas as pessoas que conhecera, somente Catherine tinha uma percepção da vida à altura das próprias expectativas. A maioria das pessoas é tão reprimida! Catherine era, como pôr isso em palavras, *disposta*. Charlotte sentia falta dos anos que teriam passado, alugando juntas casas de praia, indo caçar caranguejos com as crianças, aumentando na cozinha o som do piano de Bobby Short no distante hotel Carlyle enquanto preparavam paneladas de camarões à moda crioula; ou, quem sabe, decolando rumo a Paris, para se impregnarem de arte e escrever cartões-postais numa mesinha de ferro. Ela nunca provou minha receita de sopa de galinha, coco e limão, pensou Charlotte. Imaginou Catherine experimentando um pouquinho, fechando os olhos para saborear com maior concentração. "Ei, Mambo, qual é o segredo?" ela perguntaria. O segredo era que Charlotte estava viva, tinha ido à península de Yucatán e provado sopas picantes, enquanto Catherine estava enterrada.

Charlotte não se lembrava mais por que Catherine a chamava de Mambo. O nome era dos seus primeiros tempos na Faculdade Estadual Feminina da Geórgia, onde as duas tinham sido designadas para o quarto do canto do dormitório Fall Saguão. Entre ela e Catherine, a conexão foi simplesmente direta. Sem permissão, elas pintaram o quarto bege de lilás com cachos de uvas nos cantos. Mesmo uma rebelião tão pequena fez com que se destacassem. É claro que naquela época eram raras as atitudes de desafio como essa. As duas estavam estudando arte. Charlotte naquele tempo adorava pintura a óleo, embora desde então tivesse se voltado para as aquarelas, que se ajustavam a seu estilo espontâneo; desleixado, para alguns. Quando estudaram história da arte, Catherine ficou louca por Matisse e decidiu que queria fazer cerâmica com cores fortes. Depois, quis desenhar estampas de seda, influenciada pelos seus azuis e amarelos. O ano inteiro elas viveram para a arte. Charlotte devia ter desenhado o prato de borda azul com duas laranjas mais de cem vezes. Catherine queria fazer coisas com as mãos. Ela bordava abelhas e lagartos nas fronhas; tricotava grandes cachecóis de lã com desenhos em ziguezague. Enchia blocos e mais blocos com esboços de detalhes arquitetônicos tirados de fotografias de catedrais francesas – arcos, gárgulas, rendilhados na pedra. E então, no início do segundo ano, ela conheceu Austin e, logo em seguida, Wills. Charlotte envolveu-se ativamente em produções teatrais; depois, interessou-se pela dança. E, embora adorasse Catherine como amiga para a vida inteira, não sentia muito interesse pelas conversas que avançavam noite adentro acerca da possibilidade de amar dois homens. Era freqüente que ela adormecesse enquanto Catherine discorria sobre a inteligência brilhante de Wills e a personalidade temerária de Austin. De repente, de repente demais, quando Catherine voltou de Swan depois do feriado de Ação de Graças, já estava noiva de Wills.

Charlotte perdeu contato com os filhos de Catherine depois da sua morte. Aquele xerife idiota agiu como se ela tivesse desrespeitado a etiqueta ao telefonar. "Escute aqui, senhor xerife", gritara ela – "Catherine Phillips *nunca* faria isso, o senhor está me entendendo? Eu sei. Eu sei que ela nunca, jamais, se mataria". Até ler o artigo, Charlotte tinha se esquecido de que, quando ela lhe perguntou, o xerife disse que nenhum caderno tinha sido encontrado na cena, e ela retrucou aos gritos: "O senhor acha que eles estariam ali à sua disposição no tampo do armário da cozinha?" Lembrou-se de tê-lo chamado de "cabeça de jerico" pela incompetência da investigação. Não conseguia imaginar de onde tinha saído o arcaísmo "cabeça de jerico". Sua carta ao juiz da comarca, na qual exigia uma investigação, nem mesmo recebeu resposta. Wills não queria falar com ninguém. A dor na qual ele mergulhou era angustiante. Mesmo depois de semanas de bilhetes e mensagens, ele não respondeu. Charlotte tinha ido a Swan algumas vezes à tarde, na esperança de ver as crianças, mas Tessie dizia que elas estavam na cabana. Por mais intrépida que fosse, Charlotte não queria invadir a privacidade de Wills, quando estava tão evidente que ele não queria vê-la. Talvez porque ela lhe lembrasse Catherine demais. Depois do colapso total de Wills, ela nunca mais o tinha visto. Por alguns anos, enviou presentes de aniversário e de Natal para Ginger e J.J., pelos quais eles escreviam pequenas notas de agradecimento. Depois, o tumulto de seus próprios três adolescentes dominou sua vida, e ela interrompeu os contatos.

Agora, tantos anos depois, vendo a dança dos arco-íris no borrifo da água, ela se perguntou sobre a morte de Catherine.

Suspeitava de que Catherine tivesse um caso – ela não diria um amante por não acreditar que Catherine chegasse de fato a trair Wills – um caso, provavelmente platônico em Macon. Ou talvez traísse. Foi no período da guerra. Seu amor dos tempos de faculdade, Austin, morava na periferia da cidade naquela ocasião. Houve uma época, ela não se lembrava exatamente de quando, em que Catherine de repente começou a visitar Charlotte em Macon com maior freqüência mas sem ficar muito tempo. Um café, um rápido almoço no Davison's, e ela saía às pressas. Uma vez Wills ligou – ah, é mesmo, foi durante a guerra porque ele estava de licença – e pediu para falar com Catherine num dia em que Charlotte não a tinha visto. Instintivamente, ela disse: "Ela deu uma saidinha para fazer umas compras para as crianças". Catherine nunca mencionou o telefonema.

Charlotte sacudiu a mangueira, perguntando-se o que teria acontecido com Austin, enterrando com a água as mudas de escudinha de Mayhew.

— Você já viu o jornal? – A sra. Shad Williams, freguesa de Aileen, tinha ligado para encomendar um conjunto de sapatinhos de tricô amarelos para um chá de bebê. – Aconteceu uma coisa horripilante.

Ela relatou a notícia sobre Catherine.

– Como as pessoas podem ser tão doentes! – Aileen sentiu uma revolta no estômago.

– Tinta preta na sepultura do velho Mason. Parece uma maldição de tempos passados ou coisa semelhante. – A sra. Williams leu o artigo. – Querida, não tenha pressa com os sapatinhos. O chá é no dia primeiro de agosto. Agora, bem que você podia vir me fazer uma visitinha.

Desde a morte de Big Jim, Aileen não queria ouvir falar dos Masons. No instante em que a nova administração assumiu o controle, ela foi transferida de volta para os teares. Aos poucos, foi construindo seu próprio negócio e, quando o cotonifício faliu, ela já se sustentava sozinha. Big Jim teria cuidado dela, se estivesse vivo. Com o dinheiro do seu trabalho e com o que tinha economizado durante os quatro anos do caso, vivia tranqüila.

Ainda ficava toda nervosa sempre que pensava na noite no motel quando voltou para o quarto depois de um banho de chuveiro – um chuveiro era um luxo, pois em casa ela só tinha uma pequena banheira com água quente intermitente – e viu Big Jim de camiseta e cueca atravessado na cama. Achou que ele estava brincando e cutucou suas costelas. Foi então que viu a saliva cor-de-rosa escorrendo da sua boca. Tentou sentir seu pulso, enquanto insistia com ele, *acorda, acorda, não, não, não.* Sabia que ele tinha tido um ataque do coração antes, mas ele sempre se vangloriava de que o coração curado estava mais forte no lugar onde tinha sofrido a lesão. Vestiu nele de qualquer modo as calças e a camisa. Ligou para o xerife Hunnicutt e, com a voz baixa, disse-lhe que viesse buscar Big Jim para levá-lo para casa. E fugiu dali. Antes de sair do quarto, viu a carteira dele na mesinha-de-cabeceira e apanhou todo o dinheiro, quase novecentos dólares. Mais tarde, leu que Big Jim foi encontrado na Casa, morto na cama, pela empregada que chegou para trabalhar às sete da manhã. Aparentemente, dizia o jornal, ele morrera de um ataque cardíaco enquanto dormia. Hunnicutt a cumprimentava com um gesto de cabeça sempre que a via, mas nunca lhe disse nada. Ela sabia que a lealdade de Hunnicutt a Big Jim era inabalável, mas não sabia por que motivo. Big Jim costumava dizer apenas que tinha podido fazer alguns favores a Hunnicutt.

 Aileen franziu o cenho enquanto olhava pela janela da cozinha. Tinta preta. Muita gente detestava os Masons, principalmente por inveja. Ninguém os odiava tanto quanto seu ex-marido, Sonny, anos atrás. Mas muito tempo havia passado. Que bom que ele agora estava morando no Arizona! Até mesmo sua mãe tinha se mudado para lá. Aileen esperava que os dois estivessem torrando por lá. Desde o dia em que ele tinha descoberto seu caso, ela pedia em suas preces para nunca mais ver seu rosto horrendo nesta vida, nem no outro mundo.

 Nunca soube se Big Jim tinha conseguido que Sonny fosse convocado ou se tinha sido por acaso. Pouco depois de ser chamado, Sonny voltou para casa – inesperadamente – numa licença de fim de semana de Fort Benning antes de sua transferência para o exterior. Ela detestara a idéia de ir com ele para a Alemanha, se bem que lhe tivesse dito por puro medo que o acompanharia uns dois meses depois. Assim que ele saísse do país, Big

Jim ia dizer a Aileen como conseguir o divórcio. E então Sonny não teria como voltar do exterior. Big Jim ria disso tudo. Aileen tinha esperança de que, quando lhe dessem baixa, ele já tivesse encontrado outra pessoa. Ou talvez, em seus sonhos, ela e Big Jim pudessem fugir juntos e até mesmo se casar. Big Jim costumava falar de Bath, Inglaterra, lar de seus antepassados.

Naquele fim de semana, Aileen estava no escritório da fábrica quando Sonny chegou. Como não sabia que ele viria, tinha deixado em cima da cama um roupão verde-água que Big Jim trouxera de uma viagem a Nova York. Ele tinha dito que da próxima vez a levaria. Aileen tinha deixado também um maço de dinheiro na caixa de jóias, que Sonny encontrou, junto com um pingente de ametista que ela sempre usava por dentro da blusa porque era caro demais e chamava a atenção.

Tinha ido trabalhar para pôr em dia umas contas, e felizmente Big Jim estava na Casa. Estava classificando documentos, sentindo orgulho por estar ali. Talvez pudesse fazer um curso de secretariado na faculdade rural em Tipton. Poderia receber mais uma promoção. Enquanto estava ali sentada à mesa de trabalho no canto da ante-sala do escritório de Big Jim, o rosto de Sonny, encharcado de suor, apareceu na vidraça da porta lateral. Antes que ela pudesse se levantar, ele entrou aos gritos de *puta, vaca!*

– Fora daqui, você vai me fazer perder o emprego – respondeu ela, também aos gritos. Com um empurrão, ele a jogou no chão e lhe deu um chute na barriga. Depois, enlouquecido, virou de pernas para o ar a mesa de Big Jim na sala ao lado. Disse que ia matar aquele filho-da-mãe nem que fosse a última coisa que fizesse na vida.

– Trepando com aquele canalha, sua piranha imunda! – Ele chutou a cadeira, rasgou papéis, empilhando-os na cesta de lixo, e então ateou fogo, com um isqueiro. A chama veio forte, crestando o teto e depois se apagou enquanto Aileen se arrastava até a recepção, batia a porta e a trancava. Através da parede, gritou que queria desfazer o casamento, que de qualquer modo o casamento não existia. Ligou para o xerife. Big Jim lhe dissera para chamar Hunnicutt, se algum dia precisasse de alguma coisa. Sonny quebrou a porta com uma cadeira e conseguiu passar. Agarrou o telefone e bateu com ele na cabeça de Aileen. Quando estava caindo, ela o viu fugir correndo.

O xerife Hunnicutt, dando-se conta dos comentários desagradáveis para Big Jim, foi até a vila operária no velho e discreto Ford da mulher. Encontrou Sonny já em casa e o trancafiou a noite inteira, embora não registrasse nenhuma ocorrência. No dia seguinte, levou-o no carro oficial de volta a Fort Benning.

Aileen supôs que Big Jim tivesse mexido os pauzinhos porque Sonny foi despachado para a Europa na semana seguinte.

— O pirado sumiu — dissera Big Jim, com uma risada. — Joguei-o aos jacarés.

Isso não se diz, pensou ela. Se disser, Deus castiga. O medo tinha invadido seu corpo inteiro, medo por Sonny, que, quando eram recém-casados, cantarolava improvisos na banheira enquanto ela lhe derramava conchas de água morna sobre o corpo esquelético. Tinha só dezenove anos e um pavio curto. Depois, o medo por si mesma tinha abafado o primeiro medo. Sonny poderia voltar para estrangulá-la ou para pôr fogo na casa. Ele poderia procurar atingir Big Jim. Como no Antigo Testamento, alguma pessoa arrogante estava sempre recebendo de volta com juros o que tinha provocado de início. O medo tinha se instalado na sua medula. É claro que ela não podia falar com ninguém, ou o caso seria descoberto. Big Jim comprou-lhe um conjunto de sala de estar e disse: "Já vai tarde". O prazer que sentia com ela pareceu aumentar. Ela e Big Jim ainda tiveram mais três anos juntos. Aileen começara a apreciar os outros aspectos da sua vida — o trabalho, a costura, um grupo de estudos da Bíblia na igreja.

Enquanto Sonny estava na Europa, ela se divorciou dele e largou todos os seus pertences na varanda da casa da sua mãe em

Osceola. Era provável que também a mãe não o quisesse de volta. Sonny tinha sido um capeta na adolescência.

    Aileen verificou na cesta para ver se tinha fio de algodão sedoso em quantidade suficiente para os sapatinhos amarelos. Teria de preencher o dia. Abriu a Bíblia na lição para o domingo, mas seus olhos deram com as palavras *pecado, iniqüidade, perverso, ira*. Pôs para tocar um velho disco dos Soul Searchers. Resolveu fazer um tabuleiro de uma receita caseira de brownies.

Carol estava sentada trabalhando quando Ralph chegou.
— A sra. Whitefield já estava ligando antes mesmo de eu destrancar a porta. Disse para eu lhe contar que Catherine Mason foi enterrada segurando uma carta. Disse que se lembrava da carta e que tinha perguntado a Lily, que também se lembrou.
— E a carta revela a verdade nua e crua? — Uma carta, ele não tinha visto carta nenhuma, mas talvez ela tivesse sido levada pelo vento. Precisaria vasculhar o cemitério. No pátio da escola do outro lado da rua, meninos estavam se reunindo para uma partida de beisebol, esquecidos de tudo, a não ser do ruído da bola ao bater no bastão. Não faziam a menor idéia de túmulos violados nem de aldeias incendiadas no Vietnã. Deveríamos jogar mais, pensou ele. Naquele verão, quando tudo isso tivesse passado, ele formaria duas equipes. Viu J.J. parar e estacionar na vaga de carga da cadeia.

Ginger deu um rápido abraço em Ralph e tirou umas rosquinhas do saco de papel.
— São das irmãs. Aceita? — Ralph trouxe uma cadeira da sala de Carol, e eles se sentaram. — E aí, que coisa mais adulta... xerife... Como é estar ocupando a mesa do avô?

Ralph deu um sorriso para Ginger.
— Você sem dúvida está com ótima aparência. Faz tempo a gente não se vê. — J.J. estava em pé, atrás da cadeira dela. Ginger era capaz de todas as gentilezas; ele, não.
— Fique à vontade — disse Ralph, indicando a cadeira vazia, mas J.J. disse que preferia ficar em pé.

Ralph perguntou pela pescaria no rio.

— Ouvi dizer que Ralph Rogers apanhou um bodião de vinte quilos no córrego Resurrection na sexta-feira passada.

J.J. fez que sim.

— Devia estar ali desde a Idade da Pedra. Detesto quando esses patetas vêm à tona. Parecem alguma coisa que já devia estar extinta. Mas até que são bonitos, as mandíbulas de alguns deles vêm com quatro ou cinco pedaços de linha pendurados.

Ginger revirou os olhos com o irmão fazendo esse papel cheio de camaradagem assim tão cedo de manhã.

Calaram-se, e Ralph apanhou a pasta identificada com o nome de Catherine Phillips Mason.

— Sei que vocês sofreram um choque, e vocês todos sabem como eu lamento que tudo isso tenha acontecido. Ainda não entendi direito, e me pergunto se um dia vamos entender. Mas coube a mim dizer-lhes mais uma coisa. Algo totalmente imprevisto. Não sei qual vai ser o veredicto, mas nós fizemos um exame... Gray Hinckle do Departamento de Investigações e eu... e repassamos todas as provas... desta pasta aqui... e, bem, é claro, — ele baixou a voz — do corpo. Estamos começando a ter a impressão... por causa das várias medições que fizemos e tudo o mais... — Olhou para o piso porque Ginger e J.J. estavam com os olhos fixos nele como se uma onda gigantesca estivesse prestes a arrebentar em cima deles. — Tudo isso é provisório. Vamos ter de voltar a examinar todas as provas. — Ginger e J.J. observavam enquanto sua boca formava as palavras, imaginando que ele fosse dizer que o corpo de sua mãe tinha sido profanado, observavam sua boca enquanto ele ia falando. — Mas achamos que sua mãe não se matou. Quer dizer, ela mesma não puxou o gatilho... — Ele fez uma pausa.

Ralph não fazia idéia da importância de suas palavras. As palavras pareciam vir flutuando no ar de uma enorme distância.

Nenhum dos dois disse nada. J.J. pôs a mão no ombro de Ginger, e ela a cobriu com a própria mão.

– Porque o ângulo de saída do ferimento – ele deu uma olhada nas anotações que tinha feito do telefonema de Gray – é incompatível com o que resultaria de uma arma segurada pela própria vítima. Não quero sobrecarregá-los com detalhes, mas às vezes o tiro de uma .22 não chega a atravessar um corpo. Vocês sabem, no fundo trata-se de uma arma para caçar coelhos. Mas a sra. Mason, sua mãe, deve ter sido uma pessoa magra. Li os registros da época em que tudo aconteceu. Foi quando meu avô era xerife, imagino que vocês saibam. Naquela época eles não tinham o equipamento sofisticado que temos agora. Esse pessoal do Departamento de Investigações conhece outros segredos nos dias de hoje. Ela foi examinada para ver se havia resíduos de pólvora no nariz e nas mãos. Eles têm uma espécie de pó que atrai partículas microscópicas.

– O que você está querendo dizer? – Ginger fincou os cotovelos nos joelhos e olhou para o chão. J.J. protegeu os olhos como se estivesse de frente para o sol. As palavras de Ralph eram um zumbido distante.

– O tamanho e o ângulo do ferimento indicam a conclusão de que ela não poderia ter atirado em si mesma. – Ralph pensou que mesmo naquela época alguém poderia ter percebido isso, mas talvez fosse por ele ter estado no Vietnã, onde os soldados eram feridos de todas as formas possíveis, enquanto seu avô na maior parte das vezes via negros esfaqueados no sábado à noite.
– Vou lhes pedir que leiam o relatório e vejam se têm algo a acrescentar, das suas lembranças do acontecimento. Sei que isso é estranhíssimo para vocês. No telefonema, Gray tinha dito que o chefe, o perito, acreditava que puseram o fuzil na mão dela depois de lhe terem dado o tiro. Talvez o criminoso tivesse tirado a arma das suas mãos enquanto ela tentava se defender. Ela poderia ter ido apanhar a arma primeiro para se defender. Vão

tentar fazer o exame para verificar queimaduras provocadas pela pólvora, mas depois de tanto tempo podem não descobrir nada de definitivo. A impressão de Gray e do chefe dele era que tinham atirado nela de uma distância de dois metros a dois metros e meio.

Vou pensar nisso mais tarde, pensou Ginger. Foi a primeira a falar.

— Quando vão saber com certeza? Como vão poder saber depois de tanto tempo? Alguém atirou nela? Mas isso não pode ser. Quem? Quem?

Ralph encolheu os ombros e abanou a cabeça.

— Quanto à carta, vocês sabem o que estava escrito?

— Não. Lily não sabe. Achava que pudesse ser uma carta de amor de papai.

Ralph não disse nada, com os olhos fixos nela, sem conseguir admitir sua suspeita de que poderia ter sido uma confissão e um pedido de perdão. Agora estava perdida ou tinha sido apanhada por alguém. Que xerife! Como era mesmo aquele velho ditado? *Os pais foram escaldados, e os filhos têm medo de água fria.* Era mais ou menos isso. Droga!

J.J. apanhou a pasta. Sua pele parecia querer estourar de exultação. Era o prazer pós-enxaqueca ou simplesmente o fato de Ralph ter acabado de dizer o que ele queria ouvir desde o instante em que ouviu pela primeira vez a palavra *suicídio*? Leu depressa. Não olhou para a fotografia da mãe jogada no chão, mas a viu de qualquer modo, viu o que tinha visto inúmeras vezes, muito embora ele nunca a tivesse visto de verdade. Só Ginger a vira. Só Ginger tinha recebido no corpo o pleno impacto.

Ginger estendeu a mão para apanhar a pasta. A foto devia ter sido tirada cerca de uma hora depois que a sra. Rowen encontrou Ginger na estrada. Ginger olhou fixamente. Ouviu de novo seu próprio grito sufocado. Mas, se sua mãe não tinha puxado o gatilho, ela precisava examinar a fotografia de novo. A porta do armário entreaberta, as pernas afastadas, um pé descalço, ao fundo, a porta de tela com a pintura descascando. Sem dúvida, alguma coisa demonstrava que Catherine não se suicidara. Aquilo que, se alguém tivesse percebido, teria mudado suas vidas. Forçou a memória. Mais uma vez, ela estende a mão para a porta de tela, que se abre devagar, a visão de sua mãe a atinge com violência mais uma vez, o sangue indelével, causticante, a batida forte da porta. Olhou para cada detalhe. Estava tateando, como tateava para encontrar a cama no escuro. Sentiu o impulso de ir até a antiga casa, a do dentista, pedir para olhar a cozinha. Tinha ouvido dizer que eles demoliram tudo, mudaram o lugar de tudo, até ampliaram a cozinha e acrescentaram um pátio para que o acontecimento horrendo fosse totalmente apagado.

Tentou recriá-la com exatidão: a mesa redonda junto às janelas, a prateleira de livros de culinária, o armário envidraçado para as armas de caça, os aparelhos brancos curvilíneos. Sua lembrança e a fotografia eram idênticas.

– Estão vendo alguma coisa que lhes pareça nova? – Ralph deixou que lessem. Perguntava-se se já teria lhes ocorrido que Wills poderia ter puxado o gatilho.

Num instante, J.J. localizou a parte que falava do armário das armas. Seu próprio armário estava sempre trancado. Naquela época, ninguém trancava. Ele e Ginger foram criados com armas por perto e sabiam que não deviam tocar nelas. Leu o relatório para Ginger, que estava mordiscando a unha do polegar com os dentes.

– Meu Deus, existe alguma explicação. – Ele olhou para a expressão curiosa de Ralph. Filho-da-mãe, ele acha que foi o papai. – É impossível que meu pai tivesse levantado um dedo contra ela. É isso o que esse amontoado de erros disse? Você não acredita nisso. Uma baboseira. Todos esses anos, tivemos um suicídio. Agora, temos um pai que é assassino? Será que temos escolha?

Enquanto falava, J.J. soube sem hesitação o que escolheria. Nada poderia ser pior do que sua mãe dar um tiro no próprio coração.

– Ninguém está dizendo isso. Ninguém está acusando ninguém. É verdade, o investigador aventou essa possibilidade. Ele não tem a menor idéia de quem seja seu pai. Não temos muita coisa em que nos basear, temos? Aceitam um café? Carol sempre faz bem forte.

Nenhum dos dois respondeu.

– Além do mais, papai agora está como um bebezão. Metade do tempo, fica jogado, prostrado. Sem dúvida, a esta altura ele não tem Q.I. para arrombar nenhuma sepultura. É ridículo até mesmo cogitar essa idéia. Isso, se houvesse algum motivo concebível. – Ginger descartou da cabeça a possibilidade da culpa de Wills assim que J.J. a mencionou. Estranho pensar no Q.I. de papai. Um dia ele foi um jovem médico idealista que se recusara a entrar para os negócios da família. Durante todo o tempo de sua ausência, Ginger sentira uma irritação irada contra o pai. Ele causara suas próprias dificuldades. Mas o que lhe aconteceu ultrapassava os limites de castigos merecidos. Outras pessoas tinham crises de loucura ou de embriaguez, recuperavam-se e prosseguiam com sua vida normal. Aquilo não deveria ter acontecido com ninguém. Ginger sentiu o mesmo vislumbre atordoado de exultação que J.J. Um crime fortuito era uma dor totalmente diferente.

Nas dobras da memória, Ginger ainda está com a mão estendida, com a imensa calma da infância prestes a ser encerrada, está a ponto de abrir a porta mas a lembrança se parte – ela sempre chamava antes, "Mamãe, cheguei, abre a porta."

Abre a porta! Sempre, sempre, a mãe mantinha a porta de tela trancada, desde que uns ciganos tinham passado pela cidade e roubado roupas de baixo do varal. Quase todo o mundo em Swan deixava as portas abertas, mesmo à noite. Catherine mantinha as suas trancadas. Mas a porta abriu-se sozinha na mão de Ginger. A mãe tinha destrancado a porta para alguém, um amigo, alguém que viera consertar alguma coisa, um vizinho. Falou sem pensar.

– Alguém que ela conhecia. Ou talvez ela só tivesse deixado a porta aberta daquela vez. – Ralph fazia anotações. Que bom! Ele teria alguma coisa a dizer a Gray.

– J.J., como eu pude não ter me lembrado disso?

– Por causa do que estava do outro lado da porta. – Ela nunca tinha conseguido se lembrar da caminhada da escola para casa naquele dia. Na recordação, ela saía do pátio da escola e era atingida pela visão da mãe. Corria, ainda está correndo pela estrada branca, com as mãos enfarinhadas da sra. Rowen a segurá-la, e depois mais nada até o enterro. Quando se lembrava da escura roda de sangue, sempre tinha doze anos, sempre queria bater com a cabeça no chão.

J.J. continuava a ler.

– Olhe só, Charlotte Crowder, uma velha amiga de mamãe, ligou – ele continuou a ler, com o dedo indicando as palavras – mas não houve continuidade? O que será que ela sabia? – Depois da morte de Catherine, Wills tinha cortado relações com todo o mundo. Disso J.J. se lembrava. Charlotte mandava bilhetes e telefonava de início. Depois, desistiu. Havia anos que J.J. não pensava nela. – Eu me pergunto se ela enfrentou papai, se Lily sabia que Charlotte tinha telefonado para o xerife.

Ginger foi até a ante-sala e voltou com uma caneca de café. J.J. não tirava os olhos da garatuja com a letra do avô de Ralph, algo que foi raspado – conseguiu discernir um S.

– Podemos ficar especulando o dia inteiro. Desculpem-me por dizer isso, mas é o crime mais fácil do mundo – Ralph repetiu fielmente o que Gray dissera. – Marido mata mulher, e é a nossa palavra contra a dele. Ninguém pode provar nada.

— Mas como ele pode ter *pensado* que papai faria uma coisa dessas? — Ginger estava revoltada. — Ralph, sei que você não pode falar por ele, mas será que você tem alguma idéia?

Ralph não quis continuar as especulações de Gray sobre um amante nos bastidores, nem entrar no tema da gratidão que seu avô sentia por Big Jim ter usado sua influência na eleição para xerife.

— Vou simplesmente falar sem rodeios. Seu pai é a única pista que temos. Com base só na estatística, sem nada de concreto. Por que meu avô não realizou uma investigação melhor? Acho que ele foi pau-mandado de Big Jim a vida inteira. Talvez fosse grato por certas coisas. Existe a possibilidade de que estivesse protegendo sua família. As mulheres, vocês sabem, podem se sentir infelizes, não ver nenhuma saída a não ser a de se matar. Um assassinato poderia ter reativado alguma vergonha antiga. Só Deus sabe. — Será que o avô poderia ter sido tão incompetente a ponto de pensar que simplesmente não era *educado* ir fundo demais nas investigações? Ele abanou a cabeça.

— Podemos seguir por um de dois caminhos: começar a investigar um assassinato ou confiar em que solucionaremos o assassinato se descobrirmos quem profanou o túmulo. Meu ponto de vista é que é preciso tomar o segundo caminho. Tenho certeza de que vocês iam querer seguir pelos dois — ou talvez não, pensou — mas o agente do Departamento de Investigações diz que não há como descobrir o assassino depois de tanto tempo, a menos que haja alguma confissão. Disse que, quando o acontecimento é assim tão distante, geralmente só se descobre o assassino se surgir alguma confissão de surpresa, alguma antiga culpa que esteja procurando se expressar. Isso pode ocorrer daqui a alguns anos. Talvez nunca. Vamos simplesmente devolver o corpo à terra, quando ele afinal for liberado na segunda, e torcer para encerrar o caso.

Ginger olhou para a nota de falecimento do jornal local, com a fotografia da mãe acima. Reconheceu que era a foto de noivado, que costumava ficar na mesa de trabalho de Wills no consultório. Sua testa era marcante e os olhos, francos. Os lábios formavam o perfeito arco de Cupido da sua época. Usava no pescoço a gargantilha de ouro que o pai lhe dera, contra a vontade da mãe, quando ela completou dezoito anos. Ginger podia ouvir a voz de Mema. *Ele a mimou. Ela é cheia de vontades.* Sua mãe sempre adorou aquele colar. Sua expressão era serena. Nada poderia jamais dar errado. De trinta e cinco anos antes, ela contemplava um futuro que não incluía seus dois filhos perplexos, debruçados sobre sua pasta na sala do xerife, o marido amparado por almofadas numa poltrona junto de uma janela que dava para a quadra de tênis coberta de mato de uma casa para idosos.

Holt Whitefield costumava visitar o cemitério com a mãe nas quintas pela manhã. Era algo que podiam fazer juntos. Hoje ela se recusara a ir; e, considerando o choque que ela sofrera no cemitério, ele ficou aliviado. Ao invés do programa habitual, ele a levou ao Three Sisters, tão apinhado de gente naquela manhã que eles precisaram se sentar perto da porta. Ele lia o jornal de Macon enquanto ela batia papo com todos os que chegavam e saíam. Catherine Mason era notícia, primeira página, um pequeno artigo sobre a exumação, mas no fundo o que havia a dizer? Ninguém tinha nenhuma pista. Emily trouxe uma travessa de canjiquinha com bacon e, como acompanhamento, umas torradas sem graça que nem mesmo a geléia caseira de peras conseguiu salvar.

– Eleanor, Deus me livre, que coisa horrível foi acontecer com você e Lily! Os meninos estiveram aqui hoje de manhã, J.J. de cara amarrada como sempre e Ginger simpática como ela só.

Enquanto saía, o padre Tim Tyson inclinou-se um pouco para dar um tapinha nas costas de Eleanor, e Holt viu a mãe endireitar os ombros como se quisesse se livrar dele. O padre estava palitando os molares, e uma partícula de comida cinzenta foi parar em cima da mesa.

Holt baixou o jornal, com o olhar fixo nela, o lábio superior contraído de nojo. Holt de qualquer modo não era grande amigo da igreja episcopal e mal cumprimentou o padre Tyson quando ele seguiu em frente com um "Apareça".

– Duvido que você tenha coragem de mandá-lo tomar naquele lugar, mamãe.

– Ora, Holt. – E em seguida Eleanor estava apertando as mãos de Rainey Grover, cujas nádegas volumosas num traje cor-de-rosa eram tão salientes que se poderia equilibrar um copo nelas.

– Não sei como você vai conseguir dormir de novo. – Jornalista ou não, não passaria pela cabeça de Rainey fazer perguntas que pudessem perturbar Eleanor. Quando jovem, Rainey tinha homens de três municípios pairando em torno dela, uma perfeita destruidora de corações. Agora, trabalhava para o jornal de Swan, que pertencia ao marido. Quem teria imaginado que ela acabaria ficando com Johnny Grover? Mas também quem teria imaginado que Holt, com seu Q.I. estratosférico, acabaria sendo o diretor do colégio da cidadezinha? O pequeno rosto de Rainey, liso como uma tigela que se acabou de secar, brotava do corpo de uma antiga deusa da fertilidade. Holt lembrou-se de anos atrás ter ouvido Buddy Perrin dizer que uma noite com ela mataria um fraco e estropiaria um vigoroso.

Rainey olhou para Holt com os olhos azuis que Deus lhe deu. Holt tinha ajudado seu filho a conseguir uma bolsa para Mercer College. Ele não tem tanta idade assim, pensou ela. E olhe só esses suspensórios de velho, e o jeito de pentear essa mecha de cabelo para cobrir a careca. Despediu-se de Eleanor com um sorriso, revelando chicletes brancos, que Holt percebeu, também dando um sorriso discreto para cobrir seus próprios dentes ligeiramente reentrantes.

– Está com vontade de dar uma volta de carro?

Eleanor achou que estava.

– Passe pela casa de Billie. Vamos ver a fileira de pinheiros que ela plantou ao longo da entrada de carros. Depois, podemos parar para ver como Lily está.

— Mamãe, o que você acha que está acontecendo com esse problema dos Masons?

— Se encontrarem a carta por lá, acho que talvez seja obra de algum maluco. Se não, talvez alguém quisesse a carta, ou algo parecido. Vamos ter de esperar para ver.

— E se Wills não estiver com a mente tão prejudicada quanto aparenta?

— Lily saberia se fosse verdade, e mesmo que fosse, duvido que ele pudesse ter bolado tudo isso de lá da casa de repouso de Columns. E por que motivo haveria de fazer isso?

Ela não perguntou o que ele achava. Melhor assim. Depois de tantos anos, Holt ainda não estava a ponto de desrespeitar a confiança de Catherine. Ela jamais tinha revelado o segredo dele.

O padre Tim Tyson percorreu de carro os três quarteirões que separavam o Three Sisters do correio onde ia remeter seu pedido de transferência de paróquia. Swan era uma tortura constante, especialmente depois dos dois anos em Newman lá em Meacham County, onde as pessoas eram mais simpáticas e a casa paroquial consideravelmente mais agradável para sua mulher Rosemary. Ela se queixava todos os meses quando o Círculo se reunia para o estudo do Novo Testamento. Pelo menos dois membros do Círculo precisavam sentar-se em cadeiras duras no corredor, quase sem poder escutar, porque a sala de estar era pequena demais. Cinco anos ali, e ele ainda não se sentia aceito. Agora mesmo, Eleanor Whitefield o tratara com total descortesia e o mesmo tinha feito aquele esquisitão do filho dela. Todo o mundo dizia que ele desafiava os ensinamentos de Jesus e praticava a sodomia. Por um instante, o padre concentrou o pensamento no que exatamente significava sodomia. Coito anal, sim, isso ele sabia, mas só visualizava hordas bíblicas lideradas por Charlton Heston, saques e pilhagens. Agora, precisava pensar nessa desgraça que aconteceu aos Masons. Tinham lhe informado que Big Jim doara os candelabros para a igreja anos atrás e que mandara seus operários construir o muro vazado de tijolos em torno do Jardim das Recordações, mas o clã atualmente doava algumas centenas de dólares por ano, quando chegava a se lembrar. Lily ainda trazia flores para o altar nos aniversários dos pais, enormes buquês desmazelados do seu próprio jardim. J.J. nunca dava o ar de sua graça e quando, como novo padre, ele fizera visitas, indo à casa dos paroquianos, J.J. tinha lhe oferecido um uísque e dito que não contasse com ele, pois domingo era um dia consagrado à pescaria. Os lábios de Tim Tyson tremeram de raiva quando ele se lembrou do sorrisinho cruel de J.J. Rezava a seu próprio modo, dissera J.J., a velha desculpa. Como se estivesse determinado que fôssemos criaturas solitárias. Como se a função da igreja não fosse a de unir a comunidade, como necessitava essa comunidade pecaminosa.

Parou na quitanda de Pappas e examinou os montes de milho e os cestos de ameixas e pêssegos enfileirados ao longo da calçada do lado de fora da loja.

– Belos pêssegos, padre Tyson! Quer uma provinha? – Tony Pappas parecia sorrir com o rosto inteiro. Os grandes olhos negros faziam com que ele se parecesse com um ícone pintado séculos atrás. Todo o mundo em Swan era freguês de Tony. Ele esbanjava atenção em pirâmides de limões e polia as maçãs no avental verde.

– Sua palavra basta. Dê-me um saco desses, por favor, Tony. – Ele apontou para as ameixas amarelas que Tony tinha recolhido mais cedo da beira da estrada até Osceola. Padre Tyson tinha outros assuntos em mente além de frutas para a torta de Rosemary e ficou com o olhar meio perdido enquanto Tony examinava as ameixas uma por uma em busca de insetos ou machucados. A carta tinha caído no fundo da caixa de correio com um leve ruído. Talvez o bispo mandasse para Swan um rapaz recém-saído do seminário. Posto à prova para valer, era o que ele descobriria. Mais alto índice de suicídios no estado, maior incidência de oxiúros e uma boa quantidade de gente simplesmente maluca. Deus me livre, pensou ele. Já lidei com incêndio criminoso, roubo de dinheiro da cesta de coleta e gravidez de meninas de doze anos. Não surpreende que eu não possa enfrentar o escândalo de ter encontrado aquele pedaço de papel no chão. Agi com sensatez.

Preces vou fazer por todos eles, mas já tenho muito com que me preocupar.

Tony assoviava enquanto embalava as ameixas. Pôs duas de quebra e tocou no olho azul que usava como pingente no pescoço. Segundo sua avó, os padres às vezes lançavam mau-olhado. O padre Tyson hoje parecia estar a ponto de estourar.

No dia anterior, o padre Tyson tinha acabado de instalar Mattie Tucker no banco da frente, depois de ajudá-la a levar um vaso de palmas-de-santa-rita até a sepultura do pobre Ham. Enquanto dava a volta pela lateral do carro, viu um envelope aos seus pés. Pequeno, sujo. Viu a palavra datilografada, *Catherine*. Abaixo dela, *O último dia*. Dizia-se pela cidade que Catherine Mason tinha sido enterrada com uma carta na mão. E aqui estava ela, trazida pelo vento até seus pés, trazida até o padre da igreja que ela freqüentava. Isso não era auspicioso, não estaria Deus lhe enviando uma mensagem? Enfiou o envelope no bolso e levou Mattie para sua casa fora de prumo, com diversos gatos a esperar na varanda da frente. Essa era uma das suas salvadoras em Swan. Ela e mais quatro mulheres cuidavam das necessidades da igreja como se fosse a própria casa delas. Mattie, sempre impecável em seus vestidos marrons ou cinzentos sem personalidade, passava a ferro as toalhas do altar, assava biscoitinhos para a Comunidade Jovem Episcopal e se sentava no terceiro banco todas as vezes em que as portas da igreja se abriam. Ela não merecia que Ham tivesse morrido daquele jeito, lavando o carro num sábado à tarde. O padre Tyson não mencionou o envelope que tinha enfiado no bolso discretamente.

Quando voltou à secretaria da igreja, apanhou o frágil envelope e tirou o que parecia ser uma página de bordas enegrecidas arrancada de um caderno de espiral. Numa caligrafia diferente da que se via no envelope, ele leu:

A beleza é algo que ultrapassa a morte.
Aquela perfeita experiência luminosa
Jamais será reduzida ao nada
E o tempo toldará a [mancha] antes
Que nossa plena consumação [mancha]
Nesta vida breve perca o brilho ou se apague.

Ele segurou a página pautada contra a luz. O papel estava mole, salpicado de mofo. Sentiu forte calafrio quando se deu conta de que ele tinha estado na mão de uma mulher morta enterrada aqueles anos todos. Por baixo dos borrões aguados, conseguiu discernir *lua* e *aqui*. Deixou o papel cair na mesa e limpou as mãos nas pernas das calças. *O tempo toldará a lua. Nossa plena consumação aqui.* Seria possível que encontrassem impressões digitais em algo tão estragado? Achava que não. Como pertencia ao clero e não tinha impressões digitais registradas em nenhum lugar, sabia que estava livre da lei. Enrolou a carta num lenço de papel amarfanhado que tirou do cesto de papéis. Plena consumação, isso parece sexual. Sua boca adotou uma expressão de desagrado. Não vou ficar especulando sobre o significado disso, decidiu. Não quero ser envolvido. Pôs a folha por baixo de suas anotações para sermões. Não quero saber. É verdade, sua vida foi breve, mas matar-se sem dúvida é algo a ser condenado. Vergonha. A família teve de sair do Paraíso, cobrindo o corpo. E olhe só no que se transformaram. Mais que qualquer outra visita a paroquianos, ele tinha horror da visita mensal a Wills Mason, que o encarava como se ele fosse uma barata na parede. Já tinha problemas suficientes no presente. Interferir no passado era pedir demais.

Naquela noite, lendo no círculo de luz do abajur no canto do quarto, ele esperou que Rosemary adormecesse, com o cabelo enrolado como salsichas apertadas, presas com tiras de borracha, o rosto coberto por uma máscara de creme de limpeza verde claro. Sentia-se mais tranqüilo depois de ler o Livro de Jó. Os olhos de Rosemary estremeceram quando ele apanhou as chaves, e ele esperou até ela ressonar e rolar para o lado. Saiu até Island 10 e seguiu direto até a casa dos Masons, apagou os faróis e pôs a carta na caixa de correspondência.

Quando desceu com o motor desligado pela entrada de carros, Rosemary estava esperando na porta dos fundos.

– Tim... a esta hora da noite? –Estava quase gritando. Com a iluminação fraca da garagem no rosto verde, ela estava assustadora. Não havia mentira a contar, nada que pudesse inventar, que ela não descobrisse ser falso no dia seguinte ou no próximo. Qualquer acidente, morte, emergência em Swan seria do seu conhecimento antes do meio-dia. Contou-lhe a verdade.

– Não quis ser tragado para o meio da vida deles.

Ela o encarou, sem entender.

– Mas você poderia ter-lhes *oferecido*... – O trem noturno de carga passou ruidoso a dois quarteirões dali, abafando suas palavras. Ela então disse mais alguma coisa e voltou para a cama.

Ele achou que foi *vergonha*.

GINGER VIROU A ABERTURA DO AR PARA O ROSTO ENQUANTO J.J. levantava uma nuvem de pó entre eles e o escritório de Ralph. Viu uma figura solitária de azul espiando pela janela gradeada da cadeia no andar superior. Teve o impulso de acenar mas não acenou.

– Se nós simplesmente dermos a notícia a papai sem rodeios, talvez ele reaja de algum modo revelador.

– Você acha que esse tipo de notícia vai direto ao bulbo reptiliano?

– Foi o que me pareceu. – Ela sentia falta de ar só de chegar ao ponto de supor que poderiam extrair uma reação de Wills ao atordoá-lo com a notícia. Tinha a impressão de que sua garganta estava fechada demais para poder respirar. Invocou o rosto de Marco, mas deu-se conta de que sua expressão seria de incredulidade. Temia que Marco não conseguisse acompanhar aquilo tudo. Quem conseguiria? J.J. e eu somos os que foram engolidos pela baleia. Ou será que estou subestimando Marco? Excluindo-o automaticamente? O crime mais fácil do mundo, dissera Ralph. – Existe um mundo racional para a gente viver, não existe? – perguntou ela, mas J.J. só suspirou e abanou a cabeça.

Venho tateando, à procura de um caminho que me leve a um mundo desses, pensou ela. E, se essa notícia for real, talvez possamos circundar os últimos anos e nos estender de volta ao mundo da infância, no qual papai deixava que eu usasse seu estetoscópio para ouvir o coração de minhas bonecas e me ensinava a enfaixar suas pernas. Nos limites remotos da consciência, ela conhecia seu calor humano – o pai fugindo da chuva, carregando-a no colo, um guarda-chuva de tecido escocês vermelho, e ele está rindo. O bracinho envolve o pescoço do pai, e o rosto dele está junto ao dela. Ela ouve e no peito sente o riso dele. Nenhuma parte de Ginger acredita que seu pai possa ter sido um assassino. Como foi enorme sua falta de sorte na vida!

– Parece que você está a quilômetros daqui, J.J., no mundo da lua; volte aqui para baixo.

– O que impressiona meu bulbo raquiano é tudo o que não sabemos sobre o que sabemos. Se você quer tentar falar com ele, eu a levo até lá. – Fez a curva para entrar no Gold Star Drive-In e pediu uma cerveja para tomar no carro, embora só fossem onze da manhã. O Gold Star era um prédio da família Mason, mas ele quase nunca entrava ali, só parava de vez em quando para se preparar quando a caminho da casa de repouso de Columns.

– O sol ainda não atingiu seu ponto mais alto, J.J.

– É, mas está escuro debaixo da casa.

Ginger pediu uma limonada. Estava gelada e ácida. Ela achou que estava ficando com dor de garganta. Encostou o copo gelado na testa e depois o esvaziou no chão.

J.J. e Ginger divergiam quanto ao estado mental do pai. Ginger costumava ver vislumbres do verdadeiro Wills. Percebia sua mente como um filme exposto muitas vezes. Ele encontrava imagens fragmentadas e em camadas, mas não conseguia formar uma cena. Quando ela o interrogava, fazendo perguntas sobre a cabana quando ele era criança, sobre a faculdade de medicina, sobre Big Jim e mama Fan, às vezes um vigor voltava a seu rosto.

– Sua avó – disse ele – adorava o perfume de gardênias. Tinha um grande arbusto com mais de dois metros de altura.

– Onde? – Ginger sabia, porque o arbusto ainda florescia junto à janela do quarto de Lily, abaixo da sua própria janela.

– Não sei. – Mas ele dissera *avó*, pensava Ginger. Ele tem lucidez suficiente para saber que a mãe dele foi minha avó.

A possibilidade de que um dia ele voltaria nunca a tinha abandonado. Os níveis de produtos químicos se separariam ou se purificariam, se infiltrariam até as áreas ressecadas, os neurônios lesionados voltariam a se entrelaçar num desenho, reconexão das sinapses. Ginger desejava que elas se religassem.

— Afinal de contas, o que se espera que a gente faça? Pelo amor de Deus, aumente o ar. — Ela agora estava falando como J.J. Se morasse aqui, talvez se tornasse como J.J. Um cartaz da Câmara de Comércio na periferia da cidade dizia em letras de trinta centímetros de altura, *Se você morasse aqui, estaria em casa agora*. Os dois anos de bebida (de declínio, como Lily dizia) de Wills, depois da morte de Catherine, Ginger e J.J. também atribuíam à dor da perda, o que levava Ginger a uma pena que J.J. não se conseguia permitir. *Uma compaixão indescritível*, ela havia sublinhado no seu livro dos poemas de Yeats, *está oculta no cerne do amor*.

J.J. considerava Wills um caso perdido. Julgava fraco o caráter do pai. E essa sua fraqueza leniente havia tornado J.J. e Ginger órfãos. Tutelados de Lily. Se você ama alguém, se tiver escolha, você não vai deixá-lo na mão. Desde que os dois tinham sido deixados na mão, numa queda livre, J.J. era sufocado por uma fúria de dois gumes. Todos os três tinham sido designados pela morte de Catherine, e ele só conseguia perdoar Ginger. Era capaz de enxergar a inocência da irmã, mas não a sua própria nem a do seu pai, sem a menor dúvida. Ele se lembrava da sensação de que se estava transformando em madeira quando Lily, virando na entrada de carros da Casa, anunciou de repente, "Vocês estão em casa. Esta agora é sua casa." Sua própria casa foi deixada fechada alguns meses antes de Lily tomar a decisão de vendê-la. Ele e Ginger tiravam a chave do prego na treliça e entravam na casa para procurar um jogo ou um casaco. Algumas roupas suas ainda estavam penduradas no armário. Tudo o que era de Catherine tinha desaparecido. Um marimbondo tinha construído um ninho de quatro compartimentos na perna de uns jeans de J.J. Ninguém tinha desligado a geladeira. Eles escapavam da casa silenciosa coberta por uma camada de pó e iam correndo para casa, a casa que era deles agora. Os dois tiveram de se inventar depois que Wills pirou de vez. Menina esquisita, pensou J.J., menino esquisito: meias descombinadas, gostavam de se lançar pendurados em cordas, de procurar gravuras rupestres, de cágados, dos fundos da sala de aula, de uivar para a lua, escolha uma carta, qualquer carta, o lugar está marcado com um X. Muito depois de passada a idade para isso, eles atravessavam os bosques em disparada berrando como índios a caminho do combate nos filmes de sábado. Cresceram com toda a sutileza de trapos encharcados de querosene.

Na melhor das hipóteses, ele atenuava a raiva que sentia do pai aparentando não contrariá-lo como se o pai fosse uma criança mimada. Na pior, passava semanas sem fazer nem uma visita sequer. Chegava, então, uma tarde e encontrava Wills tendo um ataque por ter precisado esperar por ajuda durante o banho, ou por alguém ter roubado as notas de dólar que guardava para comprar cigarros. A notícia de um acidente de automóvel com a morte de sete pessoas e um copo d'água derramado eram recebidos com a mesma expressão neutra. A ausência de J.J. não o perturbava de modo algum. J.J. costumava se encostar no ar-condicionado – que diluía os cheiros de fraldas, ataduras, bolsas de soro, colchões mijados, frituras e desgraça desesperada que estavam impregnados nas paredes da Columns pelos anos de pacientes moribundos – sem puxar conversa, com os lábios franzidos, perguntando-se às vezes se seria apanhado caso sufocasse Wills com um travesseiro e o tirasse daquela infelicidade. Infelicidade de quem? De J.J. A arrogância e autoritarismo do pai ele considerava tão insuportáveis que nos poucos momentos em que Wills se tornava vulnerável, olhando direto para o filho com os olhos de uma lebre apanhada ou estendendo a mão trêmula em busca de equilíbrio, J.J. ia embora com a rapidez possível. Seguindo na direção da Columns, pensou se no subconsciente teria suspeitado do pai ou não. Mas a idéia, lançada sobre eles por Ralph, era ridícula.

Não havia altas colunas na casa de repouso Columns, somente pilares atarracados de varanda ao longo de um prédio baixo de dois andares construído com blocos de concreto pintados de bege. Pacientes escorados em almofadas em cadeiras de balanço ficavam ali sentados em silêncio, voltados para o estacionamento, como esculturas da ilha de Páscoa contemplando o mar. Um ou outro abanava leques de papelão com estampas de Jesus; os demais se abandonavam ao estado cataléptico do calor e da proximidade da morte. Um rapaz sem braços nem pernas estava preso por faixas a uma espreguiçadeira.

– Vivos, não fosse pela graça de Deus... – J.J. empurrou o cotovelo de Ginger para ela avançar.

– Não – disse ela. – Por favor, não.

– Vamos passar pelo corredor polonês. – Durante todo o curso secundário, eles tinham pavor do trajeto do carro até o corredor e até o quarto de Wills. Mesmo depois dos vinte anos, nunca se tinham habituado. – O último a chegar é mulher do padre.

Virando à esquerda na entrada, via-se a enfermaria dos loucos; à direita, a área dos idosos. Se bem que agora ele fosse um pouco de cada, Wills ficava entre os idosos. A maioria dos quartos era compartilhada por dois pacientes, mas Wills tinha um só seu, com a poltrona reclinável de couro, uma cômoda antiga coberta de fotografias e samambaias novas que Lily trazia sempre que uma se encrespava e morria. Não que Wills percebesse. Seus velhos ternos de gabardine e de linho estavam pendurados no armário; seu diploma de medicina *summa cum laude*, acima do espelho. Lily tinha coberto a cama hospitalar de ferro com um edredom azul. Da janela, ele contemplava uma quadra de tênis, irracionalmente construída com recursos federais, para quem mal podia ficar em pé, quanto mais brandir uma raquete. A rede estava bamba, e o mato brotava rasgando o saibro crestado pelo sol.

As portas ao longo do corredor estavam abertas, com os ocupantes esperançosos de um cumprimento passageiro ou de uma visita, mas Ginger e J.J., habituados à turma de figuras, hoje não olharam nem para a direita nem para a esquerda. Wills mantinha a porta fechada. Ginger bateu de leve.

– Papai, somos nós. – Ela deu uma espiada e abriu mais a porta. Wills estava deitado de lado, com os pés debaixo das cobertas. As mãos, unidas como que em prece, estavam por baixo da cabeça. Entraram sem fazer barulho, mas ele se sentou na cama, sobressaltado.

– Quem? O quê? – Lançou um olhar desvairado pelo quarto e então os reconheceu. – Ai, eu devia estar sonhando.

– Sonhando com o quê? – perguntou Ginger.

– Sonhando com sonhar.

Ginger sabia ser abrupta, mas J.J. ficou espantado quando ela interrompeu o costumeiro papo brincalhão.

– Papai, nós tivemos uma notícia grave e muito surpreendente. Você soube que tiraram nossa mãe da sepultura? Lily lhe contou.

Wills olhou fixo para ela e depois para J.J.

– Catherine era uma linda mulher.

– Pois bem, aconteceu algo ainda mais estranho. O Departamento de Investigações examinou o corpo, e agora estão dizendo que ela não atirou em si mesma.

– Não? Do que você está falando? J.J., dê sua opinião, o que ela está dizendo a respeito da minha mulher?

– Pai, ela está dizendo o que está dizendo. A polícia tem técnicas modernas. Mamãe foi assassinada. – Disse isso com brutalidade, como se ele próprio não estivesse ainda seguro de que acreditava naquilo.

Wills recuou como se tivessem jogado água no seu rosto. Grunhiu como um bicho, jogou-se da cama e foi cambaleante até a poltrona de couro, onde J.J. estava sentado. Inclinou-se para chegar perto do rosto de J.J.

– Onde é que está aquela minha espingarda? Sei que minha arma foi disparada. Ela fez *bum*. – Ele levou o dedo à têmpora.

J.J. virou-se para Ginger aos gritos.

– Ela fez *bum*. Você ouviu? Ela fez bum. Não dá para acreditar. O que fizemos numa vida passada para merecer isso?

– Pare com isso, J.J.! – Ginger tentou levar Wills até uma cadeira. – Papai, escute só. Não, ela não usou a arma. Essa é a questão. Ela não puxou o gatilho. – Wills deixou-se cair na cadeira, com os joelhos abertos. – Procure se lembrar. Quem teria dado um tiro nela? Será que alguém a odiava?

– Eu odiei quando ela se foi. – Ele estendeu a mão e ligou a televisão. Lawrence Welk apareceu, e Wills sorriu.

J.J. levantou-se e desligou a televisão.

– Preciso lhe fazer esta pergunta. Você, você a matou? Você matou Catherine? – Tinha vontade de agarrá-lo pelo pescoço, sacudi-lo até ele pronunciar uma frase inteligente.

Wills levantou o queixo, com ar desafiador:

– Não seja ridículo.

– Quem poderia ter atirado, pelo amor de Deus, pense pelo menos uma vez. Quem poderia? – Wills não tirava os olhos da tela vazia.

– Qual é o problema com vocês? Está na hora dos meus programas.

– Está começando a me ocorrer que no fundo não há nenhum problema comigo nem com Ginger. O que aconteceu com os cadernos dela? Ela escrevia em cadernos de espiral. Havia um monte deles. – J.J. podia ver os recortes de pinturas e o papelão encapado com papel que Catherine colava nas capas, cada uma diferente da outra.

— Não sei. — Wills parecia alarmado, como se houvesse alguma expectativa mas ele não soubesse do quê.

— Por que você se recusava a falar com Charlotte, a amiga de mamãe? — insistiu J.J.

— Eu sempre conversei com Charlotte. Charlotte. Era uma boa pessoa. — Wills deu um sorriso carinhoso e afagou a perna de Ginger. — Querida, você é tão bonita!

— Papai, será que você não pode vir de onde quer que esteja e ter alguma reação diante dessa notícia? Você não está perplexo de saber que o que sempre supusemos não é a verdade?

— Estou esgotado. Peça uma bebida, por favor, querida. Uísque e soda. Uma dose de gim.

— Pode tomar um suco, se quiser. — Ginger desistiu. Foi lavar o rosto no banheiro de Wills. — Água fria, J.J. Molhe o rosto para se refrescar. Se a notícia chegou até ele, não sei dizer. Quando foi a última vez que ele ajudou com alguma coisa?

— Seria preciso entrar numa dessas suas expedições arqueológicas para descobrir um fato desses.

Um homenzinho de bengala abriu a porta.

— Como vai, Doutor? Quer jogar cartas? — Seu sorriso expôs gengivas nuas, reluzentes. Ginger reconheceu nele Gene, o recepcionista do Oglethorpe Hotel quando ela era criança. Ele ainda tinha os olhos azuis de centáurea, cheios de vida.

— Não.

— Que bom vê-lo por aqui, Gene. — Ginger tentou rapidamente encobrir a grosseria do pai. — Por que não entra para uma visitinha? Vamos ter de ir embora, papai. J.J. quer ir pescar, e eu vou fazer uma visita a Lily. — Estava com vontade de ligar para Marco, acordá-lo se necessário, só para ouvir o timbre da sua voz, sem conhecimento de todo esse caos, ainda acreditando que os dois existiam juntos como três dias antes.

– Ei, pai, está precisando de alguma coisa? Podemos dar uma passada aqui mais tarde, se estiver. – J.J. saiu, procurando as chaves nos bolsos, sem esperar por uma resposta. Ginger beijou o rosto de Wills, gesto que foi preciso se forçar a fazer. Gene tirou as cartas do bolso do roupão de qualquer modo, e Wills pareceu interessado.

– É assim, Doutor: quando eu abrir um valete, você o abafa. Só isso.

GINGER VOLTOU PARA A CASA COM UMA MISSÃO, APESAR DE não a ter mencionado a J.J. Ele estava obviamente em seu estado de peixe-fora-d'água, quase se debatendo de raiva e impaciência. Embora os motoristas de carros que cruzavam com eles acenassem, ele não acenava para ninguém; apenas cantava pneus nas esquinas e acelerou em Island 10. Ginger sentia pelo menos uns vinte tipos de cansaço. Na Casa, ela mal tinha fechado a porta do carro antes de ele sair levantando poeira.

– Venha até a cabana mais tarde. Vou preparar umas aves. *Arrivederci, Roma.* – Saiu pela entrada de carros praticamente rabeando. Ginger irritou-se. Ele sempre agia assim: ia acompanhando muito bem, mas a certa altura – e ela podia sentir a chegada do momento – tinha de se afastar para seguir sozinho.

Uma sola dos velhos mocassins que ela havia encontrado no armário se soltou, deixando entrar terra nos pés. Ela parou ali mesmo e os tirou, sacudiu a areia fina e foi descalça por cima da grama. ZZZZZZZZZZ, tagarelavam as cigarras nos carvalhos, ZZZZZZZZZ. O suficiente para enlouquecer qualquer um. Ginger atirou uma pedra numa árvore, e a algazarra parou, como se elas tivessem sido desligadas. Como conseguem fazer tanto barulho? Que arco usam para tocar em que cordas? Elas recomeçaram. Ia procurá-las na velha Enciclopédia Britânica no saguão do térreo. Quando viajou até as ruínas de Creta, as cigarras eram dez vezes mais altas. Lá, Ginger teve uma lembrança da sua terra, desses carvalhos cobertos de barba-de-velho, vibrando no calor de julho, de si mesma no quarto amarelo, com o ruído parecendo serrar sua cabeça enquanto ela puxava um pente pelo cabelo molhado, expulsando os pensamentos, expulsando tudo exceto o calor excruciante; lá em Creta tinha sentido simultaneamente o canto estridente das cigarras nas acácias em Cnossos cair de volta no tempo, um coro grego, um compasso fricativo para acompanhar os construtores minóicos à medida que eles empilhavam tijolos de argila e bebiam vinho ácido de ânforas refrescadas em aposentos subterrâneos – isso, pensou ela, a arqueologia não consegue jamais revelar, aquele tom e inexorabilidade das cigarras nas tardes de verão, ressoando pelas épocas afora, mas a memória consegue trazer de volta o suor que escorre pela minha espinha, meu rosto jovem num espelho manchado, o vestido de lese, já sem goma, pendurado na porta do armário; isso a memória consegue fazer quando a cigarra pára de repente e depois começa de novo, aquele *vibrato* desagradável, a memória – enquanto durar – então tudo é arqueologia, peneirar camadas e mais camadas, cobrir o sítio para a passagem do inverno, descobri-lo e começar novamente. A cigarra fica em incubação durante dezessete anos e então explode, não em música, mas num barulho estridente, para compensar todos aqueles anos que passou enterrada. O horrendo ressurgimento de mamãe. Eu conseguiria pensar nisso em termos arqueológicos? O que uma múmia envolta em panos diz a respeito dos que a enterraram? Corpos antiqüíssimos encontrados em turfeiras nada dizem de bom – a cabeça partida ao meio por um machado há tanto tempo que só se pode perguntar não qual foi o motivo do ato, mas que tipo de machado. Como a pedra foi trabalhada? De onde foi retirada? Perguntas subsidiárias.

Ela abriu a porta que dava para o vestíbulo amplo, a mesa redonda no meio com chaves, correspondência e um buquê das capuchinhas cor de laranja de Lily no vaso azul de esmalte craquelado feito por Catherine numa aula de cerâmica na faculdade. Ginger conhecia aquele vaso desde sempre. Ela o conhecia havia tanto tempo quanto conhecia o jorro de luz nos fundos do corredor daquela época, quando brincava de "Mamãe, posso ir?" com J.J. em tardes chuvosas de domingo quando era muito pequena. Depois do ajantarado ao meio-dia, sua mãe subia com Lily e mama Fan para olhar livros de estamparias no quarto de Lily. Depois do café, Big Jim tirava uma soneca, e seu pai lia o jornal.

Na brincadeira, cada um recebia instruções da "mãe": dê três passos de gigante, dê três rodopios de borboleta ou dê dois passinhos de bebê. A meta era a porta-janela no final do vestíbulo. Para avançar, era preciso lembrar-se de perguntar, antes de rodopiar ou pular: "Mamãe, posso ir?" Será que sempre vamos ter de perguntar, posso ir, posso ir? perguntava-se ela. J.J. sempre saía ganhando porque nunca se esquecia da mítica instrução, mas Ginger, na ânsia de executar sua estrela, seu passo de tesoura ou três saltos mortais, estava sempre voltando para a linha de partida na porta da frente.

O relógio de Big Jim bateu uma hora. O horror estarrecedor de sua mãe sendo despida, examinada. Seu corpo, assunto de piadas macabras. A múmia de Zagreb, lembrou-se, aquela múmia envolta em tiras de linho, revelou ser de uma jovem, talvez do Egito, mas nas faixas de linho, quando as examinaram com atenção, eles encontraram sinais quase apagados que parcialmente deciframram o idioma etrusco. Sua mãe, descoberta, foi considerada inocente do crime de autodestruição. *Mamãe, posso ir*, posso dar dois saltos de gafanhoto?

Marco atendeu ao primeiro toque.

— *Cara, cara*, onde é que você está? Quer que eu pegue um avião? Eu poderia ir para aí amanhã. Agora você vai me dizer qual foi o problema? Sei que você encontrou alguma coisa séria por aí.

Ginger contou-lhe tudo, ressaltando que não havia nada que ninguém pudesse fazer. Ela só precisava ficar a semana inteira até que tudo se resolvesse, esperava ela, e a mãe estivesse a salvo, enterrada de novo. Foi menos embaraçoso do que havia pensado. Talvez esse acontecimento finalmente a tivesse deixado calejada para algo tão rotineiro quanto o constrangimento. Talvez agora conseguisse aprender a pronunciar a palavra "*suicídio*" sem a língua grudar no céu da boca.

— Fale-me do trabalho. Conte-me tudo. — Ela queria ouvir a voz dele, deixar-se envolver na sua voz, sua voz vinda de um lugar que não tinha nada a ver com este aqui, um lugar todo especial, mais humano, mais belo. Mais belo, não, corrigiu-se ela. Marco tinha encontrado um filhote de coruja, ainda coberto de penugem. Suas cunhadas o estavam alimentando com sopa com conta-gotas e carne picada em pedacinhos. A coruja ia à mesa do jantar, empoleirada no encosto de uma cadeira, deixando que as crianças afagassem suas costas. O projeto estava indo bem, mas o calor deixava todos bobos. Estavam criando músicas para acompanhar o trabalho com palavrões. Os olhos de Ginger ardiam, e sua garganta se contraiu. Ela nunca se entregava realmente ao choro, mas as lágrimas se formaram e se derramaram.

— Estou com saudade. — Isso ela tentou dizer com leveza, mas ouviu na própria voz um tom de pânico. Sentia falta de todo o universo que conhecia graças a ele. — Outra hora, a gente se fala. Outra hora.

Na sala de jantar, Lily estava prendendo com alfinetes amostras de tecido nas cortinas, um rosa coral, um damasco de algodão amarelo e um tecido horrendo listrado de dourado e rosa forte.

— Pode cortar essas listras, Lily. São pesadas, você não acha? — Ginger sentiu alívio por ver Lily bem arrumada, num costume azul-marinho com blusa de bolinhas, os óculos suspensos de uma corrente de contas e o cabelo bem penteado para o alto num coque. Pode-se ter certeza de que Lily agüentará o tranco, dará a volta por cima e seguirá em frente.

– É, você tem razão. Mas como vou conseguir decidir entre esse maravilhoso amarelo claro e o rosa de um puro coral? – Ela dispôs amostras maiores no assento das cadeiras, dando um passo para trás para admirá-las.

– Agnes gostaria do rosa.

– Esse azul ainda não é bastante novo? – Ginger lembrava-se de amostras da última visita, mas talvez fossem da sala íntima. Lily estava sempre refazendo capas, trocando o papel de parede, renovando a pintura, reenvasando plantas. Sua bolsa vivia cheia de amostras de cores, pedacinhos de azulejo, franjas, páginas arrancadas de revistas que mostravam quartos totalmente ornamentados com *chintz* inglês e vestíbulos decorados com estantes de pão francês e enormes carapaças de tartaruga.

J.J. que lhe conte. Por que sempre cabia a ela essa tarefa? Ginger não ia abrir a boca a respeito do que Ralph lhe dissera. Faltava-lhe energia para lidar com a reação de Lily, e se mais tarde aquilo acabasse se revelando um engano? Lily e Ginger sentaram-se à mesa, com o lugar vazio de J.J. ainda posto. Enquanto Tessie servia bife à milanesa e purê de batatas, preparado especialmente para Ginger, ela tentou imaginar Marco olhando para ela do outro lado dessa mesa. Lily não parava de falar sobre o fato de Bonny Vinson ter ganhado uma bolsa para uma colônia de férias de música, mesmo tremendo a voz no dó agudo no coral da escola secundária, sobre papel de parede e o xantungue berrante que não tinha escolhido. Ginger não ia tocar em nenhum assunto desagradável. Já chega, pensou.

Lily tinha passado a manhã na Loja do Cotonifício, que ainda funcionava, embora a fábrica dos Masons já estivesse fechada havia muito tempo. Bennie Ames transformara o que tinha sido um local para venda de mercadorias com defeito e excedentes de estoque numa loja de tecidos para cortinas e estofados. Ela e Agnes costumavam ir lá juntas, mas em épocas de crise Lily sempre se dirigia à loja sozinha. Como tinha passado boas tardes da infância com Big Jim, andando atrás dele enquanto ele inspecionava as mulheres nos teares, vendo as costas de músculos salientes dos negros quando levantavam fardos de cento e cinqüenta quilos nos ombros e pulando da balança gigante para dentro de depósitos de algodão em rama, a vida inteira ela se sentia tranqüilizada pelo simples cheiro da fibra do linho e do algodão. Lily gostava de passar tecidos pelos dedos, encontrando a trama e a urdidura, pensando na mãe que agia da mesma forma, que tinha o quarto de vestir cheio de peças floridas, de linho verde-água dobrado e de uma fantástica seda verde que mama chamava de "água do Nilo". Mama costumava dizer: "Pertencemos ao povo dos tecidos, como outros pertencem à tribo *sioux* ou são montanheses". Também a família dela se dedicava aos negócios do algodão. Na Loja do Cotonifício, Lily conseguia se aproximar mais dos pais. As prateleiras de seda achamalotada e organdi bordado, o mostruário dos retroses coloridos, a mesa de corte com sua régua precisa colada numa extremidade e o ruído surdo da peça se desenrolando sobre ela – naquele lugar não era possível que problemas se acumulassem. Nada de lembranças grotescas, nada de atos brutais, apenas a beleza, a possibilidade de transformar uma cama ou cadeira, como mama sempre fazia.

Ginger estava dizendo alguma coisa. – ... a chave do galpão.

– O que foi, meu benzinho? Estou atordoada com esse calor hoje.

– Quero dar uma olhada nas caixas no galpão, as caixas da nossa casa antiga. Você sabe, nunca olhei para nada de lá. Nem mesmo para minhas bonecas em trajes típicos, nem para a casa de bonecas que papai fez para mim. – Parou de falar. Não queria cair no hábito de dissimulação da família. – Mas não é essa a questão. O que eu quero ver é se encontro coisas que tenham pertencido à minha mãe. – Ginger queria procurar os cadernos da mãe que tinha visto mencionados no relatório. Queria ligar para Charlotte Crowder, que tinha criado caso com o xerife.

– Não vejo sentido em ficar remoendo essa situação medonha. Deixe que o xerife se encarregue, procure aproveitar seu tempo aqui sem remexer em cobertores embolorados e velhos anuários. Vamos evitar a morbidez. – Lily segurou as amostras à luz. – Acho que vou ficar com o coral pois tenho amarelo no meu quarto. Quer mais alguma coisa, meu amor?

– Não, obrigada. Boa escolha. Gosto do coral. Vou ficar até começar a sentir a insolação, só uns minutinhos.

– A chave está no lugar de sempre, pendurada na varanda dos fundos. Peça a Tessie. Ela está lá fora debulhando favas-de-lima para o jantar.

Tessie já tinha debulhado uma peneira cheia.

– Favas, Tessie, eu adoro.

Dois dos Lincolns de cor creme de Lily, um 1950 e um 1960, ainda estavam estacionados no galpão. Diante da argumentação de Lily, J.J. tinha desistido de tentar fazer com que ela os vendesse ou mandasse para o ferro-velho. Quando lhe pediam um motivo, sua explicação para mantê-los era simplesmente, "Querido, eu adorei esses carros". Ginger também gostava bastante deles. Na adolescência, ela algumas vezes tinha se escondido no de 1950 com Tony Pappas para namorar no banco traseiro.

Abriu a porta do quarto dos fundos do galpão, que antes havia sido um quarto de empregada. Embora alguns anos tivessem se passado desde que estivera ali dentro – viu caixas de presentes de casamento que não tinha querido – tudo estava no mesmo lugar: o manequim de costura sem cabeça, de Lily, arcas com fechaduras enferrujadas, caixas de papelão amolecido, as cornucópias de vime de pé que mama Fan usava para festas no jardim, poltronas estofadas que Lily descartara, uma estante de anuários médicos, revistas de decoração que Lily poderia um dia folhear novamente e uma história da Geórgia em quatro volumes, toda mofada, na qual Ginger sabia que havia uma grande fotografia do pai de Big Jim, com suas bastas sobrancelhas, um bigode lúgubre e olhos ferozes, fixos e desafiadores que acompanhavam a gente se o livro fosse mantido aberto em pé.

 Nas primeiras caixas que abriu, ela encontrou seus aparelhos de estanho de chá e a mobília da casa de bonecas enrolada em jornais, um casaco de J.J. e alguns belos lençóis com monograma de mama Fan, que decidiu levar quando voltasse para a Itália. Passou os olhos por antigos formulários de impostos, escrituras e extratos bancários. Grandes cheques brancos caíram, com a letra do pai e da mãe. Pague por este cheque à Companhia de Águas de Swan, sete dólares e 10/100. Debaixo disso, toalhas de mesa dobradas e um pote de baquelite com botões de madrepérola. Ginger derramou-os no colo. Quando criança, adorava o pote de botões. Passou a mão por eles como fazia naquela época. A mãe tinha feito cortinas amarelas para o quarto de Ginger, cobrindo-as com botões vistosos. Quem tinha embalado os objetos da casa? As caixas não tinham nenhuma ordem, nenhuma etiqueta. Ela não trouxera fita para fechar de novo as caixas e, com a pilhagem, causou ainda mais desorganização. Mas quem se importava com esse monte de lixo? Tudo aquilo devia ser queimado. Uma caixa que abriu estava cheia de roupinhas de bebê, seus próprios vestidos de batista, macaquinhos com nódoas de comida na frente, babadores bordados com ursos e gansos. Ela encontrou, envolta num cobertor de bebê, a camisola de batizado da família, com a saia muito comprida com aplicações de círculos de renda. Separou-a com os lençóis para levar. Talvez se casasse com Marco, talvez tivesse um filho que seria batizado longe daqui. Onde estariam os pertences da sua mãe? Será que tudo tinha sido jogado fora, seus livros da faculdade, suas cartas e fotos dos bebês, e aqueles cadernos tão parecidos com os que J.J. mantinha?

Viu uma caixa com rótulo, diferente das outras, uma caixa listrada de vermelho da Rich's em Atlanta. Na conhecida letra inclinada da mãe, a caixa estava identificada como Roupas de Gravidez. Portanto, uma caixa fechada antes da mudança da casa, e muito bem fechada. Na época da limpeza da casa, ela provavelmente foi empilhada com as outras caixas. Ginger partiu a fita ressecada e tirou um *jumper* de veludo rosa forte e a blusa de cetim que era usada por baixo. Calças com uma aplicação de elástico na frente. Um vestido preto com fita de gorgorão preto entretecida em volta da saia. Por baixo das roupas, viu dois blocos de desenho e um caderno de anotações. Ginger deu um suspiro prolongado. Era um momento que ela conhecia. No instante em que o segundo degrau da escada etrusca apareceu nitidamente por baixo dos pincéis, eles souberam que tinham feito uma descoberta importante. Por baixo dos cadernos, encontrou um rolo de filme e algumas cartas amarradas com fita. Não estavam endereçadas, nem tinham selo. Em letras de fôrma bem feitas em envelopes azuis, cada uma dizia *Catherine*. Estava claro que ela havia encontrado algo que Catherine quis ocultar muito antes de morrer. Ocultar de quem?

Enfiou os objetos secretos de Catherine numa fronha e a enrolou num lençol. Sua mãe, que por tanto tempo tinha sido a flecha fincada no meio das costas, agora era uma presença misteriosa totalmente aberta a revisão. As outras cinco caixas pouco revelaram, embora Ginger ficasse feliz de encontrar a caixa de receitas da mãe, o livro de culinária branco e vermelho, que ela se lembrava de ter visto a mãe consultar, e duas coleções de receitas de mulheres da comunidade da igreja e do clube de jardinagem. Esses ela também carregaria. Um dia, tentaria fazer maionese caseira e biscoitos de geladeira. Imaginou Marco trabalhando no sítio arqueológico, de camiseta por causa do calor.

Que milagre, uma escavação! Encontrar objetos ainda ali depois de *três mil anos*, quando até mesmo essas caixas parecem velhas. Ginger seguiu pela fileira de azaléias na esperança de uma corrente de ar fresco na travessia do jardim até a casa. E se isso fosse a mil anos de agora e alguém estivesse em busca de pistas sobre Swan? Os hábitos singulares de um povo que construía casas brancas e quadradas, que procriava e levava sua curta vida nos áridos pinheirais de um lugar que no passado se chamava Geórgia. Os etruscos chamavam a si mesmos de *Rasenna*. Agora, eles são apenas etruscos, seu próprio nome praticamente perdido. *Catherine*, diziam as cartas. *Verão de 1943*, dizia o caderno. Portanto, pronta ou não, vou ver algo de Catherine como ela era para si mesma, pensou. Forçou seu corpo de chumbo a atravessar o ar que parecia se estar solidificando. Um pé, depois o outro. Subiu os vinte e seis degraus até seu quarto, ligou o ventilador e fechou a porta.

J.J. estava sentado à sombra do caramanchão. Tudo gruda em tudo, pensou. Suas costas grudavam no encosto da cadeira. Tinha arrancado a camiseta, tão suada que um contorno de sal formava uma nuvem nas costas. Tinha a impressão de que os braços estavam colados à mesa, os dedos pegajosos no lápis de desenho e o cabelo a lhe lamber a nuca. O termômetro de brinde de um refrigerante pregado na parede da casa indicava 37º à sombra, um calor de matar. Era possível que ele sofresse uma combustão espontânea, deixasse uma mancha de gordura na terra batida para Ginger encontrar quando chegasse mais tarde. Não, não, não, não, mais nada para Ginger encontrar. Ele sempre cuidaria da própria saúde, basicamente porque não queria que Ginger sofresse de novo. Estava desenhando pequenas conchas encontradas numa camada de areia que aflorava junto à estrada de terra que ia até a cabana. Moluscos bivalves que um dia tinham respirado na areia molhada pelo mar? Ou apenas algo que uma ave deixou cair depois de uma longa estirada a partir da costa? Estava com a impressão de que tinha ingerido calor. Como comera pouco dos banquetes que Tessie preparava para o retorno nada triunfal de Ginger, por que não consumir o calor? Um prato de calor, um saco de calor, um copo de calor.

Ontem à noite, depois de ter se virado pelo avesso para Ginger, ele tentou dormir com uma toalha molhada cobrindo os olhos. Às quatro, saltou da cama e foi para baixo do chuveiro frio, voltando molhado para a cama. Deitado no lençol úmido, pensou que deveria ser assim que se sentia um feto, de olhos fechados, o coração pulsando, virando-se numa correnteza salgada, acordado mas não consciente, contorcendo-se, batendo numa parede macia, o lençol enrolado como uma corda da barriga para baixo, entre as pernas, e ele tentando permanecer imóvel, determinado a dormir mas, bastava o sono se aproximar para seu corpo sofrer um espasmo e ele despertar, flutuando de novo no calor.

Com tapas, espantou borrachudos dos olhos. O desenho estava deformado. Rasgou-o ao meio, e depois de cima para baixo. Quanto tempo ia demorar até Ginger chegar? Resolveu descer até a curva. Já estava no lugar, recostado no barco a remo à sombra do salgueiro, na piscina de água clara formada por um velho dique de castores que as águas tinham destruído em parte. Podia ser que os peixes naquele baixio se interessassem pela isca. Trutas. Pela água cristalina, ele poderia enxergar o fundo irregular, de areia e seixos.

Lily descobriu que não conseguia deitar para descansar. A parte de trás da sua cabeça parecia estar sendo grelhada no travesseiro. Uma borboleta debatia-se na tela sem conseguir sair. Ninguém na família Mason gostava de ar-condicionado dentro de casa, e geralmente o ventilador do sótão mantinha a casa bem fresca, mas hoje o ventilador só puxava ar quente. Foi até a cozinha tomar um copo de chá gelado. Era o que Tessie estava tomando também, meio cochilando enquanto olhava uma revista.

– Ginger ainda está no forno daquele galpão?

Tessie deu um pulo.

– Está no quarto. Levou uma braçada de coisas. Deve estar dormindo agora, imagino. – Tessie indicou um embrulho amarrotado.

– Miss Lily, isso aí estava na caixa de correspondência hoje de manhã. Eu me esqueci. Sem dúvida, parece um presente meio pobre.

Lily abriu o papel de embrulho. O envelope. Manchado pelo tempo passado, amarelado, o envelope conseguira voltar às suas mãos.

– É o quê? – Tessie olhou para cima.

– Um bilhete. Só um bilhete de condolências. Obrigada, Tessie. – Ela tomou um bom gole de chá e voltou para o quarto. Dentro do envelope, encontrou, como sabia que encontraria, a página arrancada de um dos cadernos de Catherine. Ela, não Wills, tinha levantado a mão fria para pôr o envelope na outra mão de Catherine. Um presente, um adeus, posto ali em parte por vergonha, uma vergonha que Lily ainda sentia, porque no próprio dia do suicídio, depois que as amigas de Tessie limparam a casa, quando Wills estava desnorteado de dor, choque e cólera, ao mesmo tempo pranteando e amaldiçoando Catherine, saindo afinal da casa para ir procurar J.J., ela havia tentado dar a Ginger um sanduíche, mas os dentes da menina estavam travados e ela só queria ficar deitada na cama, trêmula; e quando a menina acabou dormindo, Lily, ela mesma furiosa – como aquela vagabunda pôde fazer uma coisa dessas com meu irmão! – tinha ido à sala de costura de Catherine. Encheu o cesto de lixo com todos os papéis soltos sobre a mesa, tirou da máquina de costura a saia que estava ainda pela metade e a rasgou. Arrancou os desenhos presos com tachinhas em torno da janela, recolheu a fileira de cadernos entre os suportes para livros, os cadernos de desenho, as caixas de cartas e de fotografias forradas de tecido. Tudo isso ela empilhou num cobertor e arrastou até a lixeira do outro lado da garagem. *Catherine tinha tudo.* Lily mordia o lábio com força. *Tinha tudo o que eu queria e jogou tudo fora.*

No quarto, Lily enfiou a folha de papel por dentro da orelha de uma capa de livro. Quem teria deixado isso? O louco que escavou a sepultura? Uma inusitada onda de adrenalina percorreu-lhe o corpo. O profanador da sepultura ainda estava solto.

Depois da violência com que atacou a sala íntima de Catherine, Lily passou para o quarto, arrancando braçadas de roupas do armário para jogá-las pela janela do lado da garagem. Catherine era vaidosa, não havia dúvida. Àquela altura, Lily tinha começado a perder um pouco da determinação, mas ainda assim arrumou a pilha e ateou fogo a tudo. Um final condizente com o dia. E no entanto Wills não voltava para casa. Quando a fogueira esfriou, Lily já estava se perguntando se ela também tinha enlouquecido, como devia ter acontecido com Catherine. Viu a ponta de um caderno nas cinzas e o empurrou com o pé. Quem se importava com suas lucubrações egoístas, com seus desenhos de portas? Queimado, em sua maior parte, o caderno preto ainda fumegava.

Como Ginger tinha dado chutes e atacado com as unhas quando Lily tentou acordá-la, Lily passou a noite na cama de J.J. – não que tivesse dormido, não naquela casa em que alguém cometera um crime contra a natureza. Bem cedo de manhã, foi até a fogueira e apanhou o último caderno, frio agora e molhado de orvalho. O monte de cinzas era quase tudo o que restava de Catherine Mason, *née* Phillips, natural de Vidalia, que deixava filhos destruídos, marido destruído. O pó voltando ao pó. Catherine no necrotério com um buraco no lugar do coração. Lily abriu o caderno e leu. Havia alguma baboseira sobre como se faz *cashmere*, sobre cabras e como cardar. Virou páginas de desenhos para uma cadeira. Reconheceu a cadeira da cabana, um objeto rústico, com o assento de couro de bezerro e correias de couro amarrando as travessas às pernas. Catherine tinha desenhado a cadeira umas quarenta vezes, no mínimo. Lily chegou então à página que arrancou. Ela sempre oferecia resistência a Catherine, mas sempre chegava uma hora em que Catherine saía vitoriosa e Lily, relutante, a amava. Por violento que tivesse sido seu ódio por Catherine naquele dia, ela se sentiu comovida pelo poema, que supôs ter sido escrito por Catherine, e ainda mais comovida por pensar em Catherine na cabana, lá no atracadouro de bermudas brancas e uma frente-única estampada com melancias, olhando para seus livros de arte, escrevendo no caderno, recitando o poema. Alguém tão cheio de vida simplesmente morto. Lily jogou no lixo o caderno carbonizado.

Ginger recusava-se a entrar na cozinha para tomar o suco de laranja. Lily deixou um bilhete para Wills dizendo que tinha começado a se desfazer das coisas de Catherine.

Quanto mais cedo elas desaparecerem, melhor para você, Lily tinha escrito. Arrumou uma maleta de roupa, saiu com Ginger, calada e carrancuda, pela porta da frente e a levou de carro para a Casa, onde precisariam encarar a mãe de Catherine e alguns parentes distantes.

Lily atendeu o telefone no vestíbulo.

— Miss Lily, aqui é Ralph Hunnicutt.

— Pois não, xerife. — Quem sabe que alguém encontrou o envelope? perguntou-se ela. Devo contar-lhe? Não.

— Acabei de receber uma ligação do Departamento de Investigações. Só queria lhes dizer que os exames confirmaram o que eu disse hoje de manhã a Ginger e J.J. Decididamente a mãe deles foi assassinada. O agente disse que, passado tanto tempo, é claro que não há mais nenhuma prova de quem a matou.

— Assassinada — repetiu Lily, perplexa. Certo, ela foi assassinada por si mesma. — Você está querendo dizer de novo? Ela foi assassinada de novo? — Do que ele estava falando?

— Não, senhora. — Será que estava falando grego? — Na primeira vez. A morte. Ela foi assassinada por alguém.

Silêncio.

— Como expliquei hoje de manhã... — Merda, eles não tinham contado à tia. — Desculpe, Miss Lily, mas J.J. e Ginger podem explicar tudo. Eles devem ter ficado muito perturbados para lhe contar. Ainda não tínhamos certeza — acrescentou.

Lily segurou o fone sem dizer nada e depois desligou. Voltou à cozinha. Tessie estava passando os aventais.

— Era o xerife. Ele disse que Catherine não se matou. Que ela foi assassinada. Foi o que o Departamento de Investigações afirmou. — Sentou-se e acendeu um cigarro.

— Meu bom Jesus! Essa notícia é boa ou ruim? Acho que é boa; mas, dependendo de quem deu o tiro, é ruim. — O ferro de Tessie chiou deixando um triângulo negro no avental branco. — O Senhor que tenha piedade de nós. — Quem? pensou ela, sem dizer nada. Trazia consigo a imagem daquela cozinha que ela e duas amigas tinham limpado à custa de muito esfregar. Empapando o esfregão de esponja no sangue para esprêmê-lo na pia, a água fumegante formando espirais de sangue e sabão. Tinha jogado fora os cilindros de biscoitinhos de manteiga de amendoim que estavam na geladeira de Catherine. Quem ia querer assá-los com ela morta? Agora, estavam falando em assassinato. Naquele dia, enquanto faziam a limpeza, sua amiga Rosa tinha levantado essa possibilidade, mas Tessie lhe dissera que se calasse. Não poderia ser o dr. Mason, mas... fora ele, quem? — O que a senhora acha, Miss Lily?

— Acho que quero arrancar meus cabelos. — Ao invés disso, ela escondeu a cabeça nas mãos e chorou. — Um assassinato. Pelo menos, o suicídio estava... bem, encerrado. Agora todos comentarão anos a fio. — Ela não conseguia suportar essa perspectiva. Wills seria envolvido nisso, um crime passional? A idéia de suicídio passou como um raio pela cabeça de Lily, um punhado de comprimidos, um tiro devastador, como o de Catherine. Mas não, agora não. Todos nós podemos nos esquecer do seu suicídio como um mal que poderia ser contagioso.

— Será que J.J. não consegue abafar o caso? — perguntou Tessie. — O sr. Big Jim conseguiria sem dúvida. O sr. Big Jim, aquele mandava e desmandava por aqui.

— Esses tempos já se foram. — Lily sentiu uma surpreendente onda de ódio por Big Jim. — E J.J., onde é que ele *está*?

— Fugiu para o meio do mato a toda a velocidade, como sempre.

Lily levantou-se com dificuldade. Lily adorava Wills.

— Por favor, Tessie, diga a Ginger que já sei — disse ela a Tessie, com todas as suas forças. — Vou até a Columns visitar o coitado do meu irmão. Vou lhe levar um pouco dessas favas. Ele vai gostar tanto!

Teria sido bom se J.J. estivesse aqui para dirigir para ela, pensou Tessie, mas não disse nada. Mais de cem vezes seu marido lhe dissera para não se meter nos assuntos da família Mason. *Não se meta onde não foi chamada*, costumava ele lhe lembrar.

HOLT ESPEROU ATÉ ELEANOR CABECEAR DE SONO. TINHAM comido um almoço frio na casa dela depois da volta que deram por Swan. Eleanor estava começando a se recuperar da experiência chocante, mas o ressurgimento de Catherine tinha despertado lembranças da morte do marido. Ela não parava de falar em detalhes da enfermidade do marido, até Holt Junior sugerir que, quando alguma coisa desagradável lhe ocorresse, ao invés de agir daquele modo, ela poderia procurar um momento de felicidade. Tiveram então um almoço agradável, em que ela lhe falou da viagem que tinham feito pelo litoral da Califórnia quando Holt Junior estava com seis anos de idade. Eleanor empolgou-se com o assunto dos filhotes de foca por bastante tempo. Agora estava relaxando na poltrona do marido com os pés no pufe.

Holt foi embora sem perturbá-la e seguiu para seu chalé em frente à escola, onde era diretor. Nunca se cansava de olhar para a escola de tijolos rosa forte construída em forma de U, com muitas janelas divididas em caixilhos pequenos. Desde a primeira aula a que compareceu ali na nona série, ele simplesmente se sentia bem nas salas arejadas e nos corredores com lambris de cerne de pinho, tratados com óleo. Ele gostava dos alunos, das garotas da cidade, graciosas e bem-educadas, dos garotos aplicados que vinham das fazendas dos arredores. Os professores lhe agradavam, também, com exceção de um "bebum" que bebericava vodca de péssima qualidade com leite de um cantil enquanto tentava conjugar verbos em latim. A escola de Swan ganhava concursos de peças de um ato, provas de debate e encontros de atletismo entre escolas do estado. O coral conseguia todos os anos colocação nos certames regionais, e ele era grato a Muffy Starns por realizar ensaios três tardes por semana. O mesmo Conselho de Educação era reeleito de três em três anos, todos os membros eram amigos de Holt, o que fazia com que a harmonia reinasse na escola. Numa parede de seu gabinete havia fotografias de professores aposentados, que incluíam seu pai e sua mãe, os dois jovens e vibrantes.

Da janela de sua copa, ele contemplava a escola. Por morar tão perto, ele mantinha o prédio sob sua proteção. Considerava um prazer atravessar a rua para ir trabalhar, voltar para casa ao meio-dia para um sanduíche e uma rápida soneca.

Na verdade, o ressurgimento de Catherine tinha despertado lembranças nele também. Um dia, deparara com ela numa situação quase tão chocante para os dois quanto deveria ter sido o pesadelo de Eleanor junto ao túmulo. Mas não, refletiu ele, estou exagerando. Mesmo assim, até aquele encontro ele havia tido a ilusão de ter conseguido levar uma vida secreta. Chega um instante de mudança, e a vontade que se tem é de ir por trás dele, fazer outra curva, seguir por outra estrada, mas ali está ele, o marco que conhecemos como antes e depois. Ele reprisou a breve faixa de tempo que todos aqueles anos passados não tinham apagado nem cortado, com as cenas sempre atuais.

No estacionamento do Miss Bibba's, um restaurante com pista de dança na periferia de Macon, a mais de cento e cinqüenta quilômetros de casa e um local nada provável para a presença nem dele nem de Catherine, Holt parou o carro debaixo dos cartazes, o ponto mais escuro do estacionamento, e relaxou no banco do motorista. As portas do Miss Bibba's se abriram, e ele viu sair uma mulher com um homem mais ou menos da mesma altura, um homem com medalhas reluzentes na farda de piloto da Marinha. À medida que se aproximaram, ele reconheceu Catherine Mason. Do homem, viu apenas o perfil. Mesmo agora ele reconheceria aquele nariz reto, em descida marcante e direta desde a testa, os lábios grossos sensuais. Seu jeito de caminhar no mesmo passo sugeria intimidade, não apenas uma noite informal entre amigos. Estavam próximos um do outro, sorrindo, e Holt viu o homem roçar os lábios no cabelo de Catherine. Que estranho: na lembrança, ele via tudo isso em preto e branco. Wills estava na Carolina do Norte, servindo na Força Aérea, com sua unidade médica aguardando ordens para atendimento de emergência na Europa.

Holt estendeu as pernas por baixo da mesa. Seu joelho fez o barulho de um zíper enferrujado sendo aberto. Tinha sido considerado inapto para o serviço militar por causa da lesão sofrida num jogo de futebol americano. Abriu uma cerveja e foi até a sala de estar. Como nunca se deu ao trabalho de acumular muita coisa, sua casa vivia arrumada. Eleanor tinha se encarregado de escolher a mobília e se encarregava de mandar retirar o que estivesse em péssimo estado.

Holt desejava que a lembrança terminasse nesse ponto. Eles tinham se divertido, tinham vivido uma aventura, só isso. Tentou evocar o rosto de Catherine: uma covinha no meio do queixo, a pele clara, é verdade, o cabelo era encaracolado – mas não conseguia vê-la com nitidez. Os anos tinham apagado a imagem inteira. Lembrava-se mais de um ar, não de desdém, mas de distanciamento. J.J. devia ter recebido um gene duplo dessa característica. Ela ainda viveu mais treze anos, com Wills construindo sua reputação em Swan, Catherine cultivando todas aquelas rosas. Filhos, viagens, tudo a que se tem direito – antes do suicídio. Quem sabe o que acontece entre as pessoas? Eles pareciam estar entre os abençoados. Mas Holt sempre se perguntava se o suicídio não estaria de algum modo relacionado com o elegante oficial de lábios grossos. Se a lembrança terminasse nesse ponto, pensou Holt, a vida teria sido mais simples. No entanto, o momento, ao invés de se esvanecer, explodiu.

Quis a sorte que Catherine e seu acompanhante estivessem estacionados ao lado de seu carro. Quando o homem abriu a porta para ela, ela olhou de relance na direção de Holt. Naquele exato instante em seus destinos, Lucy Waters, saiu correndo da porta lateral do Bibba's, com um enorme sorriso de expectativa a lhe iluminar o rosto, e chegou ao carro de Holt, com a mão estendida para abrir a porta. Catherine captou com um olhar a expressão espantada de Holt. Olhou para ele e depois para Lucy. A voz hesitante de Lucy passou trêmula por cima do carro: "Olá". O homem da Marinha deu um passo atrás, rápido e cauteloso, quando o olhar de Catherine encontrou o de Holt. Holt viu a perplexidade no dela. Os dois tinham sido apanhados. Então, ela ergueu os ombros, ajeitou o casaco, entrou no carro, e eles foram embora.

Ao que ele soubesse, Catherine jamais contou a ninguém que ele estava saindo com Lucy. Se tivesse contado, Holt não estaria olhando agora para as portas da escola, onde adorava seu emprego de diretor. Crime muito mais odioso que a aventura de Catherine em tempos de guerra, o escândalo de Holt Whitefield, visto à meia-noite num canto distante de um estacionamento ao lado de um restaurante nada fino, visto totalmente relaxado no banco do motorista, à espera da sobrinha de Hattie, de dezoito anos e pele clara, recém-contratada para trabalhar na cozinha do Bibba's, descascando cebolas e batatas como sua mãe e avó tinham feito anos a fio na cozinha dos brancos em Swan – um escândalo desses ainda estaria reverberando nos anais de Swan. *Domino, domino.* Se alguém tivesse descoberto, se um dia fosse revelado que ele pagava o aluguel do apartamento por cima de uma oficina no bairro dos negros em Macon, que chegava tarde, saía cedo...

Com freqüência, quando assistia às aulas de ginástica das meninas, ele pensava no corpo esguio de Lucy. Poderia escrever um livro, se tivesse essa disposição, sobre como a viu pela primeira vez quando ajudava a tia Hattie na cozinha quando sua mãe estava dando uma festa. Holt tinha chegado da faculdade. Ela estava rindo, com a cabeça jogada para trás e parou no instante em que ele entrou. Como era estreita, fina como um lápis, com o que lhe pareceram mãos tão competentes. É claro que ele percebeu sua pele fosca, como a de uma pessoa branca que se encontrasse num local de muita sombra. Em outra época, pensou ele, ela teria sido bailarina. Em outra época, poderíamos ter caminhado pela rua Corfu juntos, mas não nesta vida.

Duas semanas depois, tinha visto Catherine numa festa de casamento. Apanharam taças de ponche da mesma bandeja, e Catherine ergueu a sua num brinde a Holt, sem dizer mais nada além de que Camille Stevenson estava linda de noiva. Nenhum dos dois jamais mencionou a noite em Macon. Nós dependemos do que não é dito, pensou. Pelo menos em Swan é assim. Apesar de toda a conversa, de tudo o que dizemos, os assuntos cruciais são engolidos sem que se emita um som.

Holt não tinha guardado nenhuma foto de Lucy. Se fosse atropelado por um caminhão de melancias, não queria que a mãe encontrasse aquele rosto entre seus pertences. Por ter cruzado a fronteira da cor, ele jamais conseguiu separar seu medo cultural e sua autocensura de seus sentimentos por Lucy. Até mesmo suas recordações estavam cauterizadas. Quanto a Lucy, ela vivia apavorada. Finalmente, foi ela quem se separou, mudou-se para Washington, D.C., e arrumou emprego com uma família de políticos. Também nunca se casou. Quando ousava perguntar a Hattie em tom neutro "Como vai a Lucy?", tudo o que ela lhe dizia era: "Ela está bem lá no norte, bem mesmo".

Uma vez, às três da manhã, ele atendeu o telefone e ouviu uma respiração forçada. De início, receou que alguém tivesse descoberto a história de Lucy, mas a voz acabou dizendo: "Você deveria ter vergonha de ser professor, seu veado" e desligou. Que pensem que sou veado, que imaginem qualquer coisa, mas não a verdade.

As venezianas estavam fechadas no quarto de Wills. Na claridade azulada da luz da televisão, ele assistia a um programa de prêmios e não desviou os olhos quando Lily chegou trazendo um prato coberto.

– Tudo bem com você? – Lily deu-lhe um beijo na testa. Ele fez que sim, mas não olhou na sua direção. Ela achava que tinha vindo oferecer consolo ao irmão, mas deu-se conta de que precisava tranqüilizar a si mesma. – Está um calor lá fora! Você tem sorte de estar num cantinho tão fresco.

Sentou-se ao seu lado e descalçou os sapatos. O ar-condicionado soprava direto nas suas pernas. Ficaram vendo televisão juntos. Sentia gratidão pelas campainhas e gritos idiotas dos que disputavam os prêmios. Podia descansar um pouco, calada, com a mão no braço do irmão, e esquecer o caos na Casa. Podia fechar os olhos e imaginar que ela e Wills, jovens de novo, estavam sentados no antigo quarto dele, escutando no rádio *Zorro, o cavaleiro solitário*. Olhou para ele. Meu Deus, ele era atraente na época, o rapaz mais bonito da Geórgia. Quem era esse caco?

Lily voltou devagar para casa. Achava que devia ter feito sulcos na estrada de tantas vezes que tinha ido à casa de repouso e voltado. Swan inteira desfalecia com o calor da tarde. Os jardins, exuberantes em junho, começavam a perder o viço, as hortênsias murchavam visivelmente, os hibiscos deixavam cair botões antes que se abrissem. Tessie regava os vasos de capuchinhas amarelas de Lily duas vezes por dia, mas às três da tarde elas já tinham aspecto raquítico.

Em quintais na cidadezinha inteira, crianças passavam correndo pelos borrifos de aspersores e se empurravam umas às outras para cair na grama molhada. As mais sortudas tinham convencido a mãe a encher o carro de amiguinhos para um passeio até o lago T. Havia anos a piscina da cidade tinha sido fechada por causa da segregação, e o lugar mais próximo para nadar ficava a mais de quinze quilômetros dali, onde, a partir de uma balsa ancorada, era possível mergulhar fundo o suficiente para encontrar uma camada de água fria. As mães ficavam sentadas em cadeiras de metal pintadas de cores vivas à sombra dos pinheiros, conversando e distribuindo trocados para sanduíches de sorvete e barras de chocolate.

O encarregado dos correios, Ollie Fowler, de uma perna só, dirigia devagar pela cidade, com a janela aberta, recolhendo a correspondência das cinco caixas espalhadas por Swan. De volta à agência, ele se sentou por trás das grades fechadas e separou as cerca de trinta cartas que estavam sendo enviadas. Viu que o padre Tyson tinha escrito de novo para o bispo. Com uma leve curiosidade, ergueu o envelope contra a luz e conseguiu discernir as palavras *ser útil*. A agência de mármore, fechada na parte da tarde, cheirava a poeira, escarradeiras de latão e cola.

Eleanor, cochilando na poltrona, acordou de repente. Holt Junior tinha ido embora. Ia fazer alguma coisa especial para o filho, que parecia perturbado. Um bolo inglês com sabor de limão que ele adorava. Mais tarde, ela deixaria o bolo na sua casa no caminho para a hora marcada com Ronnie, seguida de uma sessão de manicure e pedicure – não conseguia mais alcançar os dedos dos pés – com a mulher dele, Tina. Previa e temia a conversa sobre os Masons.

Alguns adolescentes tomavam milk-shake no Sacred Pig. Uma era Francie Lachlan, filha do prefeito, que tinha uma cabeleira de cachinhos louros que os anjos invejariam. Estava bem bronzeada depois de um mês em Carrie's Island e usava uma blusinha justa laranja que terminava acima da cintura, revelando exatamente como um corpo jovem pode ser delicioso. Seu pai chamava os rapazes que estavam sempre ao seu redor de "moscas". Ele tinha com que se preocupar – Francie estava louca por Richard Rooker, que arrumava pinos no boliche próximo dali. Da parte pobre da cidade e cheio de testosterona.

Os armazéns de fumo de Swan estavam entre os locais mais quentes do planeta. O sol castigava as telhas corrugadas de zinco, refletindo ondas tremeluzentes de luz que poderiam ser vistas de Marte. Nas portas iluminadas em cada extremidade dos galpões flutuavam partículas de poeira dourada originadas das folhas de cheiro penetrante, empilhadas em longas fileiras para secagem. Por um instante, seria possível pensar que se estava entrando num templo em que o ouro girava em turbilhão, uma câmara mágica na qual o grito musical e ininteligível do leiloeiro poderia ser o prenúncio de um milagre. Entrando-se alguns passos, porém, um odor ácido, crestado e penetrante ardia no nariz e descia rasgando até os pulmões; o calor se abatia sobre a cabeça como um falcão a atacar sua presa. E o que era absurdo: os leiloeiros fumavam. A tarde inteira, os agricultores traziam *pallets* para o leilão do dia seguinte. Compradores das fábricas de cigarros da Carolina do Norte atravessavam a rua em bandos em busca de bebidas refrescantes na loja de Scott. Geralmente, tomavam a primeira de um gole só: e então, a segunda mais devagar. Doze colheres de chá de açúcar, vinte e quatro. Mindy e Scott mantinham os refrigeradores cheios e ainda assim todos os dias esgotavam o estoque. Guardavam, porém, bastante gelo no congelador e Mindy abria as garrafas enquanto Scott servia os copos. Mindy gostava dos homens. Eles flertavam com ela e a convidavam para ir dançar em espeluncas, mas ela sabia que todos eles eram casados, e só ria. Todas as noites, sua esperança era de que o Jaguar de J.J. estacionasse em frente à sua casa.

As ruas de Swan, que no passado tinham sido de tijolos, mas agora tinham recebido pavimentação, amoleciam, voltando às suas origens de petróleo líquido nas entranhas da terra. Uma garotinha, que corria até a casa de uma vizinha para brincar de boneca, já estava no meio da rua quando sentiu o asfalto borbulhante empolar seus pés descalços.

Rosemary Tyson estava sentada à mesa da sala de jantar, escrevendo: *Querido papai, estive pensando em você hoje de manhã, em como passava vaselina nos meus sapatos de verniz antes da escola dominical quando eu era pequena. Lembra?* Quando o tempo refrescasse, ele poderia fazer uma visita. Fariam caminhadas e voltariam à cozinha para tomar café juntos e comer sanduíches de biscoitos de aveia com requeijão adoçado. Se o marido tivesse passado por ali, poderia ter notado seu lindo pescoço refletido no espelho. Com o cabelo puxado para cima e a cabeça inclinada sobre a carta, o espelho captava a luz suave que a iluminava. Ele poderia ter se inclinado para dar um beijo naquela curva delicada e sentido uma onda de felicidade por sua beleza. Ele poderia ter murmurado, *sinto muito.*

Ao longo de toda a avenida Central nos parques dos refúgios para pedestres, pintinhos recém-saídos da casca rolavam na terra e ciscavam à sombra das palmeiras. Anos atrás uma criação de frangos da região experimentou criar um tipo de frango da Birmânia, uma ave exótica da cor de ferrugem com pernas felpudas e uma crista azul. Quando eles se recusaram a engordar para a panela, simplesmente foram soltos. Ninguém previu a rapidez com que se multiplicariam. Havia quem gostasse da sua plumagem ou da sua presença – que outra cidadezinha além de Swan tinha condições de se gabar de uma fauna semelhante? Cansadas de espantar as aves de seus canteiros de tomates e de flores, tanto Billie quanto Margaret Alice espalharam milho envenenado. As aves até migraram para o centro da cidade, onde ficavam empoleiradas na beira do chafariz do Oásis.

As três irmãs acabaram de limpar os balcões. Quatro da tarde. Hora de ir para casa. Embalaram o lanche da noite numa sacola de papel pardo, uma salada de batatas e presunto que iam saborear com um jarro de chá gelado na varanda telada, enquanto se dedicavam a resolver palavras cruzadas no entardecer prolongado. Entre elas três, era fácil terminar as palavras cruzadas diárias e até mesmo as de domingo em vinte minutos. Às nove, já estariam falando baixinho, escutando os grilos. Seguiram de carro para casa, cantando em harmonia *"In the Sweet Bye and Bye"*. Martha apontou para as nuvens altas que o vento soprava do leste, possivelmente uma tempestade sobre o Atlântico, que se aproximava, trazendo alívio para o calor.

GINGER DEIXOU UM RECADO PARA LILY EM CIMA DA MESA DA sala de jantar. *Estamos sob o impacto das últimas notícias de Ralph e sabemos que você também está. Desculpe por não lhe ter contado. Acho que vou dormir na cabana e deixar que você passe uma noite tranqüila.* Ginger esperava que Lily se sentasse na varanda com seu *petit point,* que fizesse mais alguns pontos para realizar seu projeto de toda uma vida de assentos bordados para doze cadeiras. Talvez tomasse um de seus comprimidos cor-de-rosa para dormir.

 Ginger abriu as quatro portas do carro alugado. Era preciso arejá-lo antes de pensar em tocar na direção. Como a Casa ficava situada numa elevação, para o oeste ela podia ver milharais e algodoais. Os agricultores já estavam derrubando lavouras colhidas, mandando o pó em espirais que definiam os raios do pôr-do-sol, estriando o céu com tons gritantes de salmão e roxo. Ela seguiu pelo caminho mais longo até a cabana, circundando Swan, passando pela saída para os bosques onde Jefferson Davis foi finalmente capturado pelas cavalarias 1ª de Wisconsin e 4ª de Michigan, que se imortalizaram na história do sul ao empreenderem a aproximação vindo de direções diferentes e atirando uma contra a outra. *O que se pode esperar de uns ianques idiotas?* Passou pelos pinheiros plantados havia muito tempo, tranqüilizando-se com o perfume. Será que vai haver um terceiro drama, um a cada década ou de duas em duas, arrancando-me aos pedaços, de onde quer que eu tenha conseguido chegar? perguntou-se ela. Talvez este seja meu caminho para a iluminação. Cinco atos com longos intervalos. Exatamente quando eu pensava que não houvesse mais nada que meus pais me pudessem fazer. No primeiro plano da sua mente, ainda retinia o som do telefone quando ela estava classificando suas caixas de pedras em Monte Sant'Egidio. A ligação de Ralph. *Squillare*, "tocar" em italiano, o guincho estridente embutido na própria palavra. Só agora os acontecimentos subseqüentes começavam a abafar aquele primeiro trauma da sua voz delicada.

A tarde inteira na Casa ela examinara os cadernos de desenho que sua mãe tinha embalado e lacrado junto com os vestidos de gravidez, as roupas que tinha usado quando estava grávida de Ginger. Se chegasse a ser um dia uma arqueóloga famosa, descobridora das origens dos etruscos ou de uma cidade perdida, continente perdido, da nau Argo, de qualquer coisa importante, nenhuma descoberta teria maior significado para ela do que a de hoje. Existia o ontem e depois o hoje. Ontem ela nada sabia a respeito deles, e agora eles seriam valorizados. Por um antigo hábito, procurou atenuar sua reação. Não se apresse, ela não parava de murmurar. Espere por J.J. Mas sentou-se de pernas cruzadas em cima da cama, folheando os cadernos, contemplando cada desenho a lápis, cada palavra nas margens, *cardeal, água-marinha, carvão* e *pintar numa parede um círculo verde*. Descobriu que sua mãe era adepta das listas:

> Objetivos: pesquisar rosas francesas antigas
> verificar o aluguel de casa de praia para julho
> Receitas de mamãe – Bolo Lane, Bolo de nozes de Wills,
>   Torta de limão de Besta, pãezinhos de açúcar mascavo
>   dela também
> ligar para falar com Charlotte sobre pastéis
> sebe nos fundos?
> fita enviesada – amarela, preta

Havia pedacinhos de tecido colados nas páginas ao lado de desenhos de vestidos de verão e pelerines para a noite. Havia listas de palavras que deviam ser do seu agrado: *ditirâmbico, edênico*. Ginger não fazia idéia do seu significado, e depois umas mais fáceis, *fluvial, sussurro*. Sentiu-se inundar de prazer ao reconhecer uma Tessie mais jovem, com a mão no quadril, desenhada a lápis de cor, a janela da sala de jantar na sua casa com trepadeiras em volta das bordas, o perfil do pai, a Casa vista de longe, algumas páginas de rosas (não tão bem-feitas), Charlotte, a amiga da mãe, com algum tipo de fantasia com um chapéu emplumado.

Com o olhar, ela recaptava a mãe real, não simplesmente a mãe do cartório oficial da memória. A última página do primeiro caderno de desenho seria sua maior alegria. No ano do nascimento de Ginger, Catherine tinha feito um auto-retrato, em gravidez avançada, de perfil. O rosto sorridente – com a pequena lacuna entre os incisivos – está voltado para o observador e, no interior da silhueta da bata laranja, ela esboçou o bebê enrodilhado. O bebê que era Ginger.

O segundo caderno de desenho, ela sabia, havia de se tornar um tesouro para J.J. Ginger o entregaria ao irmão para ver sua expressão enquanto olhava páginas e mais páginas de desenhos dele desde a semana do nascimento até o vigésimo terceiro mês, quando Ginger nasceu. J.J. no colo de Big Jim. J.J. num moisés. J.J. numa cadeira alta, com os braços para cima. J.J. montado num pônei. Um presente, um tremendo presente de amor, uma bênção, não contaminado pelo artigo sobre Catherine no jornal, as constantes acusações de Lily, o cadáver, a expressão vazia do pai; mas páginas de verdade, um amor imaculado, decorrente do fascínio pelo menininho que foi o primogênito de Catherine, seu filho. Na última folha, estava seu nome, Virginia Mason, em letras vermelhas, com a data de nascimento. Abaixo, Catherine desenhou J.J. segurando o novo bebê.

Ginger fechou o caderno e se jogou para trás nos travesseiros para dormir. Uma porta bateu com violência no andar de baixo, acordando-a com a súbita sensação daquele dia, de estender a mão para a maçaneta da porta de tela para entrar na cozinha. Mas era só Tessie.

Passou pela periferia de Swan, lojas baixas de alvenaria para venda de bebidas alcoólicas, o cinema *drive-in* e a estrada do cotonifício, para então chegar à estrada aberta através da mata virgem, ondulante bem ao longe, com charcos de águas negras dos dois lados. No banco da frente, ao seu lado, estavam os cadernos de desenho, o filme, o caderno de anotações, o maço de cartas que ia examinar junto com J.J. Música no rádio, o céu ficando mais espetacular a cada segundo que passava, as imagens dos cadernos de desenho lampejando na cabeça, o conhecimento novo, assustador e liberador – tudo se encavalava, transmitindo uma onda de empolgação pelo seu corpo inteiro. Estava se sentindo bem. *Ditirâmbico* era mesmo uma das palavras que a mãe escrevera nas margens. Um urubu-caçador – criatura horrenda – pousou para se alimentar de algum animal morto na estrada. Ela buzinou forte e desacelerou e quando voltou a acelerar, estendeu a mão para empurrar os cadernos para trás no banco.

No instante em que olhou para baixo, uma carreta de madeira para fabricação de papel que vinha ultrapassando outra carreta saiu para a faixa de Ginger, com a grade frontal cromada crescendo, vindo direto para cima dela. Ginger pisou forte no freio e saiu da estrada, não largou a direção enquanto seguiu adernada ao longo de uma vala, passou aos trancos por sulcos, decepou palmeirinhas e afinal parou. A carreta parou mais adiante na estrada, e o motorista saltou. Quando viu que ela descia do carro, viu que não tinha rolado pelo aterro abaixo e quebrado o pescoço, que não tinha ido parar em dois metros de água de pântano nem se tinha afogado, ele simplesmente acenou e subiu de novo na carreta. Ela correu para a estrada aos gritos.

– Pare aí, seu filho-da-mãe, pare! – Mas ele já estava voltando à estrada com sua carga de pinheiros. – Seu canalha! – gritou ela. – Seu caipira idiota! – Ele seguiu adiante, jogando uma lata na estrada. – Seu... mas que imbecil!

Voltou a ter a sensação da carreta rugindo na sua direção. Teria tido uma morte instantânea, se aquela montoeira de toras a tivesse atingido. A bandeirinha vermelha na tora mais comprida panejava ao vento, foi ficando menor, desapareceu. J.J. teria sido convocado pela Polícia Rodoviária. *Lamento informá-lo da ocorrência de um acidente.* Depois disso, ele nunca mais sairia do mato. Marco, *Marco*. Lily, Tessie. Final dos Tempos, exatamente como sempre diziam os cartazes pregados em árvores. Dia da prestação de contas. Meu Deus, merda, merda, merda! Ela bateu com o pé na estrada. Não seria um final e tanto? Seu próprio destino tão horrível quanto o da mãe, quanto o do pai. Os cadernos de desenho teriam queimado, e J.J. nunca teria ficado sabendo. J.J. teria enterrado a irmã e a mãe ao mesmo tempo. Tentou conter a raiva, mas virou-se e deu socos no capô. Tremendo por inteiro, ela deu um berro que subiu em espiral, pairando no ar depois de ela ter fechado a boca. A vida é muito cheia de imprevistos, não suporto isso. J.J. teria ficado perdido. Num instante, "Moon River" no rádio, no instante seguinte, a extinção. Sentou-se encostada no carro e pensou que gostaria de estrangular aquele idiota com um arame. Devagar até os olhos estourarem. Fechou os próprios olhos. No silêncio total, Ginger conseguia sentir o coração a ponto de explodir, ouvir o ruído áspero do sangue nos ouvidos. A estrada estava deserta. Não havia outra coisa a fazer a não ser entrar de novo no carro.

As rodas do Pontiac giraram no solo arenoso mas conseguiram o torque necessário, e o carro saltou de volta para a estrada. Como se nada tivesse ocorrido.

Eu me salvei, pensou Ginger.

J.J. TINHA APANHADO TRÊS TRUTAS. ESTAVA LIMPANDO OS peixes em pé junto à pia quando viu Ginger fazer a curva branca e parar. Ela chegou à cabana àquela hora tardia em que o rio languescente escurecia para um tom acetinado de negro esverdeado, com reflexos dourados. Da água, subia uma névoa rala, que tingia de azul o ar sob as árvores.

A água parecia milagrosamente alegre e bela depois do susto que a atingiu até os ossos. Seu pai costumava imitar Paul Robeson cantando "Ol' Man River" enquanto guardava o barco e os apetrechos. "Não pára de correr", dizia a letra. Ficou ali parada, olhando fixo. A efervescência que tinha sentido mais cedo voltou. A casa rural de pedra que tinha alugado junto ao córrego na Itália existia numa bolha de sabão pairada no ar, que poderia por milagre pousar em algum lugar sem estourar. Imaginou-se parada com Marco ali atrás, suas costas apoiadas no corpo dele, os braços de Marco em torno dela. O que ele diria?

– Ei, menina! – J.J. estava lavando as mãos com cheiro de peixe. A barba de dois dias lhe sombreava o rosto. – O que é isso tudo?

– Trago presentes. Sou uma feiticeira que concede desejos. Uma curandeira com poderes para espantar ciganos, ladrões de sepultura e pragas de família. Também estou voltando do mundo dos mortos. J.J., quase fui esmagada na pista como uma lebre. – Ela descreveu o que tinha ocorrido.

– Anotou o número da placa ou o nome da empresa?

– Não, eu estava prestes a bater de frente em árvores. O idiota olhou para trás como um pateta e foi embora. A carreta era verde como todas as árvores que eles estão destruindo.

J.J. era neto de Big Jim, afinal de contas. Não havia assim tanto pessoal trabalhando com madeira para papel. Amanhã J.J. rastrearia o motorista. Era provável que estivessem explorando madeira de terras dos Masons. J.J. tinha a impressão de que se lembrava de ter vendido direitos. Seria a última vez que o filho-da-mãe aprontava uma dessas. O patrão ia comê-lo vivo e cuspi-lo fora.

– O cavalheirismo morreu.

– É sério. Vamos comer truta grelhada?

– Isso mesmo, mas antes vamos nadar. Vamos deixar que as águas lavem todo esse medo.

– Estou bem, de verdade. Quero lhe falar do que encontrei no galpão.

– Um capítulo de *O segredo do velho galpão*? – Ele enrolou uma toalha de pratos e fez com que estalasse na direção da irmã.

– O senhor que escreva a história, sr. Faulkner. O que imagina que aconteceu com todos os pertences de mamãe?

– O tempo levou.

Depois do jantar, Ginger fez com que J.J. se sentasse no sofá e simplesmente lhe entregou os cadernos de desenho. Quis que ele os examinasse sozinho.

– Vou tomar banho. Depois tem mais coisa que eu ainda nem vi. Aquele projetor velho ainda está aqui?

– Está, posso procurá-lo. – Ele esfregou o rosto áspero. Geralmente, a gente vê o destino em retrospectiva, muito tempo depois, não vindo acelerado na sua direção como um caminhão de terebintina, pensou. Os cadernos de desenho estavam encostados no seu peito. Óleo volátil, ele sabia, ponto de fulgor. No entanto, depois do que Ralph lhes dissera, estava finalmente pronto para olhar para o passado.

Ginger voltou usando um pijama de algodão com cheiro de guardado. O traje tinha ficado úmido e secado muitas vezes na sua gaveta mais baixa.

J.J. levantou os olhos para olhar para a irmã.

— É espantoso. Nem dá para dizer até que ponto é espantoso. Isso é o que eu faço. — Ele indicou as palavras escritas nas margens, o desenho de três nozes num pedaço de tecido florido. — Como o meu. O processo de mamãe... como o meu. Ou melhor, o meu, tão parecido com o dela. Nunca soube que quando tinha nove, onze anos, eu absorvia seu treino diário como que por osmose. Você acha que ela lia como eu leio, caio direto num livro e não tiro os olhos enquanto não chegar à última linha? — Ele se lembrava dos seus cadernos saindo pelo alto da bolsa ou jogados no banco traseiro do carro. Lembrava-se da sua sala por baixo dos beirais da casa, pintado em largas listras azuis. Mas ele devia ter examinado os desenhos da mãe, devia ter tido permissão. Sobre as páginas e mais páginas de seu rosto de bebê e o perfil da grávida com Ginger por nascer, ele nada pôde dizer. Olhou para o alto, para a irmã que se debruçava sobre seu ombro. — Eu era um branquelo feioso.

— Você parece bem animado. Aposto que era um *bambino* muito bonzinho. — Na sua vida, que tinha parado no dia da morte de Catherine, tinha sido interrompida para ser retomada em termos diferentes mais tarde, nada tinha representado uma salvação como aquilo ali.

— Gin, acho que não posso absorver mais nada por enquanto. Vamos até o atracadouro.

Ela pôs o braço em torno do ombro dele.

— As noites do sul, dê-me uma noite do sul a qualquer momento. Não existe nada semelhante neste mundo velho de Deus.

Está sentindo o perfume da madressilva? Para mim ele faz uma conexão direta, visceral, com meu primeiro beijo numa dessas estradinhas vicinais com Tony Pappas no caminhão de frutas do pai. Ele colheu um raminho e o prendeu na minha orelha. Depois me beijou com aquela deliciosa boca grega. E cheirava a limão.

— Sem dúvida, um momento marcante. Ele implantou em você o desejo de conhecer homens estrangeiros.

— Ele nasceu em Swan. Foi papai quem fez o parto.

— Mesmo assim. — A família Pappas seria sempre *os gregos* em Swan.

— J.J., você tem a sensação de que recebemos mamãe de volta?

— Recebemos. — J.J. içou uma rede. Mais cedo, havia baixado uma melancia na correnteza fria. Abriu um lado com o canivete e partiu a melancia ao meio com as mãos. Ele e Ginger comiam só o coração. — Seu sabor preferido, depois dos lábios de Pappas. — Ele lhe passou um naco. Lavaram as mãos no rio e depois se recostaram nas estacas, contemplando a Via Láctea lá em cima, uma larga faixa recoberta de diamantes.

— Parece a cauda de lantejoulas do vestido da noiva dos céus. Se ficar olhando para o mesmo lugar onze minutos, verá uma estrela cadente, é garantido. — Ela não mencionou Monte Sant'Egidio, onde no dia de San Lorenzo em agosto todos saíam juntos, caminhando pelos montes na noite das estrelas cadentes e as estrelas pareciam íntimas, talvez por estarem associadas a um santo específico. Elas são o presente do santo, seus fogos de artifício para os amigos aqui embaixo. Aqui as estrelas farpadas abriam buracos no céu.

— Se eu olhar vinte minutos para o mesmo lugar, meu pescoço vai estalar. — J.J. deitou-se no atracadouro. — Venho aqui o tempo todo. Fazer uma visitinha para as estrelas, o firmamento lindo e imenso, me mantém afastado dos problemas. Deitado aqui, dá para eu relaxar, me soltar. Vamos voltar.

J.J. instalou o projetor na mesinha do sofá, e Ginger pendurou um lençol branco tapando a lareira. O filme quebradiço partiu-se assim que o carretel girou. J.J. enrolou algumas voltas no carretel e começou de novo. Durante alguns segundos, nada; depois, árvores e o céu apareceram na tela. Um prédio branco que reconheceram como o Marshes Hotel em Carrie's Island.

– Mas quem será esse cara? – perguntou-se Ginger. Descendo a escada rindo, um homem de terno branco, o rosto sombreado pelas palmeiras tropicais de jardim. O filme cortou para uma feira, a Feira Mundial em Nova York, estandes de exposição vistosos e ao longe a silhueta dos prédios de Manhattan. Então Catherine aparecia, com o filme trêmulo. Ela usava um grande chapéu de palha que segurava por causa do vento. Sentou-se no gradil da varanda de uma casa amarela e, ao seu lado, um sofá de balanço oscilava para a frente e para trás. Alguém tinha acabado de se levantar. A câmera seguiu em panorâmica para a direita, uma porta branca, e depois voltou, para mais perto de Catherine. Ginger e J.J. viram seu rosto jovem se iluminar com um sorriso. Ela ergueu a mão e acenou de um lado para o outro, um aceno discreto como o que a rainha dá quando passa em desfile. A tela ficou vazia, mostrou um instante de um *cocker spaniel* com a língua de fora, e o filme saiu voando do carretel.

– Quando éramos pequenos, acho que eu não sabia como ela era bonita. Ela era simplesmente mamãe. – Ginger estava deslumbrada com o sorriso, a expressão delicada do seu rosto.

– Eu sabia. – Ele reenrolou o filme e o passou de novo. – Estranho que essa seja uma das coisas que ela lacrou na caixa. Não creio que tenha sido por causa da Feira Mundial. Ela deve ter querido guardar as imagens do homem em Carrie's Island. Ou de si mesma naquele momento, onde quer que estivesse.

J.J. serviu para Ginger um suco de laranja e para si mesmo um copo de uísque escocês.

– Os dois estavam rindo.

As cinco cartas, sem data, eram de alguém chamado Austin. Eram uma combinação de cartas de amor poéticas e bastante desesperadas com descrições de suas viagens. Parecia que ele era um piloto da Marinha que morava na periferia de Macon. Tinha pensado nela na Filadélfia, tinha sentido saudade dela em Nova York, ansiava por tê-la ao seu lado na fazenda, onde havia uma potrinha à qual ele dera o nome de Cathy. Ele a desejara na noite anterior no terraço enquanto a lua crescente nascia, o conjunto tocava "How High the Moon" e todos estavam dançando. *Existe música em algum lugar, Cath, é onde você está.*

— Que romântico! Escute só isso. *Quando penso em como quero passar meus dias, você é tudo o que vejo. Catherine de manhã, Catherine ao meio-dia, Catherine à noite.*

— Parece que ela estava tendo um caso.

— Por que você acha isso? Não vejo nenhuma data. Ele deve ter sido anterior a papai.

Ginger abriu então o caderno.

— Quer que eu leia? *A primeira frase diz, escrevo em roxo hoje, como os cardápios em Paris.* Ela nunca foi a Paris. — Ginger folheou o caderno. Citações, rabiscos, desenhos e poemas estavam entremeados com algumas páginas de registros escritos de um diário. Ela e J.J. estavam de frente um para o outro em cantos opostos do sofá, os pés dela para cima, os dele na mesinha de centro, exatamente como tinham se sentado durante todos os anos em que se revezavam na leitura dos quadrinhos de domingo, de livros sobre os índios *creek*, *As aventuras da família Robinson*, a descoberta de Tróia e *Verdes mansões*.

A Casa tem muitos aposentos amplos e frescos. Assoalhos lisos sob nossos pés foram encerados e pisados e encerados até brilhar como água. As portas de tela batem com violência à tarde quando a chuva vem em rajadas. Quando começa a chover, dou um pulo da minha soneca, da cama larga com velhos lençóis grossos com aca-

bamento de croché trabalhado como filigrana, e saio correndo pela casa inteira trancando portas. A casa é velha e melancólica – cheiros do óleo capilar de Big Jim, de cravo, da torrada que Lily deixa queimar todos os dias de manhã e de algo mais denso – os bolinhos de frutas de Florence empapados de bourbon? Das almofadas do sofá emana a fragrância pesada do Shalimar de Lily. Eu gostaria de escancarar todas as janelas e deixar a chuva entrar. Big Jim detesta ficar de cama, detesta depender de Florence, Lily e de mim. Ele aperta minha mão e me lança da cama um olhar pesaroso como um perdigueiro fiel preso numa jaula. Com a enfermidade, tornou-se carinhoso. Acho que sempre foi corajoso – encarou os grevistas até fazer com que baixassem os olhos e derrotou o sindicato. Quantas vezes ouvi essa história? Há um entra e sai de visitas. Todas as tardes revezo com Lily e Florence para elas poderem ir ao clube de bridge. O bebê dorme, e eu escrevo para Wills ou me deito no quarto onde instalamos um berço. Abro uma gaveta neste quarto mais distante e apanho um cartão amarelado que me convida para um batizado ocorrido há sessenta e quatro anos. Logo abaixo está uma fotografia daquele mesmo bebê, o irmão morto de Big Jim, Calhoun, com cerca de trinta anos, já ficando careca e barrigudo. Ele já se foi há muito tempo, com o vento e a chuva. Não consigo deixar de me encolher. Sinto a tesoura cortante do Tempo, com T maiúsculo.

 O bar no aparador tem uma caixa de misturadores de coquetéis de boates da década de 1930. O Guia do Barman, publicado em 1928, me ensina a fazer um Biffy, um Barking Dog, um Mississippi Mule e um Diki-Diki. Mas nós só bebemos gim. Levo para Big Jim um copo alto com limão todas as tardes quando o dia começa a lhe dar nos nervos, quando ele não tem nada a fazer a não ser esperar pelo jantar. É claro que ele não deveria ingerir álcool depois de um ataque do coração, mas quem consegue mandar nele? Na gaveta do aparador, um monte de velhas fotografias. Nelas, o jardim agora exuberante – Florence não pára de plantar, belas-emílias este ano – dominado por trepadeiras emaranhadas, roseiras carregadas e um canteiro de urtigas que me estouram a pele – torna-se quase nu: organizado, podado, plantado e com as bordas marcadas – um pano de fundo para Mary, a jovem esposa, com um e depois dois meninos, Big Jim – na época James – e Calhoun. Mary fica mais magricela e mais séria a cada filho. Ela morreu nova. Foi-se uma fileira de árvores ao longo do muro. O tempo. Mary, aquela família inteira – mortos, com exceção de Big Jim. Na fotografia, porém, Mary sorri para alguém, para mim, alguém que ela jamais conheceu. Alguém que usa suas travessas pintadas a mão, suas toalhas com monogramas e suas receitas.

É como se eu caísse por alçapões, indo parar em antigos livros e recortes, cartas. Mary, John e os dois herdeiros prováveis desejam-lhes um Feliz Natal antes de você nascer. Os meninos, Big Jim e Calhoun, com os braços retos e meias três-quartos. Um marido que gosta demais de pastelão de rosbife e carne com repolho e batatas fritas. As últimas fotos na gaveta são mais novas: em preto e branco, ao invés de marrom e branco, com recorte ondulado nas bordas. Florence e Big Jim em Manatee Springs, saindo de barco. Ah, no passado ele viajou com ela! E os dois olhando para baixo, para dentro da água – em que estavam pensando? (O que pensar daqueles corpos volumosos dos manatis quase extintos, vagando pelas águas escuríssimas?) Lily e Florence nas Bermudas numa praia cor-de-rosa, Lily num maiô horrivelmente lanudo. Lily na faculdade. Wills encostado num carro, eu, meus braços em torno de Florence e Big Jim. Casamentos. Rostos, sorrindo para o futuro, cheios de vida, olhando confiantes para a câmera – e para mim na sala de jantar fechada, procurando um guardanapo de coquetel para um homem enfermo. Ah, cá estamos.

– Olhe só, ela desenhou um copo cheio de misturadores de coquetéis. Você recebeu dela seu gosto por escrever, também. – Ginger passou o caderno para J.J. – J.J., nós nunca soubemos de nada.

– Legal. Gosto do que ela escreveu. É bom. Continue.

Big Jim piorou. Wills conseguiu uma licença. Agora Big Jim reanimou-se. Eu o admiro mesmo sabendo que ele pode ser cruel como uma cobra – e que sempre anda com outras mulheres. Lily acha que ele vai subir aos céus para se sentar à mão direita de Jesus Cristo. Wills pôde ficar apenas quatro dias. De uniforme, parece mais velho, com a seriedade da guerra na sua expressão. Quando ele aparece num portal, sempre sinto uma expansão. Uma luz. Ele gostou da sala de jantar depois que pintei as paredes de um pêssego vivo. A palavra que usou foi flamingo. Será que sou tão real para ele quanto uma rocha, onda, tempestade ou quanto o pão? Tenho ido menos à Casa. O bebê está com brotoeja. Lily costuma vir lanchar à noite mas nunca se oferece para levar o bebê para passear ou para passar o dia com ela. Lily está perdida mas não sabe. Acha que o sol nasce e se põe para a Casa. Vou levar o bebê comigo a Macon.

Em casa de novo, converso com meu caderno. A.L. Seu último presente foi um pingente com o formato de duas luas em quarto crescente, de costas uma para a outra. O bebê e eu vamos à cabana. Adoro a umidade, os aguaceiros de tarde e os córregos turbulentos. Faço pequenas tarefas para Florence. Começamos a chamá-la de mama Fan para o bebê. Ela não gosta de "avó", "vovó" – nomes para velhas. Big Jim quer uma coisa e outra. Quer mandar. Vou ao escritório também, e organizo encomendas, acerto a folha de pagamento para ele. Eu – ou Lily – poderia administrar a fábrica. Florence fica ressentida com ele mas não perde a pose. A pose é tudo. A Casa, cheia de sobressaltos. Muitos silêncios.

Big Jim senta-se na varanda numa cadeira de balanço. Tem permissão para dar a volta no quintal, ir até o canto e voltar. Ele usa bengala. "Para espantar as mulheres", gaba-se ele. Charlotte vem passar o dia. Sinto falta dela. Nós realmente conversamos. Salada de frango com nozes-pecãs.

As cartas de Wills são todas sobre a vida militar – os boatos, os feridos que são transferidos de volta do estrangeiro. Destruição de rostos e pernas.

Nossa vida em Swan parece remota demais para ser objeto de comentário. Wills, só no presente do indicativo, como todos os homens da família Mason de quem ouvi falar. Ontem está tão acabado quanto as Guerras das Rosas. Pessoas desse tipo vivem um ciclo permanente de renovação, esvaziamento, renovação. Sou adorada quando estou presente. Uma doença que o médico não tem como curar. Ele sente saudades de nós? Ou é só o que se apresenta? Fico fascinada com isso, com inveja, desdém. Essa gente é terrível demais, impolutos como anjos. Vivem num mundo plano quando está claro que ele é redondo e não pára de girar.

O leopardo voltou aos meus sonhos. Deito-me ao longo do seu dorso musculoso, com minha boca tocando o pêlo quente. Ele esteve correndo. Não me mexo porque tenho medo de acordá-lo. Quem é ele? Tenho medo de acordar.

Meu rosto na sua mão parecia o de um gato. Estou inquieta. Às vezes sinto medo. Mas de quê? Às vezes o homem que chega para fazer consertos é um estrangulador de verde. Mas é só o carrancudo Clovis com seu pequeno Sonny, também carrancudo, que Big Jim mandou aqui para consertar a cerca. Não consigo fazer com que sorriam, e não tento. Os homens de Big Jim idolatram ou odeiam. As meias-luas jazem uma de costas para a outra na almofada de algodão. Minha preferida, o quarto mais fino. Do alojamento dos oficiais hoje à noite, Wills pode avistar a curva minguante erguendo-se acima da fileira de aviões na pista, prontos para partir. As meias-luas de pérola. Como duas pessoas na cama sem dormir.

Por baixo do amor, por dentro do sexo, o clímax como um relâmpago difuso, o grito do corpo saindo em vôo.

– Bem tórrido. – Ginger levantou os olhos. – Você está entendendo alguma coisa disso tudo? – Clovis, pensou ele, um dos homens de Big Jim que costumava fazer consertos.

– Vamos esperar para falar. Tem alguma coisa que ela não está dizendo.

Como os jacarés com o corpo mergulhado até os globos oculares, deixo-me entrar no rio fresco todos os dias de tarde. O bebê gosta de mergulhos rápidos. Ele dá gritos e sorri.

– Ei, você já gostava do rio mesmo naquela época. O pequeno bebê J.J., batizado pelas águas. Segue um desenho de um pé de bebê... o seu.

Sobras, restos, migalhas.

Não serei um dos amansados. Mantenha a direita, obedeça às normas, não pise na grama, não pise em mim. Se você deixar o feixe na costela, o osso removido volta a crescer. Se o feixe for retirado, não haverá renovação... O bebê está chorando. Ele é bonzinho e está começando a querer pular a soneca da manhã.

Levei o bebê para conhecer mamãe. Nunca soube que a avó dela se chamava Sarah America Gray. Gosto de cada parte desse nome. Uma menininha com o nome de America.

Se eu o procurar, vai ser só para pegar emprestada uma xícara de sal.

– Estou deixando passar alguma coisa? Você poderia abrir a porta dos fundos? Não está entrando ar nenhum pelas janelas. Xícara de sal? Bastante enigmático.

J.J. não concordou.

– Bem, há uma tristeza. Uma xícara de sal não é algo que se tome emprestado, por isso ela deve estar falando de lágrimas.

Veja, é como um poema numa única linha. Ela começa já com uma grande condicional. – Ele reconheceu o método. Um jeito de se esconder. Dispunha de muitos. Mesmo que você ache que ninguém vá ler seus cadernos, você escreve, não o que queria dizer, mas aquilo que faz com que você se lembre daquilo que queria dizer.

– Não falta muito. – Ginger passou rápido pelas folhas. Tintas de cor azul, roxo, preto, carmim, verde escuro. Tinha uma leve lembrança de estender a mão para apanhar frasquinhos em cima da mesa e de ouvir um "não". Enquanto lia, sentia uma tristeza crescente pela mãe, evidentemente tão cheia de idéias e de arte, enfurnada em Swan, com uma guerra longe dali, sem marido, a família do marido, irritante. Lembrava-se de longos dias de dor de cabeça, em que a mãe não se levantava. Eram enxaquecas como as de J.J. ou a mãe estaria deprimida? Isso ela pensou mas não verbalizou por tato, pois J.J. também estava, aos seus olhos, enfurnado em Swan. Ginger gostaria de saber se ele também encarava a situação desse modo. – Sempre tive pena de nós. Principalmente raiva dela. Era incapaz de entender de que modo aquele ato poderia sair da vida de nós todos. Agora, ela não se suicidou. Não nos jogou nessa situação. Encontrar os cadernos de desenho, até mesmo o estranho caderno de textos, faz com que toda essa provação se assemelhe a um labirinto.

– E é um labirinto.

– Você sabe que fui a Creta no ano passado. Estava estudando Cnossos. As cigarras chiavam estridentes como loucas, e eu seguia cambaleante pelas ruínas num calor de quase quarenta graus. Na realidade, não vi nenhum labirinto de verdade para o touro, só uma casa espraiada, amontoada, com puxados, uma casa de mil aposentos onde qualquer um poderia se perder. Ainda assim, adoro a história de Ícaro ter saído voando dali com as asas de cera. A moral que nos impingiram é "não voe perto demais do sol", mas a verdadeira moral deve ser "prenda asas nas costas e voe". Gosto de imaginá-lo sobrevoando a ilha inteira.

— A Ícaro, que morreu afogado no mar — disse J.J., erguendo o copo de uísque.

— Mesmo que não solucionemos cada misteriozinho da nossa família, acho que temos toda uma história a reescrever. A tragédia de mamãe... a nossa tragédia... está mudando, está sendo virada pelo avesso. E pelo menos nós tivemos todos esses anos ao sol. Os dela escureceram tão rápido.

J.J. estava extasiado com cada palavra do caderno desde que ouvira "cá estamos". A cada palavra, ele sentia o que Catherine queria dizer.

— E um brinde à mamãe, Gin — acrescentou ele, em voz baixa. — Ela era uma parada. Não fazemos idéia de quanto silêncio houve entre uma página e a página seguinte.

— E aqui vem o resto.

Meus dias deveriam ser naturais, como a preparação de um banho. Ah, ser natural. Posso ser tostada pelo sol, levada pelo vento, lavada pela chuva? Eu deveria criar abelhas? À luz do amanhecer, elas parecem centelhas douradas. São tantas na catalpa, que ronronam.

Uma rosa da cor de um forte hematoma.

Trovões fortes. Do tipo que solta as obturações dos dentes! Pererecas e nuvens passageiras. Malvas-rosa e cenouras silvestres fazem companhia a mim e ao bebê à mesa. Espero que minha vida esgote tudo de mim.

Verde lírio. Negro de fumo. Verde amêndoa. Listras de luz.

Segmentos, partículas, retalhos, estilhaços, vestígios.

As pérolas presenteadas se foram. Quando abri a caixa pela última vez, o brilho de uma galáxia escapuliu. Entenda bem isso. Sou tão real quanto o pão ou o musgo. Logo meu bebê se apressará. Começa a avalanche de força vital, que faz com que todos nós sigamos em frente, penetrando num novo mundo. O mundo de Wills. Quando ele voltar marchando para casa. O mundo de Austin. Rosas sopradas. O mundo do bebê. Os dedinhos dos pés no rio. A pequenina X no líquido do ventre. Nadadora. Minha. A roda das cores, girando veloz.

Ela, Allegra, Alexandra, Senhorita X, ela, com as solas dos pés menores que grãos de arroz. Ela está no envelope escondido no fundo da gaveta. Pequeno espinho. Pequena amêndoa. Dedo mindinho. A roseira brava.

— Isso quer dizer que ela está me esperando?
— Eu diria que sim.

É verdade – vou ter um filhinho. Ele já tem fendas de guelras, um pingo de criatura minúscula e primitiva que se tornará alguém. Como é normal ter um bebê – agachar-se nos campos, deixar a criança sair e continuar a colheita. Mas é um milagre. Preciso pensar – esse é meu bebê. Não contei à mamãe. Só vou contar a mim mesma por enquanto.

frango picante à moda da Geórgia
vagem com estragão
pãezinhos de açúcar mascavo
torta de caramelo

— Que final! Quem dera tivéssemos um pouco dessa torta. – Ginger fechou o caderno e o deixou ficar na mesinha de centro. Nenhum dos dois falou. Um lagarto verde espremeu-se por baixo da tela da janela e disparou de lado pelas pedras da lareira. – Sabe que já são duas e meia?

— Austin. O grande romântico. Você acha que o presente de pérolas foi dele? Não me lembro de nenhuma meia-lua de pérolas entre as jóias de mamãe.

— Deve ter sido. — J.J. queria ler o diário sozinho. Enquanto Ginger lia, ele vislumbrava o não-dito. O tom de segredo. O passado estava se desnudando, como aquelas camadas nítidas que se descascam para revelar os músculos, a circulação e depois os ossos. Sua mãe estava grávida de Austin?

Mais tarde, enquanto Ginger dormia, J.J. sentou-se à mesa da cozinha com o caderno, a mesma mesa a que anos antes Catherine se sentava a escrever altas horas da noite, com um grilo passando pelo chão, a cozinha silenciosa, os pratos lavados escorrendo junto da pia. O caderno fazia com que sua mãe vivesse. Ele estava novamente ao seu lado na igreja quando seu colar de contas de ouro se partiu, rolando pelo piso para fora do seu alcance, enquanto o coro guinchava "Jerusalém". A lembrança, pensou ele, sofre cortes e se regenera. Ele vê as meias-luas de suor nas axilas da mãe, Ginger a se debater. As mãos de papai nos joelhos, sólido como uma esfinge. Todos nos pomos de pé. Jovens de novo. A bênção. A fragrância da colônia cítrica do pai, a água malcheirosa das flores da igreja, e então, logo em seguida, brigamos pelo ossinho da sorte, queremos saber qual vai ser a sobremesa. Estamos de volta aos nossos livros de colorir, pensou ele, ligando os pontos. As imagens acabadas nunca se assemelhavam ao que se pretendia. Ele ainda via a constelação de pontos. Abriu seu próprio caderno. *Rio em chamas*, escreveu na última página em branco no caderno.

Ginger, bem acordada no meio da noite, começou a repassar todas as semelhanças com o pai que um dia tinham sido mencionadas. Tinha certeza de que J.J. havia recolhido as migalhas deixadas pela floresta afora, mas nenhum dos dois pôde admitir a possibilidade com a rapidez necessária para conversar a respeito. Seus hábitos de toda uma vida de proteção mútua impediam que agissem, até mesmo agora, depois dos abalos devastadores da semana. Geralmente, ela ouvia dizer que era a imagem da mãe, sem tirar nem pôr e, ao virar o travesseiro para o lado fresco, lembrou-se do *esse é meu bebê*, no caderno. Ginger tinha os lábios bastante finos da mãe e os mesmos gestos expressivos com os ombros. Mas tinha as unhas quadradas e o traseiro firme e achatado de Wills – sem dúvida esses eram genes identificáveis. Ela e J.J. o chamavam de "bunda de tábua" entre outras tentativas de deixá-lo inofensivo. Ginger imaginava o próprio perfil no espelho, nas costas um vestígio de curva. Passou o dedo médio em torno das unhas dos polegares. Vou ter de olhar para as unhas de J.J. amanhã. O cabelo, de um vermelho claro sedoso, não vinha de lugar nenhum. Big Jim, Florence, Lily com o cabelo da cor de lã de aço, os pais de Catherine – cabelo escuro. J.J., com o cabelo negro como um corvo. Devia ter havido algum antepassado, talvez aquela Sarah America Gray, com o mesmo cabelo que ela. Quantas outras perguntas surgiriam?

Acompanhava o choque brutal uma corrente de alegria. Ela não parava de pensar na palavra *redimir*. Redimir, com o significado de "tomar de volta, adquirir de volta". Nós pagamos. Nós nos recusamos, ela tentava formar as palavras, nós nos recusamos a ter a cicatriz *suicídio* entalhada no nosso rosto. Não precisávamos ter praticado sobrevivência na selva todos aqueles anos, aprendendo a fazer chapéus de sol com folhas de palmeira, bebendo ao levar a língua à extremidade de acículas molhadas de pinheiro. A partir do horror apavorante, assombroso, do que tinha acontecido, J.J. tinha descoberto que a parte mais profunda dele mesmo vinha direto da mãe. Para Ginger, ele estava salvo. Mamãe tinha conseguido transmitir a ele sua melhor herança. Será que havia alguma coisa que ela me transmitiu? Ginger, que nunca chorava, começou a chorar, enfiando o rosto no travesseiro. Entregou-se a uma sensação de libertação, agora complicada; mas, não importava o que viesse em seguida, sua mãe estava livre do suicídio, livre para amar a filha no passado. *Meu bebê*. O conhecimento da mãe que Ginger tinha quando criança era verdadeiro.

Alguns dias antes da morte de Catherine, ela estava costurando uma saia godê estampada com sombreiros. Ginger estava sentada de pernas cruzadas no sofá-cama, brincando com suas bonecas em trajes típicos, provavelmente o último dia em que abriu a caixa de sapatos e tirou as gêmeas polonesas com suas saias vermelhas, debruadas com sianinha, as fitas de veludo e os aventais pretos por cima das saias. Catherine pisava fundo no pedal e zumbia veloz pelas costuras. Ginger ainda tinha a sensação do corpo duro das duas bonecas que ela mesma vestira, o tom artificialmente alaranjado dos rostos e os olhos inexpressivos. Na realidade, preferia as gêmeas holandesas.

Esse fragmento de lembrança era algo a reter. Tinha simplesmente passado uma tarde tranqüila com a mãe em casa. Enquanto lia o caderno em voz alta, às vezes olhava de relance para J.J., com o cenho levemente franzido, os olhos voltados para a lareira ou para os pés. Tão concentrado que parecia estar em transe.

Ginger afastou o lençol com um movimento brusco e foi até a cozinha. J.J. deu um salto e deixou cair o caderno.

— Você se lembra da receita de brigadeiro? Vamos fazer um pouco?

11 de julho

Mayhew, sempre de pé cedo, viu o artigo no jornal e o levou para o quarto.

– Charily, Charily, acorda. Vale a pena. – Ela veio emergindo de um sonho em que pilotava um carro de corridas, percorrendo a beira de um precipício e, ao acordar, viu Mayhew debruçado sobre ela. Absurdamente, pensou que ele parecia um porco cozido. Então, pôs os olhos em foco, viu seu querido Mayhew e estendeu a mão para apanhar os óculos.

ESPECIAL DO *SWAN FLYOVER*
de RAINEY GROVER

REVIRAVOLTA NOS ACONTECIMENTOS
NO CASO DO CEMITÉRIO DE SWAN

SWAN, GEÓRGIA – O investigador do Departamento de Investigações Gray Hinckle e o xerife do município de J.E.B. Stuart, Ralph Hunnicutt, ao investigar a recente exumação de um corpo enterrado há dezenove anos em Swan, Geórgia, chegaram à extraordinária conclusão de que a causa original da morte, que anteriormente se supunha ter sido um suicídio, foi assassinato. Atentos, o agente e o xerife de Swan concluíram que, em vista do ângulo de entrada do ferimento à bala, perto do coração da vítima, ela não poderia ter puxado o gatilho do rifle automático calibre .22 encontrado ao lado do corpo. Outras técnicas avançadas de medicina legal corroboraram sua tese. O corpo é o de Catherine Phillips Mason, esposa do dr. Wills Mason, antigo residente de Swan. Seu corpo em desalinho foi descoberto ao lado da sepultura no jazigo da família por sua cunhada, Lillian Mason, e pela sra. Eleanor Whitefield, nenhuma das quais se dispôs a tecer comentários. O xerife Ralph Hunnicutt diz que seu gabinete está seguindo todas as pistas e que espera capturar os responsáveis. Quando indagado a respeito da inesperada reviravolta nos acontecimentos, ele afirmou ser cedo demais para qualquer comentário.

Charlotte saltou da cama.
– Meu Deus do céu! Jesus, Maria e José, que horror! Mas, Mayhew, esperei dezenove anos para ler isso! Eu sabia que Catherine não cometeria suicídio. Você se lembra? Eu *sabia*. Ela simplesmente não faria uma coisa dessas.
– Bem, é bastante estranho que alguém a matasse, e então anos mais tarde outra pessoa a desenterrasse. Você não diria que os dois fatos estão relacionados?
– Mas como, quem? *Quem*? Nunca pensei que alguém que a conhecesse estivesse envolvido na sua morte. Quem sabe? É absurdo. Houve invasão. Nas duas vezes, houve invasão. É a única possibilidade.
– Se tiverem sido dois crimes aleatórios, só posso dizer que a sorte dela não era grande coisa. – Mayhew alisou o cabelo de Charlotte para trás com força, como se estivesse afagando um cachorro. – Tente manter a cabeça no lugar. – Ele sabia que ela ia ficar girando a mil com aquela notícia.

Charlotte discou 0.
– Telefonista, gostaria de uma informação de Swan: o telefone de Lillian Mason, por favor? – Mas o que diria a Lily depois de todos aqueles anos? Os Masons sufocaram a investigação porque estavam envergonhados. Charlotte jamais gostou de

Lily. Na verdade, tinha vontade de dar-lhe um pontapé na bunda. Tão arrogante! Tão controladora! Uma santa, porém, por criar os sobrinhos.

– Bem, eu posso lhe dar esse número, querida, mas já vou lhe dizendo que ela não está em casa porque acabei de ver ela sair da farmácia com Eleanor Whitefield.

– Obrigada, vou tentar ligar mais tarde. – Charlotte deu uma risada estridente. – Meu Deus, que cidadezinha! – Se Catherine não tivesse se casado e entrado naquele feudo insignificante... Se tivesse escolhido Austin... Charlotte foi apanhar o catálogo telefônico de Macon. Austin. Austin Larkin. Suas cartas azuis e finas chegavam ao dormitório da faculdade diariamente. Ainda via uma pilha na penteadeira de Catherine no quarto das duas no dormitório, sob o peso de um espelho de moldura de marfim. Catherine, deitada de costas na cama, com um livro didático sobre o peito, fazendo ginástica para as pernas. "Ele diz que eu deveria ir flutuando pelo rio Nilo abaixo numa balsa coberta de flores". Catherine cobria o peitoril da janela com conchas, geodos de ametista, ambrótipos de crianças do século XIX – todos, presentes que ele tirava dos bolsos nos fins de semana. Quando ela voltou do feriado de Ação de Graças usando o anel de esmeralda quadrada de Wills, Austin recuou descendo a escada de entrada do dormitório, abanando a cabeça. Não disse uma palavra que fosse. Ao que Charlotte soubesse, Catherine nunca mais ouviu falar dele, a não ser pelo assunto das rosas. Numa tarde de inverno, ele sobrevoou o campus com seu pequeno avião, espalhando rosas para Catherine, milhares de rosas.

Charlotte gostaria de saber se ele ainda morava em algum lugar por perto. Não importa o que tivesse acontecido na sua vida, ele ia querer saber que Catherine não tinha se matado. Disso Charlotte tinha certeza. Austin tinha crescido a uns quarenta e cinco minutos dali, em Stonefield. Ela ligou para a telefonista. Não havia nenhum Larkin no catálogo. Iria até lá e tentaria encontrá-lo. Austin era um tesão de homem "gostosíssimo!", Catherine costumava dizer. Ela conseguiria pintar rosas caindo do céu? Não as tinha visto cair, só viu a quadra depois que ele foi embora, coberta de pétalas, de botões, de flores abertas. Em cada haste havia um fio amarrado com uma bandeirola presa. Em cada uma estava escrito à mão CRP em letras pretas. Rose – o segundo nome de Catherine. Catherine apanhou somente uma. Era como se tivesse apanhado um relâmpago, pensou Charlotte. Visualizar a rosa de um vermelho sangue em contraste com o suéter angorá cor-de-rosa de Catherine. Na memória, os momentos se formam de um jeito tão estranho, pensou, como um cisne esculpido em gelo flutuando na minha corrente sangüínea.

AILEEN SAIU CEDO. PRECISAVA IR ATÉ TIPTON À LOJA DA SINGER porque sua última agulha se tinha partido. Precisava de mais botõezinhos perolados e de renda industrializada para acabamento dos cobertores de bebês de suas freguesas menos exigentes.

    Um cartaz na porta dizia *Volto em quinze minutos.* Como não sabia quando os quinze minutos tinham começado, atravessou a rua para ir ao Main Street Café tomar um café enquanto esperava. Alguém tinha deixado o jornal de Macon em cima da mesa. Quando entrou no reservado, a reportagem sobre Catherine Mason saltou aos seus olhos.

    Não foi suicídio.

    Leu o artigo duas vezes, sem dar atenção à garçonete que lhe serviu café. Quando tentou levantar a xícara, ela chocalhou ruidosa no pires. Pôs as duas mãos trêmulas no colo e fingiu soprar o café quente. Do outro lado da rua, uma senhora estava destrancando a loja da Singer. Mas agora o que poderia erguer Aileen da cadeira e levá-la para o meio de botões e zíperes?

    Temia que as informações no jornal fossem verdadeiras, muito embora sempre tivesse tido para si mesma uma versão diferente desde a morte de Catherine Mason. Naquele dia, quando a notícia da morte se espalhou veloz pela vila operária, Aileen sentira um alívio enorme ao ouvir dizer que Catherine morrera por suicídio, não por assassinato. De início, tinha sentido um medo desesperado de que Sonny tivesse tentado estuprá-la para então matá-la. Sonny costumava vociferar sobre como Big Jim merecia que as mulheres da família fossem estupradas, torturadas.

Dizia que enfiaria facas no sexo daquelas mulheres para ver se com isso Big Jim sentiria algum tesão. Sonny *sempre* falava demais, mas Aileen tinha pavor dele. Ele entrava em detalhes que faziam com que ela receasse que ele fizesse aquelas mesmas coisas com ela. Mas a morte de Catherine tinha sido um simples suicídio. Nenhum indício de algo diferente. Nenhuma destruição na casa. O xerife sabia como Catherine morreu, pensava Aileen. O xerife podia dizer, a partir de como Catherine foi encontrada, que arma foi usada. Diziam que ela estava segurando a arma. Quem sabia o que ela podia estar sofrendo? Talvez o próprio marido andasse transando por aí. Essas coisas o xerife sabia. Aileen rapidamente concluiu que Sonny não tinha feito nada. Ele simplesmente foi embora, como disse que ia.

Aileen sempre teve a impressão de que andava com a sombra de Sonny sobre a cabeça. O pastor poderia explicar essa sensação como sua consciência dos próprios pecados, mas Aileen nunca tinha contado ao pastor – nem a ninguém, nem mesmo à sua irmã. No trabalho, quando olhava para a porta do escritório, tinha medo de que o rosto pontudo e os olhos de peixe de Sonny aparecessem na vidraça. Às vezes a violência dele chegava a assustá-la durante o sexo com Big Jim no motel. Até quando se permitia o luxo de um banho de chuveiro depois, ela temia que ele pudesse invadir o banheiro e rasgar a cortina. Sonny tinha como encontrá-los. Sozinha em casa, sonhou inúmeras vezes com a respiração dele do lado de fora da porta.

Depois que Big Jim morreu, até mesmo um galho que arranhasse uma janela deixava Aileen sem fôlego. E então um dia de manhã, Sonny apareceu diante da sua porta, abriu a porta de tela e entrou. Todos os seus medos durante os quatro anos da ausência dele de repente assumiram a forma da sua pessoa real. Era como se fosse um prosseguimento do seu ataque ao escritório. Ficou apavorada com as sobrancelhas cerradas, brancas, emendadas, a expressão distante nos olhos. Àquela altura, já fazia um

ano que Big Jim tinha morrido; e a mulher estava morta, também. No entanto, Sonny, recém-saído do exército, voltava para casa ainda vociferando sobre vingança. Ele puxou o cabelo de Aileen com violência e cuspiu no seu rosto.
— Sua piranha vagabunda! Puta fedorenta! Ele morreu mas merece ser esquartejado. O pai *dele* já fodia minha avó. Quem eles pensam que são? Não vale a pena matar você. Mas vou pôr as mãos naquela família, em todos eles, aqueles safados. Aquele doutorzinho metido. Vou ver se ele gosta que alguém coma a mulher dele.
— Nunca foi como você imaginou — mentiu ela, de puro medo. — Big Jim me quis, mas eu não cedi. Aquelas coisas que você encontrou foram porque ele estava tentando me conquistar. Você não confiou em mim, nunca. Agora, ele morreu. E nós estamos divorciados, pelo amor de Deus! Você se enganou redondamente. Me deixa em paz. Esquece essa história. — Aileen tinha vontade de chutá-lo e cuspir nele, mas permaneceu imóvel e controlada.
Sonny sentou-se. Ouvir o nome Big Jim ainda o deixava furioso. Deu um soco na mesa da cozinha. Olhou para ela com os olhos esbugalhados, rangendo os dentes. Passou o braço de um lado a outro da mesa, jogando no chão a geléia, o sal e a pimenta.
— Por favor, vai embora. Por favor, vai embora. Deixa aquela gente em paz... eles nunca te fizeram nada. Acabou. Ele morreu. — Ela pôs a cabeça na mesa e chorou.
Ele riu. Os olhos coruscavam, e ele não parava de piscar. O lábio superior ergueu-se como o de um cachorro a ponto de rosnar. De repente, saiu da casa, com violência.
— Está bem, está bem. Você venceu, sua piranha. Vou para o oeste, para o Arizona, e você nunca mais vai me ver outra vez. — Isso ele disse como uma ameaça, realçando cada palavra. E fez um gesto obsceno com o dedo médio.

Aileen deu um suspiro.

— Bem, espero que sua vida melhore agora — disse ela, para acalmá-lo. — Nunca lhe quis mal. — Esfregou a cabeça no lugar onde ele tinha puxado sua trança. Fechou a porta e passou a tranca. Desejou que ele tivesse morrido. Imaginou que o retalhava com a faca de trinchar peru.

Um mês depois, na noite em que ouviu a notícia do suicídio de Catherine Mason, ela entrou no carro e dirigiu mais de cinqüenta quilômetros até a casa da irmã. Às vezes nos anos seguintes, tinha imaginado Catherine Mason perguntando-se o que trouxera à sua porta Sonny, um operário da fábrica que às vezes era mandado ali para fazer consertos. Aileen imaginava seu ataque, Catherine apanhando a arma, e Sonny voltando a arma contra ela e atirando, parando apenas para arrumar a arma na mão de Catherine enquanto sua vida se esvaía para o chão. Mas Catherine era uma suicida. Havia muito, Sonny tinha desaparecido. Com o tempo, sua lembrança de Sonny foi sumindo. Ela começou a deixar as portas destrancadas, como todos os outros moradores de Swan. Não o via desde aquele dia — dezenove anos atrás. Depois de tanto tempo, ainda é possível que uma ferida continue aberta? Teria sido ele o responsável pelo acontecido no cemitério? A cabeça de Aileen não parava de girar. Lembrando-se dos olhos sem expressão, considerou que ele não seria incapaz de um ato daqueles.

Aileen olhou de relance para o próprio rosto refletido na vidraça. "Estou simplesmente descarnada", disse a si mesma. Quando Big Jim beijava sem parar seu rosto e sua boca, ela aparecia rosada e cheia de vida no espelho do motel. Vinte anos tinham esculpido seu rosto de tal modo que os malares altos sobressaíam, deixando-a encovada. Os lábios estavam murchos. Parece que chupo limão, pensou ela. A cabeleira continuava densa e lustrosa. Conseguiu bebericar o café; conseguiu acender um cigarro e soprar a fumaça na direção do próprio rosto na vidraça. Olhou-se novamente. O olhar parecia desvairado. Via uma cara de raposa, algum bicho na borda do mato, de olhos brilhantes: poderia ser uma irmã gêmea de Sonny.

Decidiu que simplesmente seguiria em frente até a casa da irmã em Tyler. Precisava calcular um jeito de abordar o xerife, neto de Hunnicutt. Sabia que era o que deveria fazer, mas na sua cabeça *deveria*, *iria* e *poderia* se confundiam. Conseguiria pensar num jeito de não contar a história inteira? Não queria que sua vida preservada com tanto cuidado fosse exposta de modo mais vergonhoso que o corpo de Catherine Mason em decomposição. E Big Jim, o presidente do banco, prefeito, proprietário do cotonifício. Ia só aguardar para ver o que viria à tona.

Sua irmã, agora viúva, ficaria feliz por ter sua companhia. As duas poderiam preparar geléia de ameixa-preta, e Jeannie poderia ajudá-la a costurar. Ela poderia comprar os poucos artigos de que precisava. Se Sonny fizesse uma visita à vila operária, não haveria ninguém lá para ele espancar. Pensou então nas outras mulheres da família Mason – se Sonny chegasse a esse nível de loucura. Mas no fundo ela não acreditava que ele tivesse voltado depois de todos esses anos. Talvez fosse bom falar com alguém. Ela gostava do pastor na igreja batista que a irmã freqüentava. Ele dizia o evangelho com os olhos no céu e depois baixava a cabeça e, severo, atacava os fiéis com os olhos faiscantes. Aileen gostava do seu cabelo cacheado e rebelde, bem como das cordas salientes no seu pescoço. Imaginava-se passando os cabelos por aquele corpo sem pecado. Da última vez em que o ouvira pregar, chegara a se sentir a um passo da salvação.

Eu vou, pensou. Vou me levantar daqui desta mesa e ir até lá. Deixou o jornal em cima da mesa, com a foto de Catherine Mason voltada para o alto para o próximo leitor. Atravessou a rua e comprou a renda e os botões de pérola de que precisava.

O TELEFONE DE RALPH EM CASA E O DO GABINETE NÃO PARAvam de tocar. Com a notícia chegando aos matutinos, repórteres de todos os cantos do estado e de locais tão distantes quanto Tallahassee e Mobile não paravam de ligar em busca de informações. Gray, com ajuda da equipe do Departamento de Investigações, estava realizando sua própria investigação. Tinha saído da casa de repouso de Columns, depois de entrevistar Wills, convencido de que ele não tinha nada a ver com a exumação.

– O velhote mal consegue escovar os dentes. Agora, se foi ele quem puxou o gatilho no passado, nós simplesmente não vamos descobrir a menos que surja algo de novo de alguma fonte inesperada – disse Gray. Ralph tinha vasculhado o cemitério inteiro sem encontrar a carta. Nada. Gray lhe pedira que desse uma pesquisada em J.J. Constrangido por ter de ligar para perguntar a J.J. onde ele estava na semana anterior, Ralph parou na loja de Scott para confirmar a história da pescaria em St. Clare's.

Scott estava secando a transpiração das laterais da conservadora de sorvetes. Tinha esperança de que J.J. aparecesse para poder falar sobre algumas encomendas que queria fazer.

– É – disse a Ralph –, nós fretamos um barco por lá, para pescar espadartes. – Scott forneceu-lhe nomes e números, sem mencionar que tinha dormido no convés as duas noites porque J.J. apanhou uma garota de vinte anos chamada Gay Nix na loja de equipamento de pescaria e os dois estavam balançando a cabina. Isso não era da conta de ninguém. Uma garotona, que trouxe para o barco um saquinho de bagre frito e polenta frita da barraca de frituras da mãe que ficava ao lado da loja de iscas e acessórios do pai. Ela não parava de dar uma risada aguda, e Scott tinha se concentrado nas lambidas das ondas na proa. J.J. não costumava fazer dessas nas suas viagens juntos. Era preciso estar mesmo a perigo para ir atrás daquela garota de joelhos desproporcionais. Ao que ele soubesse, ela nunca perguntou o nome deles. J.J. só a chamava de Luz do Sol. Não havia necessidade de contar nada daquilo para o xerife.

Alguém lá para os lados de St. Clare's estava empalhando dois peixes que eles tinham apanhado. Scott mostrou o recibo a Ralph. Um monte de contatos. Um alívio. Ralph não tinha nenhum motivo para não acreditar nele, mas pelo amor de Deus alguém tinha de ter desenterrado aquele corpo e talvez tivessem sido J.J. e esse seu criado fiel. Ralph não queria ser como o avô, que não incomodava os Masons. Era preciso admitir, porém, que nenhum motivo se apresentava, além da simples loucura. Não importava o que J.J. fosse, louco ele não era.

Mindy, lá da caixa registradora, deu uma boa olhada em Ralph. É uma graça, uma gracinha, pensou. Aquela cicatriz que desce pelo braço inteiro é do Vietnã. Quem foi que disse que o deixaram por morto e ele teve de andar a noite inteira, atravessando zonas de combate, para voltar para seu pelotão?

Ralph apanhou uma garrafa de refrigerante e uns amendoins.
– E aí, Miss Mindy, como vai a vida?
Ela estava usando uma camiseta lilás de decote em U, e ele ficou olhando para a linha divisória entre os seios empinados. Ela percebeu o olhar e procurou prender um grampo no cabelo, erguendo o busto com o gesto de levantar os braços. Ralph puxou um pouco a ponta da orelha e baixou os olhos para o troco no balcão.
– Estou indo muito bem, obrigada, Ralph.
– Sem dúvida que está. Ei, quer sair para dançar no Shack amanhã à noite? Vai ter um conjunto tocando.

Fazia anos que não dançava. Essa confusão da família Mason fez com que tivesse vontade de jogar bola, correr, dançar, transar, dirigir em alta velocidade. Qualquer coisa que lhe lembrasse que o mundo não estava enlouquecendo de novo. Olhou para o rosto espevitado de Mindy. Ela não fazia nenhuma idéia da guerra nem do horror dos cadáveres. Desde a guerra, ele ficava pasmo com a inocência das pessoas. Passou os olhos pelas fileiras de detergentes e sabão para louça para bloquear a súbita visão de Tommy Melton num instante arrastando-se ao seu lado, no outro, com a cabeça explodida em pedaços, o sangue jorrando do que tinha sido o pescoço, o rosto como um melão atropelado na lama. O ex-marido de Mindy, agora seguidor de uma seita evangélica, com uma perna cinco centímetros mais curta que a outra, nunca chegou a ser convocado, como tantos outros – como J.J., por exemplo. Havia quem dissesse que altos contatos da família Mason tinham conseguido dar um jeito, mas Ralph não via como isso teria sido possível, com os gabinetes militares tão longe, em Dannon.

– Vou ver se minha irmã fica com minha filhinha. Acho que vai ficar. Você sabe onde eu moro: na casa da cor da espuma do mar na vila operária. – Mindy não parou de encará-lo direto nos olhos. Ele se imaginou tirando aquela camiseta, a explosão do corpo de Mindy nas suas mãos.

– Mindy – disse ele. – Isso é apelido de quê?

– É só Mindy mesmo. Mindy Marie. – Ia usar seu vestido branco decotado de lese, abotoado na frente. Com o pagamento de sábado, compraria as sandálias fúcsia de salto anabela que estavam na vitrina da Buster's Shoes. Gostava dos dentes quadrados de Ralph e do pêlo dourado do peito que aparecia no V da sua camisa. Esperava que ele não tivesse penugem nas costas como seu ex-marido. Quem ficaria esperando que J.J. Mason aparecesse? Não ia ser ela. – Mamãe me deu o nome da mãe dela, Sugar Marie, e da avó, Mindy Lou.

– Que simpático! E muito melhor que "Sugar Lou". Apesar de que, pensando bem, esse também seja um nome agradável. Por volta das oito, amanhã?

É uma gracinha mesmo, pensou Mindy. Sugar Lou, quem teria imaginado uma coisa dessas?

Rainey Grover afastou a cadeira da mesa de trabalho no *Swan Flyover*. A dieta do médico famoso prometia que não sentiria fome entre as refeições, mas seu estômago estava roncando como se estivesse tentando digerir a si mesmo. Depois de duas semanas de inanição, não tinha perdido nem meio quilo. Pelos seus cálculos, àquela altura teria perdido uns três quilos, com sorte uns cinco. Abriu uma gaveta e tirou um pacote de bolachas de queijo com recheio de creme de amendoim, cada uma com 125 calorias. Fechou os olhos e comeu um dos pequenos sanduíches bem devagar, jogando os outros na cesta de lixo. Precisava perder vinte quilos. Pela estimativa conservadora do livro da dieta, ela deveria estar na sua melhor forma já em fevereiro. De imediato, desejou não ter comido as bolachas alaranjadas de aparência venenosa, com o maléfico creme de amendoim. No almoço, deixaria de comer a porção de frutas permitida.

Tinha passado a manhã ligando para pessoas que conhecera no mês de março na conferência de jornalistas em Atlanta. No íntimo, tinha certeza de que nenhum Mason tinha mexido na sepultura. Desde o célebre Big Jim, quando é que eles tinham revelado energia suficiente para um feito daqueles? Seu marido, Johnny, concordava. Ela gostaria de ser a força investigadora do caso. Era ridícula a possibilidade de Lily ou Wills ter podido maquinar a violação de uma sepultura. J.J.? Por quê? E além do mais ele estava numa pescaria, bancando o amante da natureza, como de costume, com aquele musculoso garanhão negro que trabalhava para ele. J.J. – o Tarzã de Swan. Ginger era a única que progredia, e essa saltava de galho em galho, sem nunca se fixar em nada. A notícia de que a mãe não se suicidara devia tê-los abalado até a alma. Quando sua própria mãe simplesmente morreu de diabete, Rainey tinha ficado revoltada. Durante anos, como que esperava que a mãe ligasse ou escrevesse.

Seus colegas espalhados por toda a Geórgia estavam morrendo de curiosidade a respeito do caso em Swan, mas não tinham nada a acrescentar, nenhuma atividade semelhante nas outras cidadezinhas. "Vai ver, são marcianos" cogitou o editor do *Cleveland Ledger*. "Quem dera acontecesse alguma coisa emocionante assim por aqui" lamentavam-se outros. Rainey foi até as janelas altas que davam para a calçada da rua principal. Nuvens passavam refletidas na vidraça. Cliff Bryant, levando seus dois *cockers*, Stevie e Clarkie, para passear, fez com que ela desse um sorriso. O próprio focinho canino do dono dava a impressão de que a qualquer momento ele fosse ganir ao invés de falar. Agnes Burkhart, que, com o cabelo cortado baixinho e sapatos de cadarço, de salto quadrado, parecia ter sido arrastada pelo vento de alguma rua da velha Europa para ser depositada em Swan, saiu da farmácia com uma sacolinha, provavelmente remédios para os ataques da irmã. Francie Lachlan pisou forte no freio e saltou de seu novo conversível amarelo, com três rapazes. Flautista... de onde mesmo? Hamlin? Cuidado, Francie, pensou Rainey. Ela também tinha feito furor no seu tempo, embora nunca tivesse tido o prazer de ter um pai que, para obter bom comportamento, a subornasse com máquinas sofisticadas.

Um dia normal. Cusetta Fletcher, nova-rica na cidade, entrou arrogante na loja de móveis. Acenou para Bunky, sua vizinha, que a avistou enquanto ia passando de carro. O vagaroso fluxo dos veículos parecia estar num movimento de sonho. Rainey adorava Swan. A vida inteira aquele lhe havia parecido o melhor lugar do mundo para morar. Mesmo quando menina, tinha a sensação de que nunca poderia sair dali. Gostava de trabalhar no centro com Johnny, com a mesa voltada para o Oásis, da caminhada ao meio-dia até o Three Sisters, onde recolhia a maior parte das notícias. Gostava até mesmo dos tentáculos dos mexericos, desenfreados em qualquer lugar onde não haver notícia não é notícia.

Olhou para o relógio. Ainda uma hora para a cenoura, canja e saladinha. As irmãs manifestariam solidariedade enquanto largavam no aparador suas tortas de coco. Empurrou para dentro a barriga volumosa como uma bola de basquete, desprezando-se por fantasiar com uma fatia daquela torta alta e cremosa sendo servida num prato. Agora ela e Johnny nunca faziam amor com ela por cima. Gentil demais para dizer algo semelhante, ela sabia que ele se sentia esmagado, quando não muitos anos atrás ele conseguia fechar os dedos em torno da sua cintura.

J.J. DORMIU ATÉ TARDE PELO MENOS DESSA VEZ. JÁ ERAM QUASE nove horas quando ele se deixou arriar no rio. Quatro tartarugas, uma delas um cágado de bom tamanho, estavam tomando sol numa tora que a correnteza tinha fincado no atracadouro. Olharam para ele sem demonstrar interesse. Ia deixar Ginger dormir até quando ela quisesse. Às cinco da manhã, Ginger tinha acabado com o caramelo de chocolate. Quando se levantasse, os dois iam ligar para Charlotte Crowder em Macon. J.J. já tinha telefonado para Scott e descoberto que os caminhões verdes que transportavam madeira para papel pertenciam à Tall Pine Company, em Flanders, a quase cinqüenta quilômetros dali. Era para essa empresa que J.J. havia vendido os direitos de corte da madeira. Tinha ligado para Andy Foster para lhe dizer que ele nunca mais ia tirar uma árvore do condado de J.E.B. Stuart se não desse um jeito no canalha que quase tinha destruído o carro da sua irmã no dia anterior.

– Um sujeitinho com cara de esquilo, que acabamos de contratar na semana passada. Pode deixar comigo – disse-lhe Andy Foster.

J.J. nadou até o banco de areia e voltou. Depois, deitou-se direto no atracadouro, com os pés na água, e ficou olhando para os pequenos sóis e arco-íris entre os cílios molhados, até adormecer de novo debaixo de um céu límpido.

O LOGRADOURO PRINCIPAL E ÚNICO DE STONEFIELD, PENSOU Charlotte, lembrava um daqueles filmes lúgubres da agência encarregada dos projetos do governo na época da Depressão. Lojas caídas para um lado, com telhado de zinco e nomes antiquados como Secos da Bunny. Em oposição a molhados? A rua larga acomodava no centro um cachorro adormecido, do qual se desviavam os poucos carros que passavam. Agora que estava ali, não sabia ao certo o que fazer. Entrou numa pequena loja de miudezas na esquina. Cheirava a pipoca velha e gaiola de periquito. Charlotte pensou que se existisse o purgatório, seria parecido com uma loja de miudezas numa cidadezinha. Atraiu seu olhar a parede de linha para bordar, as meadas em forma de oito, coloridas e sedosas. Escolheu ameixa, escarlate, verde claro, ferrugem.

– Você sabe se tem algum Larkin aqui em Stonefield? – perguntou ao caixeiro enquanto pagava.

– Não tenho como saber. Não sou daqui. Sou de Lux. – Lux ficava à considerável distância de doze quilômetros dali.

Charlotte seguiu por um lado da rua, atravessou e começou a voltar pelo outro lado. Três velhotes estavam sentados do lado de fora da barbearia, as cadeiras inclinadas para trás, as bochechas inchadas de rapé. Avistou um balcão de sorvetes na mercearia. Pediu um milk-shake, e o rapaz que o preparou estava assoviando a Abertura Festival Acadêmico, para alegria de Charlotte.

– Sabe de algum Larkin por aqui? – perguntou ela.

– Sei, sim senhora. O sr. Austin Larkin ainda é proprietário de uma casa à beira da estrada a leste da cidade, mas não mora aqui. Não mora aqui faz tempo. De vez em quando, vem visitar. Ele mora em algum lugar no Oeste. A casa está caindo aos pedaços.

– A casa fica onde? Longe? Quero deixar uma lembrança para ele. – Que mentira! O que poderia deixar? Meadas de linha?

– É só ir até o sinal de trânsito – indicou ele. – Dali siga por um quilômetro e meio e vai chegar a dois pinheiros grandes. A senhora vire nessa estradinha, que agora não passa de uma trilha e que leva à casa.

Charlotte encontrou os pinheiros, com uma caixa de correspondência meio caída ali embaixo. Abriu-a da janela do carro e viu apenas um punhado de folhas e uma grossa teia de aranha.

Galhos e folhas de palmeiras açoitavam as laterais do carro. Ela seguiu devagar, raspando o fundo do carro, e parou à sombra de uma nogueira-pecã. A casa de Austin era uma grande casa de fazenda de dois andares com uma varanda em toda a volta e uma torrinha redonda. A tinta branca que se soltava revelava uma camada amarela por baixo, provavelmente de uma época mais feliz. Charlotte achava que quem pintava a casa de amarelo era otimista. De uma porta aberta na ala mais baixa do lado direito, uma negra alta olhava para fora.

– Olá! – gritou Charlotte. – Sou uma velha amiga de Austin Larkin. Ele está? – Aproximou-se da mulher, que segurava tiras de salgueiro na mão.

– Não senhora. Não está. Faz muito tempo ele não vem cá. – Fez um gesto convidando Charlotte para entrar e se abrigar do calor. A mesa estava coberta com ramos de salgueiro descascados. Charlotte apresentou-se e a mulher respondeu.

— Meu nome é Edwina, moro aqui para cuidar da casa do sr. Austin enquanto ele está lá para o Oeste.

— Você está fazendo cestas? — Charlotte olhou para os bancos em volta da mesa e viu uma bela cesta para ovos e algumas redondinhas, perfeitas para pão, não, para sua coleção de bolas de gude antigas. Dava para enfiar a mão e deixar as bolas de vidro passar pelos dedos. — Que lindo!

— Isso mesmo, moça. Para passar o tempo. Fico muito só por aqui. Meu marido passa o dia inteiro fora.

— Que pena! Pelo menos, é tranquilo. — Charlotte indicou a janela, um jardim abandonado com alguns gerânios meio mortos em volta de um pequeno chafariz para o banho dos pássaros, árvores indesejadas, um campo coberto de mato onde dançavam margaridas-amarelas em meio ao capim. — São para vender? — perguntou, levantando uma cesta.

— Não, são só para dar para meus filhos. Eles usam elas para uma coisa ou outra. Ninguém ia me pagar direito por uma cestinha velha como esta. — Ela exibiu uma cestinha oval de vime, em perfeito estado. — É só um hábito que aprendi com meu avô. — Os dedos longos pareciam tão flexíveis quanto o salgueiro que ela estava trançando.

— Eu gostaria de ligar para o sr. Larkin. Nós fizemos faculdade na mesma época e depois perdemos contato. Você tem o telefone dele lá no Oeste?

— Não, senhora, não tenho mesmo. A gente nem tem telefone. Ele só aparece aqui de vez em quando. Acho que não planeja voltar para cá para morar, não.

— Quando ele esteve aqui pela última vez? Será que eu deixei de vê-lo por pouco?

— Acho que foi em novembro do ano passado. Veio para uma caçada a pássaros. Aceita um copo de chá? Está fresco, fiz hoje de manhã.

– Aceito sim, obrigada. – Charlotte examinou a cestinha para ovos. Elas fariam enorme sucesso de vendas na sua feira de artesanato da igreja no Natal. Com Austin ou sem ele, ela voltaria mais tarde para saber de Edwina se ela faria três dúzias daquela. Será que ela se interessaria? Edwina andava como uma rainha, majestosa nos sapatos grandes. Serviu o chá bem devagar e, como se estivesse carregando o vinho para a comunhão, pôs o copo diante de Charlotte. Seus dois aposentos despojados estavam imaculados. Por uma porta, Charlotte viu a cama arrumada, sem uma ruga, as cortinas brancas (de velhos sacos de farinha de trigo?) engomadas, na janela. Sentiu uma fisgada de admiração por essa vida reclusa no interior, a prática de uma arte que brotava do chão de modo tão natural. Fazer cestos parecia uma vida afortunada. Imaginou Edwina colhendo seus materiais pelos locais úmidos onde cresciam os salgueiros. Aqui seria possível descansar, pensou. Sua própria vida lhe ocupava muito a cabeça – gente demais, exposições, os filhos, jantares, os negócios de Mayhew, clubes, compromissos. Às vezes se sentia como um macaco balançando de uma árvore para outra. E sua pintura se espremia para encontrar espaço nas margens do tempo. Essa cestinha de ovos, com a divisória no meio para impedir os ovos de baterem uns nos outros – que peça necessária e bela! Se estivesse aqui, Catherine ia querer ficar a tarde inteira para aprender como Edwina trabalhava. Às vezes, Charlotte achava que Catherine sabia tudo. Mas como? Provinha de uma rígida família protestante, tão empenhada em dizer não quanto a própria família de Charlotte. *Os quadros, eles não fascinam as pessoas de modo que elas jamais querem ir embora?* As duas examinavam o livro de Matisse como loucas, deslumbradas. *Obras tão divinas que invadem todo o seu corpo.* Não era de admirar que Austin a tivesse adorado. Ou será que projetamos nos mortos um conhecimento de vida que não pode ser desafiado pelo seu silêncio? Charlotte sempre se perguntava o que Catherine teria dito, o que teria sido, como as duas teriam prosseguido... Morta, Catherine tornou-se um cofre de segurança, nunca aberto, para a imaginação.

Charlotte agradeceu a Edwina e disse que precisava ir andando. Estava louca de vontade de espiar pelas janelas da casa principal mas só acenou e foi na direção do carro. Edwina ficou de novo parada no portal.

— Espere um instante. — Deu meia-volta para entrar na casa escura e saiu segurando a cesta de ovos. — Leve esta aqui. Que bom que a senhora gostou! Todo o mundo tem ovos para guardar.

Quando passou pela placa do Correio, Charlotte teve uma inspiração. Austin teria deixado um endereço para onde sua correspondência deveria ser encaminhada. Acabou sendo fácil conseguir o endereço. Disse simplesmente que era uma velha amiga, que tinha ido à casa de Austin procurar por ele e que agora queria escrever-lhe. A encarregada olhou nos escaninhos, apanhou um envelope e copiou o endereço.

— Não chega mais correspondência para ele. Já se foi faz muito tempo. Acho que até mesmo a receita federal se esqueceu dele.

— Há quanto tempo ele foi embora? — Charlotte viu de relance: 1518 Whitman St., Palo Alto, Califórnia.

— Ah, foi durante a guerra. Ele não era um soldado comum como todos os outros. Pilotava uns aviões grandes. Depois eu soube que ele foi lá para perto de São Francisco, alguma coisa a ver com aviões também. Foi o que ouvi dizer. De vez em quando volta aqui. Ainda é um homem bonito.

— Muito obrigada, mesmo. — Quer dizer que ele tinha deixado o Sul muito antes da morte de Catherine. — Ah, e o que ele fazia quando morava aqui? Perdemos contato logo depois da faculdade.

– Acho que trabalhava com vendas, equipamentos para cotonifícios. Depois todos os cotonifícios faliram por causa dos japoneses, e eu imagino que ele tenha decidido fazer outra coisa.

– Obrigada de novo. – É espantoso o que a gente pode descobrir, pensou Charlotte, satisfeitíssima com seu trabalho de detetive. Não tinha a menor idéia do que ia fazer com as informações. Não importava o tempo que se tinha passado, simplesmente sabia que Austin devia ser informado do ocorrido com Catherine. Talvez ligasse para ele. Não, seria muito constrangedor. Ia lhe escrever, dizer que se lembrava bem dele e que, como os dois gostavam tanto de Catherine, queria que ele soubesse.

Ver Edwina fez com que Charlotte sentisse vontade de voltar para seu ateliê em cima da garagem, sentar-se sob a clarabóia diante da janela triangular, com vista para vastos bosques e um céu imenso. Não ia pintar a cesta bem bolada, cheia de ovos, mas a própria Edwina, alta e ossuda, delineada pelo sol no portal, os olhos negros como piche, com alguma coisa na mão, algo para dar.

Nos longos crepúsculos do verão, Marco caminhava nos campos em torno do sítio arqueológico. Embora a escavação atual sem dúvida tivesse mais a revelar, na estimativa mais conservadora, seu palpite era que havia potencial para que aquele sítio fosse em enorme escala. Esperava aumentar a verba para poder começar levantamentos preliminares do terreno das redondezas, mesmo enquanto sua equipe continuava o trabalho ali. Queria começar com um grupo que percorreria cuidadosamente os cortes transversais ao longo das curvas de nível, recolheria o que aparecesse e depois selecionaria alguns locais para escavações experimentais. Marco já tinha apanhado alguns fragmentos dispersos, provavelmente romanos. Com extensões intermináveis de terra em volta, era sempre fascinante ver como os antigos construíam direto em cima do que havia no local antes. Muitas igrejas cristãs da região estavam construídas sobre alicerces de pedra dos etruscos. Abaixo deles, provavelmente algo dos úmbrios ainda anteriores. As fontes artesianas nessa área comprovavam a prolongada ocupação humana.

O agricultor não ia gostar. No ano passado um lavrador da vizinhança tinha encontrado uma taça de bronze com inscrições em etrusco. Ele a manteve escondida meses no celeiro de feno, mas não conseguiu guardar o segredo nas conversas na praça. A polícia acabou lhe fazendo uma visita, e ele a entregou. Se Marco conseguisse verba e o ministério italiano lhe concedesse permissão, o agricultor perderia sua lavoura de fumo. Muito embora recebesse uma indenização, esse tipo de invasão não era bem visto pelos agricultores da região que receavam que suas terras fossem transformadas em atrações turísticas.

Essa encosta específica, em terraços suaves, teria sido atraente em qualquer época. Largas faixas de oliveiras entremeadas de parreiras antigas e desalinhadas cediam lugar ao cultivo no plano. Marco desviou-se dos pés de fumo, mantendo-se à beira do campo, onde o arado tinha deixado sulcos. Caminhava para relaxar depois do dia no sítio arqueológico e para fazer hora até o encontro com amigos para o jantar. Ginger tinha acabado de ligar para ele na casa da mãe. Era meio-dia lá, e ela estava acabando de acordar. Ela lhe falou sobre a descoberta do filme, do caderno e dos desenhos da mãe. Ela e J.J. tinham feito caramelo e bebido vodca geladíssima. Depois entraram no rio, tarde da noite.

– Não se preocupe, fizemos isso a vida inteira – disse ela.

Marco sentia sua falta. Durante o dia, estava muito ocupado, mas sentia saudade de vê-la concentrada no trabalho, o ar espantado quando ele a chamava, o cabelo caído em volta do rosto até ela estender a mão, puxá-lo para trás, torcê-lo e prendê-lo no alto. Tinha transferido duas estagiárias para o local em que Ginger estivera trabalhando e como que esperava que elas não encontrassem nada. Quando voltasse, Ginger desenterraria uma abelha de ouro ou uma alça de pote com um esmalte que permitisse a determinação de sua data. Principalmente, ele descobriu que queria estender a mão e tocá-la. Sua ausência física parecia sólida, quase como uma presença. Sua vida lá no Sul dos Estados Unidos era outro mundo para ele. O irmão parecia perigoso, um homem isolado daquele jeito. Desabotoou a camisa para pegar um pouco da brisa. O fato de Ginger ter perambulado por São Francisco e Nova York, ter sido casada, tudo isso parecia, como fato, mais inerte que a antiga cronologia da seqüência de povoamentos naquela terra. Ele percebia seu trauma. Havia mais de cinco meses que a conhecia quando fizeram amor pela primeira vez. Outras americanas já estavam tirando a roupa depois de um café num bar. Às vezes, os olhos de Ginger se fixavam em algum ponto por trás dele. Ele achava que era como se ela estivesse viajando por lá, ou então de repente ela se calava num grupo. Mas sentia que ela se ia transformando devagar, gostando do trabalho, rápida para se retrair, mas confiante nele. Com o tempo, pensava, ela simplesmente abandonaria o passado, fecharia o livro com a história sombria dos pais. O amor de Marco seria uma luz que a iluminaria até os ossos.

– Será que devo ir até aí? – perguntara ele.

Ginger insistiu em que estava bem. Sua voz parecia distante. Estaria de volta logo, talvez na semana seguinte. O sítio estaria fechado durante o mês de agosto, um intervalo para ele pôr em dia a papelada e para a equipe sair de férias. Ele e Ginger poderiam passar alguns dias em Elba, deitar-se ao sol medicinal. Isso fazia sentido, mas alguma coisa o estava corroendo. Ela era a única mulher com quem ele teve vontade de dançar na cozinha, com a água da massa quase fervendo, deixando as janelas embaçadas de vapor, seus discos antigos, Johnny Mathis, Domenico Modugno, The Platters, os *crooners* famosos, uma toalha de mesa quadriculada de verde, uma tigela de tomates fatiados, o vinho do tio num jarro amarelo. Rindo, fazendo especulações sobre a escavação, Ginger lambendo o molho no dedo polegar. Não a amei o bastante, pensou. O que é a vida se não isso? Escolhas feitas no início de um relacionamento determinam seu curso. Esperar por ela, como ela pediu, será a escolha certa?

Quando Ginger acordou, J.J. lembrou-se de lhe mostrar o arpão de osso de peixe.

— Achei isso aqui no dia antes de voltar para casa e encontrar Scott sentado no atracadouro, muito abatido, o portador de más notícias, o que sem dúvida era o caso.

Ginger bebericava o café escaldante que tinha ficado esperando demais enquanto ela dormia um sono de exaustão. Ele mostrou o arpão minúsculo.

— Não é demais?

Ginger deu um pulo. De imediato, ele viu a alegria no seu rosto.

— É lindo! — Ela segurou a peça na palma da mão. — Tão perfeito, tão maravilhoso! Onde foi que você o encontrou?

— Perto do atracadouro. É o melhor que encontrei desde aquele dente de tubarão no banco de areia. — J.J. chegou a lhe mostrar os desenhos que tinha feito do arpão.

Ginger sabia que, como os tubarões possuem muitas dentições, seus dentes são o fóssil do antigo oceano eoceno encontrado com maior freqüência, embora assim tão ao sul não aparecessem em grande número. O pontudo dente de tubarão estava no console da lareira, quase do tamanho da palma da mão. Ela o apanhou e o segurou ao lado do maxilar.

— Velho como ele só. Imagine o bichão patrulhando aquelas águas mornas eras atrás. Mastigando algum ser provido de barbatanas. Para mim, isso é incompreensível, como buracos negros no espaço e outras galáxias.

— Incompreensível é a gente poder recolher esse dente num banco de areia. — Ginger é a única pessoa que consegue viajar comigo, pensou ele, viajar em torno de um objeto, avançar e recuar no tempo. — Gin, acho que devíamos dar um passeio de carro.

— Onde? Já sei... Para ver Charlotte Crowder. Vamos ligar para ela.

A vizinhança de Charlotte parecia familiar, embora eles mal se lembrassem de ter ido lá algum dia. J.J. lembrou-se de um dia de Ação de Graças, em que o peru queimou por fora e ficou cru por dentro. Ginger lembrou-se do enorme cachorro branco das crianças.

Quando saíram do carro, Charlotte veio correndo até eles para abraçá-los, toda empolgada. Estava ofegante e começou imediatamente a lhes contar que sua gata tinha ficado presa numa amoreira a manhã inteira enquanto ela não estava em casa. Que, quando chegou, teve de subir numa escada que resvalou e a fez escorregar de lado, com uma das mãos na gata.

— Estou tão feliz de ver vocês dois! Temos muito a conversar, muitos anos de assunto. — Ela levou a mão à garganta, esperando que eles não percebessem que sua voz estava embargada. Não tinham vindo ali para vê-la chorar. Conduziu-os ao jardim de inverno, lotado de livros e jornais. A gata dormia profundamente na almofada florida de uma cadeira de balanço de vime. — Essa é Jasmine, a culpada. — Trouxe-lhes, então, uma bandeja com chá e biscoitinhos.

— Ginger, quando você era pequena, costumava beber só água gelada com uma colher de melado.

— É mesmo? Não me lembro.

— E você, J.J., ainda tenho uma carta que me escreveu quando estava com sete anos. Pedia dois livros de presente de Natal.

Você dizia: "Por favor, este ano posso ganhar dois?" Mais uma vez, seus olhos arderam quando ela se inclinou sobre os copos de chá. Os pais lembram-se de milhares de coisas que uma criança faz e diz. Ginger e J.J. não tinham ninguém que restaurasse para eles os fragmentos dos seus tempos de infância. – Como sua mãe... e seu pai, é preciso dizer... ficariam orgulhosos de ver vocês dois! Vocês têm uma beleza esplêndida, e eu mesmo agora ainda consigo ver as carinhas de criança, tão brilhantes, no rosto de vocês. Algumas pessoas perdem o rosto da infância... – Ela percebeu que estava começando a tagarelar.

J.J. contou-lhe que tinha visto seu nome no relatório do xerife.

– Você foi a única pessoa que duvidou do suicídio. Nós lemos que você insistiu com ele para que investigasse. É claro que nunca soubemos disso. Qual era sua opinião na época?

– Vocês *sabem* que eu nunca imaginei que Wills teria feito algo semelhante em tempo algum, mas achei que *alguém* tinha entrado na casa, apanhado a arma. Talvez um ladrão, um cigano, algum valentão ou algum pateta enlouquecido. Sua mãe, disso eu tinha certeza, nunca teria destruído a si mesma nem, imagino, a um bom pedaço da vida de vocês.

– Para dizer o mínimo – comentou J.J.

– Se vocês querem saber, sua mãe era uma pessoa extraordinária. Em toda a minha vida, nunca cheguei a conhecer ninguém parecido com ela. Tenho a impressão de que desde aquela época estive procurando por ela nos meus amigos e nenhum deles está à altura.

– Nós queremos saber – disse Ginger. – Ontem, encontramos um dos seus cadernos de textos e dois cadernos de desenho e os lemos ontem à noite. Estamos simplesmente começando a conhecê-la de novo. É tão estranho como o suicídio a excluiu das nossas lembranças. – Ginger estava adorando olhar para Charlotte. Da idade de mamãe, era assim que ela seria. Era assim que nos acolheria num aposento ensolarado, contando-nos histórias de nós mesmos, servindo chá.

Charlotte falou sobre os tempos de estudante na Faculdade Estadual Feminina da Geórgia, a paixão que sentiam por *art nouveau*, dança moderna, roupas e moringas de cerâmica. Os irmãos souberam que Catherine colecionava cerâmica popular. Charlotte mencionou o casaco de Catherine da cor de torrada com a gola de lince, que dava ao seu rosto um ar selvagem e atrevido.

— Foi no segundo ano — disse ela — que Catherine foi eleita Rainha da Associação de Estudantes Capa Alfa em Emory. Usou um vestido de noite branco de corte perfeito e toda a associação de alunos fez serenata para ela, vestidos nos trinques em uniformes da Confederação. Seu pai, um charmoso estudante de medicina, foi o par de Catherine naquela noite. Ela o deixou fascinado. — A gata acordou e subiu no colo de Charlotte. — Ah, e Catherine era uma filhinha do papai. O velho a adorava, a mimava, na opinião da sua avó. — Ela se perguntava como poderia transmitir para eles a sensação de passar uma hora que fosse com Catherine.

J.J. apanhou a cesta de ovos de cima da mesinha de centro e a mostrou a Ginger.

— Olha só que perfeição. — Ginger inclinou-se na direção dele e juntos os dois examinaram a cestinha atentamente enquanto J.J. a girava devagar. Charlotte viu a expressão de sintonia entre os dois. Aquele vínculo raro, tácito, que falava com mais clareza do que as palavras. Ao observar isso, sentiu-se menos triste. Tinham perdido tanto da mãe, tanto da própria infância... E o colapso de Wills, que bomba não devia ter sido! Mas era inegável que Ginger e J.J. tinham um ao outro. Quem sabe, o relacionamento especial da vida de cada um deles. E talvez não tivesse sido assim se os pais tivessem tido condições de criá-los. Charlotte gostaria de saber se eles algum dia teriam se dado conta disso. Algo tinha sido tirado, mas algo também tinha sido dado.

Charlotte ouviu Mayhew entrar na cozinha. Ele deu uma espiada no jardim de inverno.

– Ora, ora! Que bom ver vocês, crianças! É lógico que não são crianças. – Ele os abraçou e uniu as mãos. – Vocês vão ficar para o jantar. Faço questão. Tenho uns bifes para pôr na grelha, e Charlotte é imbatível na batata assada. – Desapareceu entrando na despensa.

Charlotte ouviu sua voz abordar o assunto constrangedor.

– Havia mais alguém, Austin Larkin, que estudava na escola politécnica, que era louco por ela. Pode parecer mito ou sonho, mas uma vez ele sobrevoou o campus e espalhou milhares de rosas para Catherine. Foi logo depois do noivado com Wills, no nosso segundo ano. Sempre me perguntei se Austin não a deixava atordoada, enquanto Wills parecia mais ser alguém com quem se poderia construir uma vida.

– Austin – disse Ginger em tom hesitante. – Que gesto fabuloso, fabuloso. Eu fugiria com qualquer um que jogasse rosas para mim de um avião. – Marco, pensou. Ele também tem esse tipo de ternura: Ginger raspou o anel de lápis-lazúli nos lábios. Uma percepção a atingiu em cheio. Marco era a herança que sua mãe lhe deixara. Talvez agora se pudesse permitir ter um grande amor. Sorriu para Charlotte.

Como é bonita, pensou Charlotte. Esse cabelo sedoso e essa elegância natural, meio ossuda. Ginger viu a admiração nos olhos de Charlotte e se sentiu expansiva.

– Esse Austin aparece no caderno que foi escrito durante a guerra. Gostaria de que você o lesse e nos dissesse o que acha. – Não fez especulações. Tirou da bolsa os cadernos de desenho e o de texto, junto com o rolo de filme. – E isto aqui também estava na caixa. Vocês têm projetor?

— Temos, e quilômetros de filme das crianças. Vamos ver quando escurecer.

— Devíamos ligar para Lily.

— Querida, vá até meu quarto e ligue para ela. E J.J., se você quiser dar uma ajudinha a Mayhew, eu fico aqui sentada e termino meu chá enquanto leio.

Desde a primeira página dos cadernos de desenho, Charlotte ficou fascinada com a quantidade de desenhos. Captou com seu conhecimento imediato o trabalho árduo e cheio de alegria de Catherine. Quando passou para o caderno de textos, já estava tão irrequieta que quis saltar para fora da própria pele só pelo choque de ver o próprio nome, ler a crônica daquela época fugidia, mergulhar no terreno emocional delicado, reservado, de Catherine; e mais, imaginar J.J. e Ginger descobrindo o caderno depois de todos os anos de silêncio.

Durante o jantar, Ginger, dominada pelo cansaço, pousou os cotovelos na mesa. O bife de Mayhew, banhado com seu próprio molho caseiro, estava uma delícia, e ela não se dera conta de como tinha sentido falta das grandes batatas assadas com creme de leite azedo, manteiga e cebolinhas. Teria de fazê-las para Marco qualquer dia desses, pensou distraída, se é que conseguiria encontrar creme de leite azedo na Itália. Exausta, comeu devagar mas com seu costumeiro prazer. Charlotte parecia ter se esquecido do prato que tinha à sua frente enquanto descrevia as viagens que ela e Catherine faziam para ir a bailes da escola politécnica, seus planos para o jardim e as travessuras dos três netos. Com delicadeza, ela perguntou por Wills, sem saber se os filhos tinham imaginado que o pai fosse um possível assassino, uma idéia que dificilmente poderia ser evitada agora.

— Ele é como um bebê grande e malcomportado na sua cadeirinha, batendo com a caneca. É difícil de explicar. Quem era ele naquela época? Do que era capaz? Talvez você saiba mais do que nós.

Charlotte fez que sim.

– Ele nunca... Ele salvava pessoas. Lembro-me de muitas vezes em que ele se levantou da mesa e saiu apressado para atender alguém que estivesse com um cálculo renal ou tivesse caído de uma escada. Ele descartou a empresa de Big Jim... poucos homens fariam isso... para ajudar os outros. – Mas não disse que na sua experiência de vida ela muitas vezes concluíra que a característica mais forte de uma pessoa tem um componente igual e contrário. Simplesmente não sabia até que ponto Wills poderia ser levado. Nas circunstâncias erradas, será que quase qualquer um não se poderia tornar assassino ou cruel?

Mayhew montou o projetor na ponta da mesa, e Charlotte puxou as cortinas, deixando lá fora a noite que se ia fechando sobre o jardim. Ah, ali estava Austin do jeito em que ela se lembrava dele, diante das espirradeiras cor-de-rosa em Carrie's Island, onde ela e Mayhew tinham estado muitos fins de semana com os três filhos. Passou a parte da Feira Mundial, e então o filme mudou de modo abrupto. Quando a casa amarela apareceu na parede da sua sala de jantar, ela de imediato se lembrou da tinta descascada na casa de fazenda de Austin.

– Varanda da frente da casa de Austin – disse. Mayhew olhou para ela, com ar de interrogação. Ela se deu conta de que não tinha tido oportunidade de lhe falar da ida a Stonefield. – Já, já, eu explico. – Calou-se, como todos se calaram, quando Catherine surgiu na parede, enchendo o espaço entre as janelas, o rosto incandescente raiado de sol.

Charlotte trouxe de sobremesa uma travessa de tortinhas de limão mal descongeladas, e Mayhew pôs na mesa um bule de café.

– Hoje de manhã fui a Stonefield, parece que faz uma semana. – Ela descreveu a casa e Edwina, depois sua inspiração de parar na agência do Correio.

– Austin mora na Califórnia, há muitos e muitos anos, na mesma cidade de Stanford.

– É o que se diz. – Mayhew afastou a cadeira da mesa. – Deus inclinou a América a partir das Montanhas Rochosas, e tudo o que estava meio solto rolou para o oeste.

Ginger se perguntou se, dali a vinte anos, ela teria a confiança no seu instinto para tomar uma atitude em prol de outra pessoa como Charlotte tinha tomado naquela manhã, quando agiu com base na sua compreensão de uma amiga dos velhos tempos de faculdade.

Também J.J. estava admirando Charlotte. Lógica nenhuma, pensou ele. Puro conhecimento visceral.

A leitura do caderno tinha confirmado tudo o que Charlotte não tinha chegado a suspeitar totalmente. Catherine não tinha conhecido nenhuma pessoa misteriosa. Durante a guerra, ela estava se encontrando com Austin. Mas por quê? Charlotte sabia que ela adorava Wills. Agora, diante dos olhos de todos eles, surgia essa pergunta espantosa. Mayhew e provavelmente 99 por cento das pessoas que ela conhecia não concordariam, mas Charlotte achava que Austin como pai talvez não se revelasse tão mau assim, levando-se em conta o destino de Wills. Se um segredo de família acabasse sendo exposto, o que sem dúvida é algo que desperta forte repulsa congênita em todos os sulistas, por mais antigo ou insignificante que o segredo seja, poderia abrir-se um inesperado caminho por onde seguir.

No íntimo, nos tempos de faculdade, Charlotte tinha desejado Austin para si, mas, como ele já estava apaixonado por Catherine, a possibilidade estava totalmente fora da realidade. Mal tinha conseguido expressar esse sentimento para si mesma. No último ano, conhecera Mayhew. Tornaram-se amigos de imediato, uma amizade que se fortaleceu pelo lado de Charlotte. Pelo lado dele, Mayhew se sentia atraído por Charlotte com uma espécie de magnetismo migratório, como as tartarugas marinhas que conseguem atravessar oceanos com uma perfeita orientação que as leva de volta à ilha de origem.

Charlotte abriu a bolsa e encontrou o endereço que a encarregada do Correio tinha escrito num formulário de encaminhamento de correspondência. Entregou-o a J.J., insistindo para que passassem a noite, mas Ginger disse que precisavam voltar para a casa de Lily. Mais cedo, quando Ginger telefonou do andar superior, Lily estava jantando com Eleanor. Depois, deixou escapar que Tessie tinha passado a noite anterior na Casa. Ginger e J.J., tão atribulados com suas próprias emoções, mal tinham pensado em Lily além de seu choque inicial e da mão machucada, nem lhes tinha ocorrido que ela pudesse estar apavorada, com medo de ficar sozinha.

– Eu me sinto tão culpada! – exclamou Ginger, quando entraram no carro. – Lily disse que ela e Tessie ficaram acordadas até tarde ontem à noite, de roupão, assistindo a *O morro dos ventos uivantes*. Será que podemos levar alguma coisa para ela?

– A esta hora da noite? Uma garrafa de Southern Comfort? Vamos pensar nisso amanhã, minha querida Scarlett.

– J.J., a idéia de Lily e Tessie tomando chocolate na sala íntima enquanto vêem um filme... Nunca as imaginei assim.

– Amicíssimas. Só que não sabem disso.

12 de julho

No meio da noite, Ginger acordou. Uma raposa roncou ao longe, um grito agudo repetitivo, respondido por outra raposa. Continuou deitada, vendo uma luz esfiapenta começar a riscar as janelas. Ouviu J.J. que se movimentava no próprio quarto. Como que ouviu alguma coisa deslizar, depois o chuveiro ligado. Nada neste mundo era tão confortável quanto sua cama no seu quarto. Os quatro travesseiros eram perfeitos. Ela passava de um para outro para se refrescar. No transcorrer da noite, os dois mais firmes foram jogados no assoalho, restando os baixos de pluma. Concentrou-se em Marco. Se ele estivesse ali, escutando as raposas jovens, se pousasse o peso da perna nos seus quadris, se acordasse no meio da noite e perguntasse com que ela estava sonhando... Ginger adormeceu e, quando acordou de novo, o sol forte atingia o espelho no seu quarto, e a casa estava em silêncio.

Quando Ginger entrou na sala de jantar arrastando os pés, Lily estava lendo uma revista. Os restos de uma travessa de ovos mexidos e bacon ainda estavam mornos. Tessie trouxe torradas com manteiga.

– Querida, fiquei tão preocupada! Vocês dois demoraram tanto, e agora J.J. já se foi de novo.

– Como? Onde é que ele está? Na cabana? – Ginger estendeu a mão para apanhar a geléia.

Lily dobrou partes do jornal.

– Ele deixou este bilhete. Não sei onde está.

Tenham um belíssimo dia, dizia o bilhete. *Estarei de volta daqui a uns dois dias.*

— Só isso? Não acredito...

— Vai ver, foi pescar com Scott. Você sabe que ele tem seus limites.

— E nós? — Ginger não tirava os olhos do bilhete. Sem dúvida, sem dúvida que não. Ela se lembrou de que, quando Charlotte encontrou o endereço de Austin, J.J. o enfiou no bolso da camisa. Queria acreditar que o impacto dos textos e dos desenhos sobre J.J. tivesse sido forte demais para ele escapulir rio abaixo da forma costumeira. Mas considerava difícil outra possibilidade, pois ele só saía do condado para eventuais expedições de caça ou de pesca, uma vez com seu ex-marido, Mitchell, até a Nicarágua para caçar patos e duas vezes até a cabana de um amigo da faculdade no Colorado para caçar alces. Viagens que envolviam apenas calças de camuflagem enfiadas em botas de cano alto. Quando pensou no que teria feito se o caderno tivesse levantado a possibilidade de que Austin fosse o pai de J.J., ela soube que J.J. tinha ido à Califórnia. Àquela hora já estaria em Atlanta, se tivesse saído por volta das cinco. Tomaria o primeiro vôo que estivesse esquentando os motores na pista, chegaria à Califórnia, e o quê? À medida que a idéia ia começando a parecer viável, Ginger ficou emocionada. O irmão tinha viajado por ela.

— Lily, e se nós também fôssemos dar um pequeno passeio?

— Boa idéia. Aonde poderíamos ir?

— Poderíamos ir visitar os Culpeppers na ilha, mas o que eu realmente queria fazer era ir até Athens conversar com o professor Schmitt sobre minha pós-graduação. Preciso examinar todos os requisitos com ele e ver o quanto me falta, caso eu resolva terminá-la. Podemos dormir na Inn on the Park, depois de um belo jantar. — Ginger estava querendo se redimir por ter abandonado Lily durante todo o tumulto. Ficou constrangida ao ver como Lily ficou empolgada. — Você pode levar seu *petit point* para trabalhar, e eu quero lhe mostrar os cadernos de desenho de mamãe que encontrei ontem no celeiro. Parece um milagre.

– Ginger não mencionou o caderno com textos. Lily não tinha nenhuma necessidade de saber nada a respeito de Austin nem nada daquilo. Para sua própria proteção, pensou Ginger. E para a nossa. Se a mãe tivesse tido um amante, nunca mais íamos parar de ouvir *coitadinho do Wills* nem nesta vida nem na próxima. Estão sendo revelados alguns segredos, percebeu ela, mas não paramos de ocultar outros dentro deles. Deu um suspiro. Deve haver outro modo de viver, mas nós não o conhecemos.

Lily recolheu a xícara e o prato.

– Quer mais bacon, meu amor? – Estava pensando no envelope que alguém deixara na caixa de correspondência. Será que algum dia descobriria quem o encontrara no cemitério? Achava que não tinha sido o criminoso que abrira a sepultura, mas alguém que ela conhecia, alguém que agora também sabia alguma coisa, não muita coisa, mas sabia que a mão de Catherine não tinha segurado uma confissão. Não queria conversar sobre o teor com ninguém, nunca. Especialmente agora que Catherine não era mais a fraca, a suicida. A lembrança de seu próprio ato incendiário já ardia o bastante. Quando as sepulturas fossem restauradas, ela pretendia levar flores para Catherine todas as semanas. Antes, ela ia até o Magnolia com dois vasos aos sábados, um para a mãe, o outro para Big Jim. Nada para Catherine, que tinha desonrado o sobrenome Mason. Lily teve outra idéia, outro modo de reparar o mal cometido. Daria todos os anos a Holt Junior os fundos necessários para mandar uma menina da região para a faculdade. Ele poderia homenagear Catherine dando seu nome à bolsa de estudos. Mas Lily jamais mencionaria o fato de ter queimado os pertences pessoais de Catherine. Não queria ferir J.J. e Ginger com o conhecimento do crime que ela cometera contra a mãe deles. Não suportaria a idéia de que eles a considerassem alguém capaz de um ato semelhante.

A chuva começou uma hora depois de deixarem a cidade e as perseguiu, ora um chuvisco, ora eliminando totalmente a visibilidade pelo pára-brisas, o tempo todo até Athens. Ginger a toda hora abaixava a janela para sentir o cheiro de terra preta, as ondas de carvalho e pinheiro que perfumavam o ar fumegante, o cheiro de ozônio crestado dos relâmpagos, o odor empoeirado de adubo e campos úmidos. Lily folheava os cadernos de desenho sem fazer comentários. Afinal, Ginger fez a pergunta.

– O que você acha? Ela não tinha um dom? – Ora, Lily, vamos, pensou. Reconheça *algo* de bom nela, depois de tudo o que descobrimos.

– Ah, eu me lembro bem. Ela era fanática por aqueles cadernos em que escrevia. – A ira que acendeu o fogo que queimou os cadernos, apagando Catherine da memória, tinha sido a emoção mais forte que Lily sentira a vida inteira até receber a notícia de que a cunhada não tinha sido uma suicida. Todos os anos de azedume e indignação pelos quais tinha passado! Que desperdício! Todos os comentários venenosos que tinha tecido só por acreditar que Catherine tinha destruído seu irmão... – Nunca se pode aquilatar do que uma pessoa é capaz – disse em tom enigmático.

Ginger dirigia. *Capaz*, pensou. Que palavra sólida, agradável. Deve vir de *capere*. Segurar. Se você for capaz, vai se fixar em alguma coisa. Quero pensar em mim mesma como alguém capaz. Tenho de assumir o comando. Fui a pirada que não conseguiu descer do quarto para o casamento. A funcionária temporária em São Francisco que morava num conjugado onde mal conseguia ficar em pé, e namorava outro pirado que trabalhava como entregador-ciclista depois de ter colado grau na faculdade. A toupeira no apartamento de subsolo em Nova York, que se forçava a andar até a empresa de seguros como uma escrava exausta, faltando tantas vezes por motivo de saúde que eles me demitiram sem efetuar meu último pagamento. Todas as tentativas malsucedidas de romance e sexo. Ivo viu a uva. Ivo viu vovó. Quanto atrapalho, que desperdício colossal!

Durante os dois últimos dias, à medida que ia absorvendo a reviravolta no seu destino, Ginger tinha começado a ter uma vaga idéia de si mesma como alguém com uma mãe a quem admirar. Catherine teria sido como Charlotte, cheia de vida, ligada, carinhosa. Teria se desenvolvido em direções fascinantes. E daí, se ela teve um caso? Era uma mulher passional. Talvez Wills tivesse sido como seu marido, Mitchell, e Austin, parecido com Marco. Catherine tinha se casado aos vinte anos, jovem demais.

Numa retrospectiva de alguns anos, Ginger pôde ver como se enganava a respeito de si mesma a cada passo. Quando entrou para a faculdade, recusou-se a estudar por medo de não conseguir passar, muito embora tivesse tido boas notas nas provas de avaliação acadêmica e tivesse tirado notas máximas sem fazer esforço no ensino médio. Viu como os cursos tinham sido fáceis o tempo todo quando voltou a estudar depois do divórcio. Sempre que folheava álbuns de fotografia, sentia o impacto de ver como era magra e bonita. Muitas vezes parecia desajeitada – a mão que se mexia, os olhos fechados, os joelhos perto demais da máquina – mas era bonita, decididamente, quando na época não se sentia bonita. Outras garotas sempre pareciam mais donas de si, prontas para o que desse e viesse com os homens. Quando Ginger ouvia: "Você tem os olhos mais lindos que já vi" ou "Você é a garota mais interessante que conheci", ela pressupunha o gosto sulista pelo exagero. Quase nunca tinha percebido que, embora tivesse dinheiro para comprar roupas e ir ao cabeleireiro, usava as mesmas peças o tempo todo e simplesmente deixava o cabelo ao natural. A sorte e o acaso, se é que tinham sido a sorte e o acaso, finalmente a levaram àquela primeira sala de aula em Athens, onde as aulas do dr. Schmitt não só cativaram sua mente mas lhe deram a impressão de ser códigos para decifrar os segredos perdidos do mundo. Ela adorava o minúsculo apartamento em Athens com um frigobar e um estrado para colchão posto sobre blocos de concreto; a escrivaninha, uma porta sobre dois arquivos baixos. Estava apaixonada pelos livros e pelos professores como nunca se tinha apaixonado por nenhum homem, até ir para a Itália para o estágio e conhecer Marco. Sentada na cama, cercada de livros, ela comia biscoitos salgados com maionese, devorando ao mesmo tempo toda a história da arqueologia.

Athens, onde tinha vivido em desespero resignado com Mitchell, tornou-se um porto seguro assim que ela voltou a estudar. Levava o cachorro da sua senhoria para passear pelo campus, sentindo a energia que emanava dos harmoniosos prédios de tijolos.

Agora, ao entrar na cidade, ela virou na rua Ridge e indicou para Lily a entrada lateral da casa anterior à Guerra de Secessão onde tinha morado. Fizeram um lanchinho no Bide Awhile, e se registraram no hotel. O dr. Schmitt concordou em recebê-la no seu escritório no meio da tarde. Lily resolveu descansar enquanto Ginger ia à universidade. Mais tarde, iria a pé até a loja de materiais para bordado que Ginger lhe havia mostrado na rua quando estavam chegando. Tinha avistado um interessante desenho em ziguezague na vitrina que ficaria lindo numa *bergère*.

Ginger ainda tinha uma hora antes que o dr. Schmitt chegasse ao escritório. Deu a volta por trás da universidade e entrou na rua Cane, onde tinha morado com Mitchell. Ah, maravilha, lá estava ele. Parou a uns trinta metros da casa e abaixou a viseira do carro. Mitchell estava abrindo a porta de um automóvel azul. Tinha exatamente a mesma aparência, só que o cabelo estava mais comprido e penteado para trás. Sem olhar na direção dela, ele foi embora. Ela soltou a respiração, só então percebendo que tinha parado de respirar enquanto ele jogava o paletó no banco de trás, fechava a porta e entrava no carro. Ginger sabia que ele estava voltando para o escritório no centro, depois do almoço. Trabalhando num sábado. Como era característico. De longe, protegida pela viseira e pelos óculos escuros, ela o seguiu. Num impulso, quando ele entrou no estacionamento do escritório, ela foi atrás e parou atrás dele. Mesmo assim, Mitchell não olhou para seu lado. Ginger viu que ele contraía os olhos no calor ao sair do carro. Estendeu a mão e puxou um matinho da sola do sapato, sapato que engraxava todos os dias de manhã, ela sabia; as unhas, polidas; a camisa engomada desdobrada do suporte de papelão. E, como ele é por fora, também é por dentro, pensou. Limpo e correto. Ginger abriu a porta sem saber exatamente por que motivo.

– Mitchell, ei, Mitchell!

Ele olhou para ela por um instante sem reconhecê-la e então jogou para trás a cabeça, numa reação exagerada de surpresa.

– Ora, ora, Mason. Estou de queixo caído. – Ela era a última pessoa que ele imaginaria encontrar num sábado no caminho para tomar o depoimento de uma aluna que acusava um professor de tê-la estuprado. E ali estava Ginger, com um sorriso. É claro que ele tinha ouvido muita gente falar da exumação e tinha querido ligar para ela e para seu antigo colega de quarto, J.J. Ainda não tinha reunido coragem, depois de uns quatro anos sem falar com nenhum dos dois.

– Precisei vir para ver como anda minha pós-graduação. Resolvi passar pela nossa casa. Vi que você estava saindo.

– Eu soube da sua mãe. Meu Deus, o que eles acham que aconteceu?

– Vamos sair do sol.

Mitchell olhou para o relógio. O depoimento estava marcado para dali a dez minutos. Que esperassem.

– Entre no meu carro e eu ligo o ar. Tenho uma reunião daqui a pouquinho. Quem sabe a gente se vê mais tarde?

— Não vai dar. Estou com Lily. — Ela se sentou no banco do carona. — Eu só queria dizer uma coisa. Não tenho certeza do que é, mas é algo que já devia ter dito há muito tempo. Talvez simplesmente pedir desculpas, sinceramente. Nem sei se você está casado ou não, nem se você quer ouvir falar de mim, mas senti remorso por você, por quem eu era quando estávamos juntos. Olhando para trás, com aquela nitidez perfeita que só a retrospectiva nos dá, sei que eu era um desastre ambulante. Você não merecia aquilo.

Olhou para ele como uma criança que confessa ter roubado alguma coisa da bolsa da mãe.

— Imagine só, Mason. Eu também cheguei a algumas conclusões nesses últimos anos. Sei que não fiz o suficiente para chegar até você. Às vezes, acho que você era inatingível, mas em outras ocasiões posso ver que você estava bem ali, à espera de algo. Esse algo simplesmente não era eu. Naquela época. — Pensou com assombro no percurso tortuoso da notícia da exumação até essa confissão no estacionamento. — Você não está morando na Itália?

— Eu estava. Estou. Mas precisei vir por causa de toda essa loucura. Mitchell, você parece ótimo. Espero que tudo esteja correndo bem.

— Está. Sou sócio de uma empresa. E tenho uma namorada com um filhinho de três anos. Ele é fogo.

— Você soube que mamãe não se suicidou?

— Soube. Nem posso imaginar como vocês devem estar se sentindo com tudo isso.

— Em geral, bem. Para J.J., foi bom também. — Ela lhe falou dos cadernos de desenhos e de texto mas não mencionou o nome de Austin. — É provável que não consigam descobrir depois de tanto tempo quem a matou. Parece que não estão conseguindo nem descobrir quem violou a sepultura.

Ele viu o outro advogado entrando no escritório.

— Falando em violação, preciso entrar para um caso muito estranho agora mesmo. Bem...

— Esta não é a última vez. Eu ligo quando vier aqui de novo. Fico feliz por ter topado com você.

— Você não topou comigo. Você me seguiu, sua tonta! — Ele lhe deu um beijo no rosto. Ela não recuou. — Como seu pai está reagindo a tudo isso? — Ele calculava que agora Wills devia ser um suspeito, mas não quis dizer isso.

— A maior parte do tempo está ausente. Incapaz. Mas ainda tem sua veia cáustica. Nem sempre foi assim.

Mitchell lembrou-se das visitas deprimentes quando carregavam Wills até o carro para uma volta no domingo, e ele ficava sentado no banco traseiro procurando alcançar o cinzeiro e queimando o estofamento de couro com o cigarro. Pobre desgraçado! Não admirava que Ginger fosse toda travada. J.J. também. Depois do divórcio, Mitchell não disse a ninguém, porque não queria prejudicar a carreira de advogado, mas tinha consultado durante três meses um psicanalista em Atlanta — longe o suficiente. Contemplando o jardim murado do dr. Patton, no qual havia uma ninfa coberta de musgo com água escorrendo de uma cesta, ele chegara à conclusão de que, em razão do suicídio, Ginger talvez não tivesse condições de amar. Ela temia a entrega de uma parte de si mesma para alguém. Sem que soubesse disso, para ela o casamento reconstituía uma possibilidade de destruição de si mesma, seu maior medo. Ela *precisava* evitar um relacionamento sério. "Prova disso", ressaltara o dr. Patton, "o dia do casamento." O sexo era o fogo e o crisol para esse medo. O dr. Patton o havia guiado, passo a passo, da amargura de um coração arrasado e do seu raciocínio jurídico maniqueísta até uma posição em que ele pôde olhar para Ginger e para si mesmo e sentir empatia pelos dois. Mitchell passou por cima do casamento desfeito e resgatou os Masons que conhecera na faculdade, quando ia até a cabana com J.J. e eles nadavam no rio, caçavam porcos do mato e jogavam pôquer a noite inteira. E então J.J. convidou a irmãzinha que estava na faculdade na Virgínia para acompanhar Mitchell ao baile. Ela estava usando um vestido de filó cor de champanha com lantejoulas em volta da bainha. O cabelo formava uma auréola curta de um vermelho dourado. Antes do final da noite, ele perguntou se poderia ir até a Virgínia para vê-la. No dia seguinte, levou-lhe três dos seus discos preferidos e os dois passearam pelo campus à sombra dos sicômoros amarelos, com os pés revolvendo as folhas molhadas.

Mitchell não só ficou feliz por poder resgatar as pessoas que eles tinham sido antes. A partir dali, conseguiu retomar a própria vida.

Sua mãe, porém, nunca superou a feroz aversão que sentia por Ginger e ainda a criticava sempre que se lembrava da sua existência. "Anormal", era como a chamava. "Desmiolada. E cortava as unhas com cortador de unhas. Nunca soube de uma única mulher que cortasse as unhas com cortador". Qualquer fiapo de memória a instigava. "Não sabia nem botar água para ferver". "Criatura insuportável. Queria ser a noiva no casamento e o defunto no enterro ao mesmo tempo". No fundo, Mitchell não se importava com as críticas. Havia sido magoado e, mesmo que tivesse conseguido perdoar, considerava que seu lado também merecia algumas lambadas. Ficou olhando enquanto ela ia embora.

Ginger deixou Mitchell com uma sensação de felicidade a percorrer seu corpo inteiro. Tinha imaginado que nunca mais o veria depois daquela tarde de janeiro no tribunal. Ele tinha ficado sentado de braços cruzados, usando uma capa de chuva, sem olhar na direção dela.

Agora, ela simplesmente tinha aparecido, falado, ele lhe dera um beijo, uma boa acolhida, era óbvio que a perdoara, mesmo sem um pedido de desculpas dela. Ginger tinha se sentido como um atropelador que foge do local. Mas estava claro que Mitchell tinha seguido em frente, da mesma forma que ela.

Os milhares de imagens de Mitchell que passavam pela sua cabeça agora não precisavam mais ser mencionados. Ela se fixou numa imagem por um instante: Mitchell tentando conter o jorro de água de um cano quebrado do banheiro, num dia em que chegaram tarde e encontraram o saguão inundado. A incrível força da água ele tentava bloquear com uma das mãos, enquanto com a outra procurava desajeitado pelo registro: o suéter rosa forte estava encharcado e os pés derraparam, e então, quando conseguiu fechar o registro, caiu numa poça de água. Ela ficou paralisada no *saguão* até ele se virar para ela e dar uma risada. Ela riu também, e ainda podia ouvir aquele riso.

O dr. Schmitt levantou-se da cadeira e abraçou Ginger.

– Ah, a Aluna Número Um! – Ele também tinha lido a notícia. Será que todo o mundo no estado da Geórgia tinha sido informado? Ele empurrou a cadeira para trás e escutou a história que ela contou.

– E no final dessa saga, resolvi, *acho* que resolvi, que quero, sim, fazer meu doutorado. Voltar à escola foi a melhor coisa que fiz na minha longa série de tentativas que não deram certo. E o trabalho na Itália. Eu poderia ficar lá para sempre.

– É, eu soube que as coisas por lá estão excelentes. – Ele esperava que ela tivesse o juízo de continuar. Foi somando o trabalho já concluído. Os dois examinaram as possibilidades de estudo independente e deram uma olhada no catálogo de cursos da Universidade de Perúgia, onde ela poderia fazer alguns cursos lá mesmo e transferir os créditos. – Parece que mais dois trimestres aqui bastarão. O resto pode ser feito na Itália.

— Nada mau. Serei dra. Mason! Se eu terminar... ah, meu pai! — Ginger nunca tinha pensado em assumir o título do pai. — Meu pai era médico em Swan antes do derrame. — Seus planos já se avolumavam. Ela não sabia que poderia transferir créditos de Perúgia. Volto à Itália para passar o mês de agosto, calculou. Depois, o outono aqui em Athens. Marco pode vir passar um mês na época do Natal. Depois, fico para o trimestre do inverno. E então, saio do ovo, salto para a vida, renascida, batizada no rio.

Teve vontade de dar alguma coisa ao dr. Schmitt, mas se esquecera de comprar uma garrafa de um bom vinho ou flores. Abriu a bolsa e apalpou o fundo até que os dedos tocaram no sílex frio. Estendeu a mão com sua ponta de flecha preferida, encontrada aos nove anos de idade, uma beleza de tamanho médio, da cor de ocre, lascada por um mestre.

— Aqui, uma lembrança de Swan.

Lily estava esperando no saguão com um Dubonnet. Tinha conhecido outra senhora na loja de materiais para bordado. As duas acabaram tomando chá juntas. Lily estava exultante e abriu a sacola de compras para mostrar a Ginger os fios naturais de lã azul, laranja claro e caramelo. Ginger pediu também um Dubonnet, bebida que considerava doce demais, mas queria acompanhar o pedido de Lily. Lily parecia estar transformada em comparação com o pavor em que estava quando Ginger chegou da Itália. Recostou-se na poltrona florida, descontraída. Os sapatos eram muito elegantes.

Lily percebeu seu olhar e riu.

— Comprei uns sapatos. — Ela estendeu os pés para que Ginger aprovasse.

— Muito bonitos. — Há algo de indestrutível em Lily, pensou Ginger. Ela consegue se *endireitar*. Talvez seja um talento para reorganizar a realidade de modo que a feiúra seja isolada como uma infecção, enquanto as boas células vermelhas seguem em frente. Ela não é como papai, que simplesmente capotou. Não importa a devastação que nos assole, em poucas horas ela já tem fôrmas de pão de banana esfriando na grade do fogão. Vou convidá-la a passar um fim de semana comigo em Athens. Vou insistir para que vá me visitar na Itália.

Ginger descobriu-se contando a Lily o encontro com Mitchell, o que as levou a um segundo Dubonnet e a reminiscências do dia do casamento. Dessa vez puderam rir um pouco.

– Tessie ficou dois tons mais escura – disse Lily e depois, baixinho, para dentro do copo: – Sempre me arrependi de ter dito naquele dia que você era horrível como sua mãe. Você sabe, meu amor – acrescentou ela, à vontade –, eu sempre tive uma invejazinha da sua mãe.

Mas Ginger ainda estava falando do casamento cancelado. Lembrava-se das costas da mãe de Mitchell enquanto ia furiosa para o carro. Ela dava a impressão de que poderia explodir.

– Velha megera! Como conseguiu criar alguém legal como Mitchell é um mistério.

Ao que tivesse chegado ao conhecimento de Lily, J.J. estava fazendo alguma curva de rio, lançando o anzol naquele momento, passando uma cerveja para Scott. Ginger sentiu vontade de ligar para ele à noite, mas não fazia idéia de onde ele estaria. Poderia estar num rio. Seu pai, numa missão de socorro durante a guerra, tinha uma vez saltado de pára-quedas atrás das linhas inimigas na Alemanha. Se J.J. realmente tivesse ido à Califórnia, ele também estaria agora numa missão perigosa.

Ginger levou Lily a seu restaurante preferido, o Cue-T, uma churrascaria rústica na periferia da cidade. As duas pediram lascas de carne de porco num molho superapimentado, batatas-doces fritas e salada de repolho. Torta de noz-pecã de sobremesa. Ginger comeu como uma esfaimada.

Com a diferença de fuso horário, quando o avião pousou, J.J. tinha perdido só duas horas. O sol ainda estava alto lá em cima, mas tão escondido pelo nevoeiro que parecia ser a lua. Ele saiu para algo que não podia ser exatamente chamado de chuva.

Frio. Eles não sabem que estamos em julho? Estudou um mapa no balcão da locadora. Palo Alto era direto para o sul, São Francisco, direto para o norte. Em menos de uma hora, já estava registrado no primeiro lugar que viu, um pequeno hotel funcional, no centro de Palo Alto. Procurou Whitman Street no mapa e viu que estava a uma rua de distância. Para descontrair e decidir o que fazer, foi andando. Aqui o ar era agradável, como deveria ser na Califórnia. Havia quanto tempo não ia a uma cidade fora do sul da Geórgia? Tinha ido de carro a Athens para ver Ginger durante o divórcio. No ano passado tinha ido ao dentista em Atlanta para extrair um siso incluso, e depois voltou dirigindo até a cabana ainda sob o efeito da anestesia.

Gostou das ruas que atravessou, um bairro antigo de casas bem juntas com colibris zumbindo nos brincos-de-princesa. Parou num lugar de onde emanava o aroma quente de grãos de café torrados e sentou para tomar um café. Quis ficar ali mais alguns minutos para observar a rua. Um cinema restaurado que parecia um bolo de noiva estava apresentando *E o vento levou*. Se eles soubessem da missa a metade, pensou. Universitários, pessoas com ar professoral, ciclistas, mulheres de blusinha justa, sem sutiã, saias longas de estamparia indiana. Partidárias da liberação feminina, imaginou. *Sexy* demais. Ele evitava mulheres que estivessem esperando para entregar a alma a um marido. Ninguém disse olá, e praticamente ninguém olhou na sua direção, embora por hábito ele olhasse para cada pessoa que passava. O costume do anonimato era uma novidade, e ele estava gostando. Em Swan, ele conhecia todo o mundo e sabia o que estavam pensando antes que a própria pessoa soubesse, e a recíproca era verdadeira. Atravessou a rua até uma papelaria e comprou um caderno e uma caneta. Mais tarde, escreveria tudo para se lembrar quando fosse contar a Ginger. Talvez devesse visitar Nova Orleãs, Richmond, Charleston, cogitou. Chegar, observar e ir embora. Os lugares que lhe ocorreram ficavam todos no sul. Londres, pensou. Uma vez alguém tinha levado índios lá para exibi-los numa jaula. Era provável que ele se sentisse assim num país estrangeiro. Um urso dançarino. Como deve ter sido para Ginger, perguntou-se ele, aterrissar na Itália e começar a viver a vida? Começar a acumular as coisas que permitem que se exista no lugar. Imaginou Ginger procurando no dicionário de italiano a palavra *toalha*. Ele tinha comprado um caderno e uma caneta. Lençóis, frigideira, uma vida começa. Quem você é quando não é ninguém? Palo Alto parecia terra estrangeira aos seus olhos. Homens de cabeça raspada e túnicas amarelas agitando pandeiros e dançando na esquina, restaurantes indianos, chineses, japoneses, lojas de comida natural, cujos aromas repulsivos invadiam a calçada quando ele passava. Quem era Austin Larkin aqui? Tão longe de Stonefield. Deu meia-volta para pegar Whitman Street. O número 1.518 seria dali a dez quarteirões. Resolveu passar direto pela casa de Austin. Logo entrou num bairro diferente de casas em estilo espanhol misturadas com algumas vitorianas muito altas e outras quadradas que pareciam quadros de Mondrian. Passou por ruas com o nome de escritores – Cowper, Melville, Byron, Hawthorne. Os nomes graciosamente antiquados tinham um efeito tranqüilizador aqui na última borda do país.

Numa casa de esquina, parou junto a uma fileira de cerejeiras onde gaios mergulhavam em busca dos últimos frutos. O perfume da dama-da-noite ao longo do muro do jardim mesclava-se ao das flores rosadas do agressivo jasmim-de-veneza e aos gritos estridentes dos pássaros. Parou e deixou que as sensações se acumulassem. A cor da casa de venezianas fechadas lembrou-lhe a luz que salta de um cantalupo quando é partido ao meio. E se morasse aqui ao invés de em Swan? Se saísse de casa para podar as samambaias pendentes de uma sacada? Ao longe no interior da casa, viu uma criança na cozinha. *A vida dessas pessoas num lugar que não conheço.* E então o momento se dissolveu. Ele seguiu em frente. Algumas casas pareciam ser principalmente garagens. Apinhados desse jeito, dava para ouvir o vizinho peidar, pensou. No número 1.518, ele parou. Uma casa cinza, contemporânea, com a frente toda fechada, telhado alto de duas águas. 15 mais 18 é igual a 33, a idade dele, uma conta que Ginger faria. Limoeiros e o que ele mais tarde descobriu serem nespereiras encobriam as janelas. A garagem para dois carros, voltada para a rua, dominava a casa. Ficou olhando, pensando que não dispunha de nenhum contexto para esse tipo de casa. De repente, sentiu-se grande e estranho, um gigante de papelão em pé diante da casa de um homem desejado por sua mãe décadas atrás. Quantas escolhas deles me trouxeram até aqui? perguntou-se. Austin. Alguém que mamãe amou, mas não o suficiente para deixar papai. Quer dizer que ele era candidato a suspeito de assassinato? Improvável, tantos anos depois de terminado o caso. Talvez papai tenha finalmente ouvido falar no caso. Charlotte disse que Austin se tinha mudado para a Califórnia durante a guerra.

J.J. queria encarar Austin. Queria sentir uma reação visceral. Queria um não ou um sim para transmitir a Ginger. Era por isso que estava ali. Não existe melhor tempo que o presente, disse a si mesmo.

Ficou apenas um instante diante da porta da frente e então levantou a aldrava. Austin devia estar com seus cinqüenta e poucos anos. Nada do jovem amante. J.J. preparou-se para um homem balofo com o pescoço grugulejante e óculos. Uma mulher jovem, vestindo uma camisa por cima do maiô, atendeu a porta. Era pequena, com o cabelo escuro liso, cortado em forma de cunha, de tal modo que, quando mexia a cabeça, o cabelo acompanhava o movimento um segundo depois. Ela abotoou um botão, olhando para ele com as sobrancelhas erguidas. Ele captou os pulsos finos e as pernas bonitas, sua aura de auto-suficiência.

– Oi! Você veio cuidar da limpeza da piscina? – perguntou ela.

– Não. Eu me chamo J.J. Mason. Gostaria de falar com Austin Larkin. É aqui que ele mora?

– É, mas papai não está.

– Ele volta logo? Devo me explicar. Sou J.J. Mason de Swan, Geórgia, não muito longe de Stonefield, onde seu pai passou a infância. Ele conheceu minha mãe na faculdade, Catherine Mason.

– Mason – disse ela. – Não me lembro de papai ter mencionado nenhum Mason, mas lembro-me, sim, de ele ter falado de Swan. Quem poderia esquecer um nome desses?

– Bem, na época minha mãe era Phillips.

– Ah! Catherine Phillips! Claro que me lembro. Ela foi a paixão de papai dos tempos de faculdade. Ele achava que ela é que tinha pendurado as estrelas no céu. Já falou sobre ela. – A moça estendeu a mão. – Eu sou Georgia Larkin. O nome é em homenagem você sabe a que lugar, dado por um filho leal do estado. Pode entrar. – Seu sorriso se abriu até os molares. Tinha dentes perfeitos, de artista de cinema. Bom dentista, pensou J.J.

A porta da frente na realidade dava para um pátio. O anonimato do exterior da casa não tinha nada a ver com o quintal tropical exuberante e viçoso com uma piscina circular. A casa em forma de U era totalmente de vidro na parte interior. De fora, ele avistou uma sala de jantar com as paredes cobertas de livros, um quarto com paredes de um amarelo vivo. Ela estivera deitada numa esteira.

— Está ficando tarde. Aceita um copo de vinho?

— Obrigado, mas não precisa se dar a nenhum trabalho por minha causa. — Ela foi à cozinha e voltou com uma bandeja com vinho branco gelado, copos e um cacho de uvas. Tinha jogado sobre o corpo um vestido branco folgado, comprido até os tornozelos.

— É uma pena que as uvas estejam quentes. Ficaram no banco do meu carro. — Ela serviu o vinho e pôs uma uva no copo dele. — Papai só volta amanhã no final da tarde. Você ainda vai estar por aqui?

J.J. fez que sim.

— Tenho algumas coisas a resolver aqui. — É só você me deixar sentar aqui, querida, pensou. Georgia. Tornozelos delicados e pés pequenos. Mas o rosto? Ela era bonita? Parecia — intrinsecamente ela mesma. O que ela faria se eu estendesse a mão e tocasse seus cílios espessos com o lado do meu dedo médio? Então era isso o que queriam dizer quando falavam em garotas da Califórnia. Ela é uma coisa!, pensou.

— Você é filha única? — Pelos traços, ela não se parecia nem um pouco com Ginger. Mas um aspecto seu fazia com que ele se lembrasse de Ginger: sua tranqüilidade.

— Sou, dá para perceber? Minha mãe morreu quando eu estava terminando a faculdade. Papai não se casou de novo, mas talvez esteja a ponto disso. Está viajando com uma mulher com quem vem saindo há algum tempo. Ela vende imóveis aqui em Palo Alto. Uma mulher adulta, graças a Deus. Os pais das minhas amigas estão sempre se casando com garotas da nossa idade.

— Bem, estou querendo mesmo conhecer seu pai. Meus pêsames pela sua mãe. Eu também perdi a minha. — Ele beliscou o queixo. — Se eu puder ligar para ele amanhã... que horário seria conveniente?

— Eu diria por volta das quatro. O que você vai fazer hoje à noite? Gostaria de ver as atrações de Palo Alto? A verdade é que tenho de trabalhar um pouco hoje na loja por volta das nove, mas você poderia ir se quisesse.

— Claro, seria um prazer. Onde você trabalha?

— Eu não trabalho lá. Ajudo às vezes. Papai tem três livrarias na região da baía de São Francisco. Stonefield's, reconheceu o nome? Vamos realizar um evento hoje à noite e preciso apresentar os leitores. Na realidade, neste momento ensino equitação e treino cavalos. Durante dois anos fui professora da quarta série e agora tirei um ano de licença para ver o que quero fazer.

— Posso convidá-la para jantar antes? — Em todas as suas elucubrações no vôo até ali, J.J. nunca imaginou que a viagem pudesse ter uma reviravolta dessas. — É você quem vai me apresentar à Califórnia, e quero que ela me dê a melhor impressão.

Encontraram-se no St. Michael's Alley. J.J. tinha se trocado, vestindo a outra camisa branca, e achava que poderia estar mal vestido de jeans, mas, pelo contrário, estava elegante demais entre os homens que usavam túnicas soltas de estampado colorido, malhas listradas gregas e camisetas. Alguns estavam de terno de brim cáqui e gravata de gorgorão. Muitas mulheres tinham o cabelo muito volumoso e usavam vestidos esvoaçantes de algodão e contas de artesanato indígena, se bem que algumas estivessem tão bem vestidas quanto as mulheres de Swan.

Georgia já estava à mesa. Meio virada de costas, estava conversando com um grupo que tinha livros em cima da mesa e estavam distribuindo folhas de papel. Ela estendeu a mão para ele. Primeiro toque.

– Oi! Esses são todos os que vão ler sua obra na livraria hoje. – Ela foi apontando: Ron, Suze, Abby, Dickie, Cady, Herbert. Eles acenaram e sorriram. – Este é J.J. Mason. Veio até aqui de Swan, na Geórgia, perto de onde meu pai nasceu.

J.J. cumprimentou a todos com um gesto de cabeça. Quando se sentou, perguntou se todos eram escritores. O garçom veio, apresentou-se, o que J.J. achou engraçado, e anotou o pedido de vinho e *boeuf bourguignon*.

– São, um grande grupo de amigos. E há outros, você vai ver. Todos são mais velhos que eu. A maioria passou pelo programa de escrita aqui ou pelo da cidade. Estão com seus trinta anos e se reúnem o tempo todo para criticar a obra uns dos outros e beber vinho. Adoram isso.

– E algum é bom?

– Sim. Bem, na média. Alguns já publicaram livros. Herbert, que considero o melhor escritor de Palo Alto, nunca manda nada para publicação. Como que não se anima a mergulhar fundo.

– Por que não? Se é tão bom assim... – O garçom, Kipper, trouxe um pequeno pão de fôrma quente e o vinho.

– Não sei. Talvez tenha medo. O que você faz lá em Swan?

J.J. tomou um golinho do vinho e abanou a cabeça.

– Nada de específico. Pode-se dizer que administro propriedades. Mas vamos fazer um brinde a você. – Ele ergueu o copo. – Obrigado por sair comigo. Eu não esperava ter tanta sorte.

– Pena que papai esteja em Los Angeles. O que o trouxe aqui?

J.J. olhou para ela. Não estava preparado para dizer a verdade. Mas também não queria ser dissimulado com ela. Deu-se conta de que, àquela altura da noite ele costumava estar pensando num jeito de escapulir. Estava perplexo. Por mais simpática que ela tivesse sido, ele não tinha detectado nenhum vestígio de paquera. Ela dava o mesmo sorriso para a mesa de escritores, para o garçom e para a fatia de pão na qual passou manteiga para entregar a ele.

— Adoro o pão deles. Sai uma fornada todos os dias de tarde. — J.J. ficou olhando enquanto ela mastigava. Não costumava gostar de ver gente comer. Ela era limpa como um gato. Provavelmente tinha sido mimada pelo pai a vida inteira. Uma princesinha. Também não costumava gostar de olhos castanhos. Pensou em Mindy, Julianne, em como qualquer coisinha bastava para fazê-lo explodir. Sentiu que estava descambando para seu jeito crítico, mas não lhe ocorreu nada.

Arriscou uma de suas jogadas.

— Seus olhos... estou tentando ver de que cor eles são. Castanhos, mas vejo salpicos dourados. Como quando se olha no fundo de um rio.

— Bonito isso. Meu pai diz que são da cor de um bom xerez. Os seus são da cor das ágatas molhadas que colhemos em Pebble Beach. São lindas enquanto estão molhadas, mas desbotam e ficam cobertas de sal quando secam.

— Voltando à sua pergunta. A resposta é difícil. Bati na sua porta como quem vem do nada. Minha família tem uma história complicada. Imaginei que seu pai pudesse lançar alguma luz sobre uma situação que acabou de surgir lá em casa. — De imediato, a cena da exumação surgiu na sua mente. Ele se calou.

O garçom trouxe as saladas e moeu a pimenta com formalidade, bem do alto. Georgia contemplou J.J. com curiosidade. Gostava dele. O rosto de estátua parecia tenso mas se abrandava quando ele falava. Concluiu que ele tinha a aparência que o mármore pode ter: duro e ao mesmo tempo acariciável. Havia alguma coisa que ele não estava dizendo, e era estranho que essa alguma coisa estivesse relacionada a seu pai.

J.J. serviu mais vinho.

— Vamos falar de você agora. O passado sem dúvida pode esperar mais um dia. — Ao fundo, os escritores riam e liam frases em voz alta. Ele ouviu diversos brindes. O restaurante pequeno e apinhado tornou-se um segundo plano turbilhonante para o rosto de Georgia, bem ali à sua frente, com um viço que lhe coloria as faces, os ombros nus na sombra. Gostaria de beber água pura daqueles cálices delicados formados pela saliência das clavículas, pensou.

— História rápida — disse ela, rindo. — Estudei em Stanford, mudei-me para casa quando mamãe morreu. Não quis deixar meu pai sozinho. Minha área de concentração foi ciência política. Mais uma questão da época do que algum interesse intrínseco meu. Principalmente, eu me concentrei nos cavalos. Sempre mantive um cavalo nas Cocheiras de Stanford, desde os oito anos de idade. Gostei de ensinar, mas prefiro estar ao ar livre. Adoro meu trabalho nos estábulos, embora todos digam que é um entusiasmo de menina, que eu não deveria considerar os cavalos uma ocupação para toda a vida. Mas não quero administrar uma das livrarias. Gosto de ler, mas vender não me empolga. Por isso, estou pesquisando, acho, mas sem muita pressa. Posso estudar veterinária. Quero ter certeza. E estou me divertindo.

Ele não parava de perder a continuidade do pensamento. Ela bloqueava seus hábitos normais. Como não encontrou nada para criticar, voltou-se para si mesmo. Esse vislumbre de outro estilo de vida, mesmo um rápido vislumbre, girou a lente telescópica para sua existência solitária e sua própria teimosia. Eu perambulo pelas matas à procura de peixe, quando ela está levando sua vida a quase cinco mil quilômetros de distância, pensou. Se eu não sair de lá, vou me transformar num daqueles velhotes grisalhos que fazem ponto na loja de iscas para pescar. Não que ele quisesse sentar a uma mesa para ler rascunhos em voz alta enquanto comia.

— O que está achando do *bourguignon*? Uma delícia, não é? Fale-me de você.

– Sou mais velho que você. Da idade de Cristo, trinta e três. Dizem que é a idade da perfeição. – Ele ergueu o copo num brinde de brincadeira. – Tenho uma irmã que é dois anos mais nova que eu. Ginger. Vejamos. Eu me formei há uns dez anos, em Emory. *Esperava-se* que eu estudasse medicina, como meu pai, mas me interessei por coisas úteis como a literatura e a filosofia. Nunca me casei. Nem cheguei perto. – A faculdade parecia ter sido em outra vida. Ele poderia estar descrevendo outra pessoa. – Nós temos uma casa fora da cidade, às margens de um rio, um lugar – ele fez uma pausa – especial. Passo muito tempo lá.

– E o que você gosta de fazer?

Ele começou a falar em pesca e caça à codorna, mas resolveu que também escrevia. E desenhava. Indicou com a cabeça a mesa atrás dela, onde uma gorda com o cabelo preto penteado para o alto atacava o ar com um garfo e repetia, "Péssima metáfora, péssima." J.J. achou que, com aqueles olhos pesadamente delineados, ela parecia um ser arborícola.

Georgia o havia imaginado num escritório examinando contratos de arrendamento, embora ele não desse essa impressão.

– Isso é bem diferente de administração de imóveis. Não era isso o que você disse que fazia? O sul tem tantos grandes escritores. Por que será?

Ficaram conversando. Durante todo o jantar, a sobremesa, o café. De repente, Georgia viu que os escritores tinham ido embora. Ela e J.J. iam se atrasar, não que alguém se importasse. Caminharam os dois quarteirões até a Stonefield's. Na sala dos fundos, enormes almofadas de espuma estavam espalhadas pelo chão. O gerente da loja já tinha dado início à sessão de leitura, e a mulher pesadona estava em plena atividade. Eles se deixaram afundar nas almofadas encostadas na parede dos fundos. J.J., que nunca tinha presenciado uma sessão de leitura, logo ficou fascinado. Georgia, que tinha sido levada a esse tipo de evento a vida inteira, teve oportunidade de relaxar e pensar sobre J.J. Olhou para seu perfil, a camisa branca de mangas arregaçadas, perguntando-se o que teria achado dela. Sem dúvida, ele a havia examinado com atenção. Georgia nunca se tinha sentido tão exposta num simples jantar num restaurante. Os olhos de J.J. não tinham sossego. Passeavam por ela, famintos, se bem que agora ele parecesse distante. Naquele exato momento, ele se estendeu por trás da sua almofada e piscou um olho para ela. Piscou. As pessoas ainda faziam isso? Herbert começou a ler, e ela tentou prestar atenção. Havia algo em J.J. que parecia pertencer a algum lugar totalmente diferente. Sem que ela quisesse, sem que raciocinasse, um pensamento não parava de insistir em vir à tona enquanto ela se esforçava por entender suas reações a ele. Embora ele fosse lindo, o que ela sentia não era nem mesmo atração; era mais despertar do instinto. Fixou o olhar nas suas pernas paralelas, quase se tocando, nos pés. Teve uma contração súbita.

Ele sorriu para ela. Ela retribuiu o sorriso, e seus olhos se uniram.

— Você está gostando da leitura?

— Ele é bom. Tem talento e acho que sabe disso. — J.J. fez o gesto de aprovação com o polegar para cima.

Os escritores iam à casa de Abby para continuar seu debate sobre o uso da metáfora. Ron a estava declarando morta; Abby disse que ele estava todo arrogante pelo ano passado na França, e que a metáfora era por onde as línguas cresciam. J.J. sentia-se atraído pelo calor e pela luz de escritores vivos, em atividade, mas recusou o convite.

— Ainda estou no fuso horário do leste. São três da manhã. Obrigado, mesmo assim.

— Na Califórnia, sempre é mais cedo e mais tarde ao mesmo tempo — acrescentou Herbert.

Georgia e J.J. voltaram a pé até o carro de J.J. e seguiram por uma alameda de palmeiras altas, estacionando no final. Atravessaram o pátio quadrangular de Stanford, onde as pecinhas douradas no mosaico da frente da capela captavam o brilho da lua. J.J. e Georgia ficaram parados no pátio deserto. A boca de J.J. estava muito próxima do cabelo dela. Ele inspirou seus perfumes.

– Você cheira a sorvete de baunilha.

– E você é impossível, seu cavalheiro sulista!

Os olhos de J.J. acompanharam o ritmo sombrio dos arcos que cercavam o pátio.

– Isto aqui parece um lugar em que Dom Quixote poderia entrar montado a cavalo. – Os dois se sentaram à beira de um chafariz. – Decididamente não americano. – O impacto da paisagem da Califórnia, que ele havia apreciado até o momento, o atingia com violência. – Os montes no caminho do aeroporto até aqui eram dourados. O verão no sul é verde, verde, mil matizes de verde. Não estou criticando. – As palmeiras farfalhavam lá em cima à brisa suave. – Estive muito tempo num lugar só. Isto aqui é como um sonho.

– A visão de alguém. Os fundadores perderam o filho e construíram um monumento em sua memória. Adoro isto aqui. Adoro todas as palmeiras. Nasci no centro médico do campus, de modo que ele tem de ser meu lugar para mim. Quando vou ao sul com papai, aquela vegetação exuberante parece exótica. Como se as trepadeiras fossem entrar pela janela durante a noite. Quando eu era pequena, achava que a fazenda era a terra do João do Pé de Feijão. – Ela sorriu. Seus ombros se tocaram.

– É bom estar aqui com você – disse ela, simplesmente. Para ela, esse era o umbigo do mundo, essa insensata construção de pedra numa terra árida. Adorou que J.J. pensasse em Dom Quixote ali. Ele tinha conseguido tocar o próprio sentido que Georgia tinha do lugar. O pensamento indefinido que estivera vagando pela sua cabeça a noite inteira transformou-se em palavras. *Eu o reconheço,* pensou. Seis horas com ele... ridículo. Como se tivesse ouvido seu pensamento, J.J. voltou-se para ela, inclinando a cabeça na sua direção.

Voltaram até onde estava o carro dela, passando pelos galhos frondosos que formavam arcos acima de Hamilton, University, Whitman, com as folhas já ganhando o tom de ferrugem, a iluminação pública na forma de globos brancos parecendo uma fileira de luas à sombra dos sicômoros. Os dois estavam calados. As ruas vazias pareciam córregos, que o levavam facilmente para um rio.

– Ligue para mim amanhã, se quiser visitar os estábulos. Ou simplesmente apareça. – Ela escreveu o telefone numa nota de gasolina e saltou. Ele saltou do seu lado, e ia começar a dizer alguma coisa; ela, porém, acenou e abriu a porta do próprio carro de um modo que não permitiu que ele falasse.

Uma imponente magnólia sombreava o lugar onde ele estacionou. As flores sedosas fizeram com que ele voltasse direto à casa de Big Jim. Perguntou-se como conseguiam vicejar nesse ar seco. Trair a umidade do sul com tanta facilidade? Levantou os braços e os flexionou. Seu corpo estava carregando uma tensão. Teve vontade de se deitar naquele quarto simples de hotel e repassar cada minuto desde o pouso do avião. Não é uma tensão, pensou. Era a agradável sensação de uma corrente de 110 volts a recarregar todas as sinapses. Apresentava resistência à idéia de que gostaria de morar ali, mas sentia a vitalidade e a saúde do lugar. Ginger gostaria disso aqui. Imaginou que Lily fosse achar detestável. Olhou mais adiante na rua para uma fileira de chalés de madeira, com janelas das quais saía uma luz suave e sombras de samambaias gigantescas. Eu poderia alugar um deles com um jardinzinho de nada e plantar dois tomateiros em barris de vinho. Poderia me sentar ao ar livre sem o ataque impiedoso dos mosquitos. Talvez aqui eu escrevesse um romance longo, cheio de camadas, sobre o Sul. Big Jim. O manda-chuva. Wills Menino prodígio, a lenta explosão em fragmentos. Ora, vá escrever lá, pensou. Molhe a pena nas poças do meu suor acumulando-se no chão. Lembrou-se de um verso de um dos poetas. *Transforme-me, transforme-me em algo que eu sou.*

13 de julho

Rainey deixou Johnny à mesa do café da manhã, lendo o jornal de domingo de Atlanta. Não gostava mais de se demorar à mesa depois de nenhuma refeição. A última torrada, as três fatias de presunto, não. A balança mostrava que ela havia perdido mais duzentos e cinqüenta gramas; apesar de que, se bebesse um copo d'água, a agulha voltaria para a posição de onde não queria sair. Precisava de tempo sozinha para escrever uma coluna que tinha em mente. Na realidade, tinha a inspiração para uma coluna semanal que a tiraria por inteiro da página de notícias sociais. O que nos está faltando, dissera ela a Johnny, é uma perspectiva local sobre as notícias nacionais. Não disse perspectiva feminina porque não queria ouvi-lo resmungar. Por não mencionar essa palavra, ela poupava aos dois: ele não precisaria adotar uma postura previsível e cansativa e ela não precisaria inventar motivos superficiais para o que queria.

Cada vez mais, notícias de mulheres que transformavam a própria vida se infiltravam até o Sul, chegando até mesmo a Swan. Ela, por exemplo, acolhia todos os informes de mulheres em marcha, mulheres abrindo revistas, mulheres assumindo o comando. Acreditava, porém, que sua própria voz se situava fora da política. Escreveria uma opinião semanal estritamente pessoal que por acaso era a de uma mulher.

Tinha deixado um ventilador ligado junto à mesa de trabalho. Seus papéis subiam e caíam, subiam e caíam – o rascunho de um casamento e uma receita de bolinhos de creme de leite azedo misturavam-se à sua investigação sobre as condições dos hospitais. Na semana anterior, uma barata tinha sido servida junto com a salada na bandeja de jantar de um paciente. Girou a cadeira para a máquina de escrever. Que nome daria à coluna? "Rainey à Solta." Não, isso fazia com que se lembrasse do seu peso. Pensou na coluna de uma colega jornalista em Tipton "Trem de cozinha". Horrendo. O telefone tocou.

— *Swan Flyover* — atendeu ela.

— Olá, Rainey, aqui é Angela Kinsella, de Simmonsville. Nós nos conhecemos no ano passado na convenção.

— Olá, Angela, que bom falar com você.

— O mesmo digo eu. Tudo bem por aí com vocês? Eu soube do que aconteceu em Swan, e Peter Drew lá de Knightsborough me disse que você ligou para ele a respeito, querendo saber se algo semelhante teria acontecido por lá.

— Liguei, sim. O Departamento de Investigações e o xerife daqui não encontraram nenhuma pista. — Rainey apanhou a caneta.

— Não foi nada tão grave quanto o que aconteceu com a tal senhora em Swan que ficou jogada na chuva e tudo o mais, mas eu queria que você soubesse que, ontem à noite aqui em Simmonsville, alguém destruiu algumas cruzes e virou de cabeça para baixo uma urna numa sepultura. O pior foi terem quebrado a porta de um túmulo daqueles em estilo de mausoléu, você sabe? Aquele tipo que fica acima do chão e tem o formato de uma arca de cedro?

— Sei como é. E eles sabem quem foi?

— Não, talvez algum arruaceiro, algum doido ou alguém que bebeu demais no sábado à noite e tinha lido a notícia de Swan. Mas também pode ser que tenha sido a mesma pessoa que foi a Swan. Esse tipo de coisa não acontece todo dia.

— Obrigada, Angela. — Aquilo não tinha muita importância mas, pela possibilidade de que houvesse uma ligação, ela prosseguiu — Deixe-me anotar direito esses detalhes...

Ralph tinha acabado de passar pelo escritório depois da igreja. Os sinos ainda repicavam a dois quarteirões dali, um barulho alegre que cobria a cidade inteira. O padre Tyson tinha pedido aos fiéis que orassem por Catherine Mason e pela comunidade inteira que precisara passar pela tristeza de um crime daqueles em seu seio. Amém, irmão, pensara Ralph. Ele atendeu o telefonema de Rainey.

– Bom. Boa notícia. Alguma coisa é melhor que nada. – Ligou para Gray em casa.

– É, parece que estamos lidando com um fetichista. Vamos investigar. Não se preocupe com isso num domingo. Mais cedo ou mais tarde, vamos apanhá-lo.

Ralph procuraria a palavra *fetichista* no dicionário. Achava que estava de algum modo relacionada com alguém que gostasse demais de pés. Serviu um café, esquecido de que era o resto frio do dia anterior. Resolveu ir até o Three Sisters. Como a maioria dos moradores de Swan, no domingo de manhã, ele achava que não existia nada melhor na terra do que sonhos quentinhos. O Departamento de Investigações que descobrisse o paradeiro desse pirado que estava perambulando pelo estado da Geórgia.

Ralph lembrou-se do Homem das Cabras, que costumava passar por Swan quando ele era criança. Talvez o visitante de sepulturas fosse alguém parecido com ele. O Homem das Cabras andava ao lado de uma carrocinha de madeira, que retinia com panelas e tesouras penduradas. Seu rebanho de cabras caminhava com ele, fazendo-lhe companhia, cada uma com um sininho. Às vezes, ele parava fora da cidade num campo, e algumas pessoas se aventuravam a se aproximar para que ele afiasse suas facas. Uma vez, Ralph foi com o avô, que suspeitava do Homem das Cabras. Ele ainda se lembrava da sua estrutura ossuda, da sua barba como a do Velho Cronos e dos olhos distantes e remelentos. Era óbvio que o Homem das Cabras era uma figura. Esse porco violador de sepulturas era provavelmente algum canalha untuoso, com emprego fixo, em dia com os impostos, fazendo-se passar por normal.

Quando Ralph atravessou a rua, viu uma senhora que acenava para ele. Ela saiu do carro e se encostou na porta. Ele a reconheceu: era a mulher da vila operária que costurava roupinhas de bebê. Percebeu que ela contraía os lábios e cruzava os braços sobre o peito. Parecia estar com frio, o que era impossível naquele calor todo. Mas podia ser que estivesse doente.

– A senhora está com algum problema? Tudo bem? – Ele voltou a atravessar a rua.

– Será que posso falar com você? É importante. Seu avô me ajudou algumas vezes. Eu me chamo Aileen Boyd.

– Fico feliz por saber que ele foi útil. Em que posso ajudá-la? – Ela era bem bonita num estilo de quem leva uma vida dura.

– É muito particular.

– Vamos ao gabinete. – Ele a segurou pelo cotovelo e a conduziu ao andar de cima até a pequena sala de entrevistas nos fundos. Aileen recostou-se na almofada do sofá, descansando a cabeça para trás, de olhos fechados. – Muito bem, qual é o problema? – perguntou Ralph.

– Tudo. É sobre Catherine Mason – disse Aileen. – Por onde vou começar? Acho que por Sonny. Sonny era meu marido.

Desde o dia em que Ralph leu o relatório do avô sobre o suicídio, o garrancho na pasta não saía da sua cabeça. S, seu avô tinha escrito, e B ou D. Sonny Boyd. O avô suspeitara dele. Na mosca.

GINGER E LILY DEIXARAM ATHENS EM TORNO DAS DEZ, voltando para Swan por Matteson Junction, onde a colega de faculdade de Lily, Agnes Scott, tinha nascido, e onde Lily um dia conheceu num chá dançante um homem que pareceu gostar dela, embora ela nunca mais tivesse ouvido falar dele. Olharam para a rua de casas antigas que Sherman não tinha queimado na sua marcha na direção do mar. Depois, Ginger atravessou a toda a velocidade a zona rural emaranhada com o cultivo de *kudzu* até Milledgeville, onde sua mãe e Charlotte se conheceram, onde Austin jogou as rosas sobre o campus. Ela não parava de tentar se livrar do sonho que a acordara no meio da noite. Estava em pé nos ombros da mãe no rio, com o rosto mal conseguindo sair à superfície da água, sua respiração somente possibilitada porque sua mãe submersa a mantinha no alto. Sentou-se na cama, encharcada, a ponto de berrar.

 Quando saltaram do carro para almoçar, a umidade sufocante da chuva do dia anterior as envolveu. O centro de Milledgeville parecia um pântano recém-drenado. Um minuto fora da cidade, elas já estavam de novo embrenhadas no campo – galos correndo para baixo de casas de tábuas empoleiradas em pedras, cartazes de *Arrependei-vos*, postes da companhia telefônica adornados com cabaças suspensas para funcionar como casas de passarinhos, gerânios plantados em pneus, roupa panejando na corda, veados-galheiros atravessando a estrada aos saltos. No final da tarde, elas estavam entrando em Swan, que reluzia depois de mais uma chuva e estava banhada numa luz dourada.

Quando se aproximavam da Casa, viram Tessie na varanda da frente regando as samambaias e um homem no portal.

– Ah, J.J. voltou – disse Lily.

Ginger franziu os olhos com a luz ofuscante do pára-brisas recoberto de insetos.

– É Marco! – gritou. – Não é J.J., é Marco! – Freou derrapando e saltou do carro.

- Ah, o italiano – disse Lily em voz alta. – Quer dizer que o italiano veio a Swan. – Roma é amor, lembrou-se ela, e César atravessando o Rubicão. Viu seu forte abraço, Ginger pulando de alegria, o sorriso de Marco por cima do seu ombro.

Ele acenou para Lily enquanto ela subia a escada.

– Fico muito feliz – disse Marco a ela. Seu jeito de falar *muito* fazia com que quase parecesse *molto*. Ele beijou sua mão como um conde num filme antigo.

Lily, também, sentiu um leve tremor de felicidade.

– É tão bom tê-lo aqui em Swan. Quer dizer que já conheceu Tessie e CoCo?

PALO ALTO NO DOMINGO DE MANHÃ VOLTAVA A SER A CIDAdezinha sonolenta que sempre tinha sido antes de se tornar um lugar da moda. Ciclistas apanhavam o jornal na banca de Dan, o dono da loja de iogurtes aumentava o som da estação de jazz e ia varrer a calçada.

J.J. voltou ao café onde tinha parado no dia anterior. Sentou-se junto a uma janela, com os olhos fixos nas páginas em branco do caderno que comprara. Pretendia encontrar-se com Austin, depois pegar o vôo das 21:00 de volta para Atlanta. Chegaria ao amanhecer, estaria em Swan em torno das dez. Tempo suficiente para lidar com o novo enterro.

A garçonete deu-lhe um sorriso radiante, decididamente avaliando-o como homem, enquanto trazia o café e o *croissant*. Quando se inclinou, tinha o perfume de frutas. Ele levantou o rosto totalmente para ela, sorrindo e olhando no fundo dos seus olhos. Proveito total.

– Você é freguês novo aqui – disse ela. – Meu nome é Ariel. A lanchonete é da minha tia. Trabalho aqui para sustentar meus hábitos. – Trazia nas orelhas pingentes de prismas de cristal. Estava usando uma saia indiana de *patchwork* e Birkenstocks.

– Que hábitos?

– Livros e sapatos. Nada de letal. Mais alguma coisa?

Ele resistiu a responder com uma cantada. Gostava da franqueza sem rodeios das mulheres da Califórnia.

– Obrigado, é só isso. – Embora estivesse com vontade de ligar para Georgia, conteve-se. Era provável que ela não quisesse ser acordada por algum caipira que ela se esforçou por acolher bem, pensou ele. Não, sei que ela gostou de mim. Estava abalado pelo tipo de descontração que sentia com ela. O mesmo bem-estar que sentia com Ginger sem o instinto feroz em busca de proteção. Georgia parecia capaz de cuidar de si mesma. Louvado seja Deus. Foi passear a pé pela cidade. Numa vitrina viu roupas femininas de outono. Por impulso, entrou. O suéter verde longo de gola alta ficaria perfeito em Ginger. O preço fez com que hesitasse um instante, mas ele o comprou mesmo assim. Apanhou um cardigã amarelo claro de *cashmere* e o levou para Lily. Viu um roupão felpudo cor-de-rosa e pediu que o embrulhassem para Tessie. Tinha passado pela agonia de comprar presentes de Natal e de aniversário, mas até então nunca tinha comprado um presente espontaneamente. Deu uma olhada pela loja, perguntando-se o que agradaria a Georgia. Escolheu um cachecol, tecido a mão em tons de ameixa e amora-preta de algum material macio. Comprou-o também.

A Stonefield's estava abrindo do outro lado da rua. Nenhuma restrição ao comércio aos domingos por aqui. Em casa, precisava encomendar os livros. No fundo, não se incomodava com a espera. Quando a caixa chegava, abri-la era um dos seus prazeres refinados. Deixou os presentes volumosos na recepção e foi passear pela loja, apanhando mais de dez livros que despertaram seu interesse. Até mesmo a livraria tinha um café. Levou sua pilha até uma mesa e se sentou com mais um café por uma hora. Estava feliz por ter encontrado as cartas de Van Gogh. As poderosas cores e imagens nos seus quadros eram uma resposta direta à grande polêmica de J.J. com o ato de escrever, que ele tentara explicar a Ginger na noite em que ela chegou a casa. Entre o que ele queria escrever e o que aparecia no papel, abria-se um abismo. A cadeira amarela de Van Gogh, refulgente como ela mesma, irradiando sua própria capacidade de ser *cadeira*, não reconhecia esse abismo. Talvez as cartas transmitissem a J.J. a razão.

Folheou o livro, por um instante desejando estar na cabana, à própria escrivaninha, com o rio visível da janela. Ergueu os olhos. Um casal, supostamente estudantes, estava se beijando na calçada, sem dar atenção aos transeuntes que sorriam e ficavam olhando. Eles estavam no seu próprio mundo flutuante. Voltou a Van Gogh. *Agora vemos que os holandeses pintam as coisas como são, aparentemente sem raciocinar,* leu. Pensou nos cadernos de desenhos da sua mãe. Leu mais abaixo na página: *podemos pintar um átomo do caos, um cavalo, um retrato, sua avó, maçãs, uma paisagem.* O que lhe agradou foi o *podemos.*

Escolheu alguns romances para Ginger e um livro sobre jardins ingleses para Lily. Com os presentes que tinha comprado, ficou pasmo por ter gastado quase mil dólares. Quase nunca fazia compras mas, quando fazia, pensava em Big Jim, toda a sua astúcia, prazer de viver, libertinagem, estilo bombástico. Obrigado pelo Van Gogh, Big Jim.

Perguntou o caminho até os estábulos e atravessou o campus, passando pelo centro médico onde Georgia devia ter sido exposta à luz pela primeira vez. Por uma alameda na qual garotas de capacete cavalgavam puros-sangues, ele chegou a um grande galpão vermelho. Caminhou na direção de um redondel coberto, sentindo os cheiros agradáveis de couro, esterco de cavalo, alfafa e serragem.

Avistou Georgia montada num grande cavalo castrado, investindo para um salto bastante difícil. Ela já deve ter feito isso antes, pensou ele, mas, mesmo assim, franziu o cenho e prendeu a respiração enquanto ela fazia a aproximação, e o cavalo parecia se alongar ao deixar o chão e seguir sua trajetória acima do obstáculo.

– Minha nossa! – disse ele em voz alta. Era possível ficar observando sem que ela percebesse. Ela continuou na pista, com o cavalo tendo êxito em todos os saltos, mas não com facilidade, pensou J.J. Cada aproximação parecia tensa. Ela o viu e veio até onde ele estava.

– Este aqui é o Winkie. Calma, Wink. – O cabelo na nuca pingava de suor debaixo do chapéu de veludo. No traje de equitação sem mangas, abotoado até o pescoço, ela estava fascinante. Ele captou cada centímetro dos braços nus, das botas pretas de cano alto.

– O olhar deste cavalo é desvairado. Parece que ele está pronto para sair daqui desenfreado e não parar nunca mais. Eu sabia que você era linda, mas não que era corajosa. Nesse aí eu não montava por nada neste mundo.

– Ele é um sonho. Era de corrida quando o compramos. É por isso que é tão irrequieto. – Linda, ele tinha dito. Quando ia ao sul, todos viviam a lhe dizer que era linda.

Seguiram devagar por um caminho enquanto ela deixava o cavalo se refrescar aos poucos.

– Quer almoçar?
– Gostaria.
– Vou só escová-lo e tomar um banho rápido de chuveiro. Preciso voltar para dar aula à turma intermediária.

Ela lhe ensinou o caminho até o Roundup, um lugar perto dos estábulos. Sentaram-se a uma mesa de madeira ao ar livre e pediram hambúrgueres. Lá no alto, os galhos íngremes de carvalhos gigantes formavam arabescos no pano de fundo do céu azul.

– Você vem aqui todos os dias?
– Não. Geralmente trago o almoço. Os três instrutores costumam comer juntos.

Ele contou como tinha sido a manhã.

– Acho que dei um empurrãozinho no fluxo de caixa da Stonefield's hoje. Você sabia que não há uma livraria num raio de cento e cinqüenta quilômetros de Swan? E que essa única estante na loja de departamentos em Macon vai ter Charles Dickens e Kahlil Gibran?

— Você é tão interessado em literatura. Por que não sai de lá?

Ele teve a impressão de que ela o cutucava com um aguilhão para gado.

— Não, não sou. Essencialmente sou um pescador. Caço um pouco também. Eu não saberia o que fazer de mim sem o rio ali a alguns metros de distância.

— Meu pai sente saudade do sul. Deixei um bilhete para ele com o aviso de que você estava aqui.

— É provável que eu não a veja de novo, a menos que você esteja em casa na hora.

— Minhas últimas aulas terminam às seis hoje. Domingo é na realidade o dia em que eu trabalho mais porque as crianças estão disponíveis nos fins de semana.

— Diga que está doente. Intoxicação alimentar no Roundup. Podíamos dar uma volta até o litoral.

Como é pretensioso, pensou ela. As mulheres do sul devem ser louquinhas por ele. Meu estilo não é esse. Se ele ficasse por aqui muito tempo, será que eu me transformaria? Sua arrogância, característica que ela geralmente detestava, não a irritava porque ela percebia que sua confiança com as mulheres era superficial, em termos literais. Cada vez que sua vida ou seu passado surgia na conversa, ele fugia em busca de abrigo.

Seguiram pelo trajeto mais longo, passando por montes e sequóias sombrias, com a estrada num lusco-fusco do sol filtrado pelos longos ramos. Quando se voltaram para o norte para pegar a estrada litorânea, J.J. parou de falar. O Atlântico era uma coisa; o Pacífico, outra, isso ele via. Os montes cônicos, da cor queimada do pêlo do leão, desciam até praias onde festões de espuma orlavam a areia.

— Pare em San Gregorio — indicou Georgia. — Podemos ver focas.

Caminharam, praticamente sem falar, em meio a roseiras silvestres. Ao longe, J.J. viu ilhas, nitidamente recortadas como peças num quebra-cabeça.

— Preciso voltar — disse Georgia, afinal. — Cindy só pôde cobrir duas das minhas turmas.

As ondas que estouravam nas rochas lançavam sobre eles um fino borrifo. Ele teria gostado de ficar ali o dia inteiro. Enquanto voltavam pela trilha, Georgia ia à frente. *Sempre tive os desejos brutais de uma fera*, tinha ele lido nas cartas de Van Gogh. Não, pensou ele, eu gostaria de tocar suavemente com a boca todo o seu corpo. Gostaria de lamber seu rosto. Com o vento, sua blusa de montaria verde-água cheirava a terra; e J.J. tinha certeza de que o rosto de Georgia, como o dele, estava coberto por fina camada de sal. Tocou no seu cotovelo.

— Georgia. — Ela se voltou, e ele pôs as mãos nos seus ombros. — Posso? — perguntou ele, tão baixo que ela mal o ouviu. Com enorme carinho, ele a beijou e a trouxe delicadamente para junto de si.

J.J. ligou para a Casa antes de sair do hotel. Tessie deixou o telefone fora do gancho por uns bons cinco minutos até que alguém se desse ao trabalho de atender. Lily, ofegante, nem mesmo perguntou onde ele estava.

— Tivemos uma enorme surpresa! Quando chegamos de Athens, Marco estava aqui, o namorado italiano de Ginger.

— Vocês foram a Athens?

— Fomos. Foi uma ótima viagem. Agora estamos fazendo o jantar. Você vai chegar a tempo?

— A tempo para quê?

— Para o enterro, J.J. Amanhã, às onze. Você está na cabana?

— Estarei de volta pela manhã. Só liguei para dizer isso. Vocês estão bem?

— Estamos. Marco está ensinando Tessie a fazer um prato com batatas. A gente joga umas bolinhas na água, e eu me esqueci de lhe contar a grande novidade. Ralph acabou de ligar. Ele é um rapaz adorável. Disse que tem novas informações mas ainda não pode revelá-las. Também disse que houve um pequeno problema com sepulturas em Simmonsville, que talvez tivesse alguma relação. Ginger está tão feliz que parece uma doidinha, mas está ansiosa, também, você a conhece. Liguei para a cabana, mas você não estava lá. E o dr. Schmitt disse que Ginger pode terminar o doutorado sem maiores problemas. Vamos ver como ficam as coisas. Vou fazer uns biscoitos. Ela esteve com Mitchell, também. Vamos lhe contar todos os detalhes. Eu sempre disse que era difícil ser bonzinho como ele. Não que o Marco não seja. Nos vemos amanhã.

Lily. Aquela Lily... Não existia ninguém parecido.

J.J. foi de carro até Whitman. Quatro e meia. Austin deveria estar lá. Ainda via Georgia diminuindo de tamanho no espelho retrovisor. Não tinha dito que ela o afetava com uma violência que ele nunca tinha sentido. Não tinha dito que telefonaria. O beijo precisava transmitir o que ele não dizia. Tinha se esquecido de lhe dar o cachecol cor de ameixa.

Queria encarar Austin e voltar para casa. Ansiava por dias vazios na cabana, onde poderia examinar e tentar dar uma ordem a essa viagem até o outro lado. A um quarteirão de distância, estacionou junto a um riacho seco e contemplou o desenho da correnteza esculpido na areia. Georgia disse que, todas as tardes por volta das quatro, vinha uma brisa do oceano. Ele ergueu a cabeça em busca do ar salgado, mas ao invés disso inalou o cheiro herbáceo e sufocante do eucalipto. Um pavor semelhante ao que sentia quando entrava no Columns fez com que andasse mais devagar. Sendo proveniente de um lugar em que cada casa e rua era animada por uma história, achou que o bairro de casas baixas com fachadas fechadas parecia árido. Mas Georgia tinha aberto a porta de uma daquelas casas ontem. Vinte e quatro horas atrás.

Austin abriu a porta antes de J.J. bater.

J.J. deparou com um homem que parecia jovem para a idade. Charlotte dissera que ele era dois anos mais adiantado que elas na faculdade. Logo, ele talvez estivesse com cinqüenta e sete, cinqüenta e oito anos. Por baixo da camisa de seda folgada e das calças de linho, era evidente que ele estava em forma. O cabelo prateado penteado para trás acentuava o desenho do seu rosto. Lábios grossos para um branco foi o primeiro pensamento de J.J. Assimilou o perfil rigoroso e o bronzeado. Austin, J.J. pensou, pai de Georgia.

– Sr. Larkin. – J.J. estendeu a mão. – Sou J.J. Mason, filho de Catherine. A proverbial voz que vem do passado. Desculpe-me incomodá-lo quando acaba de chegar a casa.

– Não, não, estou feliz por conhecê-lo. Entre, entre. Georgia deixou um bilhete com o aviso de que você passaria por aqui hoje à tarde. – Só lhe restava um vestígio de sotaque.

– Tive o prazer de jantar com sua filha. Ela conseguiu fazer com que me sentisse em casa em Palo Alto. – Olhou ao redor da sala de estar, que tinha visto de relance através das janelas no dia anterior. Austin indicou-lhe uma poltrona. Dois sofás contemporâneos estofados com linho verde da cor de quiabo, em volta de uma lareira e quadros abstratos em cores fortes. As paredes eram forradas de tecido de um verde claro tirante ao amarelo. Quer dizer que é aqui que Georgia mora, pensou, imaginando-a enroscada no sofá lendo junto à lareira, com a chuva escorrendo pela alta parede envidraçada.

– Posso lhe oferecer algo para beber? Uísque, refrigerante, vinho?

— Obrigado, um uísque seria ótimo. — A parede dos fundos estava forrada de livros. Enquanto Austin estava na cozinha, ele deu uma olhada nos títulos. Ao longo da frente das prateleiras, estavam dispostas rochas e pedras preciosas, com algumas conchas. J.J. apanhou um geodo com a cintilação escura de ametistas.

Austin voltou com uma bandeja.

— Sou apaixonado por pedras. A maior parte da minha coleção está no escritório. — Olhou para os livros. — Também colecionei ao longo dos anos exemplares autografados. Com todos os autores passando por aqui, e eu sendo proprietário de livrarias, foi uma coleção fácil. — Ele levou a bandeja até a mesinha de centro. — E o que o traz até aqui, J.J.?

— É uma longa história. De uns trinta anos ou mais. Mas deixe-me contar o que aconteceu esta semana. Pode acreditar, eu nunca invadiria a privacidade de ninguém deste jeito, se não fosse importante. Há alguns anos não saio de Swan — admitiu. Preciso e objetivo, ele relatou a Austin a exumação ocorrida e a subseqüente conclusão por parte do Departamento de Investigações de que Catherine não tinha se suicidado.

Austin inclinou-se para a frente, com as mãos no gesto de oração, abrindo-as e fechando-as em silêncio. Seus olhos estavam grudados nos de J.J.

— Sua mãe, Catherine... eu a conheci quando ela estava com dezenove anos. Nunca existiu mulher mais adorável. Todos os que a conheceram de algum modo se sentiram derrotados ao saber que ela se matara. Na época eu já estava morando aqui. Alguém da Politécnica me enviou o artigo de jornal. Não pude aceitar, mas naquela ocasião já fazia alguns anos que eu não a via e eu não tinha idéia das circunstâncias que poderiam ter provocado o ato.

J.J. explicou que o Departamento de Investigações considerava que não poderia mais encontrar o assassino agora a não ser que alguém se apresentasse e confessasse.

– Minha família está convencida de que se tratou de um crime fortuito.

– Era o que teria imaginado quem a tivesse conhecido quando eu a conheci, que ela estava entre os bem-aventurados. Ela seguia em frente com uma espécie de simples crença de que o mundo era um lugar interessante, cheio de maravilhas. Vejo a mesma fé na minha filha.

– Agora vem a parte mais difícil para mim. Encontramos parte dos pertences de nossa mãe no celeiro. Parece que ela lacrou uma caixa depois do nascimento de Ginger. Essa caixa estava enfurnada no sótão e, se não fosse assim, teria sido jogada fora com todos os seus outros pertences quando ela morreu. Ginger examinou todo o material que foi levado da nossa casa para a casa do nosso avô na nossa mudança para lá. Ela encontrou uma caixa de roupas de gravidez, um rolo de filme, dois cadernos de desenho e um caderno de anotações. E quatro ou cinco cartas suas, todas sem data. Você se lembra de Charlotte, amiga da minha mãe?

– Claro. Uma pessoa admirável, também.

– Passamos o filme na casa de Charlotte, e ela o reconheceu. E então o caderno levantou uma questão totalmente diferente, e no fundo é por causa dessa questão que estou aqui. – Falou a Austin das meias-luas de pérola, da prosa enigmática, da tensão e finalmente de seu interesse em saber se Austin poderia ser o pai de Ginger. – Desculpe, você deve estar com a sensação de que o mundo virou de cabeça para baixo.

– Isso é espantoso. Tudo isso. Tem certeza de que não quer mais um drinque? Vamos examinar todas as possibilidades.

J.J. acompanhou-o até a cozinha. No alto da lareira, viu uma foto de Georgia a cavalo, segurando uma fita de primeiro lugar, e outra de uma mulher que parecia uma versão mais velha de Georgia.

– A mãe de Georgia? – perguntou.

– É. Ela morreu há cinco anos. – Seus olhos se contraíram com a dor da lembrança. – Eu a conheci quando estava de licença mais para o final da guerra. Estava pilotando Wildcats no Pacífico Sul. Era piloto da Força Aérea. Não imaginava que fosse perdê-la tão cedo. Estava só com cinqüenta e dois anos. Ela teve um problema na medula óssea, passou um mês fraca e morreu no mês seguinte. Vamos sentar lá fora.

Austin também ali sentou inclinado para a frente. Atrás dele as ondulações da piscina de um azul de água-marinha. Um gato branco que J.J. não tinha visto no dia anterior tocou a água com a língua e veio se acomodar aos pés de Austin.

– Não dá para explicar Catherine, eu sei. Ela não era uma pessoa com o perfil para ter um caso e eu não encarava o relacionamento dessa forma. Eu era louco por ela. Na primeira vez que a vi, eu tinha vindo da Politécnica para passar o fim de semana. Ela estava participando de uma peça grega. Todas as moças usavam uma espécie de toga e dançavam. Ela parecia estar se divertindo muito. Sei que hoje em dia a idéia de amor à primeira vista é um conceito arcaico, mas foi o que aconteceu. Ela fazia de mim o que queria. Eu vivia feliz e aflito. Aflito, quando ela saía com outros e nem parecia perceber que eu tinha sido deixado de fora. Quando estávamos juntos, o que mais me lembro é de que ríamos nas mesmas ocasiões. Ela praticamente acabou comigo quando ficou noiva de Wills.

– Charlotte nos contou que você espalhou rosas sobre o campus.

– Sempre esperei que os grandes gestos românticos a influenciassem. Eu não parava de ligar para ela, até mesmo no dia do casamento, implorando que não se casasse com ele. Ela dizia que sentia muito mesmo, mas que sabia estar tomando a decisão certa. – À medida que Austin falava, seu sotaque sulista, neutralizado pelos anos na Califórnia, ia voltando à sua voz. – Falando em suicídio, no dia seguinte ao do casamento de Catherine, saí para ir a Carrie's Island e pensei seriamente em bater com o carro a toda a velocidade na ponte.

— Mas como...

— Só vi Catherine de novo uns três anos depois, no jogo de futebol Geórgia X Alabama. Eu estava de licença, recuperando-me de uma cirurgia de apêndice. Você era um bebê. Acho que tinha ficado em casa. Wills estava de uniforme. Ele sempre olhava para mim como se eu não existisse. Era cordial, mas nunca simpático. Na semana seguinte, liguei para Catherine. Ela ia a Macon, e nos encontramos para um almoço. Depois, nós nos vimos algumas vezes. Para mim tudo voltou. Não posso dizer como Catherine se sentia. Talvez você saiba pelo caderno. Sozinha. Você sabe que a vida das mulheres era diferente naquela época, e era para sua mãe ter feito alguma coisa com a dela. Ela foi à fazenda. Quatro vezes. Vou só lhe dizer. Nós dormimos juntos. Na cama dos meus pais, vitoriana e cheia de calombos. Ela não parecia se sentir culpada. Wills ia para casa quando podia. Você mencionou as meias-luas de pérolas. Eram da minha mãe. Eu as dei a Catherine quando ela foi à fazenda pela primeira vez. Um dia, ela as devolveu pelo correio. Nunca falou em controle anticoncepcional nem gravidez. *Não se preocupe*, era o que dizia. É claro que mais tarde eu soube que ela teve mais um bebê.

— Ginger. Minha irmã está com trinta e um. Quando você e minha mãe estiveram juntos?

— No verão de 1943. Na realidade, por volta dessa época. Na primeira metade de julho. Eu me lembro de ter passado sozinho na fazenda quase toda aquela forte onda de calor de julho-agosto. Tinha algumas semanas para me recuperar antes de entrar em ação de novo.

— Ginger nasceu em 1º de maio de 1944.

— Quer dizer — ele foi fazendo os cálculos — que é altamente improvável, mas existe a possibilidade remota. — Austin escondeu o rosto nas mãos. — Depois só vi Catherine uma vez. Eu estava tomando um drinque com um homem chamado Paul, que trabalhava para seu avô. Depois da guerra, por um período voltei ao meu antigo trabalho. Eu vendia fusos e fazia algumas vendas para o cotonifício. Estávamos no bar no clube campestre em Swan, e vi Catherine sozinha, prestes a iniciar uma partida de golfe. Saí correndo e nos falamos por alguns minutos. A filhinha dela estava brincando. Àquela altura eu já não estava mais apaixonado por ela. Isso foi em 1950. Eu tinha conhecido Clare no final da guerra e estava pronto para me transferir em caráter permanente para cá para estar com ela. Mesmo assim, não posso garantir que não a teria levado embora dali no meu carro naquele dia se Catherine tivesse simplesmente insinuado isso. Ela parecia a mesma, mas acho que a experiência do seu pai na guerra a tornara mais séria.

– A experiência dele na guerra? Ele pertencia ao corpo médico, a maior parte do tempo na Carolina do Norte.

– Sem dúvida você sabe que ele estava numa unidade que tratou dos prisioneiros depois da liberação de Dachau?

– Não. – J.J. engoliu o uísque que desceu queimando-o por dentro.

– Nunca lhe contaram?

– Não. Nossa família não se caracterizava por mencionar coisas desagradáveis. Eu sabia que uma vez ele saltou de páraquedas na Alemanha. Sempre o imaginei flutuando no ar.

– É uma pena. Ele tratou durante semanas daquelas pessoas emaciadas, brutalizadas. Lamento, meu filho. Um amigo meu da Politécnica fazia parte da unidade dele. Esse meu amigo ficou abalado desde aquela época.

– Não dá para acreditar. – J.J. contou-lhe como Wills bebia em desespero e o derrame resultante.

– Que destino mais triste! Antes da guerra sua carreira era muito promissora.

— É mesmo. Bem, ele foi um bom pai até ali. Só por curiosidade. Qual é seu grupo sangüíneo?
— A.
— Não faz diferença. Meu pai é A também.
— Estou disposto a fazer o que você achar melhor.
— Não sei de nada a fazer. Vou contar a Ginger que há uma remota possibilidade de você ser pai dela. Talvez eu possa saber de Lily se o parto de Ginger foi adiantado ou atrasado. Essa seria uma resposta definitiva.
— Mais uma dose?
— Não, obrigado. Estou a caminho do aeroporto. Posso beber no vôo. Essa notícia de Dachau é difícil de absorver. E amanhã vai ser o novo enterro.
— Quer dizer que ninguém lhe falou de Wills. É tão típico, não é? Mas aqueles caras não gostavam mesmo de falar sobre a guerra, os que tinham presenciado horrores para valer. Eu estava no ar. Ilhas de Midway... e já foi bastante ruim.

Atravessaram o pátio. O sol tinha caído por trás do rendilhado das oliveiras e olmos chineses.

— É a luz da Califórnia – disse J.J. – É diferente. Os contornos de tudo são mais definidos aqui. Quero lhe agradecer. Perdoe-me também por toda essa busca no passado. Pareceu-me importante para Ginger.

— É verdade. E de algum modo me sinto aliviado por saber que Catherine não tirou a própria vida. As outras partes, terei de ir absorvendo. Seu pai. Estão suspeitando de que ele seja o assassino?

— Acho que sim, à falta de outra pessoa, mas por nada neste mundo, ele teria cometido um ato semelhante. – O Departamento de Investigações iria fazer perguntas a Austin, se J.J. mencionasse o teor do caderno, o que ele não faria. Quando Catherine morreu, Austin estava administrando livrarias, criando uma família. Nos seus olhos não havia nada a não ser honestidade. J.J.

podia entender facilmente a atração da mãe por Austin. E na época em que todos estavam na faculdade, ele devia ter sido como Charlotte o definiu: o namorado com que todas sonhavam. – Eles devem ter suspeitas, mas a probabilidade é nula.

– Eu duvidaria dessas suspeitas do fundo do coração, meu filho. Inocente ou culpado, ele já está cumprindo uma sentença perpétua, pelo que você me disse. – J.J. sentiu uma pontada de dor. Era a segunda vez que Austin o chamava de filho. Palavra que não ouvia havia muito tempo.

– Austin, a sua filha me causou a impressão que minha mãe deve ter lhe causado naquela peça grega. Espero voltar a vê-la. Bem, isso para dizer o mínimo. – J.J. riu de si mesmo.

Austin riu também.

– Mais um raio na roda que parece estar destinada a girar. Se Georgia tem alguma imperfeição, eu as desconheço. Ela é autêntica. Na minha experiência, só se tem esse tipo de emoção uma vez na vida. Ou duas, quando se tem muita sorte. Eu fui um dos sortudos. Agora, estou saindo com uma mulher agradável, simpática, companheira. Atraente, sabe? Acho que vou deixar as coisas como estão, embora ela esteja pronta para se mudar para cá e arrumar a mobília ao seu jeito. Não sei se quero renunciar à minha privacidade se não estiver convencido de que é por uma felicidade enorme.

– Eu nem pensaria nisso, se é essa a situação. Mas é claro que eu sou um solitário incorrigível. – Para sua surpresa, Austin deu-lhe um abraço apertado.

J.J. tinha bastante tempo para chegar ao aeroporto. O trânsito da hora de maior movimento avançava rapidamente sem tratores nem caipiras em picapes atravancando o caminho. J.J. manteve a direita, não com sua pressa habitual. Tinha visto Georgia na trilha no litoral levar a ponta da língua a um arbusto molhado pelas ondas, um gesto que ele e Ginger faziam. Perguntou-se se Catherine não teria no passado aprendido isso com Austin e transmitido aos filhos. Perguntou-se se ela teria se interessado por pedras por meio de Austin e também deixado essa herança.

    A vontade que sentia era de dar meia-volta, dirigir a cento e cinqüenta por hora até aquele estábulo onde tinha visto Georgia sentada na cerca gritando "Olha essa postura" para as meninas, onde o sol, que se infiltrava através dos carvalhos e da poeira levantada pelos cascos, mantinha o picadeiro coberto numa luz sépia, uma luz do século passado.

14 de julho

J.J. CHEGOU A SWAN TRINTA MINUTOS ANTES DA HORA MARcada para o encontro com o carro fúnebre da Ireland's no cemitério de Magnolia. Ginger tinha dito ao padre Tyson que não haveria nenhuma cerimônia. Quanto menos atenção, melhor. A família estaria presente ao enterro, faria uma visitinha a Wills, tomaria um café da manhã tardio no Sisters e cada um retomaria sua vida.
Com Marco aqui, ela se sentia mais decidida. Ele tinha feito a longa viagem até um lugar cheio de problemas por ela. Somente por ela. Que ele se importava muito, disso até mesmo ela não podia mais duvidar.
– Que lugar maravilhoso! – ele não parou de dizer durante um passeio de carro no dia anterior antes de escurecer. – Como um lugar num sonho. Tudo suspenso no ar azul.
Dava para ela ver que ele gostava de Lily e Tessie. De imediato tinha convidado as duas para ir à Itália. Ela e Marco tinham ficado acordados até tarde, conversando na varanda da frente. Ginger estremeceu no calor da noite quando lhe contou sobre o dia em que voltou da escola e encontrou a mãe. Contou-lhe sobre Wills, sua dor, seu derrame com as conseqüências insuportáveis, e sobre sua sobrevivência com J.J.
– Qualquer hora, vamos até a cabana. É lá que J.J. e eu pudemos fazer nossa ligação com as origens. Aqui na Casa, estamos em casa também, mas este sempre foi o lar de Big Jim. A cabana pertencia à *minha* família. Nós a mantivemos como uma pedra de toque. E continuaremos a mantê-la.

Imóvel na cadeira de balanço, Marco só escutava. Por trás da sua voz, ele nunca tinha ouvido uma noite tão cheia de vida. Olhou fixamente para o pátio escuro onde, ao que lhe fosse dado saber, crocodilos se arrastavam. De vez em quando CoCo imitava um martelo tirando do lugar um silencioso ou uma ferramenta automática para desaparafusar porcas. Marco mantinha a mão sobre a de Ginger no braço da poltrona enquanto ela falava sem parar.

J.J. subiu a escada até a varanda da frente com os braços cheios de presentes. Ginger logo lhe apresentou Marco.

— Olá, amigão, eu teria trazido um para você também se tivesse sabido a tempo que você estava aqui. Seja bem-vindo ao paraíso. — Ele deu um tapinha no ombro de Marco e fez para Ginger um sinal de "nada mau", que ela reconheceu. Enquanto elas abriam os presentes, J.J. olhava para Marco. Parece um cara legal, pensou. Um sólido cidadão. Da Itália, é claro. Lily e Ginger ficaram escandalizadas com os suéteres caríssimos. Tessie apertava o roupão de algodão macio contra o rosto.

— Vá se trocar. Conversamos no caminho. Podemos todos ir juntos num carro. — Ginger queria acabar com aquilo tudo.

— Tessie, você vem junto? — perguntou Lily.

— Não, senhora. Acabei de dizer a Ginger que vou preparar o jantar.

Lily entrou para apanhar a bolsa.

Cass Deal tinha limpado a área e até mesmo cortado as rosas secas. O caixão já estava ao lado da cova, agora perfeita e alisada com o ancinho. Duas horas de esfrega tinham devolvido ao túmulo de Big Jim a brancura original do granito. Encostado na lápide da família Mason estava um buquê de rosas vermelhas. Abaixo, alguém tinha deixado um jarro com flores de jardim de verão. Eles quatro ficaram um pouco de lado enquanto os homens baixavam lentamente o caixão até a terra. Alguém poderia acreditar que um dia o bombear do coração vermelho simplesmente pára, enquanto os que nos amam são deixados para descobrir como suportar essa brutal subtração da vida? Ginger abaixou-se para apanhar um punhado de terra e jogá-lo na cova. J.J. fez o mesmo.

Ele espanou a mão nas calças e disse a Ginger em voz baixa:
— Será que somos os únicos a enterrar a mãe duas vezes, e ambas as vezes depois de acontecimentos terríveis?
— Eu gostaria de dizer algumas palavras — disse Lily, com a voz trêmula. Ela deu um passo à frente, voltou-se e olhou para eles. J.J. viu que ela engolia em seco duas vezes enquanto desdobrava um pedaço de papel. Então, falou devagar.

A beleza é algo que ultrapassa a morte.
Aquela perfeita experiência luminosa
Jamais será reduzida ao nada
E o tempo toldará a lua antes
Que nossa plena consumação aqui
Nesta vida breve perca o brilho ou se apague.

Ficaram em silêncio. J.J. cerrou os punhos com força para impedir que as lágrimas lhe subissem aos olhos.
— Obrigado, Lily, foi perfeito.
Ginger enlaçou-a com um braço, e ela e Marco ajudaram Lily a voltar para o carro. Lily começou a chorar. J.J. continuou ali parado um instante, de olhos fechados e a cabeça baixa, perguntando-se como Lily teria encontrado aquele poema de D. H. Lawrence. J.J. suspeitava de que havia mais alguma coisa por trás daquilo, algo que ela poderia nunca relatar, ou algo que acabaria vindo à tona com o tempo. Estranho, desde que Ralph lhes dissera que sua mãe não tinha se suicidado, J.J. vinha sentindo uma onda de carinho por Lily, como se uma pedra tivesse

sido empurrada de cima de uma nascente, permitindo que a água jorrasse.

    Enquanto os homens jogavam pazadas de terra formando um monte sobre o caixão, J.J. leu o cartão no jarro de flores. *Descanse em paz para sempre, Eleanor Whitefield.* J.J. inclinou-se até as rosas vermelhas e tirou o cartão da floricultura: *Com amor, Austin e Georgia.* Pensou em Austin em vôo rasante, com as rosas caindo sobre o campus para Catherine. Guardou os cartões no bolso. Tinha tanto a contar a Ginger...

Ginger não deixou que a visita ao quarto de Wills se alongasse. Não mencionaram o nome de Catherine nem o que acabara de acontecer.

    — Papai, este é Marco, o homem com quem trabalho na Itália.

    Wills ofereceu a mão mas não falou.

    — Ginger me falou do senhor, e é um prazer conhecê-lo — disse Marco. Lily seguiu pelo corredor e trouxe uma Coca para Wills. Marco tentou mais uma vez obter uma resposta. — Ginger me disse que o senhor é médico. Meu pai é médico também. É ele quem faz o parto de todos os bebês em Monte Sant'Egidio.

    Wills apanhou ansioso a Coca, como se raramente conseguisse uma. Ginger começou a falar do projeto de Marco, mas foi interrompida por Wills.

    — Está bem, está bem — disse ele, jogando as duas mãos para o alto.

    — Papai — disse Ginger, bruscamente. — Estamos indo agora. Amanhã nos vemos.

    Marco estendeu a mão mas Wills fingiu que não viu. J.J. ficou para trás.

    — Já vou. — Ele virou a cadeira ao contrário e sentou de pernas abertas. — Papai, escute. Quero lhe fazer uma pergunta: a palavra Dachau significa alguma coisa para você?

Wills tirou o canudo da boca.
– Dachau – repetiu ele. – Terrível, terrível!
– Você esteve lá?
– Terrível – disse Wills, fazendo que sim.
– Soube que você esteve lá. E nunca nos contou. Você foi corajoso.
Wills enxugou o suor do lábio superior.
– Eu fui corajoso – repetiu.

Depois do café da manhã no Sisters, Lily estava exausta. Marco disse que ele também, queria dormir porque estava em horário confuso.
– Você não pode – protestou Ginger. – Nós todos vamos à cabana. E o nome certo é defasagem de fuso horário.
– *Va bene, va bene.* Eu durmo no caminho.
– Levem-me para a Casa. Quero fazer uma visita a Eleanor.
– E depois, pensou Lily, quero ficar na cama até a hora do jantar.
Na cabana, Marco avistou de imediato a coleção de pontas de flecha em torno da lareira.
– Você encontrou todas elas? Um museu de história natural teria orgulho de possuir um acervo desses. – Ele admirou o novo arpão de pescar de J.J. e se voltou para apreciar as estantes de livros de história e antropologia.
– Nós fomos criados no meio do mato, mas líamos de verdade – disse Ginger. Mostrou a Marco o resto da cabana e, depois de levá-lo até o rio, deixou que ele dormisse no seu quarto. De início, ficou deitada ao seu lado, mas estava a ponto de cair da cama estreita, e ele adormeceu profundamente em questão de segundos. Ela abriu a janela, virou o ventilador para ele e saiu de mansinho até onde J.J. estava sentado à mesa debaixo da parreira de moscatel, examinando uma pilha de livros novos.
– Trouxe estes romances para você. Bons para a longa viagem de avião.

– Não consigo me refazer de você ter ido fazer compras. Adorei o suéter, querido. – Ela lhe deu um beijo no alto da cabeça. – Um mergulho?
– Até que é bom. Para a água levar embora as preocupações.
Enquanto desciam até o embarcadouro, Ginger começou a cantar, como sempre cantava, *Shall we gather at the river, the beautiful, the beautiful rivvvv-eerrr*. Ela batia com os pés acompanhando o compasso.
– Foi só há uma semana que encontrei Scott sentado aqui com a notícia que abalou nosso pequeno universo? Parece que faz um ano. O que você acha que Ralph descobriu?
– Ele não quis adiantar. Disse que essa nova informação podia explicar tudo.
– Meu Deus, nosso velho Sherlock. Sua vez, Ginger. – Ele lhe deu um empurrão, e ela pulou segurando o nariz.

Ginger, esticada numa espreguiçadeira decrépita de alumínio, espalhou o cabelo para secar. J.J. contou-lhe o que aconteceu nos dois dias em Palo Alto.
– E se mamãe tivesse ido embora e nos levado para a Califórnia, e nós tivéssemos sido criados lá com Austin? – Ginger se perguntou.
– Nesse caso, Georgia não teria nascido. Teria sido um erro imperdoável. – J.J. recostou-se, descansando o corpo nos cotovelos. Contou-lhe tudo o que Austin dissera sobre o caso. – Precisamos perguntar a Lily se seu parto foi prematuro ou atrasado. Poderia fazer diferença, mas a impressão é de que você não vai se livrar do papai. – Ele tentou descrever Georgia, a casa de vidro com os limoeiros e a forte arrebentação lançando espuma dos rochedos quando ele caminhava pela trilha costeira com ela. Falou da luz no estábulo quando ele se afastava de carro. Finalmente, contou-lhe o que Austin disse a respeito de Wills. – Ima-

ginei que as surpresas que Austin traria, se houvesse alguma, fossem relacionadas à nossa mãe. Ao invés disso, saí de lá sob o impacto do que ele disse sobre papai. Hoje de manhã, quando fomos ao Columns, perguntei-lhe sobre o assunto. Pude perceber que ele se lembrava de algo horrendo.

– Ele praticamente não se lembra de nada específico. Isso deve ter contaminado cada célula do seu corpo. – Ela já estava pensando em escarafunchar o galpão e o armário abarrotado de coisas no quarto dos fundos para ver se encontrava algum registro disso, qualquer carta ou fotografia velha escondida. – Quer dizer que ele tinha outras tristezas. Indescritíveis. Eu me pergunto se Lily sabe. É provável que não. Sem dúvida, ela teria dito alguma coisa, por mais que se compadeça do destino do irmão. – Lembrou-se do pai sentado sozinho no embarcadouro à noite.

Ginger contou a J.J. seu encontro com Mitchell em Athens, depois sua reunião com o dr. Schmitt para verificar as possibilidades de ela terminar o doutorado.

– É bem possível que eu faça mesmo isso. Passei da etapa de achar que poderia para a de pensar como poderia deixar de fazer isso? Lembrei de muitas coisas sobre Mitchell enquanto Lily e eu vínhamos para casa, depois de mal ter pensado nele nestes últimos dois anos. Você sabe que uma vez ele me trouxe uma enorme braçada de lírios Casablanca? Eles impregnaram a casa inteira com seu perfume branco. Fiquei feliz de ver que ele está bem.

Ouviram a porta de tela bater; Marco apareceu com um livro grande na mão. Ele acenou e sentou na varanda.

– Ginger, Marco parece ser cem por cento. – J.J. virou os polegares para o alto.

– Quem sabe nossa sorte não mudou? Nada mais de ser transformado em colunas de sal. Nada mais de temporadas no Hades.

– Nem pense nisso. Os deuses podem só estar em conferência neste instante, preparando o próximo golpe. Eles ainda estão de pé, aqueles Masons. Sabe que quero voltar à Califórnia por uns tempos – disse J.J. – Gostei de lá.
– Georgia não sai da sua cabeça? Ela é bonita?
– Perfeita. Ela tem alguma coisa especial.
– Marco, venha cá! Você precisa nadar na fonte – gritou Ginger. – Acho que amanhã podemos ir até a ilha para eu apresentar Marco a Caroline. Quer vir? Marco, vamos. O jantar é às sete, e você não vai querer perder a comida da Tessie.
J.J. levantou-se e se espreguiçou.
– Não, quero algum tempo para mim. Leve o Marco. Vou ficar no meu quarto um pouco. Preciso fazer algumas anotações antes que a lembrança se evapore.
Marco desceu cauteloso pelo caminho, atravessando cortinas de calor. Ginger tinha lhe falado de cascavéis e cobras d'água da grossura da sua coxa. As palmeiras, os carvalhos com o musgo pendente e o rio a seus olhos pareciam a selva amazônica. A serena praça em Monte Sant'Egidio lhe passou de relance pela cabeça. Ele não podia imaginar que fosse pular naquela água verde turbilhonante e nadar, mas foi o que fez.

J.J. encheu a caneta com tinta preta. Apanhou o caderno novo na mala e se sentou junto à janela. Estendeu a mão para apanhar um livro na estante e o abriu ao acaso. Seu dedo caiu em *aqui onde as boas-noites*. E era isso mesmo, ainda naquele mesmo dia ele tinha visto a trepadeira nova de boa-noite começando a se enroscar no gradil da varanda. Ouviu os gritos de Ginger: "Marco. Polo. Marco. Polo." Estava repetindo a brincadeira de esconde-esconde que era hábito dos irmãos no rio. Só que desta vez estava com um Marco de verdade. Pôde vê-los nadando velozes na direção da curva, onde sairiam da água e escalariam o pequeno monte para chegar à nascente. O sol de fim de tarde lampejava nos braços que entravam e saíam da água. Quando J.J. e Ginger eram pequenos, eles costumavam lacrar bilhetes em vidros de maionese para lançá-los à maior distância possível, na esperança de que a correnteza os acabasse levando até o oceano. J.J. ainda se lembrava da tensão no seu músculo quando ele tentava atirar um vidro na correnteza. "Já", gritava Ginger quando o vidro cruzava o ar. Eles ficavam no embarcadouro, acompanhando cada vidro cintilante até ele afundar e desaparecer. J.J. achava que se lembrava de uma voz ao seu lado, a de Catherine dizendo *Que boa idéia*. Alguém numa praia em outro país encontraria o vidro e o abriria. *Nós moramos em Swan, na Geórgia. Se você encontrar este bilhete, escreva para nós. Com amor, Ginger e J.J. Mason.*

Agradecimentos

ENQUANTO ESCREVIA ESTE LIVRO, RECEBI A GENEROSA AJUDA de Toni Mirosevich, Shotsy Faust e Josephine Carson. Meu editor, Charlie Conrad, e todo o quadro da Broadway Books formam uma equipe exemplar. Devo a sorte de fazer parte da Broadway a Peter Ginsberg, meu agente e amigo. Gostaria de agradecer ao dr. Robert Mayes Jackson e ao dr. Bruce Bonger por sua consultoria.

Sou extremamente grata a Edward, meu marido, por milhares de gentilezas, e a Ashley e Stuart, minha filha e meu genro.

Meu último agradecimento tem origem há muito tempo atrás e é à minha família no sul dos Estados Unidos e às minhas irmãs Barbara Mayes Jackson e Nancy Mayes Willcoxon.

Este livro foi impresso na Editora JPA Ltda.,
Av. Brasil, 10.600 – Rio de Janeiro – RJ,
para a Editora Rocco Ltda.